Timon Karl Kaleyta

Die Geschichte eines einfachen Mannes

Timon Karl Kaleyta

DIE GESCHICHTE EINES EINFACHEN MANNES

Roman

PIPER

Mehr über unsere Autoren und Bücher:
www.piper.de/literatur

Das Motto entstammt dem Roman »Rot und Schwarz« von Stendhal
in der Übersetzung von Rudolf Lewy, bearbeitet von Elisabeth Schneider.

FSC
www.fsc.org
MIX
Papier aus verantwortungsvollen Quellen
FSC® C014496

ISBN 978-3-492-07046-1

Satz: Satz für Satz, Wangen im Allgäu
Gesetzt aus der FreightText Pro
Druck und Bindung: GGP Media GmbH, Pößneck
Printed in the EU

Für meine geliebte Frau und meine Eltern

»Aber dann war es aus für seine Phantasie mit der Karriere, aus mit der Zukunft: Das war der Tod. Hier die Einzelheiten von einem seiner traurigen Tage.«

STENDHAL »ROT UND SCHWARZ«

KAPITEL I

WIE ALLES BEGANN

Zu Tode betrübt und von allen Göttern verlassen fuhr ich am Morgen des 28. September 1998 wieder in die Schule. Kalt war es draußen, noch dunkel und windig, und ich saß, tief in mich zusammengesunken, von meinem jungen Leben so bitter enttäuscht, ganz vorn im dahinfahrenden Bus und ließ meine Stirn gegen die beschlagene Scheibe fallen. Wie konnte es nur so weit kommen, fragte ich mich. Und wie würde es jetzt für uns alle nur weitergehen?

Ich starrte hinaus ins Nichts, in die herbstliche, regnerische Tristesse einer Ruhrgebietsvorstadt, die mir nunmehr bleiern und menschenfeindlich erschien, und ahnte bereits, wie dieser Tag für mich weitergehen würde – sie würden mich zum Gespött der Schule machen, so viel war sicher. Und obwohl der Dieselmotor des Omnibusses fast gewalttätig laut unter meinen Füßen grollte, sodass ich von den Gesprächen der mir größtenteils unbekannten Menschen nichts mithören konnte, fühlte es sich schon in dieser frühen Stunde des Tages so an, als würden sie alle mich anstarren, ihre Nasen über mich rümpfen und mich verlachen.

Die Schüler aller Klassen rannten wie wild geworden über die Gänge und den Hof, die Treppenhäuser hoch und runter, hin und her und wedelten dabei mit ihren SPD-Fähnchen. Das ganze Gymnasium hatte sich nach den vergangenen Wochen und Monaten endgültig in eine rot-weiße Trutzburg verwandelt, trunken in bis dato nicht gekannter Glückseligkeit, und ich versuchte, mir bloß so unbemerkt wie möglich meinen Weg zum Klassenzimmer zu bahnen. Von dem Moment an, da sie mich erblickt hatten, schütteten sie ihre Häme über mir aus, über mir, dem Unverbesserlichen, Ewiggestrigen, dem einzigen Menschen an dieser Schule, vielleicht in der ganzen Stadt, der bis zum Schluss an einen letzten großen Sieg von Helmut Kohl geglaubt hatte, der seinen historischen Fehler bis zur allerletzten Sekunde nicht hatte einsehen wollen, der vermutlich noch nicht einmal jetzt verstand, wie falsch er gelegen hatte.

»Wir haben es dir doch gesagt!«, rief da eine eigentlich so hübsche und liebe Mitschülerin, die ich lange Zeit heimlich begehrt hatte, in meine Richtung.

»Siehst du es endlich ein? Du stehst auf der falschen Seite der Geschichte!«, brüllte eine weniger schöne.

»Das Spiel ist aus«, kreischte mir ein hagerer Junge entgegen, den ich noch nie zuvor gesehen hatte.

Ihre Stunde war gekommen, jetzt war der Moment, mit dem Finger auf mich zu zeigen und mir ihren Triumph erbarmungslos unter die Nase zu reiben.

Ich verstand ihre Motivation, ich hätte es vermutlich nicht anders gemacht, und doch schmerzte mich jedes einzelne ihrer Worte sehr.

Nachdem ich die ersten Anfeindungen des Tages überstanden hatte, geriet gleich die erste Stunde zu einer einzigen Farce. Eigentlich stand der Leistungskurs Geschichte auf meinem Plan, doch anstatt gemäß Lehrplan zu unterrichten, warf Herr Junge, der Referendar, der uns seit ein paar Monaten zugeteilt war, den Unterrichtsstoff über den Haufen und ließ, nachdem er wie elektrisiert ins Klassenzimmer gestürmt war und seine Ledertasche aufs Pult geknallt hatte, den Emotionen freien Lauf. Er nutzte die Gelegenheit und hämmerte uns noch einmal ein, was dieses Wahlergebnis für unser Land bedeutete, um welche Ausnahmesituation, um welchen Epochenumbruch es sich dabei handelte.

»Sie müssen verstehen«, überschlug er sich beinahe und raufte sich die Haare, »sechzehn Jahre Helmut Kohl ... sechzehn lange Jahre. Ein stranguliertes Land, eine gelähmte Gesellschaft, eine verkümmerte Politik ... Das alles hat jetzt endlich ein Ende!«

Auch Herr Junge wusste indes von meinem einsamen Widerstand, auch er hatte natürlich mitbekommen, wie ich mit Beginn des Wahlkampfes, als man bereits Allerschlimmstes befürchten musste, auf meinem Etui so sichtbar wie möglich und explizit vor den Augen meiner Mitschüler einen kreisrunden Ansteckpin angebracht hatte, auf dem die Fahne der Bundesrepublik vor blauem Hintergrund im Wind wehte – und neben einem kleinen CDU-Logo war darauf in großen Lettern zu lesen: *Ich bin für Kohl!*

Ich weiß nicht, wo ich diesen Werbeartikel eigentlich aufgetrieben hatte, doch ich erinnere mich ganz genau, wie ich den fast zehn Zentimeter breiten Anstecker ein paar Wochen vor der Wahl kurz vor Ende der großen Pause an die Oberseite des Mäppchens heftete, wie ich ihn am Stoff meines Hemdes demonstrativ polierte, als handele es sich dabei um eine edle Brosche oder eine seltene Münze, und wie ich im Anschluss prüfend auf die nun spiegelglatte Oberfläche pustete, die unter den flackernden Neonröhren des Klassenzimmers regelrecht aufzuleuchten schien.

Es erfüllte mich mit einer enormen Genugtuung, dabei den Schrecken in den Augen meiner Klassenkameraden zu sehen, die aufflammende Angst, sie könnten entgegen aller Wahrscheinlichkeit doch noch einmal die Wahl verlieren. Ich genoss diesen Moment so gut es nur ging, faltete die Hände, tat, als würde ich über irgendetwas nachdenken, das Helmut Kohl zuletzt gesagt hatte, und setzte dabei ein Gesicht auf, als läge mir das Schicksal unseres Landes sehr viel ernsthafter am Herzen als all den blinden Erneuerern um mich herum.

Ich schämte mich jedenfalls nicht, für meine Überzeugungen einzustehen, ich wollte, dass jeder in der Schule von meiner Widerständigkeit erfuhr. Auch Herrn Junges Aufmerksamkeit hatte ich immer wieder auf meinen Pin lenken können, und so blinzelte er mir bei seinem flammenden Vortrag, den er – wie ich heute denke – gewiss wochenlang für den wahrscheinlichen Fall der Fälle vorbereitet und eingeübt hatte, nun unmissverständlich zu, ganz so, als wartete er nur darauf, dass auch ich endlich einknickte, vielleicht besser noch, dass ich aufstehen und mich in aller Demut zu meinem Irrtum bekennen würde. Doch anstatt ihm diesen Wunsch zu erfüllen, versank ich bloß immer noch tiefer in meiner Schulbank, war immer weniger imstande zuzuhören und fiel immer ungebremster in die Verzweiflung hinein. Was würde unter diesen Umständen wohl aus mir und meinem bisherigen Leben werden? Jetzt, da schon der erste Tag nach der Niederlage zu einer solchen Demütigung geraten war? Waren meine glücklichen, sorgenfreien Tage gezählt? Es fühlte sich sehr danach an. Nur, wie hatte es so weit kommen können?

*

Mein Leben bis zu diesem Tag, ich kann es nicht anders sagen, erinnere ich als eine einzige, nie endende Aneinanderreihung schöner und allerschönster Momente. Daheim mangelte es mir an nichts, nie litt ich Hunger oder anderes Leid, nie erfuhr ich auch nur irgendein erwähnenswertes Unrecht. Nein, jeder Tag kam im Grunde einer Verbesserung und nochmaligen Verbesserung des Vortages gleich, und hätte ich wählen müssen, kein Schicksal der Welt wäre mir lieber gewesen als mein eigenes.

Vom ersten mir in Erinnerung verbliebenen Moment empfand ich mein Leben als einen einzigen Segen, und das, obgleich meine Eltern nicht etwa Anwälte oder höhere Beamte, gar Diplomaten oder Unternehmer waren, für die Geld keine Rolle spielte, ganz im Gegenteil. Sie waren zwei einfache, unerbittlich für unser familiäres Auskommen schuftende Fabrikarbeiter, die tagein, tagaus von der schweren Arbeit erschöpft und von oben bis unten mit Ruß und Öl verschmiert nach Hause kamen, um es mir, ihrem einzigen Kind, nie auch nur am Allergeringsten mangeln zu lassen.

Große Teile dieser Kindheit und Jugend verbrachte ich in der Natur. In einem der Wäldchen nahe unserem bescheidenen Reihenhaus, in den schier unendlichen Kornfeldern des Bauern Müller, die gleich hinter unserem Haus begannen und jeden Sommer wie ein goldenes Meer unter meinem Fenster im Wind hin- und herwogten. In jeder freien Minute tobte ich mit meinen Schulfreunden in diesen Feldern herum, bis meine Mutter mich kurz vor Sonnenuntergang wieder in ihre Arme zurückrief – und dann saßen wir drei gemeinsam beim Abendbrot, das meine Mutter so liebevoll zubereitete, machten Scherze über die Ereignisse des Tages und lachten.

Und wenn ich nicht gerade frei wie ein Vogel durch die Natur streifte und mich dabei im Spiel und in Tagträumereien verlor, dann war es mir ein fast noch größeres Glück, meinem Vater, der ein meisterhafter Handwerker war, bei den kleineren und größeren Arbeiten im Haus zuzusehen und ihm im Rahmen meiner Möglichkeiten zur Hand zu gehen. Wenn er im Keller an seiner Werkbank Entzweigegangenes reparierte, als wäre nichts weiter dabei, wenn er nach der Arbeit oder an den Wochenenden in unserem Häuschen noch einen Raum tapezierte, Fliesen und Teppiche verlegte, Wände anstrich, Leitungen erneuerte und so fort. Mit staunenden Augen folgte ich ihm, wie er all diese Zaubereien aus dem Handgelenk schüttelte, und stellte mir vor, wie auch *ich* eines fernen Tages über dieselben Fähigkeiten verfügen würde.

Meine Eltern, die sich alle Aufgaben, so gut es eben ging, teilten, die genau wie ich in all den Jahren ohne Zweifel nicht glücklicher hätten sein können, erzogen mich dabei mit nichts als Sanftmut, Zuspruch und Verständnis, ganz gleich, was ich auch anstellte. Und das, obwohl sie selbst schwere Kindheiten hatten durchleben müssen, Kindheiten voller Entbehrungen, geprägt von eiserner Strenge, Zucht und Armut, die ihnen beiden den Besuch einer höheren Schule von Anfang an verunmöglicht hatten.

Kurzum, ich hatte, wie ich gar nicht entschieden genug betonen kann, ein ganz und gar unverschämtes Glück. Und zu diesem Glück in der Familie gesellte sich – als hätte es das Schicksal nicht schon gut genug mit mir gemeint – noch ein weiteres, das mir viel höhere Mächte hatten zukommen lassen: So war ich bereits in der Grundschule ein fast schon zu hübscher Knabe, mit feinen Gesichtszügen, leuchtenden Augen und zarten Gliedern, was zwangsläufig dazu führte, dass die Mädchen aus meiner Klasse mir beinahe wöchentlich heimlich kleine Geschenke in die Schultasche steckten, wenn sie nicht gar noch einen Schritt weiter gingen und persönlich bei uns zu Hause vorbeikamen, wo meine erstaunten Eltern diese Präsente für mich entgegennahmen, während ich mich verschämt in mein Kinderzimmer einschloss.

Ich war darüber hinaus ein ausgezeichneter, mit enormem Talent gesegneter Sportler. So ausgezeichnet, dass ich in der dritten Klasse für eine an dieser Schule bei den Bundesjugendspielen noch nie zuvor errungene Höchstleistung vom Rektor höchstpersönlich und vor allen anderen Schülern mit einer individuell angefertigten Urkunde in Form einer übergroßen, gerahmten, mir handschriftlich gewidmeten Fotografie unseres Schulgebäudes geehrt wurde. Und blicke ich heute zurück, so empfinde ich fast schon eine gewisse Scham gegenüber all jenen geplagten Seelen, die von Fortuna nicht so liebevoll geküsst worden sind wie ich.

Man könnte sagen, dass ich seit früher Kindheit nicht den leisesten Zweifel an einer ganz besonderen mir zugefallenen Befähigung hatte, ja, dass ich ganz fest davon ausging, dass das Schicksal Großes für mich vorgesehen hatte. Und da mir auch das Lernen keinerlei Schwierigkeiten bereitete und ich ohne große Anstrengung nur die besten Noten erhielt, war es kein Wunder, dass die mir so zugeneigte Grundschullehrerin bei meiner Entlassung ein paar aufrichtige Tränen weinte und meinen sich ungläubig die Augen reibenden Eltern noch einmal ins Gewissen sprach, mich auch tatsächlich auf das Gymnasium zu entsenden und künftig all meine Talente mit Hingabe zu fördern. Ja, auch sie sagte mir eine glänzende Zukunft voraus, auf dass sie einen Teil meines kommenden Erfolgs sich selbst auf die Fahnen würde schreiben dürfen.

Wenn es überhaupt eine Sache gab, nach der ich mich insgeheim sehnte, dann war es, so einfältig und undankbar das auch klingen mag, eines fernen Tages die nächsthöhere Stufe des Wohlstands zu erreichen. Es war ein Verlangen, von dem ich meine Eltern nie wissen ließ, das ich ausschließlich mit mir selbst auszumachen hatte: Schon früh nämlich schaute ich auf zu den Reicheren und Besserverdienenden, zu ihren großen Autos und stattlichen Villen, nicht mit Neid oder Missgunst, sondern mit sehnsüchtigem Interesse und wohlwollender Bewunderung. Ich empfand den Wohlstand des Bürgertums, das ich zwar damals noch nicht als solches hätte benennen können, das mir jedoch aus der direkten Anschauung meiner oft gut situierten Freunde auf dem Gymnasium bald bestens bekannt war, nicht etwa als unverdient, als etwas, das sie anderen weggenommen hatten. Nein, ich empfand ihn als etwas, das letztlich jeder sich aneignen konnte, wenn er nur hart genug dafür arbeitete oder – wie ich – mit genügend Talent und Glück beschenkt war.

Ab der Oberstufe ließ ich aus dieser Selbstgewissheit heraus die Zügel ein wenig schleifen. Nicht allzu sehr natürlich, nicht so, dass es hätte gefährlich werden können, ganz und gar nicht, sondern gerade so, dass ich zwar nicht mehr die allerbesten Noten schrieb, aber immer noch ohne Probleme gut durch die Jahre kam, sodass auch meine Mutter, die – den Worten meiner Grundschullehrerin Folge leistend – sehr auf mein schulisches Fortkommen achtete, zu keiner Zeit in Sorge geraten wäre.

Ich machte mir schlicht und ergreifend keine Gedanken um meine Zukunft, so mühelos war mir alles stets zugeflogen, so leicht war mir alles gefallen, so nahtlos hatte sich alles immer ineinander gefügt.

Da also mein Leben bis dato erschütterungsfrei verlaufen war, interessierte ich mich bis zu meinem achtzehnten Lebensjahr für Politik auch nur insofern, als sie dafür sorgte, dass einfach alles beim Alten blieb. Genauer gesagt bestand meine einzige Sorge darin, dass sich auch nur das Geringste zum Schlechteren verändern könnte. Und so sollte man es mir nachsehen, wie ich finde, dass ich damals – anderthalb Jahre vor dem Abitur – bei der Bundestagswahl 1998 gerade *nicht* auf einen Umsturz, sondern auf eine fünfte Amtszeit von Helmut Kohl gesetzt hatte und all meine Hoffnung und Anstrengung darauf verwandte, dass es noch ein letztes Mal für ihn reichte.

Die Wochen vor der Wahl kamen für mich daher einem regelrechten Spießrutenlauf gleich. Niemand, nicht ein einziger meiner Mitschüler, hatte sich mit mir auf die Seite Kohls geschlagen, obwohl es uns unter ihm doch allen zweifelsfrei gut ging. Obwohl wir alle doch sehr viel mehr zu verlieren denn zu gewinnen hatten. Sie aber fieberten, und das machte mich schier wahnsinnig, auf etwas Neues hin, wollten Erneuerung, koste es, was es wolle. Die vergleichsweise wenigen Klassenkameraden aus einfachen Familien taten ohnehin, was ihre Eltern ihnen sagten, waren, wie alle bescheidenen Menschen im Ruhrgebiet, ohne darüber nachzudenken, Sozialdemokraten und konnten ihr nun heraufziehendes Glück einer Kanzlerschaft kaum fassen. Die Kinder aus besserem Hause hingegen nutzten ihre historische Chance, um ein erstes und letztes Mal gegen ihre Eltern aufzubegehren.

Ich war also mit meiner Agenda allein auf weiter Flur und kämpfte mit meiner unverhohlenen Unterstützung für Kohl einen aussichtslosen, mir nichts als Unverständnis und Häme, bisweilen auch Beschimpfungen und Ablehnung einbringenden Kampf. Nicht nur gegen meine Mitschüler, nein, natürlich auch gegen den gesamten Lehrkörper. Denn auch unter den Lehrern fand sich damals kein Einziger, der vor der Wahl nicht für die Sozialdemokratie, für Erneuerung und Umsturz geworben hätte, ganz so, als hätte ihr aufdringliches Engagement noch irgendjemanden bekehren müssen. Bei mir allerdings bissen sie auf Granit. So sicher war ich mir meiner Sache, so sehr empfand ich den Neuanfang mit einem mir unbekannten, unberechenbaren Mann als das falsche Signal, als unnötiges Risiko für das ganze Land, ja, als brandgefährliche Erschütterung der mir bekannten Welt. Doch es half alles nichts. Helmut Kohl hatte die Wahl verloren, und so ereignete sich die erste große Erschütterung meines Lebens am 27. September des Jahres 1998.

*

Ich ließ den Rest dieses schrecklichen Schultages einfach über mich ergehen – letztlich waren die Schmähungen nicht mehr als die Geister, die ich selbst gerufen hatte. Und als meine Mitschüler nach Unterrichtsende vollgepumpt mit Enthusiasmus aus der Schule hinausströmten, hinein in eine Welt, von der sie sich nun so viel erhofften, blieb ich stur sitzen. Ich wollte allein sein mit meiner verletzten Seele, ließ meinen Kopf auf den Tisch fallen, atmete schwer aus und versuchte, mich irgendwie von den Strapazen zu erholen.

Ich muss dabei kurzzeitig eingeschlafen sein, da legte sich mir mit einem Mal ganz zart, als wollte sie mich nicht erschrecken, eine Hand auf die linke Schulter. Es war Herr Junge, der wohl gespürt hatte, dass ich hier irgendwo in meine Trauer versunken herumsitzen würde.

»Na, mein Lieber«, sagte er.

Ich fuhr hoch und drehte mich zu ihm hin. Mir war etwas Speichel aus dem Mundwinkel gelaufen und auf den Hemdsärmel getropft, während ich schlief, und nun wischte ich mir hastig mit dem Handrücken über Mund und Wange.

»Herr ... Herr Junge«, antwortete ich, denn natürlich war mir unangenehm, dass er mich in all meiner Hilflosigkeit antraf.

»Was machen Sie denn noch hier?«, fragte er aufrichtig besorgt, und ich muss hinzufügen, dass ich persönlich nicht das Geringste gegen den in jeder Hinsicht fairen Herrn Junge einzuwenden hatte – bis auf seine politische Naivität natürlich.

»Alles in Ordnung?«

Ich zögerte mit einer Antwort, ich wusste überhaupt nicht, wo ich hätte anfangen sollen.

»Ich ... Ich wollte nur noch ein bisschen für mich sein«, stotterte ich.

Herr Junge entdeckte die Federmappe, die vor mir auf der Schulbank lag und an der noch immer, wohl aus Trotz, mein CDU-Pin leuchtete. Plötzlich war er mir sehr unangenehm, und ich bedeckte ihn, als hätte Herr Junge ihn nicht längst schon gesehen, mit derselben Hand, mit der ich mir einen Augenblick zuvor noch den Mund abgeputzt hatte.

»Ach, bemühen Sie sich nicht«, sagte er. »Ich mache Ihnen keinen Vorwurf, jetzt nicht mehr.«

Ich beschaute mir noch einmal nachdenklich den Anstecker, dann löste ich die Nadel aus dem Kunstleder und schloss die Spange wieder. Ich wog ihn in der Hand und machte dabei einen kritischen Gesichtsausdruck.

»Er wiegt fast gar nichts«, sagte ich vor mich hin. »Leicht wie eine Feder.«

»Er ist aus einfachem Blech«, sagte Herr Junge. »Er hat keinerlei Wert.«

»Vermutlich haben Sie recht. Er ist nichts mehr wert ...«

Erst jetzt nahm er seine Hand von meiner Schulter.

»Wissen Sie was«, sagte er, »ich mag Sie. Wirklich. Sie sind ein wunderbarer junger Mann.«

Ich sah ihn fragend an.

»Wie meinen Sie das, Herr Junge?«

Der Referendar dachte nach.

»Da steckt so etwas Ungezügeltes in Ihnen, ich weiß es nicht so recht zu bestimmen. Irgendetwas unterscheidet Sie von den anderen hier ... Das habe ich gleich gespürt, wenn ich so ehrlich sein darf.«

»Etwas, das mich unterscheidet? Sie meinen den Anstecker?«

»Nein, nein«, sagte Herr Junge entschieden. »Es ist mehr als das. Der Pin ist nur eine Jugendsünde, den habe ich von Anfang an nicht ernst genommen.«

Er stieß ein heiteres Kichern aus.

»Ach so ...«, sagte ich. »Und glauben Sie wirklich, dass sich jetzt alles ändert, wie die Leute sagen?«

Herr Junge setzte gerade zu einer Antwort an, da klopfte es am Türrahmen, und der Hausmeister schlurfte herein, dessen Namen ich nicht kannte, dessen Namen vermutlich niemand von uns Schülern kannte, obwohl wir ihn jeden Tag mit seinem klappernden Schlüsselbund durch das Gemäuer huschen sahen.

»Ich mach hier bald zu«, sagte er ausdruckslos.

Ich schaute ihn ein paar Momente lang an, er sah unglücklich aus, noch unglücklicher als sonst. Hatte seine Trauer etwa denselben Grund wie die meine? Hatte vielleicht auch er, ohne es mit jemandem teilen zu können, seine geschundenen Daumen für eine fünfte Amtszeit von Helmut Kohl gedrückt? Hatte er gar am Vortag für Kohl abgestimmt, was das Schicksal *mir* verwehrt hatte, da *meine* Volljährigkeit, als hätte eine böse Macht ihr Spiel mit mir treiben wollen, erst ein paar Tage später erreicht sein würde?

»Na, dann wollen wir mal los, oder?«, unterbrach Herr Junge meine Überlegungen und gab mir einen sanften Stoß in die Seite.

Ich nahm meine Schultasche, und gemeinsam schlenderten wir aus dem Klassenzimmer hinaus, den langen Flur hinab und traten vor das Gebäude.

»Kommen Sie, ich fahre Sie nach Hause, Sie haben es heute schon schwer genug gehabt«, sagte der Referendar in leicht scherzendem Ton.

Er deutete auf die gegenüberliegende Seite der viel befahrenen zweispurigen Straße, die unser Schulgebäude vom Rest des dazugehörigen Schulzentrums abtrennte. Auf der einen, der schönen, Seite lag unser Gymnasium mit einer angeschlossenen Stadtbücherei, hellen Klassenräumen, gepflegten Backsteinfassaden und einem herrlich begrünten Schulhof mit allen Möglichkeiten der Pausenunterhaltung – auf der anderen Seite lagen, in meiner Erinnerung in undurchdringlichen Smog gehüllt, düster, grau und lebensfeindlich, die Gebäude der Real-, Haupt- und Sonderschule.

»Mein Auto steht drüben hinter der Sporthalle, heute Morgen war alles besetzt, wir müssen ein wenig laufen.«

Ich erschrak. »Bei … bei der Sporthalle, Herr Junge?«

Überrascht nahm er meine Angst wahr.

»Aber was stimmt denn nicht damit?«, fragte er.

Ich zögerte, denn eine Antwort darauf war nicht einfach.

Noch gar nicht erwähnt habe ich nämlich bisher, dass meine so leidenschaftliche Unterstützung für Helmut Kohl nicht ausschließlich unbestimmter Natur war. Ich war nicht nur von der diffusen Angst getrieben, dass alles sich irgendwie würde verändern können, das war lediglich mein Bauchgefühl. Nein, es gab auch einen ganz konkreten Grund, einen handfesten, und ich fürchte, der Vollständigkeit halber muss ich auch davon berichten.

Wie gesagt trennte lediglich eine zweispurige Straße die Welt meines Gymnasiums von der aller übrigen Schulen, und wäre es in jener Zeit nach mir gegangen, dann hätte diese Straße durchaus noch etwas breiter und viel befahrener sein können, man hätte von mir aus auch auf jeglichen Fußgängerübergang verzichten können. Ja, man hätte sogar eine hohe Mauer an ihrer statt hochziehen können, denn meine Angst vor der anderen Straßenseite war, um nur das Mindeste zu sagen, allgegenwärtig.

Von dort drüben nämlich drohte tägliche Gefahr. Wie aus einer verstoßenen, vergessenen Sphäre kamen die Schüler der anderen Schulen regelmäßig in unsere schöne, heile Welt herüber. Wie die Untoten betraten sie mit ihren gewaltbereiten Körpern unser Schulgebäude, um uns immer wieder aufs Neue aufzusuchen, Gewalt anzudrohen und anzutun, uns zu bestehlen und zu erniedrigen. Sie hatten es auf unsere so wehrlosen Körper abgesehen, die ihnen nichts als Unterwerfung entgegenzusetzen hatten. Sie machten uns verständlich, dass sie, zumindest solange wir alle noch zur Schule gingen, am längeren Hebel saßen.

Im besten Fall konnte man unter ihrem Radar hindurchtauchen, indem man ständig auf der Hut war, ihnen frühzeitig aus dem Weg ging, den Blick senkte, ihnen nicht in die Augen sah und vor allen Dingen auch sonst nie durch unnötige, unbedachte Aktionen auf sich aufmerksam machte. Denn war man erst einmal aufgefallen, stand man gar unter besonderer Beobachtung, und das konnte schnell passieren, verschärfte sich die Gefahr immens, sprang aus der Welt der Schule in die der Freizeit über, auf die öffentlichen Orte, auf das Schwimmbad und so weiter, wo man ihnen jederzeit über den Weg laufen konnte, und ich sah in all den Jahren mehr als eine Handvoll Nasen brechen, vernahm dabei dieses dumpfe Knacksen und sah sodann Bäche fassungsloser Tränen über gymnasiale Gesichter rinnen.

Helmut Kohl aber war in erster Linie ein Vertreter von uns Gymnasiasten – so viel hatte ich verstanden. Kohl wollte uns schützen vor dem Zugriff von außen. Er stand ganz eindeutig auf meiner Seite, wohingegen Kohls Widersacher nicht das Geringste von der realen Welt mit ihren real existierenden Problemen kapierten. Sie wollten eine Welt, in der es zwischen den sanften Seelen wie mir und den gnadenlosen Schlägern nicht einmal mehr eine Straße als Hindernis gab. Sie wollten, dass es überhaupt keine unterschiedlichen Schulen mehr gab, dass alle auf *eine* Schule gingen – und das schien mir die denkbar größte Katastrophe für Leib und Leben zu sein. Die Sozialdemokraten konnten, das war mir vollkommen klar, dafür nur einen einzigen Grund haben – pure Menschenfeindlichkeit.

Und wenn ich eingangs gesagt habe, dass mein Leben bis zur Wahlnacht 1998 glückseliger und angstfreier nicht hätte sein können, so war das – zumindest in diesem Punkt – ein kleines bisschen gelogen. Denn in all den Jahren auf dem Gymnasium verging kein einziger Tag, an dem ich nicht Angst vor der gegenüberliegenden Straßenseite gehabt hätte. Und manchmal, wie um mich selbst ein bisschen ins Gruseln zu versetzen, steigerte ich mich regelrecht in die Vorstellung hinein, ich würde aus irgendeinem Grund vom Gymnasium geworfen und müsste fortan gegenüber zur Schule gehen, verdammt bis in alle Ewigkeit – und wie man sich selbst manchmal beim Ausmalen düsterster Szenarien durchaus einer gewissen Lust nicht erwehren kann, so erging es mir auch mit dieser Vorstellung: Ich genoss sie mit schauriger Leidenschaft, wohl wissend, dass mir dieses Los erspart bleiben würde, war ich doch dafür letztendlich ein zu guter Schüler.

All das aber konnte ich meinem Lehrer in diesem Moment unmöglich erklären, also antwortete ich auf seine Frage mit einem Kopfschütteln.

Zum Glück passierte uns diesmal nichts auf dem Weg über die Straße, und auch auf dem Hof der Haupt-, Real- und Sonderschule kam es zu keiner einzigen gefährlichen Begegnung – vermutlich waren auch hier die Schüler nach Schulschluss in großer Vorfreude auf eine bessere Zukunft aus der Schule geeilt, um diesen besonderen Tag in aller Freude mit ihren Familien zu begehen. Ich stieg in Herrn Junges Ford Fiesta, schnallte mich an, wir fuhren los.

»Ich erzähle Ihnen jetzt ein Geheimnis«, sagte Herr Junge nach ein paar Minuten, da er das Auto in Richtung meines Elternhauses lenkte, wohin ich ihm den Weg anzeigte. »Ich glaube nicht, dass sich für uns etwas ändert, beziehungsweise für Sie. Alles wird beim Alten bleiben, ich bin mir da sogar ausgesprochen sicher.« Er machte eine Pause. »Das ist doch Ihre größte Sorge, richtig?«

»Aber«, sagte ich, »vorhin vor der Klasse haben Sie doch was ganz anderes behauptet. Da haben Sie uns alle eingeschworen, und Sie haben über mich gelacht ... Und jetzt sagen Sie mir, dass Sie selbst gar nicht daran glauben? Haben Sie uns in Wahrheit nur was vorgespielt?«

Der junge Referendar kicherte in sich hinein.

»Ach, wissen Sie«, seufzte er, »mit der Wahrheit ist es so eine Sache ...«

Ich schaute ungläubig zu ihm rüber, während er um eine Ecke bog und in den zweiten Gang schaltete. Die Kupplung des Fiesta knarzte laut auf.

»Sagen Sie mir lieber«, fuhr er fort, »was haben Sie eigentlich mit Ihrem Leben vor? Wissen Sie das schon?«

»Nein, Herr Junge«, schüttelte ich den Kopf. »Darüber habe ich mir noch keine Gedanken gemacht.«

»Das sollten Sie aber. Ich habe das Gefühl, in Ihnen steckt eine ganze Menge. In meinen Augen fahren Sie, wenn ich so sagen darf, mit angezogener Handbremse. Lassen Sie los. Ich glaube, dann hält Sie nichts mehr auf«, sagte er. »Und ich erzähle Ihnen *noch* ein Geheimnis. Sind Sie bereit?«

»Aber nur, wenn es kein gefährliches Geheimnis ist!«, gab ich etwas verschüchtert zurück.

Herr Junge schaute mich an, mindestens einen Moment zu lang für die Tatsache, dass er den Wagen zu lenken hatte, und legte seine Hand verschwörerisch auf mein linkes Knie.

»Jedes Geheimnis ist gefährlich und gleichzeitig ungefährlich. Es kommt darauf an, wer von dem Geheimnis weiß und was man daraus macht ... Also, wollen Sie es hören?«

Ich nickte.

»Wenn Sie es weit bringen wollen, wenn Sie an die Fleischtöpfe wollen, dann passen Sie jetzt gut auf. Sie müssen zu den Leuten, die bereits dort sind, wo *Sie* hinwollen. Immer und immer wieder müssen Sie deren Nähe suchen, und, das ist ganz wichtig, Sie müssen diesen Leuten unter allen Umständen das Gefühl vermitteln, dass Sie *keine* Bedrohung für sie sind. Verstehen Sie das? Sie müssen sich immer klein und demütig geben, als könnten Sie keiner Fliege was zuleide tun, als läge Ihnen nichts ferner, als sich in den Vordergrund zu spielen, als hätten Sie das Wort Karrierismus noch nie gehört.«

»Karrie... was? Wie, bitte?«, fragte ich.

»Sie müssen in jeder Situation absolut glaubhaft so tun, als hätten Sie keinerlei Ambitionen, als bewunderten Sie die Leute über Ihnen geradezu. Loben Sie sie, himmeln Sie sie an, seien Sie überfreundlich, hilfsbereit und stellen Sie sich immer ein bisschen dumm und begriffsstutzig dar, das mögen diese

Leute. Aber arbeiten Sie im Hintergrund wie ein Besessener. Und dann, eines Tages, kommt Ihre Stunde – bis zu diesem Moment hat Sie noch niemand als Bedrohung wahrgenommen, niemand hat Ihren Aufstieg bemerkt, weil er so kleinlaut daherkam, und plötzlich, über Nacht, haben Sie Ihre Konkurrenten links und rechts überholt und ihre Plätze eingenommen, und alle reiben sich die Augen ... Ergibt das Sinn für Sie?«

Ich hatte den Ansteckpin aus meiner Hosentasche gezogen und knibbelte geistesabwesend daran herum.

»Haben Sie mir überhaupt zugehört?«, fragte er lauter.

»Ja, natürlich, Herr Junge«, ich war jetzt wieder voll da. »Aber woher wissen Sie das denn alles?«

Der Referendar schwieg bedeutungsvoll.

»Dort drüben«, rief ich plötzlich aus, »dort die Reihenhäuser, da wohne ich!«

Er brachte den Fiesta in aller Ruhe zum Stehen. Dann atmete er laut aus und schaute sich um.

»Hier wohnen Sie also, ja? Das ist doch sehr hübsch. Dieses kleine Häuschen, die Weizenfelder. Und gegenüber gleich ein Sportplatz. Wie idyllisch.«

»Ich kann nicht klagen, Herr Junge. Ich war immer sehr glücklich«, sagte ich.

»Was machen eigentlich Ihre Eltern?«

»Sie sind einfache Arbeiter. Sie arbeiten in der Fabrik.«

»Ach, das ist schön, wissen Sie, meine Eltern sind schon vor langer Zeit ...«, aber da redete Herr Junge mit einem Male nicht weiter und hielt einen Moment inne. »Gut, Sie kommen also aus der Arbeiterklasse ... Dann will ich es Ihnen nur umso deutlicher sagen. Erwarten Sie nichts von der Politik. Niemals! Besondere junge Menschen wie Sie müssen sich durchsetzen. Gebrauchen Sie Ihre Ellenbogen, wo Sie nur können – Sie haben jedes Recht dazu, Ihnen bleibt kaum etwas anderes übrig als Rücksichtslosigkeit, merken Sie sich das«, erklärte er mir. »Das ist Ihr schärfstes Schwert!«

Ich nickte.

Herr Junge reichte mir seine Hand.

»Sie haben aber sehr weiche Hände, hat Ihnen das schon mal jemand gesagt?«, fragte er.

»Finden Sie?«

»Unbedingt.«

Ich schaute verlegen auf den Anstecker in meiner linken Hand.

»Kann ich den vielleicht bei Ihnen lassen? Ich brauche ihn nicht mehr.«

»Selbstverständlich, ich werde ihn für Sie entsorgen. Und nehmen Sie es nicht so schwer mit der Wahl. Vergessen Sie sie einfach. Es wird sich nichts ändern, das versichere ich Ihnen.«

Ich öffnete die Tür, stieg aus dem Wagen und drehte mich noch einmal zu Herrn Junge um.

»Ich will es hoffen, Herr Junge, ich will es so sehr hoffen.«

*

Erstaunlicherweise schien sich auf fast beängstigende Weise zu bewahrheiten, was Herr Junge an diesem Tag prophezeit hatte – in den folgenden Wochen und Monaten änderte sich nicht das Allergeringste, und auch meine lieben Eltern, die kurz nach der Wahl genauso aus dem Häuschen gewesen waren wie alle anderen, denen gegenüber ich aber aus Rücksicht nichts von meiner Gesinnung zu erkennen gegeben hatte, sprachen schon wenig später kaum noch ein Wort von ihrem neuen Kanzler. Und je mehr Zeit verging, desto unbeschwerter und sorgenfreier wurde ich wieder, ganz so, als wäre überhaupt nichts geschehen.

Meine Eltern arbeiteten weiterhin hart, drehten für ein bisschen Wohlstand jede Mark zweimal um, meine Mutter bereitete pünktlich das Essen vor, und als ich rund anderthalb

Jahre später ohne größeren Zwischenfall und ohne besondere Anstrengung ein – wie ich fand – durchaus ordentliches Abitur abgelegt hatte, waren auch die allerletzten Zweifel von mir abgefallen, das Schicksal könne es am Ende vielleicht doch nicht gut mit mir meinen. Ich hatte mein Vertrauen zurückgewonnen.

Besonders der Abend des großen Abschlussballs war zu einem fulminanten Erlebnis für mich geworden. Der Blick in die Gesichter meiner gerührten Eltern erfüllte mich mit nie gekanntem Stolz, und auch Herr Junge suchte noch einmal das Gespräch. Den ganzen Abend über hatte er nach mir Ausschau gehalten und nur auf den richtigen Moment gewartet, dann nutzte er die Gelegenheit, um sich zu mir zu gesellen, als ich gerade ein paar Momente verschnaufte und abseits des Trubels auf einem Stuhl Platz genommen hatte, um ein wenig zu resümieren.

»Darf ich mich kurz zu Ihnen setzen?«, fragte er mich.

»Aber sehr gern, Herr Junge.«

»Es ist ja doch alles gut gegangen, nicht wahr?«

Ich lachte laut auf, als hätte er mich bei einer groben, aber an sich harmlosen Ungehörigkeit ertappt.

»Allerdings, Herr Junge, allerdings.«

Und dann lachten wir gemeinsam.

»Und wissen Sie schon«, fragte er nun fast ein bisschen schüchtern, »was Sie nun mit Ihrem Leben anfangen wollen?«

Ich zögerte, denn eigentlich fand ich die Frage banal, wenn nicht gar obszön – was sollte das denn bedeuten? War das nicht sogar die ganz und gar falsche Frage, was man »mit seinem Leben anstellen wollte«? Sprach aus einer so falsch herum gestellten Frage nicht eine vollkommen mutlose Geisteshaltung, eine, die immer davon ausging, dass man in der Schuld stand, tätig zu werden, anstatt einfach darauf zu vertrauen, dass alles, was kommen musste, auch kommen würde?

Sprach nicht aus seiner Frage schon eine viel zu mickrige Vorstellung vom Leben?

»Ja, das weiß ich in der Tat«, antwortete ich der Einfachheit halber.

»Wunderbar. Und wollen Sie es mir verraten?«

Ich schüttelte den Kopf.

»Dafür ist es noch zu früh, ich möchte mich ausschließlich an meinen Taten messen lassen, verstehen Sie?«

Herr Junge, der mittlerweile kein Referendar mehr war, sondern ein verbeamteter Studienrat, zeigte sich beeindruckt.

»Alle Achtung«, sagte er.

Ich lächelte ihn an und nahm einen Schluck Sekt aus einem Plastikglas, das vor mir auf dem Tisch stand.

»Ich möchte Sie auch gar nicht lange stören«, sagte er dann, erhob sich von seinem Stuhl und deutete eine Verbeugung an. »Wissen Sie«, fügte er noch hinzu, »eines Tages möchte ich von Ihnen und Ihren Taten in der Zeitung lesen ... Wollen Sie mir das versprechen?«

»O ja«, antwortete ich, »das werden Sie, Herr Junge, machen Sie sich keine Sorgen ...«, und dann trennten sich unsere Wege für immer.

*

Ich sah in der Folge nicht den geringsten Grund, etwas zu überstürzen, und verbrachte meine Zeit vor allem mit Tagträumereien darüber, was wohl irgendwann einmal über mich in der Zeitung zu lesen sein würde. Ich konnte mir ganz unterschiedliche Gründe dafür vorstellen, wie und warum ich es zu Berühmtheit bringen würde – es gab ja unendlich viele Möglichkeiten, und je nach Lust und Laune spielte ich sie, während die Tage, Wochen und Monate nur so an mir vorbeirauschten, immer wieder durch.

Ja, bei allem Übermut und athletischen Tatendrang war ich

immer schon ein sehr träumerischer Junge gewesen, hatte – während ich in der Natur herumstreunte, auf Baumkronen kletterte und über Wiesen rannte – ganz tief in mich hineingehorcht und meiner Phantasie freien Lauf gelassen. Und nun, da ich etwas älter war, da ich alle schulischen Aufgaben erfüllt hatte und mich von jeglichem Zwang befreit fühlte, nutzte ich die Angebote der Natur abermals zu ausgedehnten Spaziergängen – ich stand spät auf, machte mich in aller Seelenruhe fertig, trat hinaus in den Tag und schaute bis zum Abend nicht mehr auf die Uhr. Es war vielleicht, wenn ich so sagen darf, die schönste Zeit meines Lebens, und wenn es in diesen Tagen überhaupt etwas gab, das mich ein wenig betrübte, dann vielleicht nur, dass Vincent, einer meiner zwei engsten und liebsten Freunde, den ich seit Kindertagen kannte, gleich nach dem Abitur die Stadt in Richtung München verlassen hatte. Er hatte mir selbstverständlich erklärt, was genau er da nun ins Werk setzte, aber ich konnte es mir beim besten Willen nicht merken, und überdies war ich natürlich auch einfach sauer auf ihn, dass er mir so Hals über Kopf den Rücken zugekehrt hatte.

Erst nach gut einem halben Jahr begannen meine Eltern zaghaft damit, mich nach meinen weiteren Plänen zu befragen, woraufhin ich zunächst nur mit einem freundlichen Lächeln und einer abweisenden Handbewegung reagierte, sobald ihr Insistieren aber dringlicher wurde, mit sanft erhobener Stimme oder ersten kleineren Wutausbrüchen. Ich wusste ja, dass es nur eine Frage der Zeit war, bis sich das Richtige für mich ergeben würde. Also ging es für mich nur darum, meine Eltern bei Laune zu halten, bis sich alle angeblich so dringenden Probleme durch eine weitere Fügung urplötzlich in Luft auflösen würden.

Und um mich beizeiten selbst noch einmal zu vergewissern, dass auch wirklich alles in Ordnung war und kein Grund zur Sorge bestand, holte ich aus der Schublade meines Schreibtisches regelmäßig das in Klarsichtfolie abgeheftete Abiturzeugnis hervor, setzte mich auf einen kleinen Schemel am Fenster meines Dachzimmers, legte die Füße bequem auf den Sims und beschaute mir jedes Detail ganz genau. Ja, dieser Abschluss war eine Meisterleistung gewesen, keine Macht der Welt konnte ihn mir je wieder nehmen.

Und dann, fast über Nacht, tauchte in mir die Frage auf, was genau ich eigentlich falsch machte? Plötzlich zerbrach ich mir beinahe täglich den Kopf, saß vor dem Fenster, das Kinn in die Hände gestützt, blickte über die Felder und suchte nach einer Antwort auf die Frage, warum das Glück, sosehr ich auch darauf wartete, mir nicht mehr zur Seite stand. Und immer regelmäßiger kamen meine Eltern am Abend schon mit verschränkten Armen gemeinsam in mein Zimmer und versuchten, mich zur Rede zu stellen.

»Aber du hast doch ein so tolles Abitur gemacht, mein Sohn«, schluchzte meine Mutter beinahe.

»Ich verliere bald die Geduld! Wie lange willst du hier noch tatenlos rumsitzen!«, erhob mein Vater die Stimme. »Mit deinem Abschluss bekommst du doch jeden Ausbildungsplatz der Welt!«

Ich schwieg zunächst, als hätte ich die beiden gar nicht gehört, dann platzte es aus mir heraus.

»Seid ihr verrückt geworden?! Ich mache doch keine Ausbildung!«, brüllte ich so laut und verächtlich wie möglich durchs Haus. Sie mussten den Verstand verloren haben, wenn sie auch nur eine Sekunde lang geglaubt hatten, ich würde mit meinem Abitur in der Tasche jetzt unmittelbar irgendeiner unsinnigen Arbeit nachgehen. Diese Vorstellung war geradezu grotesk.

Jetzt erst bemerkte ich, wie sehr ich meinen lieben und vor allen Dingen so schlauen Freund Vincent doch vermisste. An ihn nämlich, den Sohn mittlerer Beamter, konnte ich mich in jeder Notlage wenden, ihn konnte ich immer um Rat fragen. Vincent, der schon in frühen Jahren immer über alles Bescheid wusste, der sich in allem auskannte, der sich meinem Empfinden nach für wirklich alles brennend interessierte, der schon zu Schulzeiten andauernd allein durch die Gegend reiste und von sich selbst immer sagte, er würde wegen seines Ordnungssinns und seiner Disziplin auch einen hervorragenden Soldaten abgeben, wäre er nicht so ein Feingeist und Pazifist. Vincent verlor nie die Nerven, war von vorbildlicher Verlässlichkeit, und allein mit ihm Zeit zu verbringen gab mir das gute Gefühl, vielleicht selbst auch von vergleichbarem Charakter zu sein. Und jetzt merkte ich also, wie sehr seine Abwesenheit meine Unruhe verstärkte.

Auch mein Schlaf geriet zusehends schlechter, ich begann mit den Zähnen zu knirschen, wie mir mein schmerzender Kiefer am Morgen bedeutete. Häufig wachte ich schweißgebadet aus den immer gleichen sorgenvollen Albträumen auf und fand kaum die Kraft, morgens überhaupt aus den Federn zu kommen. Und spätestens als in den Vereinigten Staaten aus heiterem Himmel die Türme des World Trade Centers einstürzten, kam ich zu der schmerzvollen Erkenntnis, dass etwas Grundsätzliches ins Wanken geraten war, dass mich – stellvertretend für uns alle – das Glück verlassen hatte, ja, dass einfach alles, woran ich glaubte, vielleicht für immer seine Gültigkeit verloren hatte.

Man hörte es ja auch überall: »Nichts wird mehr so sein, wie es mal war«, hieß es rund um die Uhr auf jedem Fernsehsender, im Radio und in den Gesprächen meiner Eltern – und mir war, als würden sie alle ganz allein *mich* damit meinen. Nichts war mehr so, wie ich es kannte, schlimmer noch, die Hiobsbotschaften rückten sogar immer dichter an mich heran.

Denn dass sich nun, wie sich schon bald herausstellte, das Glück nicht bloß von mir abgewandt hatte, sondern ausgerechnet Personen in meinem nächsten Umfeld zufiel, Menschen, die es sehr viel weniger verdient oder nötig gehabt hätten, gab mir den Rest.

Getroffen hatte es nämlich ausgerechnet meinen anderen besten Freund, Sebastian, den hoch aufgeschossenen, hellblonden, strahlenden Sohn eines Zahnchirurgen aus der Nachbarstadt.

Ich hatte Sebastian, der wie ich ein begabter Fußballer gewesen war, einige Jahre zuvor in einer Auswahlmannschaft kennengelernt und mich schnell mit ihm angefreundet. Er war im Vergleich zu mir zwar gewiss nicht behüteter, aber doch in ungleich größerem Luxus aufgewachsen, denn in den goldenen Siebziger- und Achtzigerjahren der Bundesrepublik hatte sein Vater so viele Zähne und Kiefer aufgebohrt und daran herumgemacht, dass die Familie bald gar nicht mehr wusste, auf welchen Konten im In- und Ausland sie das ganze Geld noch würde verstecken können. Das Glück des Vaters und das seiner Patienten war viele Jahre lang ein gegenseitiges gewesen und hatte darin bestanden, dass die gesetzlichen Krankenkassen ganz einfach bezahlten, was kaputtgegangen war. Und so gingen die Menschen damals mit einem Lächeln zum Zahnarzt und gönnten dem Herrn Doktor den dunkelblauen Jaguar, den ich so liebte, die Sorglosigkeit der Familie sowie die üppige, von oben bis unten mit carrarischem Marmor und Jugendstilmöbeln ausgestattete Villa am Stadtpark, in der ich meinen Freund stets gern besuchte, wenn es die Zeit mir erlaubte.

Da die wirklich goldenen Jahre für Zahnärzte im Ruhrgebiet jedoch längst vorbei waren und Sebastians Vater bereits alles Geld der Welt verdient hatte, waren er und seine Frau die meiste Zeit gar nicht mehr vor Ort, sondern vergnügten sich in ihren Ferienhäusern in Südeuropa oder fuhren auf einem Kreuzfahrtschiff durch die Karibik – und bald wurden ihre Besuche in der Heimat so rar, dass Sebastian mehr oder weniger allein auf dreihundert Quadratmetern lebte, nur hin und wieder noch von den Eltern besucht, und irgendwann, später, würden sie dem kargen Ruhrgebiet vollends »Adieu« sagen und einen Bauernhof in der Eifel beziehen.

Als hätte es also das Schicksal mit meinem lieben Freund nicht schon gut genug gemeint, stellte sich nun zu allem Überfluss auch noch heraus, dass Sebastian im Begriff war, ein erfolgreicher Musiker zu werden. Seit Jahren schon hatte er mit ein paar Freunden an einem Musikprojekt gearbeitet und sich im Keller seines Elternhauses ein stetig wachsendes Tonstudio aufgebaut. Ich indes hatte diese Entwicklungen immer mit einer gewissen Abschätzigkeit betrachtet, ja, ich muss zugeben, dass ich dem Unterfangen nie die allergeringsten Erfolgsaussichten beigemessen und es für pure Zeitverschwendung gehalten hatte. Oder um noch deutlicher zu werden: Als Sebastian und seine Freunde begannen, erste Konzerte zu spielen, kam ich um das mir so unangenehme Gefühl nicht herum, sie würden sich damit regelrecht lächerlich machen. Ich war also die meiste Zeit froh, nicht daran mitzuwirken, mich nicht in diese brotlose Kunst zu versteigen, und machte mir einen Spaß daraus, ihre Anstrengungen mit der gebotenen Distanz beschämt zu beobachten.

Mit einem Mal aber rannten ihnen die Plattenfirmen regelrecht die Türe ein, es passierte alles so schnell, ich konnte unmöglich darauf reagieren, und nur kurze Zeit später unterschrieb Sebastian als Chef und Produzent des Ganzen einen richtigen Plattenvertrag. Alles deutete nun darauf hin, dass eine große, von noch mehr und noch schöneren Erfreulichkeiten gesegnete Zukunft auf ihn wartete.

Der Neid brannte wie Feuer in mir, und ich war fortan von der Vorstellung besessen, es ihm, so schnell es nur irgendwie ging, gleichzutun. Ja, ich wollte all das selbstverständlich auch: Geschäftstermine, Honorarverhandlungen und Vorschüsse, Veranstaltungen, Konzerte, Relevanz und Ansehen. Und je häufiger ich Notiz davon nahm, was sich in Sebastians Leben nun abspielte, desto mehr geriet ich in Rage über die Tatsache, dass es ausgerechnet *ihm* widerfahren war, ihm, der doch bereits so viel besaß, und nicht mir, der es doch erst noch zu Wohlstand bringen musste.

Aber was sollte ich tun? Ich hatte zwei Optionen: Ich konnte in Selbstmitleid versinken und meine Wut über diese Ungerechtigkeit in mich hineinfressen, oder aber ich nutzte die Gelegenheit dazu, endlich einmal selbst etwas in Angriff zu nehmen. Aber wie? Irgendetwas, das stand fest, musste sich ändern. Es wurde ja langsam auch Zeit.

Eines Morgens erwachte ich ungewöhnlich früh. Die Sonne stand noch ganz tief, es war gerade einmal sechs Uhr, aber draußen war es schon ungemein warm, wie ich durch das weit geöffnete Fenster meines Kinderzimmers ahnte. Irgendetwas lag in der Luft, ich konnte es spüren, also sprang ich unter die Dusche und zog mir im Anschluss leichte Sommerkleidung über – ich wollte heute einfach sehr viel früher nach draußen, noch bevor meine Eltern in die Fabrik aufbrachen. In großen Sätzen sprang ich die Treppe hinunter, dass es nur so polterte. Ungläubig drehte sich meine Mutter in der Küche um, doch ich war bereits halb zur Haustür hinaus. »Warte nicht mit dem Essen auf mich, Mutter! Es könnte heute spät werden«, rief ich ihr zu, und sie verstand, so nehme ich an, an diesem Tag die Welt nicht mehr ganz, schien doch mit einem Male nichts mehr übrig von dem gerade noch so verunsicherten, antriebslosen jungen Mann der letzten Monate, ihrem einzigen Sohn.

Ich spazierte hinaus in den Tag. Vor mir lagen die Kornfelder des Bauern Müller, und ich verspürte plötzlich den unbändigen Drang, mich, anstatt daran vorbeizulaufen und wehmütig über sie hinwegzuschauen, kurzerhand in sie hineinzustürzen. Als Kinder hatten meine Freunde und ich dem Bauern jeden Sommer wieder Teile seiner Ernte platt getreten, einfach so, weil wir es liebten, unter den uns weit überragenden Ären Verstecken zu spielen und Gänge zwischen sie hineinzutrampeln, auf denen wir uns ganze Tage lang durch das schier unendliche Weizenmeer hindurchbewegten. Eine Kindheit von besonders schlichter Schönheit war das, dachte ich einmal mehr, als ich vor dem Kornfeld stand, eine von fast allen elterlichen Verboten befreite – denn erlaubt war damals so gut wie alles und verboten so wenig wie nichts.

Nirgendwo war in dieser Herrgottsfrühe eine Menschenseele zu sehen, nur weit entfernt, am anderen Ende des Feldes, zog ein Mähdrescher einsam seine Runden. Ob es der Bauer Müller höchstpersönlich war? Früher war er nicht besonders gut auf uns zu sprechen gewesen, denn wenn wir nicht gerade seine Ernte zerstampften, sprangen meine Freunde und ich in die auf dem gemähten Feld abgestellten Anhänger, die bis obenhin mit purem Korn beladen waren, und als wären sie mit Goldtalern und Diamanten gefüllte Geldspeicher, versuchten wir darin herumzuschwimmen, was allerdings nicht gerade dergestalt funktionierte, wie wir es uns ausgemalt hatten.

Zum ersten Mal tat ich nun wieder ein paar Schritte vom Feldweg ab, direkt zwischen die goldenen Halme hinein, die mich zwar nicht mehr überragten, aber doch nichts von ihrem Zauber eingebüßt hatten. Das Korn war, so entschied ich, reif zur Ernte, und alles roch süßlich nach Stroh. Ich breitete meine Arme aus und streichelte mit den Händen sanft über die Köpfe der Ären. Ich wollte sie unter keinen Umständen zerstören.

Erst nach einer ganzen Weile blieb ich stehen und legte mich rücklings auf den Boden, und mir war, als hätte ich das irgendwo schon einmal gesehen. So lag ich nun da, gedankenverloren, mit weit ausgestreckten Armen wie eine vom Sockel gestoßene Statue, und blickte in den blauen Himmel hinauf. Ich schloss die Augen und lauschte dem Gezwitscher der Vögel und dem Gesumme der unzähligen Insekten, das mir bis zu diesem Zeitpunkt noch gar nicht aufgefallen war, und die Geräusche des Mähdreschers blieben weit entfernt und bargen für mich keinerlei Gefahr. Die Sonne leuchtete an diesem besonderen Tag so lichterloh, dass sie mir durch die dünne, weiche Haut über den Pupillen ein warmes Glühen auf die Netzhaut warf.

Was hatte Herr Junge damals zu mir gesagt? Dass ich mir nehmen sollte, was ich vom Leben erwartete? Dass gerade ich, ein junger Mann aus einfachem Hause, jedes Recht der Welt hatte zu fordern, wonach es mich verlangte? Hatte ich das richtig in Erinnerung? Dass mir jedes Mittel erlaubt sei? Es war überhaupt das erste Mal, dass ich über unser Gespräch wieder nachdachte. Was, wenn er mir damals etwas mitteilen wollte, das mir heute von Nutzen sein könnte? Auch über Ellenbogen hatte er irgendwas gesagt und dass ich den Menschen, von denen ich was wollte, etwas vorspielen sollte: Ich durfte täuschen, tarnen und tricksen, ich sollte den Platz von jemand anderem einnehmen, wenn ich »an die Fleischtöpfe« wollte, bis dahin sollte ich allen nach dem Mund reden, schmeicheln, mich verbiegen, mich ihnen demütig zu Füßen werfen. *Das* hatte er gesagt.

Mein Herz schlug schneller, immer schneller und schneller bis zum Halse, sodass ich ins Schwitzen geriet, und schon bald war mein Hemd regelrecht durchtränkt.

Ich riss die Augen auf und starrte direkt in die Sonne, die mittlerweile im Zenit genau über mir stand. Mein Körper sträubte sich, wollte mich dazu zwingen, den Blick von ihrem gleißenden Licht abzuwenden, aber nun übernahm *ich* die Kontrolle und blickte, in vollem Besitz meiner geistigen und physischen Kräfte, minutenlang einfach so ins Zentrum der Sonne hinein.

Noch etwas hatte Herr Junge gesagt: »Ihr Name wird eines Tages in der Zeitung stehen!« – Und es lag nun an mir, dafür Sorge zu tragen, Herrn Junge auch diesen Wunsch zu erfüllen.

Ich machte einen Satz und sprang aus der Horizontalen direkt in den Stand – wie viele Stunden waren mittlerweile vergangen? Es hätten zwei, fünf oder zehn Stunden sein können, ich hatte keine Ahnung. Ich blickte an mir hinunter, klopfte mir Staub und Pollen aus der Kleidung und rannte los, hinaus aus dem Feld, am Haus meiner Eltern vorbei und die Straße hinunter und weiter, ohne mich auch nur noch ein einziges Mal umzusehen oder auf eine Ampel zu achten, immer weiter in Richtung Stadt und dann weiter und immer weiter. Ich lief gewiss schon eine ganze Stunde, ohne dass ich an Intensität eingebüßt hätte, aus der einen Stadt hinaus und in die nächste hinein, die Sonne war mittlerweile im Begriff unterzugehen, und dann noch einmal weiter, bis ich unter dem bellenden Rasseln meiner Lunge den Stadtpark erreichte, an dessen herrlicher Allee sich das Haus meines Freundes Sebastian befand.

Es war aber auch wirklich ein schönes Haus. Eine herrschaftliche, frei stehende Villa in bester Lage, in der die handverlesenen Eliten der hiesigen Bürgerschaft wohnten, die Notare, Anwälte, Ärzte und Bauunternehmer, allesamt in Gründerzeitbauten links und rechts der Prachtstraße – und nun stützte ich mich, direkt vor seinem Haus, der Jaguar stand in der Einfahrt, Sebastian war also zu Hause, auf meine Oberschenkel und versuchte zu Atem zu kommen. Die Kleidung klebte mir wie nasse Seide am Körper, und als ich schließlich wieder ein wenig zu Kräften gekommen war, stieg ich die Steintreppen hinauf, klingelte, und nur wenige Augenblicke später hörte ich Sebastian schon in großer Eile die mit dunkelrotem Samt überzogene Treppe herunterrauschen.

Mit Schwung riss er die schwere Eingangstür auf. Er trug eine weiße Leinenhose und war oberkörperfrei, in der Hand hielt er eine eiskalte Flasche Coca-Cola, von der das Kondenswasser tropfte, und in seinem Gesicht stieg eine große Freude auf, als er mich so abgekämpft und zerzaust bei sich vor der Tür stehen sah.

»Ach!«, rief er und nahm einen großen Zug durch den Strohhalm, und noch im selben Moment versagten mir die Knie.

Ich sank auf den kühlen Marmor, fiel Sebastian regelrecht vor die Füße und weinte Tränenbäche vor ihn hin. Eine Lawine der Emotionen entlud sich vor den Augen meines Freundes, all die Enttäuschungen und Ängste der letzten Monate brachen aus mir heraus, in einer Mischung aus Vorwurf, Selbstanklage und unverständlichem Schluchzen. Die Tränen nahmen einfach kein Ende, und so klagte ich ihm mein ganzes Leid, bis hin zu dem mir gewiss für immer unerfüllt bleibenden Wunsch, eines Tages, genau wie er, ein großer und erfolgreicher Musiker werden zu dürfen – und dann brach ich vollständig zusammen und lag regungslos und mit einer Wange auf dem Marmor vor ihm.

Sebastian stellte die Cola auf einem antiken Sideboard ab, beugte sich zu mir herunter und streichelte mir über den Kopf, der vom Weinen ganz heiß geworden war.

»Es wird ja alles gut«, sagte er in all der Empfindsamkeit, die ihn auszeichnete wie kaum etwas anderes. »Hörst du? Du musst dir keine Sorgen mehr machen. Ich habe verstanden.«

Vorsichtig half er mir auf, griff mir unter die Arme, führte mich in das kühle Wohnzimmer, von wo aus ich durch das Fenster zum Garten den Swimmingpool funkeln sehen konnte, und goss mir aus einer Karaffe, in der Eiswürfel und frisch aufgeschnittene Zitronenscheiben schwammen, ein großes Glas Wasser ein, das er mir an den Mund führte.

»Hier, trink das erst einmal, du Armer.«

Er holte eine Schüssel eiskaltes Wasser aus der Küche, tauchte ein kleines Handtuch ein und legte es mir in den Nacken.

Eine halbe Stunde lang sprachen wir kaum ein Wort. Und als ich mich endlich ein wenig erholt hatte, nahm er mich bei der Hand, schritt mit mir über die enge Treppe in das Kellergewölbe hinab, das in den Zwanziger- oder Dreißigerjahren einmal als Bunkeranlage geplant und mit massiven Schutztüren versehen worden war, hinein in sein Musikstudio, das sicher die Hälfte des Untergeschosses einnahm und durch zwei große Oberlichter hell geflutet wurde. Ich kam aus dem Staunen nicht raus, als ich nun erstmals mit eigenen Augen sah, was Sebastian sich hier geschaffen hatte und wie einladend und gleichzeitig imposant alles geraten war.

Auf breiten nussbraunen Holzdielen lagen, wohl um den Raumklang zu verbessern, gewiss wertvolle Perserteppiche. Und wie ein Altar stand dort ein schlichter, aber großer Schreibtisch, auf dem ein gigantisches Mischpult und dahinter mehrere Bildschirme und Lautsprecher installiert waren.

Überall standen Instrumente herum, Gitarren, Bässe, Keyboards, ein Schlagzeug, denn eigentlich war Sebastian gelernter Schlagzeuger, dazu eine ganze Reihe mir unverständlicher Geräte mit einer Vielzahl an Knöpfen und Reglern. Mir erschien all das wie Alchemie, von der ich nicht das Geringste verstand – keinen einzigen Knopf hätte ich dort unten bedienen können, ohne etwas kaputt zu machen –, und doch war dieser Raum für mich eine Verheißung.

»Und ... das ... das gehört alles dir?«, staunte ich.

»Ja«, sagte Sebastian.

»Und jetzt?«, fragte ich. »Was passiert jetzt?«

»Jetzt wollen wir mal schauen, was ich für dich tun kann ...«

Ich stieß einen tiefen Seufzer aus, und Sebastian rückte

mir einen Stuhl zurecht. Ich war eingeschüchtert, unsicher, doch Sebastian versuchte, mir all meine Scheu zu nehmen, indem er wie selbstverständlich so tat, als hätten wir schon unzählige Male zusammen Musik gemacht. Er schaltete nacheinander die Geräte und Apparate an. Überall klickte und brummte es nun, an allen Ecken leuchteten Lämpchen und kleine Dioden auf, immer wieder legte Sebastian, wie einer Choreographie folgend, irgendeinen Schalter um – das gesamte Tonstudio war nun elektrifiziert.

»Es ist wie ein Wunder, Sebastian«, sagte ich und blickte ihn mit aufgerissenen Augen von der Seite an.

Es war in gewisser Weise die Erfüllung eines Traums, denn ich hatte in den letzten Monaten, als ich Sebastians drohenden Erfolg zu ahnen begann, natürlich ein paar zaghafte Versuche gewagt, doch noch irgendwie auf den fahrenden Zug aufzuspringen, hatte, wenn ich ihn auf Konzerte begleitete, es immer wieder als verhuschte Frage in den Raum geworfen, ob ich nicht vielleicht auch einmal würde mitwirken dürfen, denn was sollte es schon sein, das sie konnten, was ich nicht genauso gut oder noch besser in kürzester Zeit hätte lernen können? Aber jedes Mal war ich mit meiner Frage gegen eine gläserne Decke gestoßen, immer wieder erntete ich beschwichtigende oder gar abwimmelnde Antworten, so ausdauernd, dass ich am Ende die Hoffnung verloren hatte – und nach und nach war in mir das so scheußliche Gefühl der Minderwertigkeit aufgekommen, ein Gefühl, mit dem ich nichts weiter anzufangen wusste, als es in Missgunst zu verwandeln.

Nun aber saß ich aufgeregt wie ein kleines Kind neben Sebastian. Ich beobachtete jede seiner Bewegungen, aus denen ich mir kaum einen Reim machen konnte – wo hatte Sebastian all das bloß gelernt? Er war schon ganz in die Arbeit versunken, lächelte konzentriert vor sich hin und strich sich dabei immer mal wieder seine goldenen Haare aus der Stirn, dann blickte er mit einem Mal zu mir herüber.

»So, was wollen wir denn für eine Musik machen?«

Ich erschrak, rutschte hektisch auf meinem Stuhl herum, als würde ich nachdenken, legte meinen Kopf in den Nacken, fasste mir mit den Fingern an die Nasenwurzel und murmelte vor mich hin.

»Na ja ...«, stammelte ich. »Vielleicht ... Also, ach ... Wie wäre es denn mit ...«, aber je intensiver ich nachdachte, desto weniger wusste ich etwas Sinnvolles zu antworten, etwas, mit dem ich mich nach Möglichkeit nicht gleich im ersten Moment würde lächerlich machen.

»Irgendeine grobe Idee?«, setzte er nach.

Ich überlegte noch angestrengter, wusste noch weniger zu sagen, dann zwinkerte Sebastian mir zu.

»Du weißt es nicht, oder? Du weißt gar nicht, was du für Musik machen willst!?«, lachte er nun.

Ich schüttelte nur den Kopf.

»Na gut. Und, sag mal, spielst du zufällig irgendein Instrument?«, fragte Sebastian ganz höflich, während er weiter aufmerksam auf die Bildschirme blickte.

»Ich ... äh«, versuchte ich meine Verunsicherung zu verbergen, »Also, ich glaube nicht ...«

Sebastian schaute mir eindringlich in die Augen.

»Ach, schon gut, mein Lieber, schon gut. Ich glaube, für jemanden wie dich müssen wir uns etwas ganz anderes ausdenken. Etwas ganz Neues, verstehst du?«

»Wenn das geht?«, fragte ich zurück.

»Aber natürlich. Es gibt immer etwas, das noch niemand gemacht hat. Das ist doch das Tolle!«

»Aber«, wandte ich ein, »ist nicht eigentlich alles schon mal von jemandem erfunden worden?«

Sebastian grübelte kurz.

»Vielleicht ja«, sagte er dann. »Vielleicht aber auch nicht.

Wer weiß ... Was meinst du, wollen wir es gemeinsam herausfinden?«

Ich nickte verstohlen, und Sebastian lachte sein gutmütiges Lachen.

»Pass auf, ich will es dir beweisen.« Und dann begann er, als hätte auch an ihm jemand einen Schalter umgelegt, an den Tasten seines Keyboards herumzuspielen, immer abwechselnd mit der Maus auf dem Computer zu klicken, an Rädchen zu drehen und daraus Geräusche hervorzubringen. Und schon bei den ersten Tönen verspürte ich in mir eine neue, unbekannte Erregung.

Aus den Lautsprechern drangen verschiedenste Klänge, mal spitze, in den Ohren stechende elektronische Töne, mal sphärische Soundflächen. Sebastian nahm sie auf, veränderte sie und nahm weiter auf. Er verschob sie am Bildschirm ineinander und verwob sie, sodass ich bald Raum und Zeit vergaß und mich ganz in diesen Klängen und in Sebastians Virtuosität verlor. Ja, es war plötzlich, als beobachtete ich mich von außen, als blickte ich mit fremden Augen auf mich herunter, sah mich mit Sebastian im Studio arbeiten, neue Musik erfinden, obwohl ich nicht viel mehr tat, als ihm bei all dem tatenlos zuzusehen und hin und wieder zustimmend mit dem Kopf zu nicken. Genauso hatte ich mir das immer ausgemalt.

»So«, sagte Sebastian plötzlich, »und jetzt gehst du ans Mikrophon ...«

Seine Worte rissen mich aus der Glückseligkeit. Er sprang auf, baute einen Mikrophonständer auf, verkabelte alles und schloss Kopfhörer an.

»Los!«

»Aber ... ich ...«, versuchte ich, etwas einzuwenden, während ich mich mit wackligen Beinen erhob und zum Mikrophon schritt. »Was soll ich denn machen?«

Sebastian lachte.

»Singen natürlich!«

»Aber was? *Was* soll ich singen?«, fragte ich zurück, während mir heiß und kalt wurde vor Angst – ich empfand plötzlich eine ungeheure Scham vor Sebastian, eine panische Angst, mich nun vollkommen unmöglich zu machen. Was, wenn sich herausstellte, dass ich überhaupt kein Talent besaß, wenn ich mir nur etwas vorgemacht hatte? Was, wenn Sebastian all den Aufwand nur betrieben hatte, um mir genau das jetzt vor Augen zu führen?

»Egal was«, sagte Sebastian. »Einfach irgendwas!«

In letzter Sekunde riss ich mir noch einmal die Kopfhörer runter, entschuldigte mich, rannte die Stufen empor und verschwand kurzatmig im Bad, wo ich mir, einem Impuls folgend, den Finger in den Hals steckte und mich übergab. Mehrere Male würgte ich den gesamten Mageninhalt hoch, bis nur noch Galle kam, dann wusch ich mir das Gesicht mit eiskaltem Wasser. Vor dem Spiegel schlug ich mir mit beiden Händen ein paarmal viel zu fest gegen die Wangen, dann verließ ich das Bad, stakste die Treppen wieder nach unten und stellte mich ans Mikrophon.

Sebastian startete die Aufnahme erneut, das Herz pochte mir wild in der Brust, und sofort setzte mein Fluchtreflex wieder ein – zum Weglaufen aber war es zu spät, außerdem war ich an diesem Tag schon genug gerannt. Also harrte ich aus, wartete bang auf meinen Einsatz. Mein Kopf war vollkommen leer. Irgendwas, hatte Sebastian gesagt, sollte ich singen, einfach irgendwas, und als er euphorisch das Zeichen gab, sprach ich plötzlich, als hätte der liebe Gott es mir in diesem Moment eingeflüstert, mehrmals hintereinander die Zeilen: »In der neuen Zeit. Komme ich nicht weit«, gefolgt von »Halten Sie sich fest. Grüße aus Triest«.

Gebannt wartete ich auf Sebastians Reaktion, und als ich

nach ein paar Augenblicken die Freude in seinen Augen erblickte, fiel alle Angst von mir ab. Die Last auf meinen Schultern hatte sich in Luft aufgelöst, und mich ergriff eine Woge der Selbstberauschung, die mich nun jede Hemmung ihm gegenüber vergessen ließ. Sebastian klickte weiter auf dem Bildschirm herum, lachte vor Begeisterung, schlug sich auf die Schenkel, veränderte dieses und jenes am Arrangement und an meiner Aufnahme, ich erfand noch einmal schnell und intuitiv ein paar weitere Zeilen, und binnen kürzester Zeit, am Ende waren vielleicht drei oder vier Stunden vergangen, war unser erstes gemeinsames Stück vollständig im Kasten. So einfach also war das alles.

Es stellte sich letztlich heraus, dass ich zwar tatsächlich über keinen musikalischen Sachverstand verfügte, über keine mühsam erlernte Fertigkeit, dass ich dafür aber mit einer Art vorbewussten Phantasie gesegnet war und einer sehr anregenden Stimme – eine Stimme, die mir, als ich sie zum ersten Mal auf der Aufnahme hörte, gleich ausgesprochen gut gefiel und mir in ihrer Mischung aus Zartheit und Individualität fast wie ein Spiegel meiner selbst vorkam. Ein ganz eigener Zauber ging von ihr aus, sodass ich Sebastian noch in dieser Nacht Dutzende Male aufforderte, das Stück wieder und wieder abzuspielen, so oft, bis Sebastian schließlich eingestand: »Das ist ein wirklich besonderes Stück. Wirklich etwas sehr Neues.«

»Findest du?«, fragte ich zurück. »Findest du wirklich? Ist es mir wirklich gelungen?«

»Aber ja«, antwortete er und lachte.

Und als ich mich schließlich kurz vor dem Morgengrauen, hundemüde und überglücklich, in einem der vielen Gästezimmer in Sebastians Haus zu Bett legte, folgte ein so traumloser und erholsamer Schlaf, wie ich ihn schon seit anderthalb Jahren nicht mehr geschlafen hatte.

KAPITEL II

IN DEN FÄNGEN DES SYSTEMS

Genau genommen interessierte mich nach dieser intensiven Erfahrung der künstlerischen Arbeit das eigentliche Produkt, das Lied, dem Sebastian den Titel *Die neue Zeit* gegeben hatte, schon am nächsten Morgen kaum mehr. Und schon wenige Tage später hatte ich es sogar vollständig aus meinem Kopf verdrängt. Mit der Musik, das war schnell klar, wollte ich es vorerst nicht weiter versuchen, zu lang und unsicher schien mir der Weg zum Erfolg zu sein und zu merkwürdig war, bei Lichte betrachtet, auch dieses Stück geraten. Aber ich hatte eine wichtige Lektion gelernt.

Mir genügte einerseits die grundsätzliche Einsicht, dass man sich im Leben nehmen konnte, wonach es einem verlangte, dass man bloß ungeniert oder emotional genug die eigenen Bedürfnisse artikulieren musste, und schon war alles möglich. Ja, manchmal, das hatte ich jetzt wirklich gelernt, wurde einem eben nicht einfach alles hinterhergetragen, manchmal musste man selbst tätig werden. Andererseits, und das war vielleicht noch wichtiger, brachte der Abend mit Sebastian in mir die Gewissheit zurück, dass ich mich selbstverständlich in jeder mir bis dato unbekannten Disziplin beweisen konnte – die gelungene Aufnahme war nur der Beleg dafür. Jetzt griff ich nach den Sternen.

Nun, da ich verstanden hatte, wie es im Leben lief, vor allem aber, weil ich unter keinen Umständen schon jetzt anfangen wollte, richtig zu arbeiten, war klar, dass mein weiterer Weg mich an die Universität führen würde. Natürlich, ich musste meinen bislang so erfolgreichen Kurs weiterverfolgen und die Angebote wahrnehmen, die dieses Land jemandem wie mir machte. Und dass ich darauf nicht eher gekommen war, verblüffte mich, ehrlich gesagt.

Aber was sollte ich studieren? Diese Frage hatte ich mir bislang kein einziges Mal gestellt, und eine Antwort darauf war, wie ich sehr bald feststellen musste, gar nicht so einfach zu finden. Ich zermarterte mir tagelang den Kopf, dachte mal in die eine Richtung, dann wieder in die andere. Doch jedes Mal fiel mir ein bedeutender Grund ein, warum dieses oder jenes gewiss ganz interessant, aber eindeutig nicht das Richtige für mich war.

Ich wollte meinen Eltern, die sich auch weiterhin große Sorgen um meine Zukunft machten, zwar so schnell wie möglich von meinen neuen Plänen erzählen und konnte es gar nicht erwarten, sie von ihren Qualen zu erlösen, trotzdem wollte ich die Entscheidung nicht ausschließlich ihnen zuliebe überstürzen – also schrieb ich meinem Freund Vincent, bei dem ich mich ohnehin schon viel zu lange nicht mehr gemeldet hatte, eine kurze Nachricht:

Vincent, mein lieber Freund! Wie geht es Dir in München? Sag mir rasch, was Du studierst! Es interessiert mich wirklich sehr.

Aufgeregt wartete ich, gewiss zwei, drei oder vielleicht sogar fünf Minuten, schaute wie gebannt auf das Display meines Telefons, denn plötzlich fühlte ich mich der Lösung meines Problems ganz nah. Wenn Sebastian vor allen Dingen ein Mann der Emotion, des Gefühls, ja, des Affekts, der musikalischen Eingebung, des Geschicks und des reinen Moments war, dann war Vincent ein Mann des Geistes. Präziser gesagt, einer des Verstandes, der Logik, der kühlen Analyse, des Weitblicks und der Vorausschau – während ich von Sebastian in jeder Notlage

Verständnis und Zuspruch erwarten durfte, wies Vincents Rat weit über die aktuelle Situation hinaus.

Ich spürte eine in mir aufbrausende Spannung, eine Vorfreude auf die Zukunft, denn was für Vincent, meinen klugen Freund Vincent, gut war, würde doch gewiss auch für mich selbst nicht das Falsche sein.

Kunstgeschichte. Ich studiere Kunstgeschichte, schrieb Vincent mir prompt zurück. *Das habe ich Dir schon zehnmal gesagt.*

Kunstgeschichte! Richtig, und jetzt erinnerte ich mich auch daran, warum ich es mir nie hatte merken können: Kunst und – schlimmer noch – Kunst*geschichte* interessierten mich überhaupt nicht, mit Kunst hatte ich mich in der Tat noch keinen einzigen Tag meines Lebens beschäftigt, und meinetwegen konnte es gerne so bleiben.

Ach so, schrieb ich Vincent enttäuscht zurück.

Eine so wichtige Entscheidung sollte vielleicht nicht unbedingt anderen nachgemacht werden, merkte ich bald – vielmehr war es doch sicherlich so, dass jeder für sich das Richtige finden musste. Ich konnte und durfte mich nicht immer auf Vincent verlassen, sondern musste meinen eigenen Weg gehen, auf mein eigenes Herz hören, so anstrengend das auch sein mochte. Und vermutlich war es am Ende eine Mischung ganz unterschiedlicher Empfindungen und Motivationen, die mich wenige Tage später, als ich gerade mit meiner Mutter beim Frühstück saß, wie als würde ich mich selbst zu meinem Glück zwingen wollen, eine Art Entscheidung fällen ließ.

»Mutter«, sagte ich und biss in mein mit Marmelade bestrichenes Toastbrot, »heute ist ein großer Tag.«

Sie schaute aufmerksam zu mir rüber.

»Heute fahre ich zur Universität. Heute schreibe ich mich ein. Ich werde Student. Was sagst du nun?«, fragte ich sie mit einem gewissen Stolz, schlug mit der Hand auf den Küchentisch und verschluckte mich beinahe an einem Krümel.

Meine Mutter rang einen Moment um Fassung. Und auch wenn gar nicht stimmte, was ich sagte, auch wenn es nur so aus mir herausgebrochen war, um einen bösen Bann zu brechen, steckte doch eine große Wahrhaftigkeit in meinen Worten, eine Wahrheit, die von einer Mutter nicht unbemerkt bleiben konnte.

»Und was wirst du studieren«, fragte sie.

Ich zögerte einen Moment und lächelte milde.

»Es soll eine Überraschung werden, Mutter«, log ich, doch es war keine feige Lüge, keine niederträchtige, wie sich leichterdings feststellen lässt. Ich empfand die kleine Ungenauigkeit vielmehr als Notwendigkeit, ja, als eine Art Zauberformel, die, einmal ausgesprochen, kein Zurück mehr erlaubte.

Das Gesicht meiner Mutter sprach Bände, es war das reine Glück darin zu sehen.

»Ich werde euch später von allem berichten«, schob ich nach, »jetzt muss ich mich schnell auf den Weg machen, ich darf keine Zeit mehr verlieren.« Und dann fasste ich sie noch einmal bei ihren warmen, rauen, aber noch immer sehr zarten Händen, drückte sie ganz fest, um ihr Zuversicht mit in den Tag zu geben, gab ihr einen Kuss auf die Stirn, packte meine Sachen und machte mich auf den Weg zur Bochumer Universität, die mit dem Bus allerhöchstens eine halbe Stunde von unserem Haus entfernt war.

Noch etwas vorsichtig, vor allen Dingen aber hochaufgeregt tat ich bald die ersten Schritte auf den weiten Anlagen des Universitätsgeländes. Ich hatte die Gebäude schon häufig beim Vorbeifahren aus dem Auto heraus gesehen, war bislang allerdings noch nie hier gewesen, ja, es war fast so, als begriff ich die eigentliche Bedeutung dieses so gigantischen Komplexes in diesem Moment zum allerersten Mal. Fast vierzigtausend Studenten zählte die Hochschule und hier eilten sie nun überall an mir vorbei, mit Büchern unter dem Arm, Ideen im

Kopf, die Zukunft im Blick. Sicher hatte ein jeder von ihnen gerade in diesem Augenblick einen tollen Einfall, eine neue Entdeckung gemacht, und vermutlich rannten sie gerade zu einem Professor, zu einem Mitstudenten, zu ihrer Freundin oder ihrem Geliebten, nur um ihnen diesen neuen Gedanken schnellstmöglich mitzuteilen und ihn gemeinsam weiterzuentwickeln. Ich spürte einen besonderen Zauber auf mich übergehen – ich wollte sofort und auf der Stelle genau ein solcher Student sein, wollte mich, so schnell es nur ging, einschreiben, und führte zu diesem Zweck auch sämtliche Ausweisdokumente und vor allem mein Abschlusszeugnis in einem Mäppchen mit.

Ich spazierte über den Campus, passierte nacheinander die majestätisch aufragenden Institutsgebäude der Ingenieurswissenschaften, der Wirtschaftswissenschaften, der Rechts- und Naturwissenschaften und so weiter und imaginierte mich probeweise in die Rolle eines erfolgreichen Anwalts hinein, stellte mir vor, wie ich als Chemiker Karriere bei einem großen Pharmakonzern machen würde oder als Architekt Wolkenkratzer und Brücken baute. Alles hatte ganz eindeutig seine Vor- und Nachteile.

Weil mir noch immer ein paar Stunden bis zu meiner endgültigen Entscheidung blieben, war ich besonders froh, als ich beim Umherirren auf den botanischen Garten der Universität stieß, der am Rande des Geländes mit Blick über das Ruhrtal gelegen war. Ein bisschen Ruhe im Grünen, dachte ich, konnte in dieser so entscheidenden Situation eigentlich nur von Vorteil sein.

Es blühten dort Blumen in allen Farben – es war, als dränge ich in eine fremde Welt ein, in der alle Geräusche und Störsignale von außen durch das Rascheln der Bäume, durch das Rauschen und Plätschern der Wasser und durch das Singen und Pfeifen der Vögel vollkommen verschluckt wurden. Mit einem Male waren mir all meine Sinne betäubt, sodass nichts mich erschrecken konnte, und trotzdem war meine Aufmerksamkeit wie ein Bogen gespannt und ich in jede Richtung empfangsbereit.

Ein sanfter Wind blies durch das Grün.

Ich lief noch weiter hinein in den Garten, so lang unter Bäumen hindurch, über kleine Hecken hinweg und achtlos über Stock und Stein, dass ich fast fürchtete, nie wieder herauszufinden. Dann plötzlich entdeckte ich, zu meiner großen Überraschung, nachdem ich durch eine Art bewucherten Torbogen geschritten war, etwas, das ich instinktiv als chinesischen Garten identifizierte. Eine kleine hölzerne Bogenbrücke führte da über einen Wasserlauf, der in einen Teich voller Seerosen mündete, und ging man über sie hinweg, stand man schon inmitten eines prächtigen, weiß getünchten Rundmauerwerks mit einem altertümlichen Brunnen in seiner Mitte und aufwendig gestalteten Ziegelwänden von typisch chinesischer Architektur.

Ich glaubte, vollkommen allein zu sein an diesem Ort, der so faszinierend exotisch auf mich wirkte, da hörte ich das von jedem Kummer befreite, laute Lachen einer Frau. Ich wandte meinen Blick zur Seite, und unter einem Wasserpavillon in der Mitte des Teichs saßen auf einem Bänkchen ein Mann und eine Frau von vielleicht dreißig Jahren, beide gehüllt in strahlend weiße Kittel. Zwei Ärzte, wie ich gleich erkannte, die hier offenbar ihre Mittagspause genossen. Um den schmalen Hals der Frau, die ihre Haare zu einem strengen Pferdeschwanz geflochten hatte, hing ein Stethoskop. Ihr Kollege, der ihr, wie ich vermutete, wohl kurz zuvor einen Witz erzählt haben musste, rauchte indes eine Zigarette und zog nun voller Eleganz und mit der ganzen Kraft seiner Lunge den Rauch in sich ein, sodass die Glut im Schatten des Pavillons hell aufleuchtete.

Ich war elektrisiert davon, in welcher Seelenruhe und

Glückseligkeit sie einfach nur dasaßen. Ich beobachte sie einige Minuten lang, denn es war zu verlockend, ihnen bei ihrer Unbekümmertheit zusehen zu dürfen. Die beiden kamen mir in diesem Augenblick wie die glücklichsten Menschen der Welt vor – über jeden Zweifel und alles Grübeln erhaben, frei von jeder Sorge der Zivilisation, ganz und gar mit sich und der menschlichen Natur im Reinen. Nichts schien ihrem Glück etwas anhaben zu können, dachte ich vor mich hin, und fragte mich, wo ich so etwas schon einmal gesehen hatte? Es kam mir alles so seltsam vertraut vor, und dann fiel es mir ein: Natürlich, Sebastians Vater hatte, so lange ich ihn kannte, genau diese Ruhe, diese Selbstsicherheit und diese Eleganz ausgestrahlt. Er war ein solcher Mann, er war ein Arzt! Außerdem hatte er auch immer geraucht! Genau so.

Und obwohl mir nicht wirklich wohl war bei der Vorstellung, weil ich doch mein Leben lang vor allem auch ein recht schüchterner, fast schamhafter Junge gewesen war, der die unaufgeforderte Kontaktaufnahme scheute, konnte ich mich der Kraft, die mich nun antrieb, nicht widersetzen. Eine Kraft, die mir den Befehl erteilte, hier und jetzt mit ihnen in Kontakt zu treten.

Ich wehrte mich nicht länger und ging den mit groben Steinen gepflasterten Weg um den Teich herum, näherte mich mit immer schneller schlagendem Herz dem Steg zum Wasserpavillon. Einen Augenblick lang tat ich so, als ob ich mir von hier aus bloß den Teich und die Architektur des Gartens beschauen wollte, dann wandte ich zunächst meinen Kopf, dann meinen ganzen Körper in ihre Richtung und räusperte mich.

»Guten Tag, entschuldigen Sie bitte, dass ich Sie störe ... Sie genießen gerade Ihre Mittagspause?«, fragte ich, so höflich ich konnte.

Die beiden schauten zeitgleich zu mir herüber und unterbrachen ihr fröhliches Gespräch.

»Verzeihen Sie, dass ich frage«, entschuldigte ich mich ein zweites Mal, »aber Sie beide arbeiten vermutlich hier an der Universität?«

»An der medizinischen Fakultät, ja.«

»Sie sind Ärzte, nicht wahr?«

»Allerdings.«

»Können Sie mir vielleicht sagen, wie es sich anfühlt, ein Arzt zu sein?«, fragte ich nun.

»Nun, es ist der schönste und wichtigste Beruf der Welt«, erklärte die Frau und drückte dabei kurz die Hand ihres Kollegen.

»Ja, so ist es wohl«, sagte der Mann, »aber wissen Sie, unter uns gesagt ist der Beruf des Arztes eine Besonderheit, eine Abnormität. Auf der Schule haben Sie vermutlich gelernt, dass es sehr viele Berufe gibt, und jeden Tag werden es angeblich mehr. Jeden Tag entstehen neue Märkte und unzählige neue ›Berufe‹ in neuen Branchen und so weiter ... Aber wissen Sie was? Es stimmt nicht, in Wahrheit gibt es gar keine Berufe, es gibt nur einen einzigen Beruf, der diesen Namen verdient, und das ist der des Arztes. Alles andere sind lediglich Ersatzhandlungen.«

Ich schaute abwechselnd dem Mann, dann der Frau ins Gesicht.

»Aber«, fragte ich unsicher, »wie kann das sein? Wie meinen Sie das: Es gibt keine Berufe? Kann man denn nicht auch an dieser Universität unzählige Berufe studieren?!«

»Schauen Sie«, erklärte er weiter und lachte, »es ist doch so, die Zeiten ändern sich, alles ist im Wandel, das eine kommt, das andere geht, und kaum schlägt man die Augen zu, ist alles, was gestern noch galt und für die Ewigkeit gedacht war, nicht mehr das Kleinste wert. Finden Sie nicht auch?«

»Aber ja, genau so ist es! Ich habe es selbst schon erlebt!«

»Was dieser heute baut, reißt jener morgen ein und so weiter ... Haben Sie Gryphius gelesen?«

Ich schüttelte den Kopf.

»Das sollten Sie aber. Auf nichts ist mehr Verlass, außer auf den Arzt natürlich, denn sind Sie Arzt, dann sind Sie es mit Leib und Leben. Nicht nur zu einer bestimmten Uhrzeit, nicht nur im Dienst, Sie sind es in jeder Minute des Tages und auf jedem noch so entlegenen Fleck dieser Erde. Und Sie bleiben es bis zu Ihrem letzten Atemzug. Rechtsanwälte gibt es nur, sofern es gerade ein funktionierendes Rechtssystem gibt, noch dazu eines, in dem Sie sich haben ausbilden lassen. Wechselt die Staatsform, sind Sie der Erste, der einen Kopf kürzer gemacht wird. Sind Sie ein Ökonom, ein Wirtschaftsweiser oder Ähnliches, werden Sie daran nur Ihre Freude haben, solange es den Kapitalismus noch gibt. Und wer weiß das schon zu sagen, nicht wahr? Ganz zu schweigen von den Informatikern, den Maschinenbauern ...«

Die junge Frau stieß urplötzlich ein spitzes Quieken aus.

»Oder den Philosophen ...«, kicherte sie, und ich stieg augenblicklich in das Kichern mit ein. Und dann überkam es mich.

»Wissen Sie was?«, rief ich aus. »Ich studiere ebenfalls Medizin, ja, ich werde Arzt, so wie Sie«, erklärte ich und wartete ihre Reaktion gar nicht mehr ab. Ich machte auf dem Absatz kehrt, von mir selbst überrascht und vielleicht ein bisschen zu hastig und zu überstürzt, machte nur eine leichte Verbeugung, bedankte mich heiß, aber flüchtig für die Lektion, lief mit festem Schritt über die Rundbrücke und mit immenser Freude und Zuversicht auf den Campus zurück, wo ich mich zu orientieren suchte.

Wahllos sprach ich Studenten an, um den Weg zur Universitätsverwaltung zu erfragen, dann endlich stand ich vor einer riesigen Drehtür, durch die in hoher Frequenz junge Menschen ein und aus gingen. Ich musste mich konzentrieren, um nicht den Überblick zu verlieren, dann entdeckte ich ein großes provisorisches Schild, auf dem in einladenden schwarzen Lettern geschrieben stand: *Zu den Immatrikulationen.* Meine Vorfreude stieg weiter, und während ich die Treppen hinunter ins Kellergeschoss nahm und mich dabei zwischen fremden Menschen hindurchwühlte, schossen mir die Ereignisse der letzten Wochen durch den Kopf – *jetzt* sollten mich Sebastian und Vincent mal sehen, Herr Junge und all die anderen, die ganze Welt sollte herschauen und staunen, was sich gerade ereignete.

Auch auf den Gängen der Verwaltung war es ungeheuer voll, überall saßen und standen junge Männer und Frauen und warteten darauf, sich einschreiben zu dürfen. Wie beim Einwohnermeldeamt musste ich an einem Automaten eine Nummer ziehen, und schnell war klar, dass ich – wie alle anderen auch – warten musste. Weil aber der Wissensdrang in mir bereits voll entbrannt war, ich gar nicht mehr abwarten konnte, bis es endlich los ging mit dem Medizinstudium, verließ ich die Enge des Verwaltungsgebäudes noch einmal, ging in die nicht weit gelegene Universitätsbuchhandlung und stöberte voller Vorfreude durch den Fachbereich Medizin. Jeder sollte sehen können, welcher Disziplin ich ab sofort angehörte, also blätterte ich demonstrativ in den Publikationen herum und versuchte, mir auf diese Weise bereits den einen oder anderen Wissensvorteil gegenüber meinen Mitstudenten zu verschaffen. Ein Buch gefiel mir dabei besonders: die mehr als tausend Seiten starke Publikation *Medizingeschichte. Institutionalisierung – Themenbereiche – Methoden – Theorien – Problemfelder – Aufgaben.* Ich kratzte mein Geld zusammen und nahm das Buch für fast fünfzig Euro gleich mit, sicher würde es einen guten Eindruck machen, wenn ich bei der Einschreibung Fachliteratur mit mir führte.

Fast zwei Stunden später erschien endlich auch meine Nummer auf der Anzeigentafel, und ich betrat einen stickigen, kargen Raum, in dem eine Dame mittleren Alters und grober Statur an ihrem Schreibtisch vor einem EDV-Bildschirm saß. Ich setzte mich ihr ein wenig nervös gegenüber und legte den schweren medizinhistorischen Band vor ihr ab.

»Ich grüße Sie«, sagte ich.

»Guten Tag.«

»Ich möchte mich immatrikulieren.«

»Haben Sie alle Unterlagen dabei?«, fragte sie.

»Ja, also, ich denke schon«, antwortete ich.

»Wofür möchten Sie sich bitte einschreiben?«

Ich richtete mich so gerade auf wie nur möglich. »Medizin!«, sagte ich stolz. »Ich möchte Arzt werden.«

Die Dame sah nun zum ersten Mal hoch. Beinahe drohend schaute sie mir in beide Augen gleichzeitig, und für ein paar Momente bestand eine immense Spannung zwischen uns. Hatte ich irgendetwas falsch gemacht? Ich wurde unruhig.

»Junger Mann, Sie können sich hier nicht für Medizin einschreiben, das ist Ihnen doch klar?«

»Ähh ...«, stammelte ich. »Aber wo kann ich mich denn für Medizin einschreiben?«

»*Nir-gend-wo*«, sagte die Dame.

Ich war einen Moment wie versteinert, fing mich dann wieder. »Aber warum nicht?«

»Einschreiben kann man sich nur für zulassungsfreie Fächer«, erklärte sie zusehends genervt.

»Ach!«

Ich verstand kein Wort, hoffte insgeheim, die Dame würde einem großen Irrtum aufsitzen und sich gleich bei mir entschuldigen.

»Aber das hier ist doch die Universität? Und dies ist mein Abitur, sehen Sie?« Ich tippte auf meine Klarsichtfolie.

»Für Medizin hätten Sie sich schon vor sechs Monaten über die offiziellen Wege anmelden müssen. Sie können sich in genau *einem* Jahr um einen Studienplatz für Medizin *bewer-*

ben. Dafür brauchen Sie allerdings ein exzellentes Abitur. Das haben Sie, nehme ich an?«

Ich schaute in meine Unterlagen, auf dem Zeugnis war eine Abschlussnote von 2,6 vermerkt.

»Nun ja, ich weiß nicht. Sagen Sie es mir doch bitte ...«, antwortete ich.

»Zeigen Sie mal her«, sagte sie widerwillig und warf einen Blick auf mein Zeugnis. »Nein. So wird das nichts mit dem Medizinstudium. Suchen Sie sich lieber gleich was anderes aus.«

Mir schwanden die Sinne.

»Und an einer anderen Universität?«

»Nun, Sie können theoretisch an einer Privatuniversität Medizin studieren, da spielt Ihr Abitur meines Wissens keine Rolle.«

»Toll!«

»Das Studium kostet allerdings viele Tausend Euro pro Jahr.«

Ich sackte zusammen. Das war ausgeschlossen, viele Tausend Euro pro Jahr hatte ich einfach nicht.

»Kein Medizin also«, murmelte ich vor mich hin.

»Nicht für Sie jedenfalls. Nein.«

Ich schüttelte traurig den Kopf.

»Und jetzt?«

»Wie ich sagte, studieren können Sie sämtliche zulassungsfreien Fächer, aber wir müssen uns jetzt ein wenig beeilen, draußen warten noch sehr viele andere junge Leute. Leute wie Sie ...«

»Was sind denn die zulassungsfreien Fächer?«, fragte ich eilig. »Jura vielleicht?«

»Nein.«

»Hmm, Architektur?«

»Auch nicht.«

»Aber was denn dann?«, rief ich nun vollkommen ratlos.

»Geisteswissenschaften«, sagte die Dame. »Vor allem die Geisteswissenschaften.«

»Das heißt, die alle hier wollen sich für Geisteswissenschaften einschreiben?«

»Leider ja.«

Ich sah nervös auf die Uhr, dann fiel es mir wieder ein.

»Kunstgeschichte!?!«, rief ich aus. »Kann ich Kunstgeschichte studieren?«

Die Dame zog jetzt ein fast mitleidendes Gesicht.

»Leider nein, mit Ihrem Abitur ... In diesem Semester ... Nicht einmal das ... Es tut mir leid.«

Was war hier los?

Mechanisch legte sie mir eine Liste aller zulassungsfreien Fächer vor. Zu meiner Überraschung war es eine sehr lange Liste, es gab tatsächlich die unterschiedlichsten Disziplinen.

»Wählen Sie einfach zwei Fachbereiche aus. Und dann geht's schon los.«

Schweren Herzens fuhr ich die Einträge mit dem Zeigefinger von oben nach unten ab: Anglistik, Anthropologie, Germanistik, Geschichte, Klassische Philologie, Linguistik, Philosophie, Politik, Romanistik, Theologie, Sozialpsychologie, Soziologie etc. pp. Doch nichts davon inspirierte mich auch nur annähernd so sehr wie die Vorstellung, mit Stethoskop um den Hals in einem chinesischen Garten zu sitzen und Mittagspause zu machen. Wie sahen denn Anthropologen und Linguisten in ihrer Mittagspause aus? Konnte man sie auf der Straße überhaupt als solche erkennen?

»Und?«, drängte die Dame zur Eile und tippte dabei auf ihre Armbanduhr.

»Na ja«, stammelte ich, »also dann studiere ich, warten Sie, äh, Germanistik und ... Wie heißt das? Soziologie, wenn es Ihnen recht ist.«

»Ganz wie Sie wollen«, erwiderte sie, füllte etwas in ihre EDV-Maske ein, druckte ein paar Formulare aus, und schon unterzeichnete ich die Dokumente. Alles ging ganz kurz und schmerzlos.

»Wussten Sie, dass es nur einen einzigen Beruf auf der Welt gibt?«, sagte ich mehr zu mir als zu ihr.

»Entschuldigung, was sagten Sie?« Offenbar hatte sie nicht wirklich hingehört.

»Ach, nichts ...«

Ich lief ein zweites Mal zur Buchhandlung, tauschte den medizinhistorischen Band um, nahm die fünfzig Euro entgegen, und schon saß ich wieder im Bus, der mich zurück in mein Elternhaus brachte. Wie ein Häufchen Elend, meiner Träume entledigt saß ich abermals ganz vorn hinter der Fahrerkabine und starrte mit geballter Faust in der Tasche aus dem Fenster.

Ein schrecklicher Verdacht beschlich mich: Hatte ich mich heute lächerlich gemacht? War es so? Oder schlimmer noch: War dieses ganze Dilemma eventuell meine Schuld? Und wie als wollte ich mir die kaum mehr zu übersehenden Fehlentscheidungen meines Lebens vor Augen führen, als wollte ich mich selbst bestrafen, holte ich zu Hause noch einmal das Abiturzeugnis aus seiner Schutzhülle und ging hoch konzentriert sämtliche Benotungen und Punktzahlen der letzten zwei Schuljahre durch. Peinlich genau prüfte ich jede einzelne Note in jedem Fach und jedem Halbjahr. Wo waren mir durch meine Sorglosigkeit entscheidende Punkte durch die Lappen gegangen? Wo wäre problemlos mehr drin gewesen? Und wie ich so las und analysierte, stieg eine unendliche Wut in mir auf. Es war eindeutig: Die Schuld an all dem Unglück trug ganz allein ich.

*

Ein paar Wochen später begann das Semester. Aber weil sich selbst schwerste Enttäuschung mit der Zeit genauso verlässlich in Gleichgültigkeit verwandelt wie vermeintlich vollendetes Glück, beging ich den Tag meiner ersten Vorlesung mit dem Mut der Verzweiflung. Ja, ich hatte mir zuletzt mit aller Kraft einzureden versucht, dass die beiden Ärzte aus dem chinesischen Garten wohl zwei Verrückte gewesen waren, die gar nicht wussten, wovon sie sprachen. Und weil mir ohnehin keine andere Wahl blieb, als mich den Umständen zu ergeben, hoffte ich einfach darauf, dass am Ende doch alles besser werden könnte als befürchtet.

Ich hoffte vor allem, dass uns die Professoren mit einem feurigen Appell begrüßen und auf unser neues Leben einschwören würden, dass sie streng mit uns sein würden und uns etwas Wichtiges zu sagen hatten, etwas, das mir dabei half, mit Zuversicht in die Zukunft zu blicken.

Nach einigem Suchen fand ich das richtige Auditorium – von außen war es ein scheußlich anzusehendes hohes Gebäude. Ich legte meinen Kopf in den Nacken und schaute an der Fassade empor, es war noch eine halbe Stunde Zeit bis zur Begrüßungsvorlesung. Ich hielt ein paar Momente inne, atmete kräftig durch, rückte meine Kleidung zurecht, sprach mir selbst noch einmal Mut zu und dann schritt ich zum Hörsaal und erschrak bis ins Mark.

Das riesige Auditorium, in dem bestimmt zweitausend Menschen Platz fanden, war zum Zerplatzen gefüllt. Sämtliche Sitze waren bereits belegt, größtenteils saßen sich die Studenten auf dem Schoß – kein einziger freier Platz war mehr zu finden. Schlimmer noch, auch auf sämtlichen Treppenaufgängen und inmitten der Stuhlreihen drängten sich die Leute in einer Weise, dass man die Stufen nicht einmal mehr hätte passieren können. Letztendlich stand ich im Türrahmen des Hörsaales und konnte, indem ich mich auf die Zehenspitzen stellte und einen ganz langen Hals machte, gerade so die jahrmarktartigen Zustände in seinem Inneren erahnen.

»Entschuldigung, ist das hier etwa die Einführungsvorlesung für Soziologie?«, fragte ich einen jungen Mann neben mir, der ebenfalls seinen Hals streckte, denn noch hatte ich die Hoffnung, dass es sich um eine Verwechslung handelte. Vielleicht fand ja hier ein Konzert statt oder ein Gewerkschaftskongress. Vielleicht hatte ich mich im Gebäude geirrt – denn so konnte doch keine Vorlesung abgehalten werden, so konnte doch der Professor, wie ich es mir vorgestellt hatte, unmöglich schon am ersten Tag auf mich aufmerksam werden.

»Ist es«, murrte der junge Mann und drehte sich interesselos weg.

Nach den Ereignissen bei der Immatrikulation hatte ich natürlich geahnt, dass ich nicht der einzige Student der Geisteswissenschaften sein würde, aber das hier übertraf meine schlimmsten Befürchtungen. Wie viele junge Menschen mit Abitur konnte es geben? Und diese Auftaktveranstaltung war schließlich nur die eines einzigen Fachbereichs, ein Studium, von dem ich bis vor einigen Wochen noch nicht einmal gehört hatte – und es gab noch so viele andere Studiengänge, ich hatte die Liste ja mit meinen eigenen Augen gesehen. Was sollte eine Gesellschaft mit so vielen Geisteswissenschaftlern nur anfangen? Das Herz sackte mir in die Hose, um mich herum Geschrei und unerträglich lautes, fast hysterisches Geraune. Fiel diesen Studenten denn nicht auf, in was für einer grotesken Situation sie sich befanden? War dieses Trauerspiel nicht auch für sie das jähe Zerplatzen all ihrer Träume? Mir schien, als nähmen sie gar keine Notiz davon, geschweige denn von mir, als hätten sie mit nichts anderem gerechnet, als wäre ihnen schon längst alles im Leben egal geworden. Statt auf wissbegierige, lebenshungrige junge Männer und Frauen stieß ich auf vom Leben und von sich selbst in höchstem Maße enttäuschte Menschen. Menschen, die von sich noch kein einziges Mal in den höchsten Tönen gesprochen hatten.

Ich stand also in der hinterletzten Reihe, hatte es nicht einmal ansatzweise in das Auditorium hinein geschafft und war somit das letzte Glied einer Kette, die sich unentwirrbar verklumpt hatte. Verzweifelt blickte ich mich um, versuchte noch einmal, Blickkontakt aufzunehmen, mein Leid zu teilen, Hoffnung zu schöpfen und ein menschliches Band herzustellen – aber niemand ließ sich auch nur annähernd darauf ein. Es war, als blickte ich in die Gesichter einer aussortierten Generation.

Von einem Moment auf den anderen wurde es ruhiger, und ich schloss daraus, dass der Professor den Saal betreten hatte. Wenn ich mich ganz lang machte, konnte ich von meinem Platz aus sogar halb den oberen Rand der großen dreiteiligen Tafelkonstruktion erkennen, vor der er – wie ich vermutete – nun stehen musste.

Ein lautes knarzendes Piepen und Rauschen tönte aus den Lautsprechern, und obwohl ich mich schon so weit abgeschlagen vom Geschehen befand, drängten von hinten noch immer Studenten nach, sodass ich körperlich weiter bedrängt wurde und mit der Zeit sogar in eine noch schlechtere Situation geriet.

Ich schnappte lediglich Informationsfetzen auf. Ich glaube, es ging fast ausschließlich um Organisatorisches.

»Und pro Modul in den Aufbauseminaren, für die es nur begrenzte Teilnehmerkapazitäten gibt, können Sie dann laut geltender Studienordnung zehn Kreditpunkte sammeln, sofern Sie …«, vernahm ich einmal recht deutlich. »Bei zu großer Anmeldezahl entscheidet das Los!«

Die Stimme des Professors überschlug sich immer wieder und stockte dann nervös, wenn er einmal mehr zu laut, zu nah und zu unbeholfen in das Mikrophon geächzt hatte – auch ihn überforderte die Situation, und mir tat das alles nicht nur für mich selbst leid, sondern auch für den Herrn Professor. Was musste das von dort unten nur für ein entsetzlicher Anblick sein?

Irgendwo tief in der Masse hörte ich eine zarte Mädchenstimme weinen. Ich hätte die junge Frau in diesem Moment gern in den Arm genommen, sie getröstet, sie gehalten – aber was bitte hätte ich ihr sagen können, wie hätte ich ihr in dieser Situation Mut zusprechen können, ohne sie zu belügen?

Noch vor Ende der Veranstaltung suchte ich das Weite und setzte mich vor dem Institutsgebäude auf eine Bank. Direkt gegenüber, es waren nicht mehr als zweihundert Meter Luftlinie, lag die medizinische Fakultät. Dort gehöre ich hin, dachte ich wehmütig, das ist meine wahre Bestimmung. Und doch war es anders gekommen. Durfte ich meinen Eltern überhaupt davon erzählen, was dieses Studium bedeutete und für was genau sie letztlich ihr Geld zum Fenster rauswarfen, in dem festen Glauben, dass mich ein Studium später einmal zu irgendetwas befähigte?

Ich verspürte nicht einmal mehr Wut, nur eine tiefe, durchdringende Scham, und schlug mir die Hände vors Gesicht, in dem Versuch, meine Identität für immer dahinter zu verbergen. Niemand sollte mich hier so sitzen sehen – schon gar nicht die beiden Ärzte aus dem botanischen Garten. Vor ihnen schämte ich mich am meisten.

*

Im Studium selbst wurde alles leider noch sehr viel schlimmer. Egal, welche Art von Veranstaltung ich besuchte, stets war es ein entwürdigender Kampf, überhaupt nur in die kleinen Seminarräume hineinzugelangen, geschweige denn etwas zu lernen. Eine ganze Generation zum Abitur gezwungener Menschen war hier in die Simulation einer Universität gestopft worden, und nun mussten alle Beteiligten, Studenten wie Dozenten, so tun, als würden sie nicht bemerken, dass all das in einer Katastrophe enden musste. Selbst in den Seminarräumen, in denen – der Idee nach – in kleinem Rahmen inhaltliche, auf Lektüre der Texte basierende Diskussionen angedacht waren, selbst in diese Seminare mussten die Dozenten Lautsprecheranlagen hineinrollen, um die bis zum letzten Platz vollgestopften Räume zu beschallen.

Es herrschte allenthalben Lethargie. Zwar las ich brav, anders als die allermeisten meiner Mitstudenten, jede uns aufgetragene Literatur, bereitete mich gewissenhaft vor und versuchte auf diesem Wege zumindest irgendetwas zu lernen, aber insbesondere die ersten Monate gerieten zu einem Martyrium. Täglich starrte ich sehnsüchtiger zu den Medizinern hinüber, sah immer wieder, wie bildhübsche, mit sich selbst zufriedene Studentinnen dort ein und aus gingen und ihrem Traum nacheiferten, und verhedderte mich dabei zusehends in einem Geflecht aus Hass und Ressentiment. Einerseits wandten sich diese Gefühle natürlich gegen das kranke Bildungssystem und gegen meine Mitstudenten – andererseits aber galt dieser Hass mir selbst, denn ich hatte mir dieses Versagen ganz allein selbst zuzuschreiben – mein einstiger Glanz war verblasst, nun gehörte ich nur noch dem Heer der Mittelmäßigen an.

In einer Sklavenmoral gefangen schrieb ich also brav die Klausuren und Hausarbeiten und schwieg mich ansonsten im Gespräch mit meinen Eltern und anderen über die Zustände an der Universität aus, als zum Ende des zweiten Semesters aus heiterem Himmel die Lektüre eines Textes meine Wut zum Überkochen brachte. Stein des Anstoßes war das angeblich so bedeutende Buch *Die feinen Unterschiede* des französischen Soziologen Pierre Bourdieu – zunächst las ich darin durchaus mit Interesse, doch dann packte mich, während ich in die Materie vertieft am Schreibtisch saß, eine regelrechte Raserei. Was bildete sich dieser »Professor aus Paris« da eigentlich ein?

Ich war entsetzt, sprang von meinem Stuhl auf und warf das Buch mit voller Wucht in eine Ecke meines Zimmers – ich war in der Zwischenzeit bei meinen Eltern ausgezogen und teilte mir mit einem ruhigen, in sich gekehrten Theologiestudenten eine kleine Wohnung im Zentrum der Stadt, nicht weit von der Universität gelegen. Ich schleuderte das schwere Buch so heftig gegen die Wand und stieß dabei wohl einen derart hysterischen Schrei aus, dass mein so umsichtiger Mitbewohner nur wenige Augenblicke später anklopfte, um nach dem Rechten zu schauen:

»Ist alles in Ordnung?«, fragte er mich, als er den Kopf zaghaft durch den Türspalt steckte.

»Ganz und gar nicht! Nicht im Geringsten! Mir reicht es jetzt endgültig!«, rief ich ihm laut entgegen und griff mir dabei mit beiden Händen, an denen ich sämtliche Finger fast spastisch auseinandergespreizt hatte, links und rechts an den Kopf, als stünde ich unmittelbar davor, den Verstand zu verlieren.

»Aber was ist denn passiert?«

Ich zeigte auf das Buch in der Ecke, dessen Einband durch den Aufprall eingerissen war.

»Dieses Buch da ist eine Frechheit! Es ist pures Gift! Es stehen nur Lügen darin. Offensichtliche Lügen, und an der Universität wollen sie, dass wir es lesen!«

»Aber das gibt es doch nicht?«, fragte er nur noch verängstigter.

»Doch«, zischte ich ihn an und hatte einen Moment lang sogar die Sorge, ich würde ihm, in einer Art Übersprunghandlung, gleich an die Gurgel gehen. »Lass mich jetzt bitte allein! Ich muss nachdenken!«

Mein Mitbewohner schloss die Tür, ich startete meinen Computer und setzte ohne Zögern eine E-Mail an den zuständigen Dozenten, Professor Dietrich, auf. Etwas Vergleichbares hatte ich bisher noch nie getan, insbesondere weil uns die Professoren zu Beginn jeder Veranstaltung zu verstehen gaben, dass es überhaupt keinen Sinn hatte, ihnen zu schreiben, da sie, wie wir ja selbst sehen würden, keinerlei Kapazitäten hätten, um Einzelfragen zu beantworten. Aber vielleicht war dieses Verbot meine Chance.

Nach dem Betreff *BETRUG – SEHR WICHTIG – BOURDIEU!!!* schrieb ich:

Sehr geehrter Herr Professor,
mit zunächst großem Interesse habe ich, wie Sie uns aufgetragen hatten, das Buch Die feinen Unterschiede *von Pierre Bourdieu gelesen. Leider muss ich Ihnen mitteilen, dass jedes Wort darin unwahr ist, ja, schlimmer noch: Dieses Buch ist bösartig und gefährlich. Ist das im Sinne der Universität, wenn ich in diesem Fall ÜBERHAUPT von einer Universität sprechen kann?!?*
Ich würde mich sehr freuen, wenn wir einmal in Ruhe darüber reden könnten.
Mit herzlichen Grüßen
Ihr Student

Gleich am nächsten Morgen, es war noch keine 10 Uhr, erhielt ich Antwort und einen Termin – vielleicht hatte ich den Herrn Professor in einem schwachen Moment erwischt, mag sein. Vielleicht hatte es ihm aber auch einfach nur geschmeichelt, dass einer seiner Studenten einmal nicht nur irgendeine Banalität oder etwas Organisatorisches erfragte, sondern dass sich ausnahmsweise mal jemand mit einer inhaltlichen, ihm unter den Nägeln brennenden Frage an ihn wandte.

Für meinen ersten persönlichen Kontakt mit einem Professor zog ich mein bestes Jackett und mein schönstes Hemd an – ich wollte einen besonders guten Eindruck machen, wenigstens das. Denn irgendwie mochte ich Professor Dietrich, obgleich ich so gut wie nichts über ihn wusste. Es lag etwas

Gütiges in der Art, wie er in das knarzende Mikrophon sprach, etwas Mitleidendes, Bedauerndes, und ich hatte immer das Gefühl gehabt, in einer besseren Welt hätte er gewiss ein ausgezeichneter Dozent und ich sein begabter Meisterschüler sein können.

Einigermaßen aufgeregt betrat ich also das Institut und ging die drei Stockwerke ins Kellergeschoss, wo sich die Räumlichkeiten der Soziologie befanden – auch an diesem Tag wimmelte es natürlich wieder nur so vor Menschen.

Ich öffnete die Tür zum Vorzimmer, wo mich seine Sekretärin kühl in Empfang nahm, dann klopfte ich bei Professor Dietrich an und wurde sogleich hereingerufen. Mir zitterten ein wenig die Knie, doch meine Nervosität legte sich rasch, da ich bemerkte, dass der Professor ausgesprochen leger, fast schon vulgär in seinem Bürostuhl lümmelte und dabei ein üppiges Mettbrötchen verspeiste.

»Kommen Sie ruhig rein«, nuschelte er durch die rosa Masse hindurch, und ich glaube, ein kleines Bröckchen flog ihm dabei aus dem Mund.

»Nehmen Sie doch Platz, entschuldigen Sie, ich habe heute noch nichts gegessen, so viel Stress, so viel zu tun, Sie wissen schon. Es brennt überall.«

Ich zog mir den Stuhl heran, nickte dabei und setzte mich vor seinen Schreibtisch.

»Sie also sind der aufgebrachte junge Mann, wie kann ich helfen?«

»Ach, wenn Sie so fragen, weiß ich gar nicht, wo ich anfangen soll …«, sagte ich. »Die Zustände an dieser Universität sind, nun ja, eine einzige Katastrophe!«

»Was Sie nicht sagen …«, antwortete er und biss noch einmal beherzt in das Brötchen.

»Eine universitäre Lehre, so wie ich sie mir vorgestellt habe, ist überhaupt nicht denkbar. Es ist, als wäre man in einer Irrenanstalt gelandet.«

Professor Dietrich putzte sich die Finger an einer Serviette ab und nahm einen großen Schluck Wasser.

»Wir sind Abertausende von Studenten in den Geisteswissenschaften«, fuhr ich fort. »Ein Dialog ist unmöglich. Erkenntnisgewinn ist unmöglich. Was soll das denn alles bringen? Für welchen Beruf soll mich das qualifizieren? Und merken Sie nicht, dass sich einfach kein einziger Student auch nur im Geringsten für das Studium interessiert?«

»Doch, natürlich«, antwortete der Professor, »das habe ich schon gemerkt. Sie erzählen mir hier nichts Neues ...«

»Niemand liest die Texte, die wir besprechen sollen. Niemand. Wissen Sie das?«

»Auch das, ja.«

»Und wir können nichts dagegen tun, Herr Professor?«

Der Herr Professor schien seine Kräfte zu sammeln.

»Nein, uns sind die Hände gebunden«, sagte er schließlich und machte dabei eine Geste, als wären seine Handgelenke stramm übereinander gefesselt worden.

»Wissen Sie, ich sehne mich nach Herausforderungen. Nach Strenge, nach Professoren, die Unmenschliches verlangen, nach klaren Hierarchien und hohen Standards. Ich sehne mich nach Drohung und Strafe, nach Versagensangst, schlaflosen Nächten und nach dem erhebenden Gefühl, es am Ende tatsächlich geschafft zu haben – aber all das gibt es hier weit und breit nicht. Es ist, als wäre einfach allen alles komplett egal ...«

»Sie sind mir schon ein sehr besonderer Student«, unterbrach mich Professor Dietrich.

»Und wissen Sie noch etwas?«, fuhr ich fort. »In der Literaturwissenschaft gibt es Professoren, die bestehen darauf, dass wir sie duzen! Was ist mit der Welt nur passiert? Ich verstehe das einfach nicht!«

Er schüttelte den Kopf und murmelte etwas mir Unverständliches, dann nahm er sein silbernes Zigarettenetui und steckte sich eine Zigarette an. Offensichtlich hatte ich mit meinem Einstieg sein Interesse geweckt.

»Wollen Sie auch eine?«

»Ich rauche eigentlich gar nicht«, antwortete ich ein bisschen empört.

»Das sollten Sie aber. Fangen Sie am besten gleich damit an. Wissen Sie, noch vor einem Jahr durfte man hier sogar in den Hörsälen und auf den Gängen rauchen – können Sie sich das vorstellen? Wie schnell die Menschen doch Anordnungen befolgen, nicht wahr? Eigentlich wollen sie überhaupt gar nichts anderes tun. Und bald dürfen wir überhaupt nirgendwo mehr rauchen. Dann haben wir hier nicht nur viel zu viele Studenten auf viel zu wenig Platz und Lehrpersonal, es darf zum Ausgleich nicht einmal mehr geraucht werden.«

»Herr Professor«, entgegnete ich nun, »wenn das so ist, fange ich noch heute damit an. Geben Sie mir bitte auch eine Zigarette.«

Der Professor reichte mir sein Etui. Ich nahm eine Zigarette heraus und steckte sie mir an. Qualmend saßen wir uns nun gegenüber.

»Aber jetzt sagen Sie mal, junger Mann, Sie wollten doch über Bourdieu sprechen. Oder hatte ich das falsch verstanden?«

»Allerdings«, sagte ich, »genau. Also, hören Sie zu, Pierre Bourdieu ist ein Lügner, ein Scharlatan, ein gefährlicher Demagoge.«

»Pierre Bourdieu? Ein Demagoge? Der große französische Soziologe, der weitsichtig und scharfsinnig wie kaum ein Zweiter über soziale Ungleichheit geschrieben und geforscht hat?«

»So kann man es natürlich auch sagen ...«, murmelte ich.

»Wie kommen Sie denn darauf?«, sagte er und lachte.

»Bourdieu behauptet, dass es für den einfachen Mann nahezu unmöglich wäre, sich über sein Schicksal zu erheben.

Ja, er sagt, man wäre auf ewig und für alle Zeit gezwungen und verdammt, in seiner Klasse und unter Seinesgleichen zu bleiben, weil uns die Klasse in die Art und Weise, wie wir sprechen und leben, eingeschrieben ist. Er sagt, niemand könnte seine Herkunft je abschütteln! Das ist eine absurde Frechheit!«

»Es ist zunächst einmal eine soziologische Hypothese!«

»Eine Hypothese, die verboten gehört!«, rief ich. »Merken Sie denn nicht, dass diese Hypothese, wie Sie es nennen, die Menschen verunsichert und in die Schranken weist? Wie soll denn ein einfacher Mann den Glauben daran bewahren, im Leben alles erreichen zu können, wenn einem in der Universität, in der ohnehin schon katastrophale Zustände herrschen, zu allem Übel noch beigebracht wird, dass man es gar nicht erst zu versuchen braucht? Ist das der Sinn der Soziologie, dass sie dem Menschen das Träumen austreibt?«

»Sie lesen Bourdieu falsch, junger Mann, aber immerhin lesen Sie ihn«, sagte der Herr Professor. »Das Gegenteil ist richtig, Pierre Bourdieu versucht, mit seinen Überlegungen zur Klassengesellschaft doch gerade die versteckten Machtstrukturen offenzulegen, sodass sie idealerweise – irgendwann in der Zukunft – überwunden werden können.«

»Irgendwann in der Zukunft? Wann soll denn dieses Irgendwann Ihrer Meinung nach sein? In einhundert Jahren? So viel Zeit habe ich nicht, so lang lebt doch keiner! Und in der Zwischenzeit soll ich mich mit den Zuständen in der Welt abfinden? Soll brav soziologische Bücher lesen, mich mit den Gegebenheiten arrangieren, mich im Rahmen meiner Möglichkeiten bucklig schuften und mich schon an den kleinen Dingen des Lebens freuen? Ist es das, was Sie meinen?«

»Bewusstmachung der Probleme ist der erste Schritt zu ihrer Überwindung. Natürlich hat es, um bei Bourdieu zu bleiben, das Kind eines Pariser Staatssekretärs leichter im Leben als das maghrebinische Migrantenkind aus der Banlieue oder

der einfache Arbeiter aus Toulouse – auf nichts anderes versucht Bourdieu hinzuweisen, und darauf, wie sich diese unterschiedlichen Startbedingungen im Leben manifestieren und verfestigen. Im Geschmack, in der Art zu sprechen, ja, sogar in der Art, die Zukunft zu denken et cetera.«

»Ha!«, rief ich aus. »Verfestigen! Sie sagen es! Aber das könnte Bourdieu so passen. Nein, Bewusstmachung heißt Akzeptanz, heißt, zufrieden sein mit dem, was man hat – für mich liegt darin die ganze Perversion der ›soziologischen‹ Analyse. Die Perversion dieses ganzen Studiengangs. Die Soziologie will, dass wir die Zustände letztlich auch an dieser Universität akzeptieren. Sie will, dass alles so bleibt, wie es ist!«

Der Professor schwieg, vielleicht dachte er ernsthaft darüber nach, was ich gerade vorgebracht hatte.

»Wissen Sie was, ich sollte eigentlich gar nicht hier sein!«, entfuhr es mir nun. »Ich gehöre überhaupt nicht hierher! Ich hätte nämlich Arzt werden können. Alles hätte ich werden können. Werden *müssen!* Ich komme aus einfachem Haus, ganz recht, aber eigentlich bin *ich* der Beweis, dass Bourdieu und seine Soziologie irren. Ich bin das Gegenbeispiel! Es kommt eben *nicht* darauf an, woher man kommt, sondern nur, wie sehr man bereit ist, sein Glück einfach zu akzeptieren. Verstehen Sie doch, Herr Professor, *ich* bin der lebende Beweis dafür, dass das Leben ein Geschenk ist, ein fröhliches Spiel, dass alles erlaubt und kein Weg versperrt ist! Eigentlich ...«

Professor Dietrich schaute mich fragend an.

»Dass ich jetzt hier bin, in den entsetzlichen Geisteswissenschaften, ist nicht die Schuld der Gesellschaft, nicht die Schuld eines Systems, es ist meine eigene Schuld, ganz allein meine! Ich hatte mal alles, was es brauchte. Mehr als das, mehr als genug! Sagen Sie das Ihrem Bourdieu, sagen Sie das Ihren Studenten und Ihrem Dekan, in Gottes Namen, aber hören Sie auf, den Leuten mit ihrer Wissenschaft einzureden, es gäbe natürliche Hindernisse im Leben!«, redete ich mich nun immer heftiger in Rage, wusste aber weder eindeutig zu sagen, wie genau es zu diesem für mich so untypischen Ausbruch gekommen war, noch ob das Lächeln, das sich nun auf das Gesicht des Professors geschlichen hatte, eher Anerkennung oder Mitleid ausdrücken sollte.

Ich zog noch einmal an der Zigarette, stand auf und drückte sie über den schweren Schreibtisch gebeugt entschieden in seinem Aschenbecher aus.

»Wissen Sie was, Herr Professor, ich werde Ihnen beweisen, dass Pierre Bourdieu mit seiner Schwarzmalerei falschliegt – ich werde mich von diesem Studium, von der Soziologie und den Zuständen in den sogenannten Geisteswissenschaften, nicht unterkriegen lassen. Ach was, ich werde mich von überhaupt niemandem mehr unterkriegen lassen. Ich nicht! Guten Tag und vielen Dank für Ihre Zeit.«

Ich verließ das Institut und einen ratlos dreinblickenden Professor Dietrich und suchte als Erstes den nahe gelegenen Supermarkt auf, um mir meine ersten eigenen Zigaretten zu kaufen. Denn mit einer Sache hatte der Professor zweifelsfrei recht gehabt: Ich würde anfangen müssen zu rauchen, und zwar noch auf der Stelle.

Schnell schrieb ich Vincent in meiner Wut eine Nachricht.

Ich rauche jetzt!

Sehr gut. Nur zu, antwortete er gleich.

KAPITEL III

AUF DER MARMORKLIPPE

Nach dem Treffen mit Professor Dietrich fühlte ich mich in einen neuen Menschen verwandelt, denn zum allerersten Mal überhaupt brannte in mir jetzt ein wirklich authentischer Ehrgeiz. Ja, ich blickte plötzlich auch anders auf meine Mitstudenten und auf alle anderen jungen Menschen meiner Generation. Ich sah in ihnen nun nicht mehr nur die talentlosen, unglückseligen Zeitgenossen, sondern nahm sie als leibhaftige Konkurrenten wahr – und Konkurrenten konnte und durfte, nein, musste man aus dem Weg schaffen und hinter sich lassen, wenn man es zu etwas bringen wollte. Und genau das wollte ich, Bourdieu zum Trotz und mir und meiner Familie zu Ehren. Erst jetzt hatten die Worte von Herrn Junge mir endgültig ihren Sinn offenbart.

Mit Haut und Haaren stürzte ich mich fortan in das Studium der Germanistik und Soziologie. Ich blendete die Umstände, die überfüllten Hörsäle und die Lustlosigkeit aller Beteiligten aus und las und schrieb, studierte und notierte rund um die Uhr, als gelte es, jede einzelne verlorene Stunde der letzten Jahre wiedergutzumachen und so viel Wissen in mich reinzuschaufeln, wie es nur ging. Man kann sagen, dass ich regelrecht aufging in der Rolle des übereifrigen Studenten.

Von offizieller Seite erwartete hier niemand etwas, die Universität war lediglich daran interessiert, die Studenten irgendwie durch das Studium zu schleifen und wieder loszuwerden, und die Studenten verlangten, von der Universität dabei nicht weiter belästigt zu werden. Und je verbissener ich mich an die

Arbeit machte, je zielstrebiger ich jede freie Minute darauf verwandte, es meinen Konkurrenten zu zeigen und sie durch mein Engagement in die Ecke zu drängen, desto leichter ging mir das Ganze von der Hand. Ein Kinderspiel! Einerlei, welcher Prüfung ich mich stellte, stets erhielt ich nichts als die Bestnote. Ja, es kam mir fast vor, als wäre dieses Studium der Geisteswissenschaften geradezu meine Bestimmung. Die Ordnung der Dinge, mein gewohnter Blick auf mich und die Welt, hatte sich spätestens im dritten Semester endgültig wiederhergestellt – ich empfand mich nun durch und durch als Geisteswissenschaftler und blickte bisweilen sogar mit einem gewissen Stolz auf meine Disziplin.

An manchen Abenden, da ich mich tagsüber in der Bibliothek regelrecht verausgabt hatte, rätselte ich bereits, welche Aufgaben die Welt des Geistes in der Zeit nach dem Studium für mich bereithalten würde, als ich plötzlich an einem herrlichen Hochsommernachmittag, mitten in den Semesterferien, die ich mit dem gewissenhaften Abfassen wissenschaftlicher Abhandlungen verbrachte, einen Anruf von Sebastian erhielt, von dem ich zuletzt immer seltener gehört hatte.

Obwohl ich den Kopf gerade mit ganz anderen Dingen beschäftigt wusste, obwohl ich in dieser Zeit für nichts außerhalb meines Studiums Augen und Ohren hatte, obwohl ich mich in drei Tagen erneut einer kleinen Prüfung zu stellen hatte, wollte ich doch meinen Freund, der mich vor nicht allzu langer Zeit von seinem Marmorboden aufgelesen hatte, nicht einfach so abwimmeln. Also verließ ich den Lesesaal, machte es mir auf einem Vorsprung bequem und rief ihn auf der Stelle zurück.

An seiner Stimme erkannte ich sofort, dass ihn etwas bedrückte. Sebastian hatte, wie er sagte, einiges mit mir zu besprechen, jedoch partout nicht am Telefon, was mir allein aus Zeitgründen schon lieber gewesen wäre. Und obwohl ich meine eigene kleine Krise ja gerade erst überwunden hatte und deswegen verständlicherweise keine besondere Lust auf die Probleme anderer hatte, gab ich doch zähneknirschend nach und versprach, ihn am nächsten Tag in seiner Villa besuchen zu kommen.

Immerhin, so beruhigte ich mich, war es bei Sebastian genauso schön kühl wie in der Bibliothek.

*

Ich musste mich also nur ein wenig dazu zwingen, ein hoffnungsfrohes, ermutigendes Gesicht aufzusetzen, als Sebastian mir vierundzwanzig Stunden später die Tür öffnete und wir uns umarmten. Seine sonst so kraftvoll glänzenden Haare, um die ihn ein jeder beneidete, hingen ihm strähnig und schlaff ins Gesicht, und obwohl er von stolzer Größe war, wirkte er an diesem Tag seltsam gekrümmt, ja, fast ein bisschen mickrig auf mich, was mir das Herz schwer machte.

»Komm rein, mein Lieber«, sagte er müde und ging voraus. Doch als er sich, im Wohnzimmer angekommen, erschöpft auf eines der Biedermeiersofas fallen ließ, so als wollte er mir damit noch einmal zeigen, wie schlecht es doch um ihn stand, galt meine ganze Aufmerksamkeit bereits dem Funkeln des Swimmingpools, das durch die Fensterfront drang. Sollte ich nicht einfach meine Kleider ausziehen und sofort hineinspringen, fragte ich mich.

»Schön, dass du da bist«, seufzte Sebastian.

»Ist doch klar«, antwortete ich und blieb etwas unentschlossen vor ihm stehen.

»Weißt du, es ist folgendermaßen«, setzte Sebastian an, »die Plattenfirma, meine Plattenfirma, sie hat ...«

»Sag mal«, unterbrach ich ihn, »wollen wir uns nicht lieber auf die Terrasse setzen?«

»Auf die Terrasse?«, fragte Sebastian.

»Sieh doch, wie schön sie da gerade im Schatten liegt«, erklärte ich und öffnete bereits die große Tür. Draußen setzte ich mich auf eines der Gartenmöbel, kramte meine Zigaretten aus der Hosentasche und legte die Beine hoch.

Sebastian schlurfte mir hinterher.

»Du rauchst?«, fragte er irritiert.

»Aber ja«, sagte ich, »neuerdings. Mein Professor hat mich dazu ermutigt.«

Sebastian nahm ebenfalls Platz.

»Weißt du, ich studiere jetzt ...«, ich machte eine Pause, zog an meiner Zigarette und blies den Rauch aus, »Geisteswissenschaften.«

Ich streifte meine Schuhe ab, dachte noch einmal an Professor Dietrich, stellte mir vor, er würde mich in diesem Moment sehen, und bereitete mich innerlich bereits auf einen Sprung in den Pool vor, während Sebastian Anstalten machte, das Gespräch wieder aufzunehmen.

»Also, es ist einfach so schrecklich ...« Sebastian guckte mich an.

Ich wischte mir mit dem Handrücken über die Stirn, denn der zehnminütige Fußmarsch von der S-Bahn-Station zu Sebastian hatte mich in der Hitze des Tages ein wenig ins Schwitzen gebracht, und ich hasste das Gefühl von Schweiß auf dem Körper.

»Entschuldige bitte, Sebastian, hast du vielleicht was zu trinken? Ich habe wahnsinnigen Durst.« Ich zog noch einmal an meiner Zigarette. »Vielleicht ... einen Weißwein? Einen leichten, erfrischenden Weißwein? Das wäre doch toll!«, rief ich, denn auch Sebastians Laune würde sich mit etwas Alkohol gewiss schnell verbessern.

»Ähh, ja, bestimmt«, antwortete er, erhob sich wieder von seinem Gartenstuhl und schleppte sich zurück ins Haus, denn wie erwähnt war Sebastian nicht nur von besonderer Herzensgüte, sondern obendrein auch von einer Gastfreundschaft, die ihresgleichen sucht. Nie konnte er überhaupt irgendjemanden unbewirtet lassen.

Mittlerweile war mir ganz schön warm. Ich drückte die Zigarette aus, knöpfte mein Hemd weit auf, und da kam Sebastian auch schon mit einer eisgekühlten Flasche Riesling aus dem Weinkeller seines Vaters sowie zwei Gläsern auf die Terrasse zurück. Er setzte sich wieder und goss uns großzügig ein.

»Auf dich, mein Lieber«, sagte er und trank mir zu.

»Auf diesen herrlichen Tag!«, sagte ich und nahm einen gierigen Schluck, der beinahe das ganze Glas auf einmal leerte.

Sebastian atmete tief durch. »Es ist alles eine einzige Katastrophe ...«

Ich trank das Glas ganz leer und spürte plötzlich, wie eine angenehme Schwere sich auf meine Glieder legte. Ich zog mir das Hemd über den Kopf, entledigte mich meiner Hose und sprang, ohne ein weiteres Wort zu verlieren, in den Pool.

»O Gott, ist das schön!«, rief ich, als ich wieder auftauchte und mir die Haare dabei nach hinten strich. »Wie schön du es hast. Es ist einfach ein Traum!«

Ich sah, wie Sebastian noch einmal Wein nachschenkte, geistesgegenwärtig nach meinen Zigaretten griff und langsam auf den Pool zugelaufen kam. Er war barfuß, trug lediglich kurz geschnittene, locker sitzende Badeshorts und ein weißes T-Shirt dazu. Ich hing am Beckenrand auf meine Unterarme gestützt, Sebastian kniete sich neben mich und reichte mir mein Glas. Im kühlen Chlorwasser schmeckte der Wein sogar noch einmal besser.

»Du musst der glücklichste Mensch auf der ganzen Welt sein, denke ich immer.« Dann prostete ich ihm zu.

»Mit dem Glück ist es jetzt erst einmal vorbei, fürchte ich«, sagte Sebastian, und jetzt, gefangen im Pool am Ende von Sebastians wild verwucherten, von mächtigen Feuerbuchen umringten Garten, in dem man weit und breit keinen Kontakt zu

Nachbarn oder dem echten Leben befürchten musste, konnte ich vor seinen Problemen nicht länger davonlaufen.

»Aber warum? Was ist denn passiert?«, fragte ich zögerlich.

Es waren in der Tat nicht die allerbesten Nachrichten, die ich da hörte, denn für meinen Freund, dem die Musik doch wirklich über alles ging, hatte sich der Traum vom bevorstehenden Ruhm bedauerlicherweise schnell wieder in Luft aufgelöst – in jedem Fall schneller und endgültiger, als ich mir das zu Beginn seines Aufstiegs heimlich gewünscht hatte. Ich hatte in den vergangenen Monaten nur ab und zu mal von Sebastian gehört, immer war er bei irgendwelchen Terminen in Hamburg und in Berlin gewesen, und ich war davon ausgegangen, dass sich für ihn alles prächtig entwickelte – doch bei diesen Terminen, so stellte sich jetzt heraus, war es überhaupt nicht mehr um Annehmlichkeiten und Glücksversprechen, sondern allein um die vertragliche Abwicklung seines Projekts gegangen. Mit großen Erwartungen hatten er und seine Musikerfreunde schließlich die erste Platte veröffentlicht, sie sollte der große Auftakt zu vielen noch folgenden Platten werden, doch als sich sehr bald herausstellte, dass nicht ein einziger Konsument sich dafür interessierte, bereitete die Plattenfirma die Kündigung vor – und sämtliche Träume von einem Leben als künftig gefragter Musikproduzent waren, so fühlte es sich für ihn in diesem Moment an, auf alle Zeit passé.

»Das ist ja schrecklich! Was bilden sich diese Leute ein!«, brachte ich mich selbst auf, um ihn in seiner Enttäuschung zu unterstützen, doch gleichzeitig kam ich nicht umhin zu bemerken, wie sich eine zwar diffuse, aber doch klar als solche identifizierbare Zufriedenheit in mir breitmachte. Nein, Zufriedenheit ist das ganz falsche Wort, denn natürlich freute ich mich nicht über Sebastians Scheitern, was wäre ich für ein Freund, es war eher eine Entlastung, ein Gefühl der Erleichterung, die Gewissheit, rückblickend richtiggelegen zu haben, mich gerade *nicht* in so etwas Unnützem und Brotlosem wie der Musik versucht zu haben. Ich schmunzelte sogar heimlich in mich hinein, als ich bemerkte, dass ich genau genommen schon zu Beginn meine Zweifel am Erfolg dieser Sache gehabt hatte, atmete tief aus und hoffte, Sebastian würde in meinem Gesicht nichts von diesen Überlegungen ahnen.

Auch Sebastian atmete tief durch und schüttelte ratlos den Kopf.

»Es sind einfach ganz schwere Zeiten in der Musikbranche, musst du wissen. Niemand hat mehr Geld. Niemand kauft mehr CDs. Alle haben Angst«, sagte er resigniert.

»Alle haben Angst?«

»Das Internet«, sagte Sebastian nur. »Es ist das Internet.«

Ich tauchte noch einmal hinab in den glitzernden Pool und tat ein paar Züge – was hatte ich nur für ein Glück gehabt, dachte ich so für mich. Nur ein Narr würde in diesen Zeiten, da man selbst als nur mäßig Interessierter andauernd zu hören bekam, wie schlecht es um diese Branche bestellt war, weiterhin auf die Musik setzen. Nur ein unverbesserlicher Träumer würde heute noch auf die Idee kommen, in der Kunst sein Glück zu versuchen, lachte ich unter Wasser. Nur ein Naivling würde in Zeiten, in denen das Internet, obwohl erst ein paar Jahre alt, schon jetzt das ganze Geschäftsmodell ins Wanken gebracht hatte, noch auf ein solches Versprechen hereinfallen.

Unmittelbar vor Sebastian tauchte ich wieder auf – erleichtert, ganz ohne fremde Hilfe, ohne familiäre Vorbilder et cetera meinen eigenen Weg gefunden zu haben, an der Universität, in den Geisteswissenschaften.

»Kopf hoch, Sebastian.« Ich strich mir das chlorhaltige Wasser aus den Augen.

Sebastian ließ seine Füße über den Beckenrand baumeln,

ich schwamm noch ein paar Bahnen und freute mich bereits wieder darauf, im Anschluss frisch erholt an meinem Schreibtisch zu sitzen und mich in die wissenschaftliche Lektüre zu vertiefen.

»Und das ist noch nicht alles«, sagte Sebastian nun.

»Oh.«

Es stellte sich leider heraus, dass es das Schicksal mit meinem lieben Freund gerade wirklich nicht allzu gut meinte. Denn zu allem Überfluss bereitete auch sein Vater ihm neuerdings Kummer, war dieser nämlich, verständlicherweise vielleicht, des Künstlerlebens seines Sohnes überdrüssig geworden. Konkret: Sebastian sollte nun entgegen aller Wahrscheinlichkeit doch noch in die Fußstapfen seines alten Herrn treten und auf Teufel komm raus die etablierte Praxis übernehmen – und das, obwohl Sebastians Abitur für ein Medizinstudium noch sehr viel weniger geeignet war als das meine. Nichts lag meinem Freund ferner, nichts hätte weniger zu ihm gepasst als ein solches Studium, bei dem es letztlich um nichts als Bastelarbeiten ging, und weil der Arme ein paar Tage zuvor zu allem Übel auch durch die Aufnahmeprüfung an einer privaten Hochschule für Zahnmedizin gefallen war, hatte sein Vater ihm kurzerhand einen Ausbildungsplatz als Zahntechniker organisiert. Und nach einer dreijährigen Ausbildung, so erklärte es mir Sebastian mit leeren Augen, würde er, so Gott will, eventuell einen regulären Studienplatz erhalten.

Ich fürchte heute fast, dass ich damals ein kleines bisschen über die Verkettung dieser unglücklichen Umstände schmunzelte, und um mich bei dem Gedanken, wie mein so feinsinniger Freund demnächst an eine Berufsschule würde gehen müssen, nicht zu verraten, wuchtete ich mich schnell aus dem Pool und tat ein paar Schritte auf die Wiese, die, wie ich im selben Moment bemerkte, ruhig mal wieder hätte gemäht werden können.

Sebastian zog sich das Shirt über den Kopf, glitt nun seinerseits ins Wasser und ließ sich bestimmt dreißig Sekunden lang wie eine Wasserleiche mit dem Gesicht nach unten treiben.

»Es gibt allerdings auch eine gute Nachricht«, sagte er, als er wieder auftauchte.

»Na also, das ist doch prima …«, sagte ich leicht vor mich hin, als ich plötzlich einen kleinen Frosch vor mir im schattigen Gras neben einem kleinen Brunnen unterhalb der Blutbuchen entdeckte. Ganz vorsichtig nahm ich die Amphibie mit Zeigefinger und Daumen hoch und legte sie mir auf die Hand. »Schau mal, ein Frosch!«

Sebastian blickte zu mir herüber.

»Na ja, genau genommen ist es eine gute Nachricht für *dich!*«

Augenblicklich ließ ich den Frosch zurück auf die Wiese plumpsen und ging auf Sebastian zu.

»Für mich?«, fragte ich staunend. »Aber was ist denn das für eine gute Nachricht?«

Sebastian hatte offenbar Notiz davon genommen, dass sich mein Interesse urplötzlich gesteigert hatte, und machte für einen kurzen Moment einen kritischeren Eindruck als gewohnt.

»Na los! Sag schon! Sag, sag, sag!«, fuhr ich ihn nun beinahe an.

Er zögerte.

»Also«, ließ er sich schließlich erweichen, »du wirst es nicht glauben, ich jedenfalls kann es noch immer nicht ganz begreifen. Aber ich habe gestern einen Anruf aus Hamburg bekommen. Von einem, wie soll ich sagen, sehr renommierten Produzenten …«

Ich verstand nicht, worauf er hinauswollte.

»Wie? Und weiter?«

»Na ja, erinnerst du dich an das Stück, das wir vor einiger

Zeit aufgenommen haben? Als du deinen kleinen Zusammenbruch hattest?«

Ich spürte eine große Unruhe.

»*Die neue Zeit?*«

Sebastian nickte.

»Aber natürlich! Selbstverständlich!«, rief ich aus und war versucht, ihn an den Schultern zu packen und zu schütteln. »Was ist damit? So rede doch!«

»Nun ja, wie soll ich sagen ... Also, es war ja wirklich ein ganz unsinniges Stück, großer Quatsch, musikalische Einfalt. Jedenfalls, er hält es für sehr außergewöhnlich«, erklärte Sebastian.

»Außergewöhnlich, sagst du?«

»Er ist ganz angetan von dir, er will dich unbedingt kennenlernen, und zwar so schnell wie möglich«, fuhr er fort. »Er sagt, so etwas Außergewöhnliches hätte er schon sehr lange nicht mehr gehört ... So etwas Frivoles, Furchtloses, Unerhörtes. Er fragt, wer denn der ›große Künstler‹ sei, ›das Genie‹, dem all das eingefallen ist.«

Auf meinem Gesicht hatte sich ein breites Grinsen breitgemacht. Ich schaute Sebastian in einer Mischung aus Glückseligkeit und Genugtuung an.

»Ich habe ihm deine Telefonnummer gegeben. Er wird sich sehr bald bei dir melden.«

Ich legte die Fingerspitzen aneinander, senkte den Blick und begann, langsam, mich in Gedanken vertiefend, in Sebastians Garten auf und ab zu spazieren. Ich spielte alle möglichen Szenen meines Lebens durch, ließ die Stationen meines Leidenswegs, die mich so viel Kraft gekostet hatten, Revue passieren, dachte an die Momente, in denen ich mit dem Glück, mit meinem Schicksal, gar mit meinen Talenten gehadert hatte, an meine mich immer wieder grundlos heimsuchenden Selbstzweifel, an den Neid, den ich viele Monate meinem lieben Freund Sebastian gegenüber empfunden hatte – und nun, plötzlich, löste sich alles in Wohlgefallen auf.

»ETWAS EINZIGARTIGES!«, schrie ich in den Garten hinein. »Siehst du jetzt, was ich meine?! Ich bin etwas *ganz und gar* Einzigartiges, Sebastian!«

Sebastian schaute mich fragend an.

»Es ist alles wahr! Ich habe es *immer* gewusst.« Und dann nahm ich Anlauf, rannte auf Sebastian zu und sprang mit einem großen Satz und einem makellosen Kopfsprung über ihn hinweg in den Pool.

Einmal mehr also hatte es sich erwiesen, was für ein Schatz in mir verborgen lag, dass ganz gleich, was ich auch anfasste, seien es zufälligerweise die Geisteswissenschaften oder die Musik, sich augenblicklich in Gold verwandelte, dass ich in allem, dem ich mich widmete, ganz Besonderes zu leisten imstande war. Was erst, ging es mir für einen Moment durch den Kopf, hätte ich in der Medizin alles leisten können?

*

Was diese kleine Nachricht für mich und mein Selbstbild bedeutete, kann sich ein jeder leicht vorstellen. Ich schwamm auf einer Welle des Zutrauens, die mich den Universitätsalltag mit nur noch größerer Selbstverständlichkeit und Leichtigkeit bewältigen ließ. Hatte ich zuvor schon das Gefühl gehabt, als einziger Student der Geisteswissenschaften wirklich etwas zu leisten, und rümpfte ich ohnehin schon meine Nase über die Faulheit und Lustlosigkeit meiner Kommilitonen, so erfuhr dieses Überlegenheitsgefühl durch die Tatsache, dass ich nun auch auf künstlerischem Parkett eine ausgezeichnete Figur gemacht hatte, nicht unbedingt einen Abbruch.

Nur wenige Tage darauf kam es zu dem angekündigten Gespräch mit dem Produzenten aus Hamburg, ein imponierender Mann Ende 30, der genau zu wissen schien, wovon er redete, und der mich mit seinem Wissen, seiner Souveränität und seinen Schmeicheleien beeindruckte. In jenem Telefonat, das mir bis heute in besonderer Erinnerung geblieben ist, ließ ich mir von ihm, der so viel wusste und schon so viel gesehen und gehört hatte, als Erstes noch einmal en détail erklären, worin in seinen Augen der Zauber unserer Aufnahme und worin meine Einzigartigkeit und besondere Befähigung bestand. Und natürlich wollte auch er eine ganze Menge von *mir* wissen.

»Wie bitte?!«, staunte er schließlich ohne jede Zurückhaltung in den Hörer, nachdem ich ihm in aller Ausführlichkeit die Entstehungsgeschichte des Liedes umrissen hatte. »Du hast noch nie zuvor jemals Musik gemacht? Das ist dein erstes Lied überhaupt?!«

»Ganz recht«, sagte ich mit einem gewissen Stolz und spürte förmlich durch das Telefon hindurch, dass ihn gerade diese Information in dem Glauben bestärkte, hier etwas ganz Besonderem auf der Spur zu sein.

Unterm Strich hatte der Produzent zwei wichtige Informationen für mich, zum einen überzeugte er mich davon, dass ich zweifellos auf dem richtigen Weg war. Und zum anderen hatte er sogar ein handfestes Angebot für uns im Gepäck: 10 000 Euro nämlich bot er uns, sollten Sebastian und ich bereit sein, ihm und einer großen Hamburger Plattenfirma das Recht einzuräumen, *Die neue Zeit* im Laufe des Jahres auf einem von ihm zusammengestellten Album veröffentlichen zu dürfen. Ich zögerte keine Sekunde lang und stimmte zu. Und schon wenige Tage später erreichte mich postalisch ein einseitig firmierter Vertrag, den ich sogleich und in Stellvertretung Sebastians unterzeichnete und an die Plattenfirma zurücksandte. Und wiederum eine Woche später erfasste mich ein mir bislang ungekanntes Glück, als ich vor einem Bankautomaten der Sparkasse den Eingang der Summe zur Kenntnis nehmen durfte.

Noch im selben Moment, da ich die Sparkassenfiliale verlassen hatte, schickte ich meinem Freund Vincent eine kurze Note nach München, denn mindestens genauso gern, wie ich dringenden Rat erbat und Hilfe beanspruchte, erzählte ich ihm von meinen aktuellen Heldentaten, von denen sich Vincent, darauf konnte ich bauen, jedes Mal wieder begeistert zeigte. Selbstverständlich hatte ich ihn auch über die jüngsten Entwicklungen meiner musikalischen Karriere unmittelbar auf dem Laufenden gehalten:

Vermelde Geldeingang Euro 10 000, schrieb ich ihm knapp, und Vincent telegrafierte mir gleich ein anerkennendes *Ausgezeichnet!* zurück, gefolgt von *Bitte bald mehr!*

Natürlich waren die wirklich goldenen Zeiten der Musikindustrie vorüber, aber dann und wann versteckten sich dieser Tage offenbar hier und da noch schnell abzurufende Beträge in zu besseren Zeiten einmal achtlos freigegebenen Budgets, und so verdienten mein Freund Sebastian und ich an unserem ersten gemeinsamen Stück gleich eine ganze Stange Geld, was insbesondere auf meinen Vater ganz schön Eindruck machte. Warum, fragte ich mich, sollte es mit dem Erfolg nicht immer so weitergehen, wenn man offenbar nur die Hand aufzuhalten brauchte?

Auf dem Campus der Universität schaute ich immer seltener zu den Medizinern hinüber – Tag um Tag wurde mir klarer, dass ich einer Schnapsidee aufgesessen war, zu glauben, ausschließlich im Arztberuf Erfüllung und Bestimmung finden zu können. Ja, man würde wohl kaum übertreiben, sagte man, dass ich in dieser Zeit, da mir die Erfolgserlebnisse nur so auf den Fersen blieben, mich um nichts in der Welt mehr getauscht hätte mit den mir mittlerweile so fremd gewordenen Menschen aus der Medizin, die ich inzwischen für einfältig und phantasielos erachtete.

Und wenn ich auf den weitverzweigten Gängen der geisteswissenschaftlichen Fakultät nun immer mal wieder Professor Dietrich über den Weg lief, dann lächelte ich ihm wissend zu, so als hätten wir beide schon Großes miteinander erlebt, als stünden hier zwei einsame Seelen inmitten dieser überlaufenden, unpersönlichen, unverändert unmenschlichen Bedingungen in einer ganz bedeutsamen Beziehung zueinander. Auch er hatte etwas von mir gelernt, dachte ich mir, an meinen Leistungen konnte er ablesen, wie sehr seine eigene Disziplin, die Soziologie, bisweilen irrte – und Professor Dietrich deutete mein Lächeln dahingehend gewiss richtig.

Spätestens ab der Mitte meines Studiums war ich also endgültig angekommen in der Rolle des feinsinnigen jungen Mannes, der viel Zeit darauf verwandte, seine Sitten und Manieren, seine Formen der Höflichkeit und des Geschmacks zu verfeinern und vor dem Spiegel einzuüben, und der gerade im Gespräch mit jungen Frauen, für die ich mich sehr interessierte, ungefragt lange Vorträge darüber zu halten wusste, womit er sich gerade beschäftigte und was das alles für das das Individuum und die Gesellschaft zu bedeuten hatte. Die Geschicke der Welt offenbarten mir mehr und mehr ihren Sinn.

Es kam mir auch zu jener Zeit erstmals vollständig zu Bewusstsein, über wie außergewöhnlich weiche Hände ich in der Tat verfügte, obgleich ich es schon ein paar Male gesagt bekommen hatte. Aber erst jetzt, da ich mit reiferen Augen und immer schärferem Blick auf mich selbst schaute, verstand ich das ganze Ausmaß dieser Segnung. Kaum eine junge Frau, mit der ich mich traf, die nicht mit kindlichem Staunen auf meine so weichen Hände reagierte –, und bald schon lenkte ich bei meinen regen Annäherungsversuchen das Gespräch dezent, aber nachdrücklich auf die Beschaffenheit meiner Hände, was mir in den allermeisten Fällen Zugang selbst zu den verschlossensten und stolzesten Herzen ermöglichte.

*

Für Sebastian indes war das Interesse des Produzenten bei Weitem nicht so bedeutend wie für mich. Unverhofftes Geld in dem Sinne spielte für ihn nur eine untergeordnete Rolle, und um die drohende Ausbildung kam er so oder so nicht mehr herum. Vor allem aber, so leid es mir tat, drehte sich die so heiß entbrannte Begeisterung aus Hamburg eben sehr viel weniger um das rein Musikalische, für das Sebastian verantwortlich war, sondern, wie der Produzent mir ja ganz genau dargelegt hatte, ging es dabei vor allem um *meine* Genialität, um *meinen* Wagemut beim Dichten und Einsingen der Texte.

Und so blieb im Weiteren ausschließlich *ich* in losem Kontakt mit ihm, rief immer mal wieder seine schmeichelhaften Nachrichten auf und war hoch motiviert, mein musikalisches Genie fortzuentwickeln. Es war nicht einmal sosehr die Aussicht auf weitere Einnahmen, schon gar nicht die Aussicht auf einen dezidierten Erfolg als Musiker, die mich davon überzeugte, die Sache ernster zu nehmen, als vielmehr die Bestätigung von außen, das Gesehenwerden, das damit einherging. Wenn dieser Mann doch so große Stücke auf mich hielt, wie sollte ich da einfach so aufhören?

Es war also diesmal an mir, meinem lieben Freund neue Hoffnung zu schenken und ihn davon zu überzeugen, trotz der gewiss anstrengenden Zahntechnikerausbildung Zeit und Kraft zu investieren, um nebenher mit mir an neuen Musikstücken zu arbeiten, auf dass daraus Großes für mich erwachsen sollte. Sebastian zeigte zunächst keinerlei Interesse an meiner Idee, und das war kein Wunder, schließlich saßen ihm die schlechten Erfahrungen mit dieser Branche noch tief in den Knochen. Er wirkte zu diesem Zeitpunkt wie ein gebrochener Mann, was mich betrübte, brauchte ich ihn jetzt doch dringender als jemals zuvor.

»Sebastian«, bekniete ich ihn, »du kannst gerne weiterhin dein Schicksal beklagen und bejammern, meinetwegen, oder du stemmst dich den Widrigkeiten des Lebens entschieden entgegen ... Sei doch einmal ein Mann! Das ist ja nicht zum Aushalten!«

Es war eine Herkulesaufgabe, ihn diesbezüglich zu überzeugen – und nach seinen langen Arbeitstagen, die in der Früh um 8 Uhr ihren Anfang nahmen, hörte ich ihn ausschließlich stöhnen und ächzen.

»Du hast ja keine Ahnung, wie schlimm es ist, du weißt nicht, wie erniedrigend es dort zugeht. Warst du jemals in einer Berufsschule? Du musst es mit eigenen Augen sehen!«, überdramatisierte er.

»Nein, ich *muss* gar nicht in der Berufsschule gewesen sein, um zu wissen, dass du dich anstellst ... Reiß dich zusammen, verdammt! Oder willst du dein Leben einfach so wegschmeißen?!«

Zweifelsfrei schreckliche Geschichten wusste Sebastian von seiner Mühsal zu erzählen, von gehässigen Kollegen und Vorgesetzten, die es dem feinen Arztsohn nun endlich einmal heimzahlen konnten, von entsetzlich unnützen Tätigkeiten wie dem Verkleben und Verspachteln unter dem Mikroskop, für die er nicht das kleinste Talent und überhaupt keine Geduld besaß, und von einem insgesamt kaum zu ertragenden Arbeitsalltag. Es waren anstrengende Zeiten für meinen Freund, ohne Frage, aber irgendwann hatte ich ihn schließlich so weit, denn am Ende konnte er den Wunsch eines Freundes nie lange ausschlagen. Sebastian war außerdem Musiker durch und durch, und natürlich musste ich nur diese Saite in ihm zum Schwingen bringen, und schon war er wieder Feuer und Flamme, und wir machten uns schleunigst an die Arbeit.

Vollkommen erschöpft kehrte er meist spät am Nachmittag von der schweren Plackerei zurück in sein Haus, wo er gerade zu Beginn seiner Ausbildung meist unmittelbar in einen tiefen Schlaf fiel. Ich aber ließ nicht locker, drängte Sebastian, sofort mit mir ins Studio hinabzusteigen und mit der Produktion zu beginnen – und weil ich die Schauergeschichten aus dem Zahntechniklabor und der Berufsschule so gern hörte, schon allein da meine eigene Lebenswelt von der seinen so weit entfernt war, wollte ich alles immer ganz genau wissen.

»Erzähl mir von der Berufsschule!«, war in dieser Zeit immer der erste Satz, den ich an Sebastian richtete, wenn wir uns trafen. »Erzähl mir noch mehr aus dem Labor! Wie war es heute?« Und Sebastian berichtete am Ende bereitwillig, denn irgendjemandem musste er ja davon erzählen, irgendwie musste er das Erlebte in Worte fassen, um seine Nöte und Qualen zu überwinden.

Mit der Musik kamen wir zunächst nur schleppend voran. Doch dann hatte Sebastian eine ausgezeichnete Idee, als wir in der Bauernstube seines Hauses beisammensaßen und er uns etwas zu essen aufgetischt hatte. Es gab frisch gebackenes Brot und selbst geimkerten Honig, den ihm sein Vater neuerdings direkt von seinem Bauernhof zukommen ließ. Ich hatte gerade in das außen herrlich krosse und innen saftige Brot gebissen, da fragte Sebastian, ob ich der Einfachheit halber nicht bei ihm einziehen wolle.

»Schließlich lebe ich hier allein auf 250 qm«, argumentierte er, »und ein bisschen Gesellschaft tut mir in diesen schweren Zeiten sicherlich gut ...«

Ich musste nicht lange darüber nachdenken, kündigte mein WG-Zimmer am darauffolgenden Tag mit einem formlosen

Brief und zog mit meinen wenigen Habseligkeiten kurzerhand in Sebastians Villa. Freie, ungenutzte Zimmer gab es hier auf allen drei Etagen mehr als genug.

Ich war in einem durch und durch bürgerlichen Leben angekommen. Wir standen meist früh am Morgen gemeinsam auf, um Punkt sieben klingelte der Wecker, Sebastian lief gebückt zu seinem Ausbildungsbetrieb, und ich fuhr, weil es sich anbot und Zeit sparte, mit dem Jaguar in die Universität. Ich parkte den stattlichen Wagen, wenn möglich, so nahe am Eingang der Geisteswissenschaften, dass meine Mitstudenten gar nicht anders konnten, als mich beim Aus- und Einsteigen zu bemerken und im Anschluss, wie ich hoffte, über mich zu tuscheln.

Häufig war ich schon deutlich früher aus der Universität zurück als Sebastian von seiner Arbeit und saß dann, je nach Laune, gemütlich im geräumigen Salon oder im Wintergarten, hörte ein wenig Musik, las und fühlte mich rundherum wohl in dieser Art zu leben, von der ich sicher war, dass sie mir ausgezeichnet zu Gesicht stand.

*

Wussten Sebastian und ich am Anfang unserer neuerlichen künstlerischen Bemühungen noch nicht so recht, in welche musikalische Richtung es gehen sollte, so forderte ich Sebastian nun vehement dazu auf, alles ganz genau so zu machen wie bei unserem ersten Stück – was einmal gut gelungen war und auf Anhieb so viel Lob erhalten hatte, das würde gewiss auch ein zweites Mal glücken.

»Bitte kein Risiko eingehen«, wies ich Sebastian im Studio an, »bloß keine Experimente. Das kann nur nach hinten losgehen. Wir machen alles immer ganz genau gleich.«

Ich verlangte vor allen Dingen von ihm, dass die Musik möglichst rudimentär sein sollte – harte elektronische Töne, möglichst simple Melodien und leicht nachvollziehbare Klänge.

»Schluss mit dem Quatsch, Schluss mit den aufwendigen Kompositionen. Du weißt doch genau, wie das Ganze bei deinem letzten Projekt geendet hat …«, sagte ich streng. »Oder etwa nicht?«

Sebastian nickte.

»Einfach muss es sein! Schlicht! Für jeden Deppen nachvollziehbar!«

Das Entscheidende, das musste er einfach einsehen, war nicht die Musik, entscheidend war, was ich mir dazu ausdachte und einsang, und nichts Kompliziertes, nichts Verwirrendes sollte von dem, was ich in den Tiefen meiner Phantasie erfand, auch nur irgendwie ablenken. Und je häufiger wir uns daran versuchten, je mehr Ideen in den ersten Wochen entstanden, desto klarer wurde mir, dass der Produzent aus Hamburg mit allem, was er Lobendes über mich und mein Talent gesagt hatte, am Ende wohl recht behalten würde.

Was würde er nur für Augen machen, wenn ich ihm eines nahen Tages auch unsere neuen Aufnahmen schickte. Schon beim Schreiben und Erfinden der Stücke stellte ich mir lebhaft sein Gesicht vor und versuchte Eindruck zu machen, indem ich einfach alles, womit ich mich gerade im Studium beschäftigte, unmittelbar in die Texte hineindichtete.

Es lief also ganz vorzüglich, wir hatten schon mindestens eine Handvoll neuer Lieder aufgenommen, und ich ging mit Haut und Haaren in meinem schönen neuen Leben auf, da begeisterte mich im nunmehr fünften Semester eine mittelalte Professorin der Wirtschaftssoziologie, die ihre langen schwarzen Haare streng wie eine Gouvernante eng und makellos glatt nach hinten gebunden hatte und die zuletzt – wie sie betonte – als Beraterin des amtierenden Bundeskanzlers fungiert hatte. Sie war eine beeindruckende Persönlichkeit, sie sah alles ganz klar, war eine leidenschaftliche Reformerin, daran ließ sie vom ersten Moment an, da ich sie in einer Vorlesung erlebte, keinen Zweifel. Sie schimpfte vehement und furchtlos über alles und jeden. Über die Zustände an der Universität, über die Dozenten und ihre Bequemlichkeit, über die Studenten und ihre Lethargie, ja, sie diagnostizierte für das ganze Land einen immensen Reformstau und Nachholbedarf. Allgemein gab es nichts, was sich ihrem wütenden Zorn und ihrer polemischen Art entziehen konnte, und besonders heftig traf dieser Zorn uns Geisteswissenschaftler, an denen sie kein gutes Haar ließ.

»Machen Sie sich ja nichts vor, was Ihre Zukunft betrifft! Es sieht düster aus! Zappenduster!«, war einer ihrer Lieblingssätze. »Wo, glauben Sie, entstehen die Jobs der Zukunft? In welcher Branche? Glauben Sie, Sie bekommen mit Ihren Abschlüssen und Ihrer Haltung einen Fuß in diese Branchen?« Nichts anderes hätte ich meinen Mitstudenten am liebsten auch unentwegt an den Kopf geworfen.

Ich hing ihr fortan regelrecht an den Lippen, sah alles ganz genau so wie sie. Deutschland musste wieder auf die Füße kommen, so ging es nicht weiter. Deutschland war unter Kohl in eine Starre gefallen, in einen selbstgerechten Dämmerschlaf. Und sogar ich, wie hatte ich das so lange ignorieren können, war diesem Delirium zum Opfer gefallen, darum brauchte es mutige Entscheidungen und harte Eingriffe, wenn wir mit China et cetera Schritt halten wollten. Die Zustände an dieser Universität, das hatte ich ja gleich am ersten Tag schon bemerkt, waren dafür das beste Beispiel, und ich begriff instinktiv, wie recht sie mit allem hatte. Kurzum, sie sprach mir vom ersten Moment an voll und ganz aus dem Herzen – denn für mich, den Vorzeigestudenten, ich muss es hier eigentlich gar nicht erwähnen, galt all das natürlich nicht. Ich war bei all ihrer scharfen Kritik selbstredend nicht mitgemeint.

Beinahe über Nacht also war in mir eine Art neuer ideologischer Überbau entstanden, auf den ich, wie mir schien, insgeheim nur gewartete hatte. Eine progressive Gesinnung, die kein Halten und kein Zögern mehr kannte, die alles verändern und umstürzten wollte, und kurze Zeit später erhielten so auch meine Liedtexte einen, um es milde auszudrücken, wirtschaftsliberalen Drall.

So vehement ich mich vor ein paar Jahren noch an Helmut Kohl geklammert hatte, so sehr forderte ich nun, wenn ich mit dem Jaguar an die Universität gefahren kam, im Gespräch mit anderen die Notwendigkeit einschneidender Veränderungen. Wohin ich auch blickte, erkannte ich nichts als verkrustete Sozialsysteme, überholte Modelle und überbordende Bürokratie aus einer vergangenen Zeit, die nicht wiederkommen würde. Und so schrieb ich, wenn Sebastian und ich im Studio saßen, wie im Rausch an Liedtexten, die von radikalem Aufbruch, von Fortschritt und von einer neuen Welt sprachen, in denen kein Stein auf dem anderen bleiben sollte, in denen alles Ständische und Stehende verdampfte. Es waren Stücke voller Wagemut und Überzeugung, voller Entsetzen über den Status quo, beseelt von der Idee, dass der Markt und die entfesselten Kräfte der Moderne es richten würden, wenn man sie nur ließe. Nachdem ich den neuen Kanzler, Gerhard Schröder, in den nun bald sechs Jahren seiner Amtszeit kaum eines Blickes gewürdigt hatte, erkannte ich urplötzlich, dass er gerade im Begriff war, Großes für dieses Land, für unsere marode Wirtschaft und den am Boden liegenden Arbeitsmarkt zu tun, und dass all die Wut und das Unverständnis, die ihm dafür entgegenschlugen, nur umso klarer Zeugnis davon ablegten, wie überfällig all diese Veränderungen waren.

»Aber eigentlich will ich ja gar nicht, dass sich alles ändert«, wandte Sebastian zunächst ein, als ich ihm zum ersten Mal ausführliche Vorträge darüber hielt, was die Stunde geschlagen hatte. »Eigentlich soll doch alles so bleiben, wie es ist, findest du nicht? Ich meine, schau dich doch mal um. Was soll sich denn hier ändern? Bist du dir auch wirklich sicher, dass das die richtige Botschaft ist?«, fragte er unsicher.

»Natürlich soll sich nicht *alles* ändern, mein Lieber«, durfte ich ihn beruhigen. »Für uns zum Beispiel soll sich natürlich überhaupt gar nichts ändern. Das ist doch klar. Für alle *anderen* soll sich alles ändern. Die müssen raus aus ihrer Komfortzone! Nicht *wir!*«

»Ach so, ja, das ist gut«, sagte Sebastian, »das ist gut! Genau!«

Und so kam das eine zum anderen. Ich steigerte mich in einen Reformeifer hinein, unsere musikalischen Bemühungen machten große Fortschritte, und ehe ich mich versah, war ich auch schon damit beschäftigt, meine Abschlussarbeit in Angriff zu nehmen, in der ich, meinen Überzeugungen treu bleibend, den demographischen Wandel der Bundesrepublik Deutschland und den uns drohenden Bevölkerungsrückgang diskutieren würde und, nun ganz auf Linie, zu einem Umbau der gesetzlichen Rentenversicherung hin zu mehr privater Verantwortung und Eigenvorsorge aufrief. So jemanden wie mich, dachte ich bereits, als ich begann, mich in die Materie zu vertiefen, der wie kein Zweiter durchs Studium eilte, der schon in seiner Abschlussarbeit zeigte, wie ernst er es mit dem gesamtgesellschaftlichen Neuanfang meinte, so einen würde man doch gewiss auch in den so heiß umkämpften Zukunftsbranchen mit Kusshand empfangen. Nach mir würde sich die freie Wirtschaft, wenn ich denn überhaupt jemals auf eine klassische Laufbahn angewiesen sein würde, natürlich die Finger lecken.

*

Nur wenig später, meine mit enormer Ambition verfasste Arbeit machte große Fortschritte und auch unsere Aufnahmen waren, wie Sebastian mir eines Abends bestätigte, so gut wie abgeschlossen, konnte ich mit meinen Überzeugungen auch im familiären Rahmen nicht länger an mir halten. An einem Sonntagnachmittag hatte ich meinen Eltern nach längerer Abstinenz wieder einmal einen Besuch mit dem Jaguar abgestattet. Wir saßen bei Kaffee und Kuchen zusammen im Esszimmer und ließen die Ereignisse der letzten Wochen Revue passieren, als mir der Kragen platzte.

»Schau mal«, sagte meine Mutter, »dein Vater hat zum ersten Januar wieder eine kleine Rentenerhöhung bekommen. Ist das nicht schön?«

»Was sagst du da?! Schön! Habt ihr komplett den Verstand verloren!?«

Meine Eltern wussten kaum mehr, wie ihnen geschah.

»Wie bitte?«, fragte meine Mutter.

»Ich meine, seht ihr denn nicht, was in diesem Land abgeht? Offenbar nicht! Ihr habt es euch hier ja schön bequem gemacht mit euren üppigen Renten! Merkt ihr denn gar nicht, wie euer Lebensstil alles ins Wanken bringt? Ist euch das alles egal?«

»Ich verstehe nicht ... Wir haben doch beide ein Leben lang hart gearbeitet für unsere bescheidenen Renten.«

»Und jetzt könnt ihr den Hals nicht mehr voll bekommen, wie? Wollt immer noch höhere und noch höhere Renten. Erhöhungen nach Erhöhungen. Und wer bitte schön soll das bezahlen?!«, sagte ich immer aufbrausender. »Ihr lasst es euch doch auf Kosten meiner Generation gut gehen!«

Am Tisch herrschte allgemeine Ratlosigkeit.

»Wir kommen mit unseren Renten gerade so über die Runden«, sagte meine Mutter nun in einer Mischung aus Verwunderung und Verletzung.

»Ach ja?«, zischte ich zurück.

»Und dein Vater hat sich fast fünfzig Jahre lang krumm geschuftet. Darf er sich jetzt vielleicht endlich mal ein bisschen erholen und seinen Ruhestand genießen?«

»Aber auf wessen Kosten denn? Für mich wird es doch gar keine Rente mehr geben! Bekommt ihr denn gar nichts mehr mit? Lest ihr keine Zeitung? Der demographische Wandel? Hallo? Schon mal gehört? Nein? Bald gibt es nur noch Rentner in diesem Land! Millionen und Abermillionen Rentner mit Milliarden und Abermilliarden an Bezügen. Wer soll das alles bezahlen? Könnt ihr mir das beantworten? Wir müssen was tun, wir müssen gegensteuern – sonst sieht es für kommende Generationen bald zappenduster aus. *Deutschland vergreist*, merkt ihr das nicht?!?«

»Ich glaube ehrlich gesagt nicht, dass man das so ...«, versuchte mein Vater sich an einer Beruhigung der Situation, aber in dem Moment war ich bereits wütend von meinem Stuhl aufgesprungen und im Begriff zu gehen. Ich zog meine Jacke über und verließ das Haus – meine Eltern hatten ganz offensichtlich den Ernst der Lage nicht begriffen. Ja, ich hatte es in meinem Elternhaus noch nie leicht gehabt mit meinen Überzeugungen. Niemand konnte mehr leugnen, was die Stunde geschlagen hatte, aber es war an der Zeit, Klartext zu sprechen. Jemand musste es den Menschen sagen, und ich tat nicht mehr als das mir Mögliche – in der Wissenschaft wie in der Musik. Und auch Sebastian leistete inhaltlich keinerlei Gegenwehr mehr.

*

Selbstverständlich sah ich meinen Eltern diesen kleinen Zwischenfall, diesen kurzen Gefühlsausbruch schon bald wieder nach. Sie konnten, wenn ich ehrlich war, überhaupt nichts dafür, dass unsere Lebenswelten sich mittlerweile so sehr unterschieden – und was wäre ich für ein teuflischer Sohn, was für ein undankbares Kind, ja nicht zuletzt auch was für ein miserabler Soziologe gewesen, hätte ich unsere so verschiedenen Wahrnehmungen nicht richtig einordnen können. Und so war schnell wieder Gras über die Sache gewachsen.

Ich wartete, nachdem ich meine Arbeit kurze Zeit später eingereicht hatte, täglich auf Meldung vom Prüfungsamt, und sobald der Postbote am Vormittag die Stufen in Sebastians Vorgarten emporsprang – zu Sebastians Haus kam er immer besonders gern – lief ich ihm schon in steigender Aufregung entgegen, öffnete freudig die Tür und begrüßte ihn mit aufgerissenen Augen.

»Haben Sie heute Post von der Universität für mich?«

Und dann endlich, zwei oder drei Wochen später, erhielt ich das ersehnte Einschreiben. Hoffnungsfroh öffnete ich das Kuvert und zog den Bogen heraus – man gratulierte mir herzlich, natürlich, und mehr noch, meine Abschlussarbeit sei mit der Note 1,0 bewertet worden, und man freue sich, mir mein Abschlusszeugnis, das ebenfalls mit der Gesamtnote 1,0 versehen werde, bei der Absolventenfeier im Auditorium der Universität überreichen zu dürfen.

Obendrein, so hieß es in dem Schreiben weiter, würde allen Absolventen mit Bestnote eine besondere Ehrung zuteilwerden.

Wie bitte, dachte ich und war irritiert? Was denn für andere Absolventen mit Bestnote? Natürlich, ich hatte mich schon während des gesamten Studiums immer mal wieder gefragt, ob sich wohl irgendwo noch ein anderer Student versteckt haben könnte, einer der ähnlich erfolgreich und ambitioniert gewesen war wie ich, aber sosehr ich auch nachdachte und grübelte, es fiel mir kein einziger ein. Das musste doch gewiss ein Versehen sein. Ich las noch einmal die entsprechende Zeile:

Der Rektor der Universität freut sich, sämtliche mit Bestnote ausgezeichneten Absolventinnen und Absolventen im Rahmen der Zeugnisvergabe noch einmal gesondert zu ehren.

Dann ging es mir auf, es war natürlich ein standardisierter Satz, und sollte es wider Erwarten einen oder vielleicht zwei Studenten gegeben haben, die mir nicht aufgefallen waren, weil ich so mit mir selbst beschäftigt gewesen war, dann wollte ich es ihnen nicht übel nehmen und würde wohl auch dies noch verkraften. Und so spazierte ich am Abend der Zeugnisvergabe, festlich gekleidet und in Begleitung meiner über die Maßen stolzen Eltern, allerbester Dinge ins Auditorium und fieberte meiner gesonderten Ehrung entgegen.

Meine lieben Eltern und ich waren gleichermaßen nervös. Der Rektor der Universität hielt eine kleine Ansprache, und es gab, wenn ich mich richtig erinnere, ein Flötenkonzert. Die Reihen waren noch voller als am Tag der Einführungsveranstaltung – aber heute bereitete mir die schiere Masse keine Angst mehr, heute konnten es gar nicht genug Menschen sein, die gleich mit eigenen Augen sehen würden, zu welchen Weihen ich es in diesem Studium trotz aller Widrigkeiten gebracht hatte.

Wie genau würde meine gesonderte Auszeichnung aussehen? Mit welchen Gedanken und Empfindungen würden die Menschen im Publikum zu mir aufsehen? Wie die Familien derjenigen Studenten, die sich offensichtlich nicht so angestrengt und verausgabt hatten wie ich? Würden sie ihren Söhnen und Töchtern insgeheim Vorwürfe machen? Würden sie sie im Anschluss gar weniger lieben? Ja, würden sie sich in diesem Moment vielleicht wünschen, sie könnten ihren mittelmäßigen Sohn, ihre mittelmäßige Tochter gegen mich eintauschen? Ich zählte die Sekunden.

Dann endlich, der Rektor:

»Es gibt, das liegt in der Natur der Sache, in jedem Jahrgang, in jeder Generation, in jedem Fachbereich stets auch besonders herausragende Leistungen – Studentinnen oder Studenten, die bereit sind, Großes zu leisten, ja, die bereit sind, stets noch den Extrameter und darüber hinauszugehen, die mit besonderem Engagement und Wissensdurst zu jeder Stunde des Tages herausstechen. Die Universität und ich, wir freuen uns sehr und haben die Ehre, diese Studenten aus allen Fachbereichen als Leuchttürme und Gradmesser für künftige Exzellenz auszuzeichnen. Ich bitte Sie nun auf die Bühne.«

Ich sah meinen Eltern tief in die Augen und stand auf.

Und wie ich mich umblickte, wie ich durch den riesigen Saal schaute, traf mich der Schlag – überall im Publikum hörte man Klappstühle rücken, überall erhoben sich Studenten, eigentlich auf jedem zweiten Platz standen meine Konkurrenten ebenfalls auf, zupften ihre Jäckchen zurecht, küssten ihre Liebsten und machten sich bereit, nach vorne auf das Podium zu treten. Hatten sie denn nicht verstanden, was der Rektor gerade gesagt hatte? Nicht *alle* sollten nach vorne kommen, nur die Besten des Jahrgangs, genau genommen ausschließlich *ich*. Wieso zum Teufel kapierten die das denn nicht?

Ich brauchte einen Moment, um mich zu sortieren, dann ging es mir schlagartig auf. Nicht *sie* waren in diesem Moment einem peinlichen Irrtum aufgesessen, nicht *sie* irrten hier gewaltig, *ich* war es. Nicht im Mindesten war ich der Einzige, der einen makellosen Abschluss gemacht hatte. Mehr als die Hälfte der Anwesenden hatte das Studium mit 1,0 abgeschlossen. Und während ich nun wie betäubt hinter ihnen her nach vorne humpelte, dicht gedrängt wie am Tag meiner Immatrikulation, um brav mein Zeugnis entgegenzunehmen, breitete sich in mir eine unendliche Leere aus, gefolgt von entsetzlicher Scham.

Was genau sagte das über meine eigene Leistung, über meinen eigenen Abschluss aus? Hatten alle anderen auch eine Eins erhalten, obwohl sie überhaupt nicht dasselbe geleistet hatten wie ich, sich überhaupt nicht angestrengt hatten?

Hatte uns die Universität, um ihre so vollgestopften Jahrgänge loszuwerden, einfach mit Bestnoten vom Hof gejagt? Oder hatte ich mich bei meinen eigenen Leistungen vollkommen verrechnet, war ich überhaupt kein besonderer, sondern nur ein gewöhnlicher, durchschnittlicher, ganz und gar mediokrer Student gewesen? Die Fragen rasselten durch meinen Kopf, verwirrten mich, raubten mir fast die Sinne und ließen mich wie vernebelt zurück.

Wie ich es drehte und wendete, mein Abschluss war vollkommen wertlos, niemand in der Welt von morgen, auf die ich mich zuletzt so eingeschossen hatte, würde sich nach jemandem wie mir, einem derart Überzähligen, auch nur umdrehen. Gebückt und von meiner eigenen Dummheit hinters Licht geführt nahm ich mein Zeugnis von einem Rektor entgegen, der mir zwar die Hand schüttelte, mich dabei aber nicht eines Blickes würdigte.

Im Anschluss an die Zeugnisvergabe verließ ich den Saal und trat taumelnd hinaus in die feuchtkalte Nacht. Mein Atem schlug aus, ich zündete mir unter Flüchen eine Zigarette an und rauchte hektisch. War es vielleicht gar ein Fehler, das Rauchen begonnen zu haben?

Ich zog mein Mobiltelefon aus der Tasche und wählte die Nummer meines Freundes Vincent. Er wusste doch immer Rat, er würde mir gewiss eine Hilfe sein. Es klingelte, aber Vincent nahm nicht ab. Bestimmt zwanzigmal ließ ich es klingeln, aber er war partout nicht zu erreichen, was nur bedeuten konnte, dass er einmal mehr auf Reisen war oder gerade in einem bedeutenden internationalen Kunstprojekt steckte. Weit, weit weg von der Erbärmlichkeit dieses Moments.

Mit kalten Fingern schrieb ich ihm eine viel zu lange Nachricht:

Vincent, guter Freund, ich bin verloren ... stieg ich ein und klagte ihm im Fortgang das gesamte Leid der letzten Stunden, der letzten Jahre und meines ganzen Lebens. Wann genau war eigentlich Vincent immer richtig abgebogen?

Mit hängenden Schultern kam ich zurück in den Veranstaltungsraum und gesellte mich zu meinen Eltern an einen mit einer Papiertischdecke versehenen Bistrotisch. Es wurden handwarmer Sekt und ein paar Häppchen gereicht, und ich versuchte vor meinen Eltern, die sich doch so sehr auf diesen Abend gefreut hatten, Haltung zu bewahren. Ich musste sie vor meinem Entsetzen in Schutz nehmen, zumindest in diesem Augenblick durften sie meine Hoffnungslosigkeit unter keinen Umständen bemerken – das war ich ihnen irgendwie schuldig.

»Eine wirklich schöne Veranstaltung«, sagte meine Mutter.

»Ja, das finde ich auch«, antwortete ich.

»So festlich«, sagte mein Vater.

»Ja. Sehr schön.«

»Wir sind wirklich stolz auf dich, Sohn«, sagte meine Mutter und streichelte mir sanft über die Wange. »Du hast jetzt einen Universitätsabschluss. Wir sind sehr glücklich.«

Ich musste mich zusammenreißen, unter ihren warmen Worten nicht augenblicklich in Tränen auszubrechen. Wenn sie nur wüssten, dachte ich, wenn sie nur wüssten. Ich hielt es nicht aus, entschuldigte mich abermals für einen Moment und suchte den Weg zu den Waschräumen, als ich Herrn Professor Dietrich am Rande des beinahe schon leer gefegten Buffets entdeckte.

Ganz allein stand er da, mit dem Rücken zu den übrigen Anwesenden, und schaufelte sich stoisch die verbliebenen kalten Frikadellen in den Mund. Ich zögerte einen Moment, fasste mir dann aber ein Herz und ging auf ihn zu.

»Guten Abend, Herr Professor«, sagte ich zu ihm, indem ich mich ebenfalls über das Buffet beugte, um so Blickkontakt zu ihm aufzunehmen.

»Ah, guten Abend, Sie hier!«, scherzte er.

»Ja, das Zeugnis, meine Eltern, Sie wissen schon ...«

»Natürlich, natürlich. Sie brauchen sich bei mir nicht zu entschuldigen. Es ist schon in Ordnung, dass Sie diesen Zirkus mitmachen, dass Sie das Zeugnis entgegennehmen, obwohl Sie natürlich besser als jeder andere wissen, dass ...«, er blickte sich nach links und nach rechts um.

»... dass es vollkommen wertlos ist?«, beendete ich seinen Satz.

»Exakt.«

»Ja«, sagte ich.

»Gut. Das dachte ich mir.«

»Aber wie geht es denn jetzt weiter, Herr Professor?«

»Für Sie oder für mich?«, frage er und steckte sich noch eine Frikadelle in den Mund.

»Für *mich* natürlich in erster Linie. Aber auch für uns alle, denke ich.«

»Nun, für Deutschland sehe ich schwarz, offen gestanden. Wissen Sie, der Chinese wird kommen, er ist im Grunde schon da.«

Ich schluckte. »Und die Reformen? Was ist mit den Reformen? Bringen die denn gar nichts?«

Professor Dietrich schüttelte müde den Kopf und wischte sich mit einer Serviette über die fettigen Lippen.

»Hören Sie, was Sie angeht ... Ich möchte nichts beschönigen, Sie wissen es selbst, Sie werden nehmen müssen, was Sie bekommen. Nutzen Sie jede Chance, auch wenn Sie denken, Sie seien überqualifiziert. Senken Sie all Ihre Ansprüche. Greifen Sie nach den letzten noch verfügbaren Strohhalmen. Oder noch besser: Heiraten Sie schlau!«, sagte Professor Dietrich und stieß einen quietschenden Lacher aus.

»Heiraten?«, fragte ich erstaunt zurück.

»Ja. Es ist im Grunde Ihre einzige Chance. Ihre Eltern, sie ... haben ja kein Vermögen, richtig?«

Ich schüttelte den Kopf.

»Sehen Sie. Dann machen Sie etwas aus Ihrem kulturellen Kapital! Lachen Sie sich eine reiche, nette Frau an. Seien Sie modern, machen Sie es wie die Frauen viele Jahrhunderte und Jahrtausende lang zuvor – suchen Sie sich eine Frau mit Vermögen, genießen Sie das Leben, erklären Sie ihr die Welt, reden können Sie ja. Kümmern Sie sich um sie, besorgen Sie den Haushalt, kümmern Sie sich um die Kinder, ich sage es noch mal: Heiraten Sie reich! Einen besseren Rat kann ich Ihnen nicht mit auf den Weg geben, fürchte ich. Und glauben Sie mir, ich meine es gut mit Ihnen«, sagte der Professor und legte seine Hand auf meine Schulter.

»Haben Sie denn Erfolg bei Frauen?«

»Ja, doch, sehr sogar!«, rief ich aus. »Sehr, sehr großen Erfolg!«

»Ausgezeichnet. Das ist schon die halbe Miete. Diese Fähigkeit könnte für Sie noch einmal Gold wert sein ...«

»Ja, wissen Sie, Herr Professor, es ist nämlich so, ich habe sehr weiche Hände für einen Mann, ganz außergewöhnlich weiche Hände sogar. Die Frauen können es meist gar nicht glauben, wenn ich ihnen meine weichen Hände zeige«, erklärte ich.

Der Professor schaute mich überrascht an. »Ach, stimmt denn das wirklich? Zeigen Sie doch mal her, das interessiert mich«, sagte er und nahm meine Hand in die seine und befühlte sie. »Das ist ja ganz erstaunlich, weich wie Seide! Ihre Zukunft liegt in Ihren Händen, mein Lieber.«

Ich lächelte verlegen. Noch immer streichelte der Professor mit seinen leicht fettigen Fingern über meine Handfläche, ganz so als wäre er eine Art Wahrsager, und in der Tat las er ja gerade auch meine Zukunft. Dann blickte Professor Dietrich an mir vorbei und fragte interessiert: »Und das dort hinten sind Ihre Eltern, ja?«

»Richtig, Herr Professor.«

»Sie sehen sehr sympathisch aus. Sehr angenehme Leute, das sehe ich gleich. Wissen Sie, ich habe ein Gespür für Menschen. Was arbeiten Ihre Eltern, wenn ich fragen darf?«

»Sie arbeiten in einer Fabrik. Sie arbeiten am Fließband, besser gesagt, sie haben am Fließband gearbeitet, sie sind seit einiger Zeit in Rente.«

»Ganz tolle Leute sind das, tolle Menschen, wirklich. Die Rente haben sie sich redlich verdient. Gönnen Sie Ihren Eltern die Rente, und tun Sie mir einen Gefallen, machen Sie ihnen keinen Kummer. Nutzen Sie diese Hände, heiraten Sie reich, ich würde es mir sehr wünschen, Sie waren mir von Anfang an sympathisch.« Und dann ließ der Professor meine Hand fallen, wendete sich von mir ab und beugte sich noch einmal ausladend über die Reste des Buffets.

»Aber, Herr Professor«, gab ich zurück, doch er hörte mir schon gar nicht mehr zu, und so drehte auch ich mich um und ging zurück zu meinen Eltern, die mir von ihrem Stehtisch aus fröhlich zuwinkten.

Ich war am Boden zerstört.

Bei meinen Eltern links und rechts untergehakt verließ ich die Veranstaltung. Es wäre ein schöner Abend gewesen, sagte ich ihnen, und hoffte bloß, dass es zumindest für sie nicht gelogen war. Dieser Abend war alles, was sie von meinem Studium zu erwarten hatten. Mehr war nicht vorgesehen.

Und als wir auf dem Parkplatz standen, und als mein Vater den Wagen aufschloss, da meinte ich plötzlich, irgendwo das kristallklare Lachen der Ärztin aus dem chinesischen Garten zu vernehmen. Vielleicht hatte sie, hinter einer Hecke versteckt, meine Entwicklung in all der Zeit heimlich verfolgt, und jetzt blieb ihr nichts anderes übrig als ihr so bezauberndes, aber doch abgrundtief abschätziges Lachen.

Es hatte, wie ich jetzt feststellte, von Anfang an mir gegolten.

KAPITEL IV

IN DER NEUEN WELT

Mein Vorschlag: Verlass augenblicklich das Land! Dein Vincent, schrieb mir mein Freund am Morgen nach der Zeugnisverleihung als Antwort auf mein so ausführlich gesungenes Klagelied.

Selbstverständlich hatte er recht, es gab nun nichts mehr, was dieses Land mir noch zu bieten hatte. Nichts hielt mich hier, nichts erhoffte ich mir, auf nichts würde ich noch vertrauen können – diese Gesellschaft hatte mir viel zu lang falsche Versprechungen gemacht, und ich hatte diesen Versprechungen viel zu bereitwillig geglaubt. Jetzt blieb mir nur noch die Flucht.

Ich schämte mich für meine Naivität, für meine offensichtliche Selbstüberschätzung, für die schon jetzt so sinnlos dahinverschwendeten Jahre, in denen ich noch hätte das Ruder herumreißen und etwas anderes machen können, etwas Sinnvolles zum Beispiel. Aber jetzt war es zu spät.

Meine Scham mir selbst und nicht zuletzt meinen Eltern gegenüber war so enorm, dass ich verschwinden *musste,* und zwar Hals über Kopf und ganz weit weg, dahin, wo niemand mich kannte. Ein radikaler Neuanfang fern der Heimat, das sollte es sein, und alle mir bekannten Menschen sollten sich verwundert die Augen reiben, sollten geschockte Blicke um sich werfen und sich fragen, wie es dazu hatte kommen können. Ich würde fortgehen. Für immer. Die letzte mutige Tat eines verzweifelten, aber noch freien Individuums.

Nach Möglichkeit aber sollte dieser Neuanfang nicht ganz

ohne finanzielle Sicherheit bewerkstelligt werden, schließlich wollte ich in einem fremden Land nicht auf der Straße oder in einem Armenhaus landen, und sosehr ich die Universität als Institution hasste, so wenig blieb mir für meinen großen Plan etwas anderes übrig, als ihr gegenüber ein letztes Mal als Bittsteller aufzutreten. Vincent hätte so etwas natürlich niemals gemacht. Er finanzierte sich seine Expeditionen durch strenge Haushaltsdisziplin und Weitsicht, doch ich sah in meiner Not keinen anderen Ausweg und saß bereits eine Woche später im Büro des Deutschen Akademischen Austauschdienstes DAAD. Ganz besonders hübsch und vertrauenerweckend hatte ich mich gekleidet, mit hochgeschlossenem Hemd und meinem besten Schuh, denn schließlich galt es hier und jetzt, ein Stipendium zu ergattern, staatliches Geld für einen persönlichen Neustart.

Leider aber drohte auch hier erst einmal Enttäuschung.

»Ein Stipendium können Sie leider vergessen, junger Mann«, sagte mir die Dame des Deutschen Akademischen Austauschdienstes, nachdem ich mein Anliegen in aller Dringlichkeit vorgetragen hatte.

»Ach so.«

»Sie können sich vielleicht vorstellen, wie viele Tausend Anträge wir jedes Semester auf den Tisch bekommen bei der enormen Zahl von Studenten. Und alle wollen irgendwie ins Ausland für ihre Lebensläufe. Gerade jetzt zum Beispiel entscheiden wir in einem kaum zu bewältigenden Prozess über die Stipendien in«, sie zögerte kurz, »in genau drei Jahren …«

»Für ihre Lebensläufe?«, fragte ich.

»Wofür denn sonst?«

»Aber wer plant denn so weit im Voraus?«, wollte ich wissen.

»Alle«, sagte sie. »Eigentlich alle. Sehr, sehr viele in jedem Fall.«

»Verstehe, natürlich«, sagte ich mit einem gespielten Lächeln im Gesicht und wollte gerade schon wieder Anstalten machen zu gehen, da kam der Dame eine Idee.

»Warten Sie mal«, sagte sie, »also wenn Sie so unbedingt ins Ausland wollen, wie Sie sagen ...«, vielleicht hatte sie irgendetwas in meinem Blick erkannt, »dann gäbe es da noch eine andere Möglichkeit. Sie müssten sich allerdings der Konsequenzen bewusst sein.«

»Aber natürlich! Für ein Stipendium nehme ich alles in Kauf. Einfach alles!«

»Na ja, da geht's ja schon los, es handelt sich leider nicht um ein Stipendium.«

»Sondern?«, fragte ich verständnislos.

»Um einen Kredit. Einen Bildungskredit, den ich Ihnen umstandslos bewilligen könnte, wenn Sie versprechen, ein guter Student zu sein, ein herausragender Student. Sagen Sie, sprechen Sie zufällig Spanisch?«

»Nein, eigentlich nicht.«

»Hmm.« Sie schaute konzentriert in ihre Unterlagen. »Egal, denn wenn Sie diesen Bildungskredit wirklich wollen, dann könnten Sie übernächste Woche an die Universität von Madrid. Ich könnte Sie da ein bisschen reinmogeln ... Aber den Kredit, den müssen Sie leider irgendwann zurückzahlen.«

»An die Universität von Madrid?!«, rief ich aus. »Was für ein Glück!«

»Ja, aber den Kredit in Höhe von zwölf mal eintausend Euro, den wir Ihnen dann monatlich überweisen würden, müssen Sie in nicht allzu ferner Zukunft an uns zurückzahlen. Verzinst. Auf Heller und Pfennig.«

»Jetzt mal der Reihe nach: Madrid, sagten Sie?«

»Ja, Madrid. Also haben Sie das verstanden mit dem Kredit? Damit ist nicht zu spaßen. Das muss ich Ihnen ganz klar sagen. Ich möchte nicht, dass Sie sich ins Unglück stürzen.«

»Wissen Sie, ich war noch nie in Madrid. Ich stelle es mir unheimlich schön vor.«

»Ja, es ist bestimmt ganz nett ...«, sagte sie mit einem heiklen Lächeln. »Also, Semesterstart ist in einem Monat. Und vielleicht lernen Sie bis dahin die Grundlagen der Landessprache? Ich denke, es kann nicht schaden.« Die Dame reichte mir einen Stapel Dokumente, den ich sogleich unterzeichnete.

»Sie können sich gar nicht vorstellen, wie dankbar ich Ihnen bin«, sagte ich, griff mir die Unterlagen, sprang auf und schüttelte ihr die Hand. »Machen Sie es gut!«

»Und machen Sie uns bloß keine Schande, hören Sie?!«

»Niemals«, sagte ich, und dann war ich auch schon aus der Tür und auf dem Weg zu meinen Eltern, denn ich musste ihnen natürlich sofort von den Neuigkeiten berichten – was würden sie nur für Augen machen, wenn sie erfuhren, dass ich nun auch noch ein Stipendium bekommen hatte.

*

Seltsam, am Ende war es also doch so einfach gewesen, wie ich es mir vorgestellt hatte – zehn Tage später schon würde ich aufbrechen, würde alle Fesseln abwerfen, würde vielleicht sogar, wer weiß, noch einmal ganz von vorn anfangen können. Ich wollte nichts für mich ausschließen. Was passieren würde, würde passieren, und das Einzige, was mir ein wenig auf die Stimmung drückte, war die Tatsache, dass ich meinem Freund Sebastian verständlich zu machen hatte, dass und warum ich nun alles stehen und liegen lassen würde.

Sebastians Engagement in Sachen Musik hatte sich zuletzt noch einmal gesteigert, ja, man könnte fast sagen, dass ihm unser gemeinsames Projekt, an dem wir das ganze letzte Jahr über so eifrig gearbeitet hatten, mittlerweile wirklich etwas bedeutete, vermutlich gerade wegen seiner ihm so unerträglichen Ausbildung. Er hatte bereits davon gesprochen, etwas Geld in die Hand zu nehmen, vielleicht sogar eine eigene Plattenfirma zu gründen, in jedem Fall hatte er sehr konkrete Vorstellungen davon, wie und wann unsere im Grunde fertige Platte herauskommen würde. Mit einem Wort, er hatte nicht wirklich damit gerechnet, dass ich mich nun aus dem Staub machte.

»Wieso zur Hölle willst du denn ausgerechnet jetzt das Land verlassen?«, fragte Sebastian in einer Mischung aus Enttäuschung und Unverständnis, als ich mich ein paar Tage vor Abflug endlich zu einem Gespräch durchgerungen hatte. »Gerade jetzt, wo wir so viel Arbeit da reingesteckt haben?«

Ich verstand Sebastians Unmut natürlich, musste in dieser Sache aber entschieden bleiben.

»Du verstehst es nicht, Sebastian, du verstehst nicht, wie es mir geht. Wie sollst du es auch verstehen? Du betrachtest die Welt und das Schicksal anderer Menschen aus einem Palast heraus. Du verstehst nicht, dass es für mich um alles geht. Um mein Leben«, erzählte ich ihm in großen Worten, und am Ende schließlich hatte auch er es begriffen und akzeptiert, vielleicht auch, weil ich ihm hoch und heilig versprach, in spätestens einem Jahr wieder zurück zu sein.

Ein Versprechen kostet nichts, und so erreichte ich Madrid drei oder vier Tage später mit zwei schweren Reisekoffern. Und ich hatte nicht zu viel erwartet, denn gleich an meinem ersten Tag in der Fremde beschlich mich das Gefühl, dass mein bisheriges Leben ein für alle Mal vorbei sein würde. Die Last eines beschwerlichen, leidvollen Daseins war von mir abgefallen, als hätten die Irrungen und Wirrungen der vergangenen Jahre die dauernde Unsicherheit, mein Klagen und Jammern, als hätte all dies urplötzlich ein Ende genommen. Eine unbestimmte Gewissheit hatte von mir Besitz ergriffen, seit ich in Madrid Barajas aus dem Flugzeug gestiegen und über das Rollfeld geschritten war, und sie verstärkte sich nur noch, als ich kurze Zeit später auf der Gran Via aus dem Taxi stieg, meine Koffer aus dem Auto wuchtete und mich staunend umblickte.

Würde ich jemals wieder zu Sebastian zurückkehren? Würde ich überhaupt je wieder einen Fuß auf deutschen Boden setzen, in ein Land, das es mir so unverhältnismäßig schwer gemacht hatte? Der Gedanke schien mir nachgerade absurd, wobei ich gar nicht so genau zu sagen weiß, woran sich diese Gewissheit eigentlich festmachte, aus welchen Gründen es sich für mich so anfühlte, als wäre gerade diese Stadt mein neues Zuhause, als hätte mein Leben nur auf diese Situation zugesteuert.

Auf der Suche nach einer langfristigen Unterkunft spazierte ich die ersten Tage, derweil ich in einer winzigen Kemenate für 18 Euro die Nacht unterkam, der Nase nach von früh bis spät durch die Stadt. Ich machte mal hier und mal dort Rast, auf einer Bank entlang der Prachtstraßen und Alleen, auf einem kleinen Mauervorsprung vor einem der unzähligen Palastgebäude, lauschte fremden Gesprächen – um meine Sprachkenntnisse zu verbessern – und las hoch konzentriert in der Tageszeitung. Vor allem aber sah ich mir mit einem Stift hinterm Ohr und einem Notizblock in der Hand akribisch die Wohnungsannoncen durch.

Sobald ich ein paar Nummern und Adressen notiert hatte, suchte ich den nächstgelegenen Fernsprecher auf, warf ein paar Münzen ein und wählte aufgeregt. Doch ein ums andere Mal bekam ich die Antwort, das Zimmer sei bereits vergeben, und da ich häufig nicht einmal richtig verstand, was die Person auf der anderen Seite der Leitung im Detail antwortete, ging ich recht bald schon intuitiv von einer Absage aus, entschuldigte mich aus purer Rücksicht gleich bei der Begrüßung für die Störung und legte enttäuscht wieder auf.

Es war zum Verzweifeln, hatte ich mir doch vorgestellt, nicht einfach irgendein kleines Zimmerchen am Stadtrand zu beziehen. Nein, ich wollte natürlich im Herzen der Stadt in einem Altbau aus dem späten 19. Jahrhundert residieren, unter keinen Umständen in einem der vielen hoch aufragenden, traurigen Plattenbauten in den Außenbezirken, die ich wohl bemerkt hatte, als ich mit dem Taxi vom Flughafen aus ins Zentrum gefahren war. Dort nämlich wohnte man gerade nicht inmitten der überwältigenden Paläste, Prachtstraßen, Gotteshäuser und Parkanlagen, umringt von Museen, Lichtspielhäusern, Revuebühnen und all den ungezählten Angeboten des guten Lebens. Was sollte es für einen Sinn haben, dort zu wohnen?

Am siebten oder achten Tag verließ mich schon beinahe die Zuversicht. War es unter Umständen Zeit, umzudenken und mit sehr viel weniger zufrieden zu sein? War Madrid am Ende gar nicht die Stadt, die auf mich gewartet hatte, wenn es trotz Dutzender Anrufe und Versuche meinerseits nicht möglich war, eine adäquate und bezahlbare Unterkunft aufzufinden?

Von einem abermals enttäuschenden Telefonat ging ich zurück zu meiner Parkbank, auf der ich zuvor schon eine ganze Zeit lang gesessen hatte, zerknüllte die Zeitung und warf sie in den Papierkorb. Erschöpft ließ ich mich fallen, kramte eine zerknautschte Zigarettenschachtel aus der Hose und wollte mir gerade die letzte Zigarette anstecken, als eine junge Frau von blendender Anmut und mir ganz fremder Schönheit mit einem kleinen Jungen an der Hand auf mich zukam.

»Señor, entschuldigen Sie bitte, kann es sein, dass Sie eine Wohnung suchen?«, fragte sie forsch.

Ich verstand kein Wort. Für mein noch recht rudimentäres Spanisch redete die Frau, deren Alter ich zu diesem Zeitpunkt unmöglich schätzen konnte, viel zu schnell. Sie hatte das makellose Gesicht einer Einundzwanzigjährigen, aber die Augen einer Frau, die bereits alles gesehen und erlebt hatte. Und ich war viel zu überrumpelt von ihrer Erscheinung, als dass ich ihren Worten auf Anhieb hätte folgen können.

»Perdona?«, fragte ich erschreckt zurück und machte dabei ein Gesicht, das bedeuten sollte, dass ich sie bloß akustisch nicht verstanden hatte.

»Eine Wohnung?«, sagte sie nun ganz langsam, indem sie jede Silbe einzeln und mit einem Lächeln aneinanderreihte, so als würde sie mit einem Kind sprechen, dem sie dabei liebevoll über den Kopf streichelte. »Suchen Sie eine Wohnung, Señor?«

»Ei-ne Woh-nung«, wiederholte ich vor mich hin und brauchte noch einen Moment, bis ich meine Sinne wieder beieinanderhatte. »Eine Wohnung ... Aber ja doch! Ja! Eine Wohnung! Genau«, rief ich aus und lachte zurück.

»Wir haben ein freies Zimmer«, erklärte sie weiterhin sehr langsam und in einfachen Sätzen, und ich empfand augenblicklich eine ungeheure Zuneigung und ein fast grenzenloses Vertrauen zu dieser Person, wie sie da stand, gütig und hilfsbereit, mit ihrem so hübschen Sohn, der sich schüchtern hinter ihrem Bein versteckte. Es lag etwas Aufrichtiges in ihrem Blick, etwas Freundliches und obendrein eine große Entspanntheit in ihrer tiefen Stimme.

»Und wo?«, fragte ich. »Hier in der Nähe?«

»Sí«, sagte die Frau, drehte sich ein wenig zur Seite und deutete hinter sich. »Es sind nur vier Minuten von hier.«

»Aber wie viel kostet es?«, fragte ich unsicher zurück und betastete dabei mit beiden Händen demonstrativ meine Hosentaschen, um zu bedeuten, dass ich natürlich nicht jeden Betrag dieser Welt würde zahlen können.

Sie hielt nun eine Hand hoch und zeigte mir fünf Finger. Ich schluckte. »Quinientos euros al mes«, 500 Euro pro Monat.

Ich versuchte, mich zu konzentrieren, alles ging so irrsinnig schnell, ich durfte jetzt keinen Fehler machen. Ich rechnete nach: 500 Euro, das war immerhin die Hälfte meines monatlichen Einkommens. So viel hatte ich noch nie für die Miete aufbringen müssen. War das zu leisten? Aber andererseits, wenn die Wohnung nur vier Minuten entfernt lag, nur vier Minuten vom königlichen Palast, vor dem ich in den vergangenen Tagen so gern gesessen und in der Tageszeitung gelesen hatte, weil die Parkanlage hier zum Verweilen einlud und die Bepflanzung so prachtvoll war, wozu brauchte ich dann überhaupt zusätzliches Geld?

»Und wohnen Sie auch in der Wohnung?«

»Mein Sohn und ich«, antwortete sie. »Und meine beiden Schwestern natürlich.«

Ich erschrak.

»Ihre Schwestern? Ist es denn eine große Wohnung, Señorita? Eine große und *schöne* Wohnung vielleicht?«, fragte ich.

»Sehr, sehr groß«, antwortete sie. »Und sehr schön. Sí.«

»Unglaublich!«, rief ich. »Aber ja! Ich nehme die Wohnung! Was für ein Glück, Señorita, was für ein Glück!«

Sie setzte sich zu mir und nahm ihren Sohn auf den Schoß, der mich interessiert – wenn auch etwas zurückhaltend – aus tiefdunkelbraunen Augen anblickte.

»Mein Name ist Noemie«, sagte sie, »und das hier ist mein Sohn Carlos. Carlitos, sag dem jungen Mann Guten Tag.«

»Hola«, sagte Carlos, und ich streichelte dem lieben kleinen Kerl über den Kopf.

»Ich komme aus Deutschland«, sagte ich.

»Deutschland«, sagte Noemie. »Ist es nicht kalt dort?«

»Ja, sehr kalt. Und sehr traurig. Alle sind immer traurig und haben Angst«, erklärte ich.

»Angst? Wovor?«

»Ich weiß es nicht, Noemie«, sagte ich. »Ich kann es nicht sagen.«

Sie dachte nach.

»Hast du auch Angst?«, fragte sie dann.

»Ich? Manchmal«, sagte ich. »Manchmal habe ich auch Angst.«

»Wovor?«

»Vor der Zukunft, Noemie. Ich bin Student.«

»Du studierst? An der Universität? Aber dann musst du doch glücklich sein!«, sagte Noemie ungläubig.

»Nein«, sagte ich. »So einfach ist es nicht. Es ist sehr kompliziert. Studierst du auch?«, fragte ich.

»Nein. Ich arbeite.«

»Ach so«, sagte ich.

»Ich bin Kellnerin. Ich arbeite schon immer, seit ich denken kann«, erklärte sie.

»Kellnerin!«, rief ich aus. »Wie toll!«

»Wenn du ein Student bist. Wie bezahlst du die Miete?«

Ich dachte kurz nach.

»Geld«, erklärte ich dann stolz, »ist kein Problem. Geld ist nie ein Problem.«

»Ist das wahr?«, fragte Noemie.

Ich nickte.

»Dann musst du keine Angst haben«, sagte sie. »Du wohnst jetzt bei uns.«

»Bei euch«, entgegnete ich. Und dann stand Noemie auch schon wieder auf, nahm den kleinen Carlos an die Hand, und gemeinsam gingen wir in Richtung unseres neuen gemeinsamen Zuhauses.

Die Wohnung befand sich im fünften Stock eines von außen prächtig anzuschauenden Hauses mit Messinggeländern an den Balkonen und vor den tiefen Fenstern. Noemie führte mich durch die Wohnung – sie hatte einen sehr langen Flur, der auf der einen Seite Bad und Küche und auf der anderen Seite einige Wohnräume miteinander verband, und am Ende einen großen Salon zur rege belebten Calle Toledo im Viertel La Latina. Zwar war hier alles ein bisschen in die Jahre gekommen, die Möbel abgewetzt, Bad und Küche abgewohnt, also kein Vergleich zu Sebastians Haus etwa, und doch erkannte ich sofort einen ungeheuren Ordnungsdrang. Kein Staub in den Ecken, keine Flusen auf dem Teppich, alles blitzeblank bis zum Äußersten. Noemie hatte auch in diesem Punkt nicht zu viel versprochen, es war eindeutig, dass sie und ihre Schwestern versuchten, hier mit Würde und Anstand zu leben.

Als sie mir schließlich mein eigenes Zimmer zeigte, das sich gleich neben der Eingangstür befand, stutzte ich nur einen winzigen Augenblick, dann empfand ich Erleichterung – eigentlich war es perfekt, ja, wenn ich nur kurz darüber nachdachte, hätte es unmöglich besser sein können. Das Zimmer war gerade einmal sieben oder acht Quadratmeter klein, beherbergte aber ein Bett von ordentlicher Größe, einen kleinen Kleiderschrank und einen Schreibtisch mit Stuhl und verfügte über ein großes Fenster von der Decke bis zum Boden, das man als Flügeltür aufreißen konnte.

Ich hielt einen Moment lang inne und stellte mir vor, wie ich hier sitzen würde, Bücher las und mir Notizen über die Welt machte, was in Gottes Namen brauchte der Mensch mehr? Was hätte ich mir für den Start in meine neue Existenz Größeres erwarten können?

Ich blickte Noemie an und bedeutete ihr, dass all dies meine Erwartungen weit übertraf.

Noemie lächelte. »Bueno«, sagte sie, und ich machte mich sogleich auf, meine schweren Reisekoffer, in denen sich mein gesamtes früheres Leben befand, aus dem Hostal herüber in mein neues Leben zu transportieren.

*

Eines Abends, ich glaube, es war Anfang der zweiten Woche, Noemies Schwestern waren außer Haus und Carlos bereits im Bett, standen wir, der Zufall hatte es so ergeben, gemeinsam am großen Fenster im Salon, lehnten über die Balkonbrüstung, tranken ein Bier aus dem Glas und blickten hinaus auf die Straße.

»Wie alt bist du eigentlich?«, fragte ich Noemie.

»Dreiundzwanzig.«

»Und Carlitos?«

»Sieben.«

»Unglaublich!«, sagte ich erstaunt. »So jung schon ein Kind?«

»Hast du etwa keine Kinder?«

»Nein.«

»Wie alt bist du denn, Cariño?«

»Fünfundzwanzig.«

Noemie lachte.

»Wieso lachst du?«

»Du siehst aus wie neunzehn.«

Ich dachte kurz nach und fühlte mich geschmeichelt.

»Sag mal, warum studierst du eigentlich nicht?«, fragte ich dann.

»Cariño, ich? Ich kann nicht studieren. Ich muss arbeiten. Ich habe einen Sohn.« Noemie war nun wieder sehr ernst.

»Aber jeder kann studieren!«, rief ich. »Es gibt nichts, was man nicht kann. Man kann einfach alles erreichen, wenn man will.«

Noemie legte sich ihren Zeigefinger auf die schönen Lippen.

»Ist gut«, sagte sie dann. »Ist schon gut ...«

Ich weiß bis heute nicht sicher zu sagen, ob es – trotz unseres Alters – vor allem mütterliche Gefühle waren, die sie für mich hegte, ob sie vom ersten Moment an vor dem Palacio Real instinktiv gespürt hatte, dass hier ein junger Mann, mehr Kind denn Erwachsener, ein wenig Hilfe im Leben benötigte. Auch kann nicht sagen, ob sie möglicherweise gar etwas Liebenswertes in mir sah, etwas Beschützenswertes und Ungefährliches, dem sie bis zu diesem Tag vielleicht so noch nie bei einem Mann begegnet war. Oder ob sie einfach nur ein exotisches Interesse an mir verspürte.

»Weißt du, ich habe sehr weiche Hände«, sagte ich schließlich zu Noemie. »Die weichsten Männerhände der Welt.«

Noemie schaute mich überrascht an, dann griff sie beherzt nach meiner rechten Hand, hielt sie lange Zeit in der ihren, beschaute und befühlte sie ganz genau. Ich genoss diesen Moment in vollen Zügen.

»Sie sind sehr weich. Deine Hände. Sehr, sehr weich, Cariño«, sagte sie.

Noemies Hände hingegen waren die einer jungen Mutter, rauer, seltsam glatt, insgesamt sehr viel fester und vom Leben beansprucht.

»Ja, sie sind sehr weich«, bestätigte ich.

»Die Hände eines Studenten«, sagte Noemie.

»Sie sind so weich, weil ich noch nie in meinem Leben gearbeitet habe.«

»Noch nie?«

»Keinen einzigen Tag«, sagte ich stolz.

Wir sahen uns an. Und lächelten. Jeder aus seinem Grund. Und dann küsste ich Noemie, und von der Straße wehte der warme Wind der Stadt zu uns herein, und mein altes Leben schien mir noch unbedeutender und sinnloser als jemals zuvor.

*

Die folgenden Wochen wurden zu einem einzigen Traum. Ich verbrachte die Tage mit ausgedehnten Spaziergängen durch das gesamte Stadtgebiet. Ich lief einfach geradeaus, jeden Tag in eine andere Richtung, schaute mir alles an, spazierte ohne Ziel herum, durch Gassen und Parks und über Plätze und entlang des Flüsschens Manzanares und ließ dabei kein einziges Lächeln einer Frau unbeantwortet. Ich las jedes Schild, guckte in jedes Schaufenster, saß manchmal stundenlang auf einem Stein und schrieb mir neue spanische Begriffe in mein Notizbuch – schließlich wollte ich binnen kürzester Zeit mein Spanisch perfektionieren.

Das viele Laufen machte mich hungrig, sodass ich alle zwei bis drei Stunden in eine Bar einkehrte, wo ich für einen schmalen Taler eine ordentliche Menge Schinken und zwei kleine Bierchen genoss, bevor ich mich wieder auf den Weg machte. Ich staunte über die Architektur, über die Sauberkeit der Gehwege und vor allem immer wieder über die Schönheit der Menschen, die hier lebten. Was ich an ihnen, je länger ich darüber nachdachte, am meisten bewunderte, war, dass es ihnen offensichtlich gelungen war, eine wirkliche Alltagskultur zu entwickeln. Ältere Menschen beispielsweise verbrachten die letzten beiden Jahrzehnte ihres Lebens nicht, wie die Deutschen, allein und isoliert in Verzweiflung daheim, sie waren den ganzen Tag unterwegs, spazierten mit ihren schönen Schühchen und ihren aufgekrempelten Hemden durch die Straßen und standen elegant in den Bars herum, aßen und tranken und scherzten mit Freunden. Was für ein Unterschied das doch zu den Deutschen war, die sich zu Hause verkrochen, bis sie starben, die ab einem gewissen Alter ja nur darauf warteten, sterben zu dürfen. So wie die Herren und Damen hier in Madrid wollte auch ich fortan sein.

Bei all der freien Zeit aber wollte ich mich keinesfalls vor Verpflichtungen drücken, und so wurde es bald meine wichtigste Aufgabe, und ich tat es mit großer Freude, Carlos tagtäglich von der Schule abzuholen. Für Noemie war das eine enorme Erleichterung, denn so konnte sie sich ihre Arbeitszeit als Kellnerin bei einer spanischen Fast-Food-Kette viel besser einteilen, konnte noch mehr arbeiten und mehr Geld für sich und ihr Kind verdienen. Nie zuvor hatte ich mich derart nützlich gefühlt.

Jeden Tag um 16:30 Uhr wartete ich vor der Schule, hielt mit seiner Lehrerin meist noch einen kleinen Plausch, und dann machten Carlos und ich uns auf den Fußweg nach Hause. Nicht selten nahm ich ihm dafür seine schwere Schultasche ab, damit der kleine Mann ein paar Meter vor mir auf dem Gehweg entlangspringen konnte, und so verging die Zeit wie im Flug.

Carlos und ich waren schon bald unzertrennlich. Und weil die Frauen meist noch bei der Arbeit waren, wenn wir aus der Schule kamen, tollten wir einfach nur so durch die Wohnung und spielten uns mit dem Fußball im Salon ein paar Pässe zu, wobei ich einmal – übermütig, wie ich war – leider Gottes eine Lampe zerschoss. Ich hatte der Sache keine große Bedeutung beigemessen und niemandem von dem Malheur erzählt, dann aber – ein paar Tage später – umso mächtigeren Ärger bekommen, als Noemies Schwester den Schaden zufällig bemerkte. Das war natürlich unangenehm, und vor Noemie tat es mir leid, und doch kann ich mit Fug und Recht behaupten, dass Carlos und ich damals die schönste Zeit unseres Lebens hatten.

Manchmal, wenn Noemie etwas länger zu arbeiten hatte, machten wir uns noch einmal auf den Weg und holten sie direkt von der Arbeit ab. Und dann gingen wir zu dritt, wie eine kleine Familie, wieder nach Hause, wo Noemie uns, wenn sie nicht allzu müde war, etwas zu essen zubereitete, meist Gerichte aus ihrer so faszinierenden Heimatstadt Santo Domingo, also Hühnchen, Reis und angebratene Kochbananen. Dazu tranken wir Bier, das ich aus dem Supermarkt besorgte, besprachen, was den Tag über so passiert war, und wenn der Abend noch ein wenig länger dauerte, erzählte ich lustige Begebenheiten aus Deutschland, die alle gern hörten.

Nach dem Essen zog ich mich meist auf mein Zimmer zurück, setzte mich an den kleinen Schreibtisch, machte ein paar Notizen oder las in einem Buch, und wenn Noemie den kleinen Carlitos ins Bett gebracht hatte und wenn sie sicher war, dass er tief und fest schlief und von etwas Schönem träumte, und wenn auch von den Schwestern nichts mehr zu hören war, kam sie auf leisen Sohlen den langen Flur entlang zu meinem Zimmer geschlichen, klopfte sanft an die Tür und schlüpfte unter meine Bettdecke.

Endlich einmal war ich wunschlos glücklich, und ich vermisste nicht mehr das Allergeringste. Nur bei Vincent wollte ich mich unbedingt melden – schließlich war er derjenige, der mir zu meiner Flucht geraten hatte, und bisher hatte ich ihm lediglich das Notwendigste darüber berichtet. Ich war ganz sicher, er würde Bauklötze staunen, wenn er hörte, in welch einer Windeseile ich mir hier ein vollständig neues Leben aufgebaut hatte.

Ich besorgte mir Briefpapier in einem der großen, herrschaftlichen Kaufhäuser alter Prägung, die über ganz Madrid verteilt waren, setzte mich auf eine Bank im größten und schönsten Park der Stadt, dem Parque del Buen Retiro, und setzte einen Brief auf:

Lieber Freund Vincent,
ich sage es gleich vorweg, also bitte halte Dich fest:
Ich werde nie wieder zurückkehren!
Ich führe hier ein bescheidenes Leben, und erst jetzt habe ich gemerkt, wie wenig ich dafür brauche. Es ist ein ruhiges, würdevolles Dasein mit freundlichen, herzlichen und bodenständigen Menschen, die einer einfachen Arbeit nachgehen und trotzdem oder natürlich gerade deshalb sehr glücklich sind. Ein Leben an der Seite einer ganz einzigartigen, zauberhaften Frau, der ich das Leben jeden Tag etwas besser mache. Und ist nicht das unsere eigentliche Aufgabe?
Ja, Du hörst richtig, Vincent, ich habe eine Frau kennengelernt. Wir trafen uns auf der Straße, und nun wohnen

wir gemeinsam mit ihrem bezaubernden Sohn, den ich wie meinen eigenen liebe, in einer traumhaften Wohnung über den Dächern der Stadt. Du solltest mich sehen. Ich streune umher und denke nach, sitze mal hier und sitze mal dort und habe gemerkt, wie gern ich doch einfach allein bin. Nur für mich, den ganzen Tag.
Sag, Vincent, ist es nicht so am schönsten? Und war nicht am Ende mein anstrengendes Leben sogar ein fairer Preis für das Glück, das ich hier nun erfahre? Hat sich der beschwerliche Gang rückblickend nicht also doch gelohnt, wenn er mich letztlich hierhergeführt hat?
Ich lese übrigens gerade, wie Du mir aufgetragen hattest, ein Buch Deines angeblichen Lieblingsschriftstellers, Thomas Bernhard. Es geht um einen Architekten, der im Wald einen Obelisken oder so errichten möchte, aber es gelingt ihm, glaube ich, irgendwie nicht. Keine Ahnung, es ist entsetzlich langweilig. Wann genau kommst Du mich wohl besuchen? Noemie freut sich schon. Jederzeit wäre es möglich.
So herzlich es nur geht, aus dem dauerhaften Exil
Dein Freund

Ich schickte den Brief noch am selben Tag ab, denn ich war sehr gespannt, was Vincent wohl zu den neuesten Entwicklungen sagen würde. Und eine gute Woche später erhielt ich schon die erhoffte Antwort.

Allerbester Freund,
ganz und gar großartige Neuigkeiten sind das! Ich bin beeindruckt, voller Freude und fast schon ein wenig neidisch. Ich gratuliere. Es freut mich über jedes Maß zu wissen, dass es Dir gut geht.
Bravo!
Als Dein guter Freund und Sekundant ist es jedoch meine

Pflicht, Dich zumindest einmal kurz darauf aufmerksam zu machen – aber auch nur fürs Protokoll –, dass Deine finanzielle Situation ja doch, wie soll ich sagen, eine vorübergehende ist. Denn wenn ich mich recht erinnere bzw. es richtig verstanden habe, und ich kann mich in diesem Punkt irren, erhältst Du derzeit einen streng befristeten monatlichen Kredit aus deutschem Steuergeld? Was kommt danach, würde vielleicht einer fragen?
Ich aber bin dieser Jenige nicht, wie Du Dir denken kannst, und entsprechend kann ich sämtliche Entwicklungen in Deinem Leben nur uneingeschränkt gutheißen.
Ach, wenn doch jeder Mensch nur so leben würde wie Du.
Eine letzte Frage sei vielleicht noch erlaubt: Ich höre aus Deinen Zeilen heraus, dass Noemie, trotz der schönen großen Wohnung und dem Leben am Platze, wohl eher nicht sonderlich reich ist? Hatte aber Dein Professor, und bitte korrigiere mich, wenn ich auch das falsch in Erinnerung haben sollte, nicht davon gesprochen, dass Du reich heiraten solltest? Aber was weiß schon ein Professor?!
Zum Wesentlichen, ich komme selbstverständlich zu Dir nach Madrid, sobald es meine Zeit erlaubt. Nun allerdings erwischst Du mich auf dem Sprung, denn ich verlasse morgen schon wieder das Land, reise drei Wochen lang mit dem Pkw nach bzw. durch Griechenland und den Balkan, und im Anschluss werde ich für eine, sagen wir, größere Aufgabe zwei Monate lang nach Florenz müssen – was man halt so macht.
Mein Madrid-Besuch also müsste wohl dann im Anschluss stattfinden.
Genieße nun bitte unbedingt weiterhin Dein einfaches Leben, ich kann daran ausschließlich Vorteile entdecken.
Auf bald
Dein Vincent

Ich las Vincents Zeilen gleich mehrmals hintereinander, faltete den Brief zusammen, steckte ihn zurück in das Kuvert und legte ihn auf meinen Schreibtisch. Ich war überglücklich, dass er genauso begeistert war wie ich – nicht auszudenken, wie ich womöglich gehadert hätte, hätte Vincent nicht voll und ganz hinter meiner Entscheidung gestanden.

Ein paar Tag später, ich hatte Carlos gerade in die Schule gebracht, saß ich in der noch jungen Vormittagssonne vor dem Königspalast und biss in ein Sandwich mit Schinken und Käse, als plötzlich mein Telefon klingelte. Ich erschrak, denn in den letzten Wochen hatte ich kaum einen Anruf erhalten, ja, es schien mir sogar mehr und mehr so, als hätte die Welt, die ich einmal gekannt hatte, längst von mir abgelassen und endlich all ihre Ansprüche gegen mich fallen gelassen.

Es war eine mir unbekannte Nummer aus der Heimat, und mich erfasste eine Nervosität, die mich beinahe das Telefon fallen ließ, weil es sich anfühlte, als drängte in diesem Moment etwas Finsteres in mich und mein von allem Weltlichen befreites Leben ein. Ja, es war, als würde mir rohe Gewalt angetan, und mir schoss das Adrenalin in die Glieder.

»Hallo, ist da wer?«, fragte ich ängstlich.

»Guten Tag«, meldete sich die Stimme einer Dame, »Deutscher Akademischer Austauschdienst, DAAD.«

Ich scharrte mit den Schuhen über den feinen Kies.

»Ähm, ja, bitte?«

»Wie geht es Ihnen?«

»Gut, gut«, stammelte ich. »Und Ihnen?«

Für einen Augenblick blieb es beängstigend still in der Leitung.

»Sagen Sie mal, kann es sein, dass Sie überhaupt nicht in Madrid sind?«

»Doch, doch, aber natürlich bin ich in Madrid. Ich habe

eine tolle Wohnung gefunden, gleich im Zentrum, außerdem habe ich eine Frau kennengelernt, und wir ...«

»Das ist jetzt nicht Ihr Ernst«, unterbrach sie mich. »Also, ich habe gerade die Meldung vom zuständigen Studierendenbüro in Madrid bekommen, und jetzt müssen Sie mir bitte erklären, warum Sie noch nicht ein einziges Mal bei Ihrem zuständigen Koordinator vorstellig geworden sind ...«

Ich schwieg.

»Dabei hat das Semester bereits vor neun Wochen begonnen! Was ist denn bloß los mit Ihnen!?!«

Tausend Dinge schossen mir gleichzeitig durch den Kopf, und alles, was ich zu meiner Verteidigung hätte sagen können, fühlte sich falsch an. Die Wahrheit war, ich hatte ganz einfach alles vergessen. Seit ich Noemie kennengelernt hatte, hatte ich nicht einen einzigen Gedanken mehr daran verschwendet, warum ich eigentlich hierhergekommen war.

»Ach so, die Universität!«, rief ich aus.

»Ja, die Universität, ganz genau«, sagte die Dame. »Dafür haben wir Sie nach Madrid geschickt. Dafür bekommen Sie ja auch das ganze Geld. Dafür *machen* wir das alles, verstehen Sie?«

»Ja, natürlich«, gab ich kleinlaut zu Wort. »Ich habe wohl einfach ein bisschen die Zeit vergessen.«

»Also, hören Sie mir zu. Wir haben Ihnen schon drei monatliche Raten überwiesen, und Sie haben sich noch nicht einmal bei der Universität gemeldet.«

Wieder Stille.

»Ich habe die Zahlungen jetzt gestundet.«

»Gestundet?«, fragte ich.

»Ja, das heißt, es fließt von nun an kein Geld mehr. Was Sie machen, ist Subventionsbetrug. Oder sind Sie krank? Brauchen Sie Hilfe?«

»Nein, mir geht es eigentlich sehr gut.«

»Na, immerhin«, sagte sie.

»Und was ist jetzt mit meinem Geld?«, fragte ich.

»Wissen Sie noch, was Sie mir versprochen hatten, als Sie vor ein paar Monaten zu mir ins Büro gekommen sind? Mit großen Augen und noch größeren Plänen? Sie haben mir versprochen, ein außergewöhnlicher Student zu sein, Sie haben gesagt, das sei Ihre letzte Chance, Sie wollten sich besonders viel Mühe geben.«

»Ja, aber ich gebe mir Mühe, sehr viel Mühe, wissen Sie!«

»Passen Sie auf, es ist noch nicht zu spät. Ich rufe Sie an, um Ihnen zu sagen, dass ich Ihre Gelder wieder freigeben kann. Die Betonung liegt auf dem Wörtchen *kann*. Aber dafür müssen Sie sich noch heute an der Universität melden und die Veranstaltungen besuchen, Sie müssen an den Prüfungen teilnehmen und uns zeigen, dass Sie auch wirklich *studieren!* Sie sollen ja etwas lernen, für sich und für die Gesellschaft. Etwas zurückgeben, wenn möglich ...«

Sie hustete.

»Natürlich, wissen Sie, es war ein Versehen, ein dummes Versehen, ich habe wohl irgendwas ganz und gar falsch verstanden«, stotterte ich.

»Bis Ende der Woche benötige ich Meldung, dass Sie an Ihrer Fakultät als ordentlicher Student ordentlich studieren. Andernfalls fordern wir die aktuell dreitausend Euro inklusive Zinsen bis Quartalsende, das ist in drei Wochen, auf einen Schlag zurück. So steht es übrigens auch in den Dokumenten, die Sie unterschrieben haben. Haben Sie das verstanden?«

Ich verabschiedete mich von der Dame vom Deutschen Akademischen Austauschdienst DAAD und versicherte ihr hoch und heilig, dass ich nun alles genau so erledigen würde, wie Sie es mir aufgetragen hatte. Was blieb mir auch anderes übrig?

Ich erhob mich von meiner Parkbank, auf der ich in den vergangenen Wochen und bis gerade eben noch so zufrieden und ahnungslos gesessen hatte.

»Was für ein Mist«, rief ich aus und trat gegen eine Cola-Dose, die vor mir auf dem Kies des Königspalasts lag. »So eine verdammte Ungerechtigkeit!«

Von der nächstgelegenen U-Bahn-Haltestelle fuhr ich über die Stationen Gran Vía und Fuencarral bis zum Umsteigebahnhof Moncloa und von dort mit dem Bus weit hinaus aus dem Zentrum in die karge graue Wüste vor den Toren der Stadt, wo sich zu meinem Entsetzen in einem monolithischen Betonkomplex die Fakultät für Geisteswissenschaften befand. Es war ein schockierender, trauriger, ja beinahe beängstigender Anblick, und mir schien, als hätte ich bereits vorher gewusst, dass hier im Grunde nichts Schönes zu erwarten war. Gesenkten Hauptes und in großer Demut suchte ich die Verwaltung auf und meldete mich zum Dienst.

Ich musste mich ein wenig beeilen, denn am Nachmittag würde ich Carlos wieder von der Schule abholen. Wie sollte ich das künftig alles unter einen Hut bringen? Ein Vollzeitstudium *und* die Kinderbetreuung? Ich war mit den Nerven am Ende. Und als ich meinen kleinen Ziehsohn gerade noch rechtzeitig einsammelte, da war mir mein Herz doch sehr viel schwerer als in den Wochen zuvor, und wir tanzten an diesem Tag leider nicht über die Bürgersteige nach Hause. Carlos bemerkte meine Schwermut wohl nicht, oder er wollte sie nicht bemerken, ich kann es nicht mit Gewissheit sagen.

»Heute war ein schlimmer, ein schrecklicher Tag«, sagte ich, als wir abends am Tisch saßen.

»Aber was ist passiert, Cariño?«, fragte Noemie und tat mir noch ein bisschen Reis auf den Teller.

»Ich habe einen Anruf aus Deutschland bekommen. Schlechte Nachrichten, sehr schlechte Nachrichten.«

»Um Gottes willen, was denn?« Sie blickte mir ernst in die Augen.

»Ich muss studieren.«

Noemie verstand nicht, wovon ich sprach. »Aber, aber ... bist du nicht zum Studieren hier?«

»Doch, ja, eigentlich schon. Aber eigentlich dachte ich, dass ich das vielleicht gar nicht mehr machen muss, oder so«, versuchte ich mich an einer Antwort.

Noemie streichelte mir über den Kopf.

»Ist doch nicht so schlimm. Ich dachte schon, es wäre etwas Ernstes.«

»Glaubst du, wir kriegen das hin? Die Universität? Carlos? Deine Arbeit? All das hier?«

»Aber ganz sicher«, antwortete sie. »Und weißt du noch was? Heute Abend machen wir etwas Schönes. Damit du wieder auf andere Gedanken kommst. Heute Abend gehen wir tanzen!«

»Aber ich kann überhaupt nicht tanzen«, versuchte ich mich herauszureden.

»Aber, Cariño, jeder kann tanzen«, lachte Noemie und Carlos lachte auch, während er sich eine Gabel Reis in den Mund stopfte.

Nun lachten wir alle, und auch ich hatte den Kummer des Tages schon fast wieder vergessen.

An diesem Abend ging ich mit Noemie und ihren beiden Schwestern in ein dunkles, verstecktes Tanzlokal, das sich im Keller eines Hinterhofhauses befand. Aufgeregt und verängstigt stieg ich die Stufen hinab, während mir bereits laute lateinamerikanische Musik entgegenschlug – nur die allerschönsten Menschen, die begabtesten und anmutigsten Tänzer, die die Welt je gesehen hatte, waren an diesem Abend dorthin gekommen. Die Männer, groß, schlank, athletisch und von betörender Klasse. Die Frauen, wie Damen der besten Gesellschaft und Herkunft, makellos schön und in engen Kleidern und hohen Schuhen, ihre wie aus Marmor geschlagenen Körper durch den Raum und gegen die Männer wiegend – ich hingegen, ein armer, unbedeutender Clown, grobschlächtig und plump, war aus einem Land der Trübsal und der Lebensunlust zu ihnen herübergespült worden. Ich schämte mich auf bizarre Weise, niemals, nicht in tausend Jahren, würde ich eine ähnliche Vollendung erreichen können wie sie – das stand außer Frage. Ich fühlte mich entsetzlich fehl am Platz zwischen all dieser Selbstverständlichkeit.

Noemie erkannte den Ernst der Lage sofort. Aber nie im Leben hätte sie mir solch ein Schamgefühl durchgehen lassen, für so ein Gefühl gab es in ihrer Sprache nicht einmal einen Ausdruck, also ergriff sie meine Hand und lehrte mich an nur einem Abend zu tanzen: Sie lenkte mich mit ruhiger Hand und Geduld und ließ erst ab, als ich einigermaßen in der Lage war, ihren Schritten zu folgen – und am Ende der Nacht, so bildete ich mir ein, und Noemie wurde nicht müde, es mir immer wieder auf Nachfrage zu bestätigen, war aus mir ein durchaus passabler Tänzer geworden.

Noemie zeigte sich von mir begeistert, und ich war in den Tagen darauf so erfüllt von meinen neu erworbenen Fähigkeiten, dass ich jetzt all meine Sorgen wieder vergessen hatte. Hier gehörte ich hin, inmitten diese Gesellschaft, unter diese mir wohlgesinnten Menschen, die einen so erhabenen, glücklichen und ganz mit sich im Reinen befindlichen Eindruck auf mich machten.

Kurzum: Alles pendelte sich ein, und ich bekam meine alten und neuen Pflichten doch noch problemlos unter einen Hut. Der Tag gehörte der Universität, der Nachmittag Carlos und die Abende und Nächte gehörten Noemie und mir. Und nicht selten kam es vor, dass sie mich vor dem Zubettgehen noch zu einem kleinen Tänzchen aufforderte, und so tanzten wir dann, weil ich es so sehr liebte, zu ihrer Musik durch den Salon, und ich stellte mir vor, wie wohl meine einstigen Schulkameraden, wie wohl Herr Junge und Professor Dietrich, wie sie wohl Bauklötze staunen würden, könnten sie sehen, wie weit ich mich von ihnen und ihren verstopften Lebensentwürfen bereits entfernt hatte.

Das Glück allerdings blieb nicht lange an meiner Seite, denn ungefähr drei Monate später traf mich eine schwere, rätselhafte Krankheit wie ein Blitz. Ohne Ankündigung. Ohne Warnzeichen. Vom einen auf den anderen Moment hatte es mich mit voller Wucht erwischt. Es begann an einem Sonntagnachmittag, als ich gerade auf der mächtigen Steintreppe des Museo del Prado saß und mir die Passanten beschaute, die hier ein und aus gingen. Als wäre ein Fluch über mich gekommen, hielt mich mit einem Mal eine Eiseskälte gepackt, Schweiß brach mir aus allen Poren, alles um mich herum wankte, mein Blick verschwamm, und es war klar, dass etwas Besorgniserregendes nicht länger aufzuhalten war. Jegliche Kraft war mir aus den Gliedern entwichen, es war, als wären mir bei lebendigem Leib die Organe entfernt worden. Entkernt saß ich da, unfähig, noch einen klaren Gedanken zu fassen.

Gerade noch so fand ich den Weg zurück in unsere Wohnung, legte mich mit brennenden Gliedern ins Bett und fiel sogleich in einen komatösen Schlaf, aus dem ich – als Noemie mich am Abend weckte – sogar noch elendiger erwachte. Ich war sicher zu sterben, sicher, dass dies meine letzten Stunden auf dieser Welt sein würden – noch nie hatte ich etwas Vergleichbares erlebt. Ganz im Gegenteil, ich war ja geradezu nie krank gewesen, hatte nie auch nur den Anflug einer Erkältung, hatte mich bis zu diesem Tag nur allerbester Gesundheit erfreut. Dies also musste das Ende sein, es bestand kein Zweifel. Eine unheilbare Krankheit. Ein exotischer Tod.

Das schwere Fieber, der Schüttelfrost, die Schmerzen und Qualen ebbten auch nach Tagen nicht ab, steigerten sich vielmehr noch, ich verlor rapide an Gewicht, und in der Rückschau verschwimmt alles zu einer einzigen unterschiedslosen Erinnerung ohne Tag und Nacht – eine einzige nicht enden wollende Passion. Noemie pflegte mich hingebungsvoll und ohne Unterlass. Wann immer ich meine Augen einmal aufschlug und nach Luft und Wasser gierte, saß sie neben mir, hielt meinen Kopf, um mich mit Flüssigkeit zu versorgen, kochte Tees und Suppen, legte mir immer wieder nasse Wickel auf Stirn und Waden.

»Noemie, oh, meine Noemie«, stöhnte ich unentwegt, »werde ich je wieder gesund? Sag, was ist mit mir, Noemie?«

»Aber natürlich wirst du wieder gesund, Cariño. Mach dir keine Sorgen. Du musst schlafen. Du hast eine schwere Grippe. Ich bin ja da.«

»Oh, meine Noemie!«

»Trink ein Glas Wasser und mach dic Augen wieder zu.«

»Was ist mit meinen Eltern?«, fragte ich mich in einem Traumzustand wähnend. »Was ist, wenn ich sterbe? Kannst du sie rufen? Ich bin ihr einziges Kind. Oh, meine armen Eltern. Wäre ich doch niemals fortgegangen.«

»Aber ich passe doch auf dich auf«, beruhigte sie mich. »Deine Eltern können unbesorgt sein ...«

»Ach, Noemie«, keuchte ich wie von Sinnen. »Ich schulde dir mein Leben. Niemals werde ich dich verlassen.«

Noemie legte mir einen neuen kalten Wickel auf die Stirn.

»Doch, Cariño, das wirst du. Eines Tages wirst du mich natürlich verlassen.«

Ich hob meine Hand, um ihr in aller Entschiedenheit zu widersprechen, ließ sie aber doch wieder fallen. Mir fehlte schlichtweg die Kraft, und schon fiel ich erneut in einen tiefen Schlaf.

Als ich, wer weiß wie viele Stunden später, schweißgebadet erwachte, fand ich Noemie neben mir liegen. Auch sie schlief, ganz nahe an meinem Gesicht, als hätte sie versucht, mir ihren Atmen einzuhauchen, als hätte sie mir dafür meinen kranken Atem entreißen und ihn sich selbst einverleiben wollen. Sie erwachte.

»Noemie«, sagte ich schwach, »wie du hier liegst. So nah an mir krankem Menschen ...«

»Du hast im Traum gesprochen und um dich geschlagen«, sagte sie. »Ich musste dich beruhigen. Voller Angst warst du, voller Panik.«

»Aber was? Was habe ich gesagt, Noemie?«

»Ich konnte es nicht verstehen, es war in deiner Sprache, du hast immer nur gerufen KREDIT, KREDIT! und SCHULDEN, SCHULDEN! Diese beiden Worte hast du pausenlos vor dich hin gesprochen, was bedeuten sie?«

Noemie gab sich besondere Mühe, die Worte richtig auszusprechen, aber erst nach vielen Wiederholungen ging mir ein Licht auf.

»Schulden«, murmelte ich nur noch, »credito«, dann schwanden mir abermals die Sinne.

Es sollte ganze drei Wochen dauern, bis ich das Fieber überwunden hatte, bis Noemie mich vollständig gesund gepflegt hatte. Wochen, in denen ich, wie ich noch heute glaube, dem Tode oftmals sehr nahegekommen war, und hätte ich Noemie nicht an meiner Seite gewusst, hätte ich allein gelebt, ich bin sicher, ich hätte all das nicht überstanden.

Und als ich zum ersten Mal wieder meine Kleidung anlegte, die wegen des Gewichtsverlustes nun sehr viel lockerer saß als zuvor, als ich zum ersten Mal wieder einen Fuß vor die Tür auf die Calle de Toledo setzte, wo längst der Frühling mit großer Wucht ansetzte und das grelle Licht der Meseta, der kastilischen Hochebene, mich blendete, da wusste ich, wem ich mein Leben verdankte, und war voller Glück und wiedergewonnener Lebensfreude. Ja, das Leben hatte mich zurück.

Ich setzte mich in eine schattige Ecke des Schlossparks unter eine tiefe dunkle Platane und lehnte mich, auf dem noch kühlen Boden sitzend, gegen den Stamm. Erstmals überhaupt nach meiner schweren Krankheit nahm ich das Telefon zur Hand und prüfte, ob zwischenzeitlich jemand versucht hatte, mich zu erreichen. Und in der Tat, ich hatte 87 verpasste Anrufe, darunter allein 59 von meinem lieben Freund Sebastian, fünf oder sechs weitere von meinen Eltern und erstaunlicherweise auch mehr als ein Dutzend von dem Hamburger Musikproduzenten, an den ich schon lange nicht einmal mehr einen Gedanken verschwendet hatte.

O Gott, dachte ich, Sebastian, er wusste noch gar nicht, dass ich nicht mehr zurückkommen würde. Er hatte ja keine Ahnung, denn wenn ich ehrlich bin, und warum sollte ich an dieser Stelle nicht auch einmal ehrlich sein, dann hatte ich schon *vor* meiner schweren Krankheit Sebastians Anrufe und Nachrichten ignoriert. Immer wieder hatte er sich gemeldet, und ich hatte stets nur einen beiläufigen Blick auf das Display geworfen, kurz darüber nachgedacht, den Anruf entgegenzunehmen, doch dann hatte ich das Telefon gleich wieder zurück in die Hosentasche gesteckt. Ich brachte es einfach nicht übers Herz, ihm mitzuteilen, dass all die Arbeit an unserem geplanten Album umsonst gewesen sein würde, dass ich nicht gewillt war, noch einmal in mein altes Leben zurückzukehren. Ich konnte Sebastian unmöglich auf diese Weise das Herz brechen.

Ich löschte jede der Benachrichtigungen einzeln, klickte sie an, markierte sie und machte sie ungeschehen. Was konnte Sebastian eigentlich so Dringendes wollen, dass er mich derart penetrant anrief? Und war so ein Verhalten nicht eigentlich eine Frechheit, schließlich war ich ihm doch keine Rechenschaft über mein Leben schuldig? Ich schuldete ihm gar nichts, hatte keinen Vertrag mit ihm unterschrieben oder dergleichen. Warum belästigte er mich also? War ihm denn vollkommen egal, wie es mir ging? Ich steigerte mich regelrecht in einen kleinen Wutrausch und geriet innerlich in Wallung, während der Wind frisch unter der Platane hindurchzog.

Dem Hamburger Produzenten schrieb ich schnell noch eine entschiedene Nachricht, die nur aus den Worten *Falsche Nummer?!?* bestand. Damit sollte auch dieses Problem für immer geklärt sein. Und als ich schließlich auch seine letzte Anrufbenachrichtigung gelöscht hatte, da war jedes schlechte Gewissen gegenüber Sebastian auf wundersame Weise verflogen, und ich konnte mich wieder meinen Pflichten widmen. Auch heute würde wieder ein herrlicher Tag werden in dieser Stadt.

Als ich später am Nachmittag mit Carlos nach Hause kam, fand ich einen Brief von Vincent im Postkasten vor. Endlich, dachte ich, endlich, endlich, endlich. Nachricht von meinem Freund Vincent, der mich noch nie zu irgendetwas gedrängt oder genötigt hatte, bei dem ich mich ein Jahr lang nicht melden konnte, ohne dass er es mir übel nahm, der mich noch nie mit Anrufen belästigt hatte, der an mir noch nie auch nur die kleinste Kritik geäußert hatte. Vincent war ein wahrer Freund, solche Freunde brauchte man in seinem Leben, dachte ich, während ich die Treppen zur Wohnung emporstieg und Carlos dabei Huckepack trug. In der Wohnung angekommen, riss ich den Brief auf und begann zu lesen:

Guter Freund,
ich hoffe, ich erreiche Dich bei allerbester Gesundheit, und erwarte, dass Dein Leben weiterhin so sorglos verläuft, wie zuletzt geschildert.
Ich bin derweil zurück aus Florenz, und nun könnte es auch gern schon wieder an der Zeit sein, die nächste Reise zu planen, warum also nicht nach Madrid?
Wie Du weißt, interessiert mich neben der Geopolitik und

den sog. Internationalen Beziehungen vor allem die Kunst – und in Madrid hätte ich endlich einmal die Möglichkeit, mir die großen Meisterwerke im Prado anzusehen. Warst Du eigentlich schon dort? Ich will es doch hoffen.
Was wäre, ich käme, sagen wir mal, in drei Wochen und bliebe, sagen wir mal, fünf Tage?
Höre ich von Dir innerhalb der nächsten Woche nichts Weiteres, stehe ich exakt drei Wochen nach Poststempel dieses Briefes bei Dir in der Calle de Toledo und klopfe an die Haustür.
Es grüßt so herzlich es dieser Tage noch erlaubt ist
Dein Vincent

Mein Herz schlug höher. Vincent würde mich besuchen kommen, mein lieber Freund Vincent. Nach all der Zeit. Ich blickte zu Carlos, der neben mir auf dem Sofa saß und brav, wie ich es ihm aufgetragen hatte, seine Hausaufgaben machte.

»Carlitos! Mein Freund Vincent kommt zu Besuch!«, rief ich ihm zu und fasste ihn sanft an den schmalen Schultern, hob ihn vom Sofa und reckte ihn in die Höhe und rief immer wieder »Mein Freund Vincent kommt zu Besuch!« Und Carlos freute sich und lachte, und als am Abend auch seine Mutter von der frohen Kunde erfuhr, da freuten wir uns alle und lachten bis spät in die Nacht hinein.

*

Exakt drei Wochen später stand Vincent pünktlich um 14 Uhr vor unserem Haus und klingelte an der Tür. Ich schaute aus dem Fenster und rief aus dem fünften Stock zu ihm hinunter.

»Herzlich willkommen, mein Lieber.«

»Grüß Gott«, rief Vincent herauf und winkte dabei mit seiner freien Hand in meine Richtung, in der anderen hielt er den Gurt einer prall gefüllten Reisetasche fest, die ihm über der Schulter hing.

Nachdem ich Vincents Gepäck hochgetragen hatte, Noemie und Carlos waren noch nicht zu Hause, spazierten wir den ganzen Tag lang durch die Stadt, und ich zeigte Vincent, wo ich schon überall gesessen hatte, wo ich herumspaziert war, und erzählte, was ich beim Sitzen und Herumspazieren so überlegt hatte – es war, als wäre seit unserem letzten Treffen, das mittlerweile gewiss schon zwei Jahre zurücklag, kein Tag vergangen. Ich wünschte mir, Vincent würde mit mir in Madrid leben und wir könnten jeden Tag so begehen, vielleicht musste ich ihm ja nur eine ebenso tolle Frau finden? Es würde mir gewiss ein Leichtes sein, schlug ich ihm vor, und Vincent sagte, er wolle beizeiten darüber nachdenken.

Als wir am Abend daheim auf dem Sofa im Salon saßen und uns unterhielten, Noemie kochte gerade etwas zu essen für uns, sagte Vincent:

»Ich muss leider auch was Ernstes mit dir besprechen ...«

Ich war überrascht.

»Kann ich offen reden?«, fragte er. »Ich meine, Noemie kann uns nicht verstehen, oder?«

»Nein«, entgegnete ich etwas ungehalten über seinen Ton, »sie spricht unsere Sprache nicht, wenn du das meinst ...«

»Nun, also, es ist so, ich habe eine Nachricht von Sebastian für dich. Ich soll mit dir reden, sagt er.«

»Mit mir reden? Aber worüber denn?«

»Sebastian geht fest davon aus, dass du demnächst wieder zurückkommst. Er klang sehr bestimmt, so kenne ich ihn eigentlich nicht«, erklärte Vincent.

»Verdammt noch mal«, rief ich aus, »Sebastian muss endlich begreifen, dass es mir hier gut geht! Was ist daran so schwer zu verstehen? Was will dieser Arztsohn mit seinem vielen Geld nur andauernd von mir? Was weiß er schon von meinen Sorgen, von meinem Kampf um einen Platz in der Gesellschaft? Ihm wurde doch alles auf dem Silbertablett serviert. Aber schau mich an? Ich bin meinen Verhältnissen entflohen und habe mir ein neues Leben ausgedacht. Ganz allein und ohne fremde Hilfe! Und nur, weil er neidisch ist, weil er es nie aus seinem Marmorpalast heraus schaffen wird, soll ich jetzt zurückkommen?«, echauffierte ich mich. »Um es *ihm* recht zu machen?«

»Beruhige dich, mein Lieber, so beruhige dich doch.«

Vincent kramte in seiner Jackentasche herum und zog einen Brief hervor.

»Hier, ich musste Sebastian versprechen, ihn dir zu übergeben. Er sagte, es sei ausgesprochen wichtig.«

»Aha.«

»Und ich musste ihm auch versprechen, dass ich dabei bin, wenn du ihn liest. Ja, er sagte sogar, ich soll dafür sorgen, *dass* du ihn liest ...«, erklärte Vincent.

Ich riss ihm den Brief aus der Hand, sprang auf und stampfte mit dem Fuß heftig auf den Fußboden.

»Es nervt, Vincent, ich möchte einfach in Ruhe gelassen werden. Wie weit muss ich denn noch fort von der Heimat?«

Vincent schien einen Augenblick lang beinahe ratlos.

»Na ja, wie dem auch sei, also fürs Protokoll: Den Brief habe ich dir nun übergeben«, sagte er, rieb sich die Hände wie nach getaner Arbeit und lachte.

»Richtig, aber lesen werde ich ihn nicht, das kannst du deinem Sebastian gerne so mitteilen. Sag, du hättest dein Bestes getan, aber ich sei nun mal nicht umzustimmen, mein Entschluss stehe fest.«

»Zur Kenntnis«, sagte Vincent.

Ich setzte mich wieder hin und atmete tief durch.

»Vielleicht«, fragte Vincent, »vielleicht wäre es besser, du sagst es ihm selbst? Ich meine, wenn ich es tue, dann ist das doch irgendwie ein bisschen seltsam, meinst du nicht? Ich bin sicher, dass er es dann auch versteht.«

»Nee, Vincent, ich glaube einfach, es ist besser, wenn du es machst. Bitte.«

»In Ordnung«, sagte Vincent. »Ganz wie du willst.«

Und nur wenige Augenblicke später trat Noemie zu uns in den Salon. Sie hatte eine Küchenschürze umgebunden und hielt einen großen Kochlöffel in der Hand. Sie strahlte über das ganze Gesicht und bedeutete uns mit dem Löffel, jetzt aber endlich in die Küche zu kommen. Das Essen war fertig.

*

Einige Wochen später, Vincent war längst wieder weitergezogen, ging ich fest davon aus, meine Unstimmigkeiten mit Sebastian endgültig geklärt zu haben. Sicher hatte Vincent ihm in einem kurzen Telefonat alles Notwendige gesagt – dafür sprach letztlich auch, dass ich so gut wie keine Anrufe mehr von Sebastian erhielt. Zuerst hatte er es noch ab und an probiert, vielleicht einmal pro Tag, dann immer seltener, und zuletzt rief er mich also gar nicht mehr an. Ich spürte eine enorme Erleichterung.

Schon wieder hatte ein neuer Monat begonnen, es war der 1. August. Wie lang war ich nun eigentlich bereits in Madrid? Ich hatte keine Ahnung, ein Jahr, zwei Jahre? Jegliches Zeitgefühl war mir abhandengekommen.

Weil ich meine Miete an Noemie auf die Minute pünktlich zu bezahlen pflegte, indem ich ihr das Geld stets am Monatsersten in einem Kuvert unter der Tür hindurchschob, machte ich früh am Morgen, nachdem ich Carlos zur Schule begleitet hatte, einen kleinen Umweg zur Filiale der Deutschen Bank. Das Bezahlen der Miete war für mich immer ein Highlight des

Monats, weil es mir einerseits das gute Gefühl gab, niemandem auf der Tasche zu liegen, und weil es mich jedes Mal aufs Neue als vertrauensvollen Menschen auswies. Auf mich war Verlass – und da ich für das leckere Essen von Noemie morgens und abends keinen Taler extra zu zahlen hatte und ich also neben der Miete im Grunde keinerlei relevanten Ausgaben verzeichnete, war es das Mindeste, was ich tun konnte.

Ich ging zu dem Geldautomaten, der in einer kleinen Nebenstraße zur Plaza Mayor in eine schöne Sandsteinfassade eingelassen war, tippte meine Geheimnummer ein, bestellte 500 Euro und wartete auf das Rascheln der Scheine, das bei diesem Betrag stets eine nette Weile andauerte. Ich schaute mich noch ein wenig um, während der Automat vor sich hin rechnete, und war mit einem Mal verdutzt, als das so vertraute Geräusch ausblieb und stattdessen nur meine Karte ausgespuckt wurde.

Irgendein Fehler war mir unterlaufen. Vielleicht hatte ich die Geheimzahl in der Eile falsch eingeben, vergessen zu bestätigen oder ähnliches. Also wiederholte ich den Vorgang ganz sorglos, achtete aber diesmal besonders auf die richtige Eingabe der Ziffern. Erneut blieb zu meinem Entsetzen das Rascheln aus, doch weil ich meinen Blick diesmal für keine Sekunde von dem Bildschirm abgewandt hatte, las ich nun auf dem flackernden Display, was man mir mitzuteilen hatte:

Der Betrag kann derzeit nicht abgebucht werden. Disculpe!

Großes Bedauern.

Was war geschehen? Hatte man möglicherweise vergessen, mir mein Geld zu überweisen? Augenblicklich wurde ich wütend.

Ich versuchte es noch einmal, wieder nichts, ich probierte es mit kleineren Summen, mit 400, 300, 200, 100, 50 und 10 Euro – aber immer wieder erhielt ich dieselbe Antwort.

Ich lief zu einem anderen Geldautomaten, sogar noch zu einem dritten, doch schließlich musste ich einsehen, dass wohl ein größeres Problem vorlag. In der Gewissheit, selbst keine Schuld daran zu tragen, rief ich bei meiner Bank in Deutschland an und verlangte augenblickliche Auskunft darüber, was in Gottes Namen hier los sei:

»Hören Sie, ich lebe in Madrid, der Hauptstadt Spaniens. Ich muss an mein Geld, aber sofort. Wissen Sie eigentlich, wie hoch hier die Mieten selbst für ein winziges Zimmer sind?!«

Ich erfuhr, dass schon seit einem halben Jahr keinerlei Geldeingänge mehr auf meinem Konto zu verzeichnen waren. Stattdessen hatte es Forderungen gegeben, und zwar nicht zu knapp, von Finanzämtern, Mobilfunkunternehmen und Ähnlichem, Forderungen von insgesamt rund 5000 Euro, und so war mein Konto mittlerweile weit überzogen, gesperrt und vor ein paar Tagen schlussendlich gepfändet worden. Und nur weil mein Leben in Madrid so gut wie keine weiteren Kosten zeitigte, hatte der Spaß überhaupt noch so lange weitergehen können.

»… gesperrt und leider auch bis zur vollständigen Deckung gepfändet. Es tut mir ausgesprochen leid, Ihnen das …«, hatte die Dame von der Bank noch gesagt, und ich legte auf, ohne mich zu verabschieden.

Ich sank unmittelbar vor dem Bankautomaten zusammen. Wie ein Bettlerjunge und nach Luft schnappend lehnte ich an der Häuserwand, alles brach in diesem Moment über mir ein. Wie hatte ich Einfaltspinsel nur glauben können, das Geld vom Deutschen Akademischen Austauschdienst würde für immer fließen? Wie in Gottes Namen hatte ich diese Tatsache vor mir selbst so lange geheim halten können, wie in aller Welt war das überhaupt möglich?

Mit letzter Kraft wählte ich Vincents Nummer. Aber Vincent ging nicht ran. Ich versuchte, mich aufzurichten, fand aber keinen Halt, und meine Beine waren zu schwach, als dass ich mich aus dem Sitz in den Stand hätte wuchten können. Ich kroch ein paar Meter auf allen vieren zu einer Fußgängerampel, an der ich mich festkrallen und nach oben ziehen konnte. Wie ein Betrunkener umklammerte ich mit beiden Armen die Ampel und versuchte nun tief zu atmen und Kraft zu schöpfen. Ich dachte an meine Eltern. Unter keinen Umständen konnte ich sie anrufen, nein, das war ausgeschlossen, so durften sie nicht von mir hören, denn auch ihre Anrufe hatte ich zuletzt immer häufiger ignoriert.

Mein Kreislauf versagte. Nur Vincent würde mich retten können. Er war meine einzige Hoffnung, Vincent würde mich immer retten. Abermals wählte ich seine Nummer, ließ es minutenlang klingeln, aber wieder nahm er nicht ab.

Im selben Augenblick erhielt ich eine Nachricht von Noemie:

Cariño, denkst du heute Abend auch an die Miete?

Ich dachte an Deutschland. Ich dachte an meine wundervolle Kindheit. Wie schön ich es doch gehabt hatte all die Jahre. Frei von jeder Sorge, frei von jeglicher Pflicht, von jeder Not und Bedrohung hatte ich eine herrliche Kindheit und Jugend durchleben dürfen. Alles hätte ich mit diesem Leben anfangen können, und wie hatte ich es meinen Eltern, meinem Land zurückgezahlt? Man musste es klar benennen: mit Undank und Arroganz, mit Blasiertheit und Überheblichkeit, mit Ablehnung und Flucht. Was für eine Schande! Ab jetzt würde es, wenn überhaupt, nur noch mit Ehrlichkeit weitergehen.

Ich schrieb Noemie zurück: *Claro!*

Ich dachte an die wundervollen Nachmittage auf Sebastians Terrasse, in Sebastians Garten, in Sebastians Pool, als mir sein Brief wieder in den Sinn kam.

»Sebastian«, murmelte ich vor mich hin, »Sebastian!«

Ich schleppte mich über die Straße Richtung Calle de Toledo, ums Eck und die Straße hinunter bis zu unserem Haus, dann am Handlauf des Treppenhauses hoch in den fünften Stock. Ich schlich direkt in mein Zimmerchen, verriegelte die Tür und fand Sebastians Brief in der Schublade meines Schreibtischs. Gott sei Dank war er noch da.

Ich riss das Kuvert mit aller Gewalt auf und hoffte auf ein Wunder.

Lieber Freund,
wenn Du diese Zeilen liest, bedeutet es, Vincent hat Wort gehalten, hat Dir den Brief übergeben und sitzt gerade vor Dir. Sehr gut. Das ist schon mal ein Anfang!
Pass auf, ich weiß, Du bist gerade sicher sehr beschäftigt und so, aber als Dein bester Freund und als Dein Produzent, der ich ja auch bin, muss ich Dich bitten, Dich einfach nur mal KURZ BEI MIR ZU MELDEN!!! *Lass mich nicht hängen, ich brauche nur ein paar Informationen von Dir, denn ich stecke seit Monaten in der Arbeit für unsere Platte. Du erinnerst Dich???*
Ich habe in der Zwischenzeit meine Ausbildung als Zahntechniker aufgegeben und mit meinem Vater eine Übereinkunft getroffen. Ich habe eine GbR gegründet, eine Plattenfirma ins Leben gerufen, Geld aufgetrieben, ein Firmenkonto eingerichtet, einen Steuerberater engagiert, einen Label-Code erhalten, einen Vertrag mit dem Presswerk abgeschlossen, die Platte gemixt, von einem professionellen Studio mastern lassen (teuer!), einen Deal mit einem Vertrieb ausgehandelt, uns bei der GEMA *angemeldet und bei der* GVL *und alle Songs dort gelistet, Promoter für Radio und Print organisiert (auch teuer!) und so weiter und so weiter.*
Außerdem habe ich eine Band zusammengestellt, echte Musiker, die Instrumente spielen können und die Sache

ernst nehmen, nicht so wie Du. Die brauchen wir nämlich für ein großes Konzert, das ich gerade EBENFALLS organisiere!!!
Bitte, bitte, bitte, lass mich nicht hängen, melde Dich, komm zurück, wir wollen doch diese Platte herausbringen.
Oder etwa nicht?
Außerdem fehlst Du auch so schon.
Dein Sebastian

Minutenlang saß ich einfach nur da und starrte auf Sebastians Brief, der mich vom ersten Satz an zu Tränen rührte. Was hatte ich in den letzten Wochen nicht auf diesen Menschen, meinen besten Freund, geschimpft. Was hatte ich ihm nicht an Diffamierungen und Unterstellungen an den Kopf geworfen, wie blind war ich gewesen, wie ignorant, und wie sehr hatte ich mich in diese schwachsinnige Idee eines einfachen Lebens verbissen? Und was hatte Sebastian in all der Zeit getan? Geschuftet und gebuckelt für unseren gemeinsamen Traum, einen Traum, den ich in der Zwischenzeit nicht nur fallen gelassen hatte wie eine heiße Kartoffel, nein, ich hatte es sogar nicht einmal fertiggebracht, Sebastian über meine neuen Pläne in Kenntnis zu setzen. Ich schluchzte wie ein kleines Kind und sagte Sebastians Namen immer wieder in meine Tränen hinein auf.

Vielleicht war es ja noch nicht zu spät. Vielleicht hatte Vincent noch gar nicht mit ihm gesprochen. Vielleicht konnte ich noch alles ungeschehen machen?

In unbeschreiblicher Hektik nahm ich all meinen Mut zusammen und wählte Sebastians Nummer. Sebastian nahm sofort ab:

»Ja, bitte?«, sagte er.

»Ich bin es, Sebastian. Ich bin es! Ich brauche deine Hilfe!«, sagte ich so demütig und kleinlaut wie irgend möglich.

Sebastian aber zeigte natürlich nicht die leiseste Spur von Verbitterung. Einzig Erleichterung und Freude sprachen aus diesem gütigen jungen Mann. Er hatte tatsächlich, trotz aller Evidenz, bis zuletzt die Hoffnung auf einen positiven Ausgang der Dinge nicht aufgegeben, so war er eben.

Da ich über keinen einzigen Euro mehr verfügte und der Willkür der Institutionen nun machtlos ausgeliefert war, ließ mir Sebastian über Western Union ein paar Hundert Euro transferieren, die ich noch am selben Tag gegen eine hohe Gebühr eintauschen konnte, und für den ersten Flug am nächsten Morgen buchte er mir umgehend ein One-Way-Ticket nach Düsseldorf.

»Jetzt bringen wir dich nach Hause«, waren seine letzten Worte, und als wir aufgelegt hatten, fühlte ich mich wie aus einem Albtraum erwacht.

Heimlich, still und leise packte ich meine Sachen, verstaute alles fein säuberlich und in großer Aufregung in meinen Reisekoffern, dann holte ich Carlos von der Schule ab, und wartete gemeinsam mit ihm auf seine Mutter. Ich hatte an diesem Nachmittag noch einmal Zeit nachzudenken. Machte ich einen Fehler, jetzt nach Deutschland zurückzukehren? War es vielleicht doch falsch, all das hier aufzugeben? Aber nein, es konnte kein Fehler sein, ich hatte mich verkalkuliert, ich hatte mich blenden lassen, hatte auf Kosten anderer gelebt, und vor allem, wenn man die Sache realistisch einschätzte, würde Noemie uns beide unmöglich allein durchbringen können, Carlos und mich.

Als wir beim Abendbrot zusammensaßen, sprach ich nicht viel. Ich aß Noemies Essen, aber ich konnte es zum ersten Mal nicht richtig genießen.

»Ist irgendetwas mit dir, Cariño? Hast du Sorgen?«, fragte Noemie.

»Nein, nein, es ist alles in Ordnung«, sagte ich nachdenklich. »Ich habe nur einen anstrengenden Tag hinter mir und musste viel nachdenken.«

»Aber natürlich ... Und denkst du bitte noch an die Miete?«, fragte sie. »Heute ist der Erste, sicher hast du es bei all der Anstrengung nur vergessen ...«

»Verzeih, natürlich, ich werde gleich morgen daran denken, Noemie«, sagte ich und blickte dabei stur auf meinen Teller.

Später, als Carlos bereits im Bett lag und vielleicht davon träumte, was einmal sein würde, kam Noemie, so wie sie es viele Monate lang getan hatte, noch einmal zu mir herüber. Es war so schön und so zärtlich, so besinnlich und leidenschaftlich wie beim allerersten Mal zwischen uns. Und als sie ein paar Stunden später wieder zu Carlos ging, weil der Wecker früh klingeln würde, und als ich sicher sein konnte, dass mittlerweile auch sie in den Schlaf gefallen war, die Sonne würde bald aufgehen, da zog ich mich an, nahm leise meine schweren Koffer, verließ die Wohnung vorsichtigen Schrittes, zog die Tür ganz sachte hinter mir ins Schloss, schlich die Treppen hinab und rief mir ein Taxi, das mich zum Flughafen brachte.

KAPITEL V

DA AUS SCHMERZ UNVERHOFFT NEUES ENTSTEHT

Wie versprochen war Sebastian zum Flughafen Düsseldorf gekommen, um mich nach meinem Höllenritt wieder in Empfang zu nehmen. Das tiefe Blau des Jaguars funkelte in der Sonne, die Chromverzierungen glitzerten. Sebastian lehnte an der Kühlerhaube, die Beine übereinandergelegt spielte er mit dem Autoschlüssel. Ich ging, so schnell es mir die beiden schweren Koffer erlaubten, auf ihn zu, ich konnte es gar nicht mehr erwarten, dann nahmen wir uns fest und freudig in den Arm und drückten uns herzlich.

»Na also, geht doch«, scherzte Sebastian.

Ich schaute der Form halber noch einmal kurz pflichtschuldig drein, aber spätestens als wir im Auto saßen, waren alle Strapazen des gestrigen Tages und der vergangenen Nacht vollständig von mir abgefallen. Ich spürte eine fast kindliche Erleichterung, eine Sorglosigkeit, die mich verlässlich immer dann überkam, wenn ich von irgendwoher zurück in Sebastians Einflusskreis kommen durfte. Er hatte mich zu sich zurückgeholt, wie eine liebende Mutter, und nun befand ich mich wieder in Sicherheit. Hier in Sebastians Auto konnte mir die Welt dort draußen nichts anhaben. War ich überhaupt jemals bei Noemie und Carlos in Madrid gewesen? Das Verblassen meiner Erinnerung setzte, glaube ich, bereits ein.

Genau wie ich hatte Sebastian zuletzt eine wahre Odyssee durchgestanden, aber nun war das entsetzliche Kapitel Zahntechnikerausbildung für ihn ein für alle Mal Geschichte. Nach anderthalb Jahren war er an die Grenzen seiner Leidensfähigkeit gekommen, ans Ende seiner Kräfte, und in einer letzten Geste der Demut war er vor seinen Vater getreten, hatte in einem flammenden Plädoyer um Erbarmen gebeten, hatte beteuert, er werde schon etwas Sinnvolles mit seinem Leben und dem vielen Geld anzufangen wissen, und der Vater möge ihm bitte die Absolution erteilen. Und weil der Vater, bei aller fürsorglichen Strenge, doch kein Unvater war, gab er den Sohn schließlich frei und ließ all seine lang gehegten Träume und Hoffnungen auf eine zahnmedizinische Familiendynastie fahren. Es muss auch für ihn, denke ich manchmal, sicher nicht einfach gewesen sein.

»Es ist geschafft«, frohlockte Sebastian nun aber umso vergnügter und schlug mit der flachen Hand kurz und fest auf das Wurzelholzlenkrad, das ganz leise knackte. »Ab jetzt wird alles geil.«

»Genau!«, lachte ich auf. »Jetzt wird alles geil.«

Ich drehte die Klimaanlage auf meiner Seite noch ein klein wenig kühler, richtete den kalten Wind direkt auf mein Gesicht, wie ich es immer am liebsten hatte, und machte es mir in den weichem Ledersitz noch ein bisschen bequemer. Dann ließ ich mir noch einmal ganz genau erklären, wie sehr sich mein lieber Freund zuletzt die Beine ausgerissen hatte, welche Summen er in die Hand, welche Anstrengungen er auf sich genommen, welche Gespräche geführt und welche Türen er geöffnet hatte, vor allem aber, wie es für uns bzw. für mich jetzt unmittelbar weitergehen würde.

»*Die neue Zeit*«, erklärte er zu meiner Überraschung, »ist ein richtiger Hit geworden ... Die Leute hier spielen es seit ein paar Wochen bei jeder Gelegenheit, alle sind ganz irre danach ...«

»Ach was!«, rief ich aus und strahlte über das ganze Gesicht, denn die Vorstellung, dass in Abwesenheit meiner Person und ohne mein aktives Zutun eine Menge Leute, wie Sebastian sagte, sich von *meiner* Musik so begeistert zeigten, noch dazu von meinem allerersten, aus dem Handgelenk geschüttelten Lied, war natürlich hoch erfreulich.

»Und wo sind diese Menschen, Sebastian?«, fragte ich. »Ich will sie unbedingt kennenlernen! Und sie wollen doch sicher auch *mich* kennenlernen, oder?«

»Das wirst du, mein Lieber, das wirst du«, lachte Sebastian. »Spätestens bei unserem Konzert. Das wird groß!«

»Ach ja, das Konzert!«

Ich lehnte mich wieder zurück, stellte mir dieses Konzert in jeder Einzelheit vor, führte mir plastisch vor Augen, wie ich nach meiner langen, geheimnisvollen Abwesenheit wieder vor die Menschen treten würde, vor bekannte und unbekannte Gesichter, malte mir aus, wie ich, der verlorene Sohn, nun wieder aufgenommen würde, verwandelt in einen neuen Menschen, zu dem sie nun alle aufschauen mussten. Sie hatten auf mich gewartet, viel zu lang hatte ich sie warten lassen, aber jetzt war ich ja wieder da.

Ich klappte die Sonnenblende herunter und betrachtete mich ein paar Augenblicke lang genüsslich im Spiegel. Zum ersten Mal, so kam es mir vor, blickte mir dort kein naiver kleiner Junge mehr entgegen, kein Zögerer und Zauderer, sondern ein unerschrockener junger Mann, aus dessen Gesicht gleichermaßen reicher Erfahrungsschatz wie virile Jugendlichkeit sprachen. Ich hatte das Gefühl, mich überhaupt zum ersten Mal seit langer Zeit genau zu betrachten, in Madrid hatte ich mich ein wenig aus den Augen verloren, aber jetzt schaute ich erstmals wieder ganz genau hin.

»Und bitte verzeih, dass ich mich so lange nicht bei dir gemeldet hatte, Sebastian ...«, versuchte ich mich noch einmal nachträglich zu erklären.

»Unsinn!«, wehrte er meinen Entschuldigungsversuch ab und drückte stattdessen aufs Gaspedal, just in dem Moment, als neben der Leitplanke das von ihm so geliebte Verkehrsschild mit den drei grauen, schräg nach oben steigenden Streifen erschien.

Was, fragte ich mich, wenn Sebastian mit allem Recht hatte? Was, wenn ich in diesem Moment im Begriff war, ein bewunderter und von allen verehrter Musiker zu werden? Konnte man sich das vorstellen? Nach allem, was mir bislang geschehen war? Nun, *ich* konnte mir das ehrlich gesagt sogar sehr gut vorstellen.

»Eine Frage noch, Sebastian ...« Mir fiel plötzlich noch eine dringende Kleinigkeit ein.

»Ja?«

»Könntest du mir vielleicht etwas Geld vorstrecken?«

Sebastian schaute fragend zu mir herüber.

»Wie viel waren es noch gleich?«

»Etwa fünftausend Euro ...«, sagte ich mit verkniffenem Mund.

Ich hatte wirklich wahnsinniges Glück, Sebastian meinen Freund nennen zu dürfen. Der Gute griff noch einmal tief in seine Schatulle, überwies mir ohne mit der Wimper zu zucken den gesamten von mir benötigten Betrag und befreite mich damit auf einen Schlag von meinen drängendsten Verbindlichkeiten. Auch um eine mögliche Rückzahlung brauchte ich mir keine Sorgen zu machen, wie Sebastian erklärte, er würde es einfach mit den kommenden Einnahmen verrechnen, ich also würde davon im besten Fall gar nichts mehr hören und musste mich um nichts weiter kümmern.

Die geglückte Rückkehr, gefolgt von der finanziellen Entlastung, nahm alle Last von meinen Schultern. Ich blickte mit Optimismus in die Zukunft, und auch meine Eltern freuten sich riesig und nahmen mich fest in die Arme, als ich tags darauf zunächst meine Bankgeschäfte erledigte und dann unangekündigt mit einem großen Blumenstrauß und einer Schachtel Pralinen vor ihrer Tür stand.

Alles war wieder in bester Ordnung, ich war gesund und munter zu ihnen zurückgekehrt, hatte meine Irrfahrt in fremde Länder beendet, und nicht ohne Stolz erzählte ich meinen Eltern, dass meine Zeit in Madrid ein großer Erfolg gewesen war, dass ich dort zwar unter enormen Entbehrungen in einem winzigen Zimmerchen hausen musste, aber mit viel Fleiß und Ehrgeiz am Ende einen zusätzlichen, in der freien Wirtschaft später einmal wertvollen Abschluss gemacht hatte. Sie staunten nicht schlecht, als ich ihnen in aller Ausführlichkeit davon berichtete, und zeigten sich in der Wiedersehensfreude auch von meinen weiteren Plänen augenblicklich überzeugt.

»Es ist so, liebe Eltern, ich bin noch nicht am Ende meiner akademischen Laufbahn angelangt«, sagte ich mit ernster Miene. »Ich werde weiterstudieren. Und zwar so lange, bis ich den höchsten in diesem Land möglichen Bildungsabschluss erreicht habe. Was sagt ihr dazu?«

Man mag sich wohl denken, dass ich meinen Eltern in dieser Situation nicht einfach so mit dem Plan kommen konnte, schon bald große Erfolge in der Musik feiern zu wollen – welche ehrbaren Eltern dieser Welt hätten das ohne Weiteres für eine überzeugende Vorstellung gehalten? Aber dass ich meinen bis dato so erfolgreichen Weg an den Universitäten nun konsequent fortsetzen würde, dass ich also noch zwei weitere Jahre zur Universität gehen würde, um dann mit den besten Noten und einem Masterabschluss gewiss einen guten Beruf würde ergreifen können, das leuchtete ihnen unmittelbar ein.

»Nur noch ein bisschen Geduld müsst ihr haben.«

Ich hingegen sah das differenzierter, will sagen, klarer. Denn dass mit meinen beliebigen Abschlüssen in den Geisteswissenschaften trotz bester Noten in der freien Wirtschaft nicht das Geringste anzufangen war, noch dazu von mir, der ich mit meinen bald 27 Jahren noch nicht einen Hauch Arbeitserfahrung gesammelt hatte, der weder sogenannte Praktika vorzuweisen hatte noch andere benennbare Fertigkeiten, davon hatten sie weiterhin keine Ahnung, und es war für ihr Wohlbefinden auch besser, wenn sie diesbezüglich vorerst in Unkenntnis gelassen würden.

Mir war indes eine viel bessere Idee gekommen: Es gab unter den gegebenen Umständen nur einen einzigen Ort auf der ganzen Welt, an dem ich mit meinen Qualifikationen noch vage Aussicht auf ein berufliches Fortkommen hatte, auf eine Karriere im klassischen Sinn, und das war die Universität selbst. Nur an der Hochschule durften Menschen arbeiten, die noch nie etwas anderes gemacht hatten – ich hatte es ja mit eigenen Augen gesehen, hatte bei meiner ersten Etappe in Bochum bereits drei Jahre lang in die trostlosen Gesichter der Doktoranden, Jungprofessoren und Dozenten geblickt, hatte gesehen, dass sie alle von der echten Welt außerhalb der Universität nicht das Geringste begriffen, dass alles, was sie zu ihrem Beruf befähigte, allein das Studium selbst war.

Diese Überlegung war mir schon damals ein paar Male durch den Kopf gespukt, jetzt sah ich es ganz klar: *Das* konnte ich auch, eine Laufbahn an der Hochschule, in den Geisteswissenschaften war die beste und sinnvollste Lösung. Ein Mangel an Studenten war nicht absehbar, die halbe Welt schien schließlich Geisteswissenschaften zu studieren, und irgendjemand musste diese Massen doch auch in den kommenden Jahrzehnten betreuen – warum sollte das nicht ausgerechnet *ich* sein? Und um nun ganz in Ruhe und ohne Zwang auch meiner musikalischen Karriere nachgehen zu können, schien mir eine möglichst lange Ausdehnung der Ausbildungs- und Hochschulzeit in jeder Hinsicht ideal.

Die Frage war lediglich, wo? Ich konnte unmöglich noch einmal zurück an meine alte Universität, dieses Kapitel war abgeschlossen, ich durfte aber auch nicht ans andere Ende der Republik – das konnte ich Sebastian niemals begreiflich machen. Ich rief also Vincent an, dem ich von meiner spontanen Rückkehr vergleichsweise kleinlaut berichtet hatte, und erklärte ihm in aller Ausführlichkeit den Stand der Dinge und meine weiteren Überlegungen – »Ausgezeichnet!«, rief Vincent in den Telefonhörer. »Das ist ein brillanter Plan!« Und nach ein wenig Hin- und Herüberlegen riet er mir, in Anbetracht aller Umstände meine Zelte kurzerhand in der Landeshauptstadt aufzuschlagen.

»In Düsseldorf, mein lieber Freund«, hatte Vincent erklärt, »brettern in den schönen Monaten des Jahres die Jetskis über den Rhein, die Möwen fliegen über die Köpfe der Passanten hinweg, auf der Promenade duftete es nach gegrilltem Fisch, und man kann dort herrlich sitzen, nachdenken und in der Gegend herumschauen. Es ist ein bisschen wie an der Riviera, also genau das Richtige für dich.«

Da es an Vincents Worten mal wieder nichts zu zweifeln gab, zögerte ich nicht und bewarb mich bald an der Universität Düsseldorf, an der ich nach kurzer Recherche ein für mich sehr ansprechendes Aufbaustudium der Medienwissenschaften entdeckt hatte, was in meinen Ohren sehr viel bedeutsamer klang als die profane Soziologie, mit der ich ja ausschließlich negative Erfahrungen gemacht hatte. Medienwissenschaften in Düsseldorf, das war fast schon ein kleines Versprechen.

Und bereits einen weiteren Monat später bezog ich mithilfe meines lieben Vaters, der mir an einem einzigen Nachmittag schnell noch eine fehlende Küche baute, ein bescheidenes kleines Apartment in Düsseldorf, fußnah zum Rhein.

Ich verfügte zwar über keine Erfahrung, wie genau sich

meine akademische Laufbahn bewerkstelligen lassen sollte, nahm aber an, dass es vor allem über die Gunst und das Wohlwollen der Professoren, viel weniger um wirkliche, ohnehin schwer zu messende Leistung gehen würde. Also entschied ich, mich mit allen mir zur Verfügung stehenden Mitteln mit ihnen gut zu stellen, sie über meine leidenschaftlichen Ambitionen in der Wissenschaft in Kenntnis zu setzen, ihnen aufzulauern, sie abzufangen, ihnen die Wünsche von den Lippen abzulesen, mich bei ihnen, wenn es nur irgendwie ging, beliebt und bemerkbar zu machen. Vor allem beliebter als andere. Genau so musste es funktionieren.

Denn *wie* man in den Geisteswissenschaften was sagen musste, *wie* man sich einzubringen und zu beteiligen hatte, um Eindruck zu machen, hatte ich in den vergangenen Jahren mehr als verinnerlicht – jetzt musste ich die Schraube bloß noch ein wenig anziehen. Es war im Grunde eine Frage des Stils, wenn ich mich in den Seminaren zu Wort meldete, um einen Gedanken zu formulieren oder etwas in die Diskussion zu streuen, dann leitete ich meinen Beitrag stets mit den variierenden Worten »Das sehe ich ganz genauso, Herr Professor«, »Ich finde, da haben Sie vollkommen recht, Herr Professor« oder mit »Das ist eine sehr interessante Frage, über die ich auch bereits nachgedacht habe, Herr Professor« ein, und wenn einmal ein anderer Student bedauerlicherweise etwas viel Schlaueres gesagt hatte, dann wurde meine nützlichste Wendung, um die Aufmerksamkeit wieder auf mich zu lenken, schon bald »Ich finde, das führt uns jetzt ein wenig vom Thema ab« oder »Ich bin unsicher, ob uns das hier gerade weiterbringt ...« und so weiter.

Ich verstand im Grunde überhaupt nicht, worum es in diesem Studium eigentlich ging, denn mit Medienwissenschaft wie ich mir das vorstellte hatte das Ganze nicht das Geringste zu tun. Statt sich, sagen wir mal, mit Medien zu beschäftigen, ging es in den Vorlesungen und Seminaren, in den Diskussionen und Vorträgen ausschließlich um mir ganz unlogisch und ungreifbar erscheinende Theorien von größtenteils französischen Philosophen, die von allem Möglichen handelten, aber gerade überhaupt nicht von Medien oder etwas, mit dem man im Alltag hätte etwas anfangen können. Es ging vor allem immer wieder um Phänomenologie und Wahrnehmung, um Begriffe wie Dekonstruktion, Différance und Diskurs, um Herrschaft und Macht und um vieles, vieles mehr. Ich aber hatte bis dato, ganz anders als meine neuen Kommilitonen, noch nie von diesen Theorien und von diesen Philosophen gehört, musste diesbezüglich also noch einmal ganz von vorne beginnen. Aber das Gute war, so stellte ich bald fest, dass diese Theorien so vage und unpräzise formuliert waren, dass man auch ohne große Vorkenntnis bald problemlos mitdiskutieren konnte, sofern man sich nur hinreichend gut vorbereitete und etwas Mut aufbrachte, auch ganz abwegige Überlegungen in eine Diskussion einzubringen.

Besonders ein Dozent, Herr Professor Döhring, erschien mir gleich vom ersten Moment an als genau der richtige Mann für mein Vorhaben. Er trug stets ein ausgewaschenes graues Shirt unter seinem schlabbrigen Jackett, trat demonstrativ unprätentiös auf, schien dafür aber ein großes Herz zu haben. Einmal rührte er sich sogar selbst zu Tränen, als er im Seminar eine Geschichte aus seiner Kindheit erzählte – es ging um ein Geschenk seiner Großmutter, um ein traurig-schönes Missverständnis, und was das alles mit Walter Benjamin zu tun hatte. Und auch ich war ein wenig angefasst, gebe ich zu, obgleich ich die Pointe nicht wirklich begriffen hatte. Er aber war in jeder Hinsicht integer, gutherzig und nahbar und interessierte sich sehr für Außenseiter – bei ihm hatte jemand wie ich sicher die größten Chancen, und deshalb wollte ich fortan um seine Gunst werben.

Ich tat also alles in meiner Macht Stehende und hatte

gleich vom ersten Moment an ein gutes Gefühl – das Institut in Düsseldorf war sehr viel kleiner als alle mir bisher bekannten Institute, es wurden überhaupt nur dreißig Studenten zugelassen für dieses Masterstudium, und bei so wenig Konkurrenz müsste es doch mit dem Teufel zugehen, wenn ich, mit all der Lebenserfahrung, die ich bereits gesammelt hatte, nicht binnen kürzester Zeit die Aufmerksamkeit auf mich ziehen würde.

*

Und dann war da ja auch noch meine Künstlerkarriere. Sebastian hatte den Termin für die Veröffentlichung unseres Albums auf einen Freitag gelegt, an dem zeitgleich das von ihm so akribisch organisierte Konzert, mein allererstes Konzert überhaupt, stattfinden würde. Selbstverständlich wurde ich, je näher der Termin rückte, immer aufgeregter. Doch da ich nun mit eigenen Augen sah, wie professionell Sebastian alles vorbereitete und bewarb, wuchs neben der Aufregung vor allem die Vorfreude.

Sebastian hatte eine richtige Band zusammengestellt und bereits mit den Proben begonnen, rekrutiert aus seinen musikalisch begabten Freunden, mit denen gemeinsam er schon die harte Bruchlandung mit seinem ersten Projekt durchgemacht hatte. Sie alle, so spürte ich gleich bei unserem ersten Treffen, freuten sich sehr über ihre zweite Chance und schienen mir unendlich dankbar. Sie hatten anscheinend mitbekommen, wie sehr die halbe Stadt bereits über uns sprach, und ich empfand es durchaus als eine gewisse Genugtuung, dass sich das Blatt nach all den Jahren zu meinen Gunsten gewendet hatte. Damals hatten sie mich nicht dabeihaben wollen, heute war ich es, zu dem sie kamen – ich nahm es ihnen nicht einen Moment lang übel.

Bestimmt ein Dutzend Mal musste ich mich vor dem Konzert zu den beschwerlichen Proben in Sebastians Studio schleppen, und es kostete mich einige Anstrengung, all die Abläufe und vor allem die Texte auswendig zu lernen, die zu meiner großen Freude in der Zwischenzeit nichts von ihrer Radikalität und ihrem Eifer eingebüßt hatten. Ein Stück beispielsweise, das den Titel *An der Elfenbeinküste* trug, forderte die radikale Abkehr von sämtlichen Naturträumereien und propagierte einen hemmungslosen, vielleicht sogar etwas naiven Fortschrittsoptimismus, ich sang darin: »Ihr habt Angst vor Kernkraft, ihr wollt in die Ferne. Doch es gibt kein' Fortschritt jenseits der Moderne!« Ein anderes Lied war, wie ich jetzt von mir selbst überrascht und amüsiert feststellte, zu einer Liebeserklärung an die noch immer amtierende US-Außenministerin Condoleezza Rice geworden: »Ich will auf die Kreuzfahrt mit Condoleezza Rice. Schick mir Rosen aus Acryl, wenn es brennt, dann wird es heiß.« Und wiederum ein anderes, ein ausgesprochen tanzbares Stück mit dem Titel *Das große Glück* handelte von wirklich überhaupt nichts Konkretem mehr und ergab sich lediglich in dem Refrain »Ab sofort in der Kritik: Tausend Jahre Sowjetrepublik.«

Die Band schaute bisweilen etwas verständnislos drein, der angenommene künftige Erfolg aber ließ mich meiner Sache sicher sein.

Ungefähr eine Woche vor dem großen Konzert konnte ich mich sogar persönlich davon überzeugen, dass tatsächlich etwas in Gang gekommen war. Sebastian hatte mich auf die ausufernde Party von ein paar entfernten Bekannten mitgenommen. Und mit einem Mal, so als wäre das Ganze nur für mich allein inszeniert worden, spielte jemand *Die neue Zeit*, und die jungen Menschen um mich herum drehten durch. Dabei ahnten sie in diesem Moment noch nicht einmal, dass der große Künstler, ich, gerade unter ihnen weilte.

»Siehst du?«, schrie mir Sebastian ins Ohr, und ich antwortete ihm mit einem Luftkuss.

Meine nervöse Vorfreude kannte von diesem Zeitpunkt an keine Grenzen mehr – die Proben waren erfolgreich verlaufen, ich hatte alles verinnerlicht, und auch die Band, das wurde mir schnell klar, wusste ganz genau, was sie tat. Alles war also bereitet, doch am Konzerttag selbst stieg plötzlich ein unbekanntes Gefühl in mir auf, eines, mit dem ich überhaupt nicht gerechnet hatte, ein Gefühl, das ich nach anfänglichem Zögern nur als beginnendes, sich aber stetig steigerndes Lampenfieber identifizieren konnte.

Ich spürte es bereits am Morgen, eine ganz und gar unangenehme innerliche Erregung hatte von mir Besitz ergriffen, eine Anspannung, die mit jeder Stunde, da das Konzert näherrückte, größer und größer wurde, die mich, obwohl sie meinen Körper in fortdauernde Alarmbereitschaft versetzte, mit einer monströsen Müdigkeit überzog, einer rastlosen, nie gekannten Erschöpfung, die meine Glieder schwer wie Blei werden ließ, die jeden klaren Gedanken verunmöglichte. Was war das für ein entsetzlicher Zustand? Den ganzen Tag über versuchte ich, mir immer wieder vorzustellen, wie ich auf der Bühne stehen und all das Eingeübte zur Freude aller präsentieren würde, aber je häufiger ich versuchte, mir das Gelingen bildhaft zu imaginieren, desto verlässlicher schweiften meine Gedanken ab, und ich empfand nichts als die düstere Gewissheit, dass alles in einer Katastrophe, in einer absoluten Blamage enden würde.

Ich wurde immer panischer, fahriger und abgeschlaffter, so panisch und fahrig, dass mein Kopf bald vollkommen leer zu sein schien, so als jagte ein nicht endender Blackout den nächsten, und spätestens als ich am frühen Nachmittag von Düsseldorf aus den Zug zu Sebastian nahm, hing ich nur noch schlaff im Abteil, starrte auf den Boden und erinnerte ich mich an keine einzige ganze Zeile irgendeines Liedtextes mehr.

In meiner Not schrieb ich Sebastian eine Nachricht.

Mir geht es heute nicht gut. Können wir das Konzert vielleicht noch verschieben?

Nein, antwortete Sebastian.

Mit einem Mal fühlte sich alles wie ein riesiger Fehler an, und ich fragte mich, wie ich eigentlich in diese Situation geraten war? Wohin war all meine Zuversicht entschwunden? Nichts war von ihr übrig geblieben, und als ich schließlich, rund drei Stunden bevor das Konzert losgehen würde, am Veranstaltungsort eintraf, war ich körperlich so erschlagen und ausgebrannt, dass ich Sebastian und den anderen beim Entladen der schweren Instrumente, beim Aufbau und Soundcheck unmöglich zur Hand gehen konnte. Es fiel mir schwer, überhaupt noch einen Schritt vor den anderen zu setzen, auch zu normalen Gesprächen war ich kaum in der Lage. Ich war gefangen in der Furcht vor dem totalen Gesichtsverlust und so verkroch ich mich, während die anderen schufteten und alles vorbereiteten, hinter die Bühne, kauerte dort auf einem Klappstuhl und harrte der Dinge.

Vielleicht würde ja doch noch etwas Schreckliches passieren? Ein kleines Unglück, eine Bombendrohung, etwas in dieser Art, was auf den allerletzten Drücker eine Konzertabsage zeitigen würde? Was machte ich hier eigentlich? Sollte ich nicht in Düsseldorf sein und an meiner ernsthaften Zukunft arbeiten, anstatt einem – wie mir jetzt klar wurde – vollkommen sinnlosen Traum hinterherzujagen? Ich fühlte eine immense Scham, sah mein ganzes Dasein plötzlich glasklar von außen, ein Mann von fast 27 Jahren, der, anstatt sich um einen anständigen Beruf zu bemühen, sich an einem erbärmlichen Spießertraum verhob. Ich wusste, dass mir beim Betreten der Bühne kein Wort mehr einfallen würde. Ich würde dort stehen, panisch in Hunderte fragende Gesichter blicken, würde vielleicht noch kurz versuchen, etwas an die Texte Erinnerndes vor mich hin zu stammeln, von der Bühne flüchten, dabei stolpern, mir die Stirn aufschlagen, und dann wäre alles verloren.

»Bist du bereit?«, schlug Sebastian mir von hinten auf die Schulter. »Es geht los. Fünf Minuten.«

Ich drehte mich ruckartig nach ihm um.

»Du bist ja ganz blass«, sagte Sebastian und fasste mir an die Stirn. »Und eiskalt ...«

Ich nickte zitternd, bangte, vielleicht würde er jetzt doch noch Erbarmen haben und alles absagen.

Aber er rief: »Reiß dich zusammen, verdammt noch mal!«, und schlug mir mit beiden Händen links und rechts so fest gegen die Wangen, dass es klatschte.

Die anderen Musiker, meine Bandmitglieder, zeigten sich in den Momenten vor Konzertbeginn allerbester Dinge, taten, als würden sie gar keine Notiz von mir nehmen – ich hörte sie wie aus einer anderen Welt heraus scherzen, laut lachen, sie konnten gar nicht erwarten, dass es endlich losgehen würde, nicht ahnend, dass ich letztendlich auch sie gleich mit in den Abgrund reißen würde. Ganz offensichtlich verspürten sie nicht den Hauch von Unsicherheit. Und nun, nachdem Sebastian mich zur Vernunft gerufen hatte, nahm ich all meinen Mut zusammen und rang mir ein versteinertes, zur Fratze entstelltes Grinsen ab.

»Los geht's«, zischte ich durch die geschlossenen Zähne.

Es war ein kleiner Club, rund zweihundert Menschen passten hinein, aber mir kam das plötzlich unendlich viel vor, so viele kritische, strafende Augen. Ich zog den Vorhang neben der Bühne ein wenig zur Seite und schaute heimlich hinaus auf die Tanzfläche, es war brechend voll, stickig und laut. Ich sah viele vertraute Gesichter, Bekannte, entfernte Freunde und irgendwann schon einmal irgendwo Gesehene, aber noch viel mehr Menschen, die mir vollkommen unbekannt waren. Erstaunlich, wie Sebastian das alles hinbekommen hatte, ganz schön viel Arbeit, ging es mir durch den Kopf, musste das alles gewesen sein. Manch einer hielt sogar, wenn ich es richtig sah, bereits unser Album in den Händen und fummelte das Cellophan von der Hülle. Es waren ausnahmslos hoffnungsvolle, ja vergnügungsbereite Gesichter, ausgelassen und enthusiastisch, und ich fragte mich, vor wem von ihnen mein Versagen wohl entsetzlicher wäre, vor denen, die ich kannte, oder vor denen, die mich gleich zum ersten Mal sehen würden?

Dann stoppte plötzlich die Hintergrundmusik, das Licht wurde heruntergedimmt, es war nun stockfinster vor der Bühne. Ich erschrak, wusste instinktiv, was die Stunde geschlagen hatte, drehte mich um und sah Sebastian und die anderen sich gegenseitig aufpeitschen. Dann traten sie zu mir, klopften auch mir auf die Schulter, schritten auf die kleine Bühne, die im Grunde nicht viel mehr war als ein erhöhter Absatz, vielleicht dreißig Zentimeter über dem Publikum, und griffen nach ihren Instrumenten.

Von meinen Handflächen rann der Angstschweiß, und ich erinnerte mich nicht einmal mehr, mit welchem Lied wir beginnen wollten. Mein Kopf war vollkommen leer, ich war in Angst erstarrt und verspürte nichts als einen gewaltigen Fluchtreflex. Ich wollte wegrennen, raus aus dem Club und zurück nach Düsseldorf, am besten zurück an den Anfang meines Lebens. Würde ich etwa in Ohnmacht fallen, schoss es mir durch den Kopf, und für einen Moment hatte ich tatsächlich das Gefühl, mir würde schwarz werden vor Augen, dann aber erreichte mich, während ich noch angewurzelt neben der Bühne stand, ein lauter, strenger Ruf von Sebastian. Wir sahen uns an.

»KOMM! SOFORT!«, las ich von seinen Lippen ab, und

dann startete Sebastian die Musik, so, wie wir es eingeübt hatten. Es gab kein Zurück mehr.

Ich ging wie durch Watte, tat den ersten zittrigen Schritt hoch auf die Bühne, von einer fremden Macht geleitet, das Unausweichliche nur noch ausführend. Mein Blick verengte sich auf wenige Zentimeter vor meinen Füßen, ich versuchte lediglich, nicht zu stolpern – das sind die letzten noch glücklichen Sekunden vor der totalen Beschämung, dachte ich mir zum Trost.

Als ich die wenigen Schritte vom Rand der Bühne nach vorne zum Mikrophon schritt, hörte ich, wie die Lautstärke im Zuschauerraum anschwoll, so als wollten mir alle mit ihrer Erregung zeigen, wie viel sie sich von dem Auftritt erhofften, und dann – mit einem Mal, so als hätte jemand einen Zauberspruch aufgesagt – ging alles ganz von allein. Verschwunden war mit einem Schlag die lähmende Angst, und vom ersten Stück an geriet ich in einen Rausch, der mich durch das knapp einstündige Konzert trug, das sich in meiner Erinnerung zu einer einzigen hochintensiven Minute zusammenzog.

Sobald die aggressiv treibende elektronische Musik einsetzte, die mir auf der Bühne noch sehr viel aggressiver und wütender erschien als auf der Platte, sah ich nichts mehr als eine gierig vor mir dahinwabernde Masse, der ich mich mit Haut und Haaren ergab, in die ich mich nun genauso blind hineinstürzen wollte wie in die Felder des Bauern Müller, auf dass ich die Menschen dort unten nur noch wie Halme zurechtbiegen brauchte. Meine Angst vor dem Blick der anderen hatte sich von einer Sekunde auf die nächste in pure Selbstverständlichkeit verwandelt – und obwohl es doch überhaupt nicht meine Art war, blickte ich nun, da ich von oben meine Lieder spielte und mich für sie dort unten verausgabte, in gewisser Weise schon auf sie herab. *Ich* stand hier oben, und *sie* waren wegen mir hergekommen, das verstand ich in diesem Augenblick.

»Wir sind hier. Ihr seid dort!«, rief ich zwischen zwei Liedern mit ernster Stimme ins Mikro, wiederholte es noch einmal, zeigte dabei abwechselnd auf mich und dann auf die Leute im Publikum und blickte dann zurück zu Sebastian, dessen unbändige Euphorie ich in seinen Augen funkeln sehen konnte.

Ich suchte, während ich vorn auf der Bühne mit irrem Blick und totaler Verausgabung unsere Stücke vortrug, immer wieder mit meinen Händen die nassen, glühenden Gesichter der Menschen, streichelte sie, umfasste sie manchmal grob, manchmal zart mit meinen Händen, schüttelte ihre Köpfe, wie um sie selbst noch einmal davon zu überzeugen, dass sich dieses Ereignis hier gerade tatsächlich ereignete – ich hatte jede Hemmung verloren, ging zwischen den Liedern immer wieder auch zu Sebastian, ohrfeigte ihn, trat vor unseren Gitarristen und würgte ihn ein paar Momente lang.

»Schau hin! Schau dir das an!«, kreischte ich ihm zu, und er lächelte gütig und konzentriert zurück.

Bereits gegen Ende des Konzerts, wir spielten gerade das Stück über Condoleezza Rice, hielt es mich plötzlich nicht länger auf der Bühne, und ich stieg, ohne darüber nachzudenken, in die Menschenmenge hinab, streifte mir dabei mein Hemd über den Kopf, schritt mitten unter die jungen Männer und Frauen und hinein in die zu einem einzigen verschwitzten Körper verworrene Masse. Ich tat einige wogende Schritte ab von der Bühne und legte mich mit nacktem Oberkörper rücklings auf den von Blut, Schweiß und Tränen verschmierten Boden und starrte wie irre nach oben in sich augenblicklich über mich beugende fiebernde Gesichter.

Ich war nun wie von Sinnen, während zu den wummernden, monotonen Bässen die Stimme von Condoleezza Rice aus den Lautsprechern ertönte. Ich schloss die Augen, vergaß alles um mich herum, jedes Unglück dieser Welt, jeden unklaren Zwischenstand meines Daseins, und spürte lediglich, wie plötzlich von allen Seiten Dutzende Hände nach mir griffen, mich aufhoben, regelrecht emporhoben und mich zurück auf die Bühne trugen, von wo aus ich das Konzert unter tosendem Jubel zu Ende spielte.

Alles war mir wie ein Wimpernschlag vorgekommen, wie ein mit Lichtgeschwindigkeit an mir vorbeirauschender Güterzug. Noch nie zuvor hatte ich etwas Vergleichbares erlebt, noch nie zuvor eine solche Zufriedenheit und Einigkeit mit mir selbst, und anstatt mich, wie Sebastian und die übrigen Bandmitglieder, nach dem Konzert noch stundenlang unter die Menschen zu mischen und mit ihnen zu feiern, verschwand ich, ohne jemanden eines Blickes zu würdigen, im Anschluss gleich durch die Hintertür des Clubs, weil ich es für die einzig adäquate Geste hielt, und ließ Sebastian und alle anderen mit sich zurück. Ich hatte, wie ich fand, an diesem Abend alles Notwendige erledigt, zum Aufräumen und Abbauen wäre ich unmöglich der Richtige gewesen. Also machte ich, dass ich wegkam, spazierte durch die Nacht zum Bahnhof und setzte mich – zerzaust, wie ich war – allein und zufrieden in den Regionalexpress zurück nach Düsseldorf.

*

Ich dachte in den folgenden Tagen immer und immer wieder an die Ereignisse dieses Abends zurück, rief mir all das Erlebte schöner und noch schöner in Erinnerung und versetzte mich damit selbst in immer größere Euphorie. Was für eine fabelhafte Idee das mit der Musik gewesen war, dachte ich nun zufrieden, doch ich war weit davon entfernt, mich von diesem ersten Erfolg blenden zu lassen. Nein, was mich von anderen, gewöhnlichen Musikern unterschied, war, dass ich nicht blind dem Phantasma vom großen Ruhm hinterherjagte, bis ich irgendwann feststellen müsste, dass ich aufs falsche Pferd gesetzt hatte. Nein, ich stellte zu meiner eigenen Überraschung fest, dass ich die Dinge realistisch einschätzte, genauer, dass ich die Musik nicht als künstlerische Berufung empfand, sondern das Ganze im Grunde genommen schon jetzt vom Ende her dachte. Was würde sich aus der Musik für mich langfristig ergeben? Wann war der richtige Zeitpunkt gekommen, damit aufzuhören? Wann hatte ich genug von der Musik und der gewiss steigenden Aufmerksamkeit um meine Person profitiert, um mich im Windschatten dieses Erfolges fortan anderen Dingen, erwachseneren Angelegenheiten wie beispielsweise der Schriftstellerei, dem Qualitätsjournalismus oder Ähnlichem widmen zu können? Denn ich hatte so ein Gefühl, dass diese Chancen sich fast schon zwangsläufig für mich ergeben würden, wenn ich mir erst einmal einen guten und allseits bekannten Namen gemacht hatte. Ich fand, eine solch unverklärte, von mir aus auch »kalte« Sicht auf die Dinge schuldete ich nicht zuletzt meinen lieben Eltern.

Um alles Organisatorische hatte sich ohnehin Sebastian zu kümmern, um weitere Konzerte, die es gewiss geben würde, um die Abrechnung der Plattenverkäufe et cetera. Das hieß, dass ich mich weiterhin auf meine anderen Ziele konzentrieren konnte. Meine ganze Aufmerksamkeit also widmete ich ab sofort dem Studium und dem Umgarnen der Professoren, schon allein deswegen, da ich im Gespräch mit meinen neuen Kommilitonen, die, wir mir schien, überwiegend aus gutem Hause kamen, zu meinem Schrecken herausgefunden hatte, dass jeder Einzelne von ihnen genau das gleiche Ziel verfolgte wie ich. Sie alle dachten nicht im Traum daran, sich nach dem Masterstudium in der freien Wirtschaft zu beweisen, sie alle sprachen ausschließlich von ihren Promotionen und ihren Forschungen, von ihren Kolloquien und ihren Tutorien.

Egal, mit wem ich mich unterhielt, von jedem hörte ich zu meinem Entsetzen das Gleiche:

»Ich werde erst mal promovieren und ein bisschen ›forschen‹, und dann versuche ich, hier am Institut einen Job zu bekommen«, woraufhin ich lediglich antwortete, dass für mich eine solche Promotion, ein Job an der Universität eher nicht infrage käme, dafür sei ich intellektuell nicht geeignet, das traue ich mir nicht zu und so weiter. Ich, so beteuerte ich, würde mein Glück leider anderswo suchen müssen. Ich nahm an, es war besser, alle anderen Studenten über meine wahren Ambitionen im Unklaren zu lassen.

Genau wie ich es auch in Madrid getan hatte, spazierte ich in meiner wenigen freien Zeit gern und regelmäßig durch das schöne, vor allem im Vergleich zum Ruhrgebiet sogar sehr schöne Düsseldorf. Vincent hatte mir wahrlich nicht zu viel versprochen. Ansonsten verschrieb ich mich ganz dem Studium und der weiteren Verfeinerung meines Geschmacks, streifte der Form halber durch die Museen, setzte mich an den dahinrauschenden Rhein, las dabei in der Zeitung und blickte den Schiffen hinterher. Ich versäumte keine Vorlesung, kein Seminar, keine Übung, ich war der erste und letzte Student des Tages, auch in den Mittagspausen saß ich stets in Lektüre vertieft in der Mensa, sodass es die Professoren, allen voran Professor Döhring, kaum übersehen konnten.

Einmal sogar hatte ich, was meine Reputationsarbeit betraf, ganz besonderes Glück. Und das kam so:

Es war an einem Dienstag, da sich ein berühmter, vielleicht der berühmteste, gewiss aber der interessanteste Gegenwartsschriftsteller der Schweiz für eine Lesung in Düsseldorf angekündigt hatte. Die ganze Stadt, so kam es mir vor, die gesamte Kulturelite inklusive mir selbst fieberte darauf hin, und entsprechend hatte auch ich mir rechtzeitig Karten für die Veranstaltung besorgt – ich wollte den Schriftsteller, den ich aus der Ferne schon lange bewunderte, unbedingt mit eigenen Augen sehen.

Und mich traf fast der Schlag, als ich über ein paar Ecken

gerade noch rechtzeitig erfuhr, dass eine alte Freundin, zu der ich den Kontakt schon lange verloren hatte, ihn vor Ort zu einem Interview treffen würde. Ich war geschockt, verspürte gar eine Art Missgunst, wollte diese Gelegenheit aber irgendwie nutzen, um vielleicht auch mit dem Schriftsteller ins Gespräch zu kommen. Und so bedrängte ich meine alte Bekannte in den Tagen vor der Lesung mit der dringenden Bitte, ihr bei dem Interview vielleicht einfach Gesellschaft leisten zu dürfen. Einfach war das nicht, aber schließlich gab sie nach und gewährte mir, wohl etwas zähneknirschend, meinen Wunsch.

Das Interview verlief ohne besondere Vorkommnisse, ich saß einfach stumm neben meiner Bekannten auf einem Stuhl und versuchte, meine zu entgleisen drohende Bewunderung in Zaum zu halten und mich nicht zu blamieren, und weil mir das offenbar einigermaßen gelungen war, oder sagen wir doch, weil meine Bekannte ein so unaufdringliches Interview geführt hatte, die beiden sich blendend verstanden und der Schriftsteller über die besten Manieren verfügte, lud er uns beide ein, im Anschluss an die Lesung und praktischerweise vor Ort mit ihm zu Abend zu essen.

Ich war kaum in der Lage, der Lesung selbst zu folgen, ich dachte die ganze Zeit nur an das Abendessen, zählte die Sekunden und zerbrach mir den Kopf darüber, wie ich es anstellen sollte, ganz unauffällig auf *meine* künstlerischen Leistungen in der Musik zu sprechen zu kommen.

Dann endlich war es so weit, wir setzten uns zu dritt an einen extra für den Schriftsteller und seine Gäste angerichteten Tisch. Ich konnte förmlich spüren, wie plötzlich alle Blicke auf mir und meiner Bekannten hängen blieben – wie sie alle, die gerade ebenfalls der Lesung beigewohnt hatten, jetzt schauten und staunten, wer denn die engen Freunde des großen Schriftstellers sein konnten. Wir saßen gerade beim Wein zusammen und hatten das Dinner bestellt, da erst bemerkte ich, dass auch Professor Döhring mit zwei seiner Studenten anwesend war – ein paar Meter entfernt standen sie an der Theke und tranken ein Bier. Hatten sie mich schon bemerkt?

Ich drehte mich etwas herum, setzte mich so, dass sie mich unmöglich übersehen konnten, dass sie mich spätestens, wenn sie das Restaurant verlassen würden, sehen *müssten*. Wann endlich kam mein Moment? Es fiel mir zusehends schwerer, mich auf das Gespräch zu konzentrieren, immer wieder drehte ich meinen Kopf zu Professor Döhring hinüber, warum war es hier nur so verflucht schummrig? Nach einer gefühlten Ewigkeit schließlich brachen sie auf, passierten unseren Tisch, und ich konnte sehen, wie einer der beiden Studenten den Professor nervös in die Seite stieß, wie Professor Döhring sodann den großen Schriftsteller und zu seinem Erstaunen alsbald auch *mich* erblickte, wie wir so freundschaftlich und vertraut miteinander beim Abendessen saßen. Nun trafen sich unsere Blicke, Professor Döhring schaute mir in die Augen, ich bemerkte die zahllosen Fragen in seinem Blick, wohl wissend um die Bedeutung des Moments, den ich nonchalant mit einem Kopfnicken quittierte.

»Guten Abend, Herr Professor«, sagte ich.

Dann wandte ich mich wieder dem Gespräch mit meinem guten Freund, dem großen schweizerischen Schriftsteller zu.

*

Am Ende des erstens Semesters allerdings wachte ich an einem Sonntagmorgen plötzlich mit einem ungeheuren Zahnschmerz auf. Bestialisch riss es mich aus dem Schlaf, ein fiebriges Pochen, ein brennendes, unerträgliches Leiden in meinem linken oberen Weisheitszahn, der mir schon mein halbes Leben lang immer mal wieder Probleme bereitet hatte. Noch nie aber war es so schlimm, noch nie so arg, dass ich weder ein noch aus wusste.

Schlaftrunken taumelte ich ins Bad, suchte das Fläschchen mit dem starken Novalgin-Schmerzmittel, um die akutesten Probleme in den Griff zu bekommen, schüttete mir vierzig bittersüße Tropfen direkt in den Rachen, legte mich noch auf den Badezimmerfliesen flach auf den Rücken, schloss die Augen und wartete, dass der Schmerz abklingen würde.

Eine Stunde verging. Doch nichts tat sich.

Was sollte ich tun? Noch dazu an einem Sonntag? Bis zum nächsten Tag zu warten schien mir unmöglich, also wählte ich die Notrufnummer, wo man mir den Kontakt der zahnmedizinischen Ambulanz mitteilte, und nur eine halbe Stunde später kauerte ich wie ein Häufchen Elend auf Rettung hoffend in der Straßenbahn, die mich vom Düsseldorfer Hauptbahnhof, über den Rhein hinweg in den wohl schönsten, weil wohlhabendsten Stadtteil Oberkassel brachte, wo eine Frau Dr. Choi ihre Geschäfte betrieb.

Ihre Praxis befand sich im Erdgeschoss einer weiß gekalkten Gründerzeitvilla mit Blick auf den Fluss, ich erstarrte beinahe in Ehrfurcht und vergewisserte mich mehrfach, nicht an die falsche Adresse geraten zu sein, bevor ich zu der goldbeschlagenen Eingangstür schritt – aber es stimmte: *Zahnmedizinische Praxis Dr. Choi* stand auf einem polierten Messingschild, und nur wenige Minuten später brachte mich eine Sprechstundenhilfe in das Behandlungszimmer.

»Frau Dr. Choi ist gleich bei Ihnen«, sagte sie, und ich setzte mich angespannt auf den Behandlungsstuhl. Ich schloss für ein paar Momente wieder die Augen, weil ich mir einbildete, durch ruhige Atmung den Schmerz ein wenig unter Kontrolle zu bekommen.

Ich hatte Frau Dr. Choi, vertieft in meine Schmerzmeditation, nicht ins Behandlungszimmer kommen gehört, und als ich die Augen mit einem Mal öffnete, erschrak ich, denn über mich gebeugt stand eine Frau von so erschreckender Schönheit, dass ich für einen Moment den Anlass meines Besuchs zu vergessen drohte. Frau Dr. Choi war keine strenge, feiste ältere Dame kurz vor dem Ruhestand, wie ich sie mir seltsamerweise vorgestellt hatte, sondern ein Mensch wie eine Feder, eine Erscheinung von solcher Präzision und porzellanhafter Anmut, mit Gesichtszügen, so zart und dezent, kaum vorhanden, sodass sie jeden kritischen Blick an sich abperlen ließen. Wie alt mochte sie sein? Irgendetwas zwischen 27 und 41 Jahren, genauer konnte ich es unmöglich sagen.

»Frau ... Frau ... Dr. Choi?«, stotterte ich.

»Soyoung Choi. Wie kann ich Ihnen helfen, junger Mann?«, fragte sie mit einem angedeuteten Lächeln.

»Ja, also, ach, mein Weisheitszahn, hier oben links, wissen Sie, er tut unheimlich weh. Höllische Schmerzen sind das.«

»Wie lange haben Sie diese Schmerzen denn schon?«, fragte Frau Dr. Choi.

»Seit ... seit heute früh. Sie haben mich aus dem Schlaf gerissen. Ich ... ich bin dann sofort in Ihre Praxis geeilt, Frau Dr. Choi«, versuchte ich, die Umstände zu erklären, und überschlug mich dabei ein oder zwei Male.

»Jetzt beruhigen Sie sich erst einmal. Wir bekommen das schon wieder hin, ja?«

Ihre sehr langen, glatten schwarzen Haare waren zu einem Pferdeschwanz zusammengebunden, der ihr weit über den Arztkittel hinabhing und der, als sie sich rasch zur Seite drehte, um sich die sterilen Gummihandschuhe überzuziehen, zu mir herüberschwang und mich ganz leicht an der Schulter berührte.

Mit einem Spiegelchen untersuchte Frau Dr. Choi nun meinen Zahn.

»Ihr Weisheitszahn sitzt quer im Kiefer.«

Ich versuchte, mit weit geöffnetem Mund ihre Diagnose zu bestätigen.

»Oje. Er sitzt ganz falsch. Und nun hat sich dadurch der Knochen entzündet«, erklärte sie weiter und nahm ihre schönen Finger wieder aus meinem Mund.

»Ich würde Ihnen den Zahn der Einfachheit halber direkt herausoperieren, dann haben wir das Problem schnell gelöst. In Ordnung?«

»Jetzt sofort?«, fragte ich unsicher.

»Ja, es ist ein wenig komplizierter bei Ihnen, aber ich bin guter Dinge, dass wir es hinbekommen. Ich müsste den Zahn zunächst in der Mitte zerbrechen, dann schneide ich um das Zahnfleisch herum, operiere beide Zahnhälften einzeln heraus und vernähe die Wunde. Wollen wir das tun?«, fragte Frau Dr. Choi und legte mir ihren schmalen Handrücken auf die Schulter, sodass ihre Frage fast schon einer kleinen, zärtlichen Drohung gleichkam.

»Wenn Sie keine andere Lösung sehen, ja, bitte, Frau Dr. Choi«, sagte ich seufzend. »Wird es denn sehr wehtun?«

»Keine Sorge, ich werde Sie ausreichend betäuben. Wenn Sie wollen, können Sie auch ein wenig Lachgas bekommen, zur Entspannung.«

»Sehr gern«, antwortete ich, und dann operierte mir Frau Dr. Choi meinen maliziösen Zahn heraus.

Ich gab mir während der fast einstündigen Prozedur, in der es immer wieder bedrohlich knackte und knirschte und während der eine enorme mechanische Kraft von den Händchen von Frau Dr. Choi ausging, die allergrößte Mühe, den Eindruck zu erwecken, dass ich all das mühelos wegsteckte. Dann war es endlich vollbracht.

»Das haben Sie ganz toll gemacht. Es war nämlich gar kein so leichter Eingriff«, erklärte Frau Dr. Choi im Anschluss, und zum ersten Mal konnte ich nun zweifelsfrei ein Lächeln auf ihrem Gesicht erkennen, das sie nur noch einmal schöner machte.

Ich spürte, dass in meinem Kiefer eine riesige Wunde klaffte und dass ich mit der betäubten Wange nicht sonderlich gut würde sprechen können, was mir vor dieser schönen Frau gleich doppelt so unangenehm war.

»Sie werden heute Abend sicherlich Schmerzen haben«, sagte Frau Dr. Choi. »Sie haben viel Blut verloren. Und sagen Sie, rauchen Sie?«

»Eigentlich nicht«, nuschelte ich.

»Eigentlich?«, fragte sie kritisch nach.

»Nur, wenn ich dran denke.«

»Am besten wäre natürlich, sie rauchen gar nicht«, sagte sie streng.

»Natürlich, ja.«

»Heute rauchen Sie bitte nicht. In Ordnung? Und sollte es heute Abend trotzdem zu Komplikationen kommen, lassen Sie sich am besten noch mal ins Krankenhaus fahren. Wenn Sie Herzrasen bekommen oder schwere Kreislaufbeschwerden. Haben Sie jemanden, der sich daheim um sie kümmert? Oder leben Sie allein?«, fragte Frau Dr. Choi.

»Ich lebe allein«, sagte ich leise.

»Vielleicht ist es besser, ich gebe Ihnen meine mobile Notfallnummer«, erklärte sie. »Wenn irgendetwas ist, melden sie sich direkt bei mir. In Ordnung?«

»Das ist sehr freundlich von Ihnen«, erwiderte ich so deutlich es mir möglich war.

»Und sagen Sie, soll ich Sie für die kommenden Tage krankschreiben. Bei so einem schweren Eingriff wäre eine Woche überhaupt kein Problem ...«

Ich schüttelte mit dem Kopf.

»Ach, nein? Was machen Sie denn beruflich, wenn ich fragen darf?«, fragte Frau Dr. Choi interessiert. »Sie sind doch sicherlich kein Student mehr, oder? Sie sehen jedenfalls nicht mehr wie einer aus ...«

Ich erschrak ob ihrer forschen Andeutung und fühlte mich

von der erfolgreichen Ärztin mit einem Mal in die Ecke gedrängt. Ich empfand nahezu einen Rechtfertigungsdruck und rutschte auf dem Behandlungsstuhl nervös hin und her, das mit Blut bespritzte Lätzchen zum Schutz meines Hemdes hing noch immer vor meiner Brust.

»Nun ... also, wenn Sie es genau wissen wollen ... Ich bin ein *Künstler!*«, sagte ich etwas zu vehement und spuckte dabei in hohem Bogen einen Tropfen Blut auf den Boden.

»Ach«, sagte sie und tat, als hätte sie das Missgeschick nicht bemerkt.

»Ich bin Musiker! Ich spiele große, rauschende Konzerte vor vielen hundert Menschen!«

Frau Dr. Choi hielt inne.

»Das ist aber interessant!«, entfuhr es ihr nun, und ich bildete mir ein, ein seltenes Leuchten in ihren Augen zu entdecken. »Ein Künstler?«

»Ja«, sagte ich mit einem mich selbst überraschenden Stolz. »Und Geisteswissenschaftler!«

»Ein Künstler und Geisteswissenschaftler ... So, so. Davon müssen Sie mir beim nächsten Besuch unbedingt mehr erzählen. Wissen Sie, ich wollte früher auch einmal ...«, setzte sie gerade zu einer Erklärung an, als sie sich doch wieder zur Besinnung rief.

Eine kurze Pause entstand.

»Wie dem auch sei, wenn alles gut geht, sehen wir uns in einer Woche zum Fädenziehen. Ja?«, setzte sie hinterher und nahm mir das Lätzchen vom Hals.

»Sehr gerne, Frau Dr. Choi«, sagte ich.

Ich stand auf, rückte meine Kleidung zurecht und versuchte, wieder ein anständiges Bild abzugeben, fühlte mich jedoch mit meiner geschwollenen Wange und der betäubten Aussprache weiterhin minderwertig und entstellt.

Langsam zog sie ihre Handschuhe aus und streckte mir zur Verabschiedung ihre rechte Hand entgegen, die ich so zärtlich und so sanft, aber nicht zu sanft und zu gefällig, ergriff und schüttelte. Einen flüchtigen Moment sahen wir uns in die Augen, und ich dankte dem Himmel dafür, dass er mich an diesem Tag zu dieser besonderen Frau, zu Frau Dr. Choi, geführt hatte.

Mit einem Lächeln im Gesicht verließ ich die weiß gekalkte Villa, es war kalt, und die Sonne schien, und ich lief wie auf Wolken zur Straßenbahnstation. Ich dachte die ganze Zeit nur an Frau Dr. Choi, am liebsten hätte ich für immer auf ihrem Behandlungsstuhl gesessen, und als ich am Abend zu Hause in meiner kleinen Wohnung saß und eine Suppe zu mir nahm, da betete ich, gleich von schwerem Herzrasen gepackt zu werden. Ich hoffte, dass die Wunden im Zahnfleisch aufreißen würden, dass sonst etwas medizinisch Unvorhergesehenes eintreten würde, Hauptsache, ich hätte einen Grund, von Frau Dr. Chois Notrufnummer Gebrauch machen zu können.

Ich saß auf dem Bett, versuchte vergeblich, etwas zu lesen, und wartete. Natürlich tat es weh, natürlich war das keine angenehme Situation, aber waren die leichten, ganz normalen Schmerzen denn ausreichend, um mich bei ihr zu melden? Ich wollte nicht wehleidig erscheinen, das war das Allerwichtigste, und ich wollte auch nicht so weit gehen, mir durch eine bewusste Unachtsamkeit selbst einen Schaden an der operierten Stelle herbeizuführen. Sicher würde sie den Schwindel sofort erkennen, dafür war sie eine viel zu erfahrene Zahnärztin. Mir blieb also nichts anderes übrig, als stundenlang einfach nur dazusitzen, in den Raum zu starren und zu hoffen, dass sich auf natürliche Weise eine Verschlechterung einstellte.

Die Verschlechterung aber trat nicht ein, und sie würde auch nicht mehr eintreten, stellte ich kurz vor Mitternacht resigniert fest. Frau Dr. Choi hatte viel zu gut operiert. Was sollte ich also anderes tun, als mich auf den Nachsorgetermin zu freuen, immerhin das konnte mir keiner nehmen, dachte ich, als mich aus heiterem Himmel eine Nachricht erreichte: *Und? Geht es Ihnen gut? Haben Sie auch keine Probleme? Ihre Soyoung Choi*

Ich schnappte fast über. Saß mit aufgerissenen Augen da und las immer und immer wieder die Zeilen durch, *Ihre Soyoung Choi*, sagte ich mehrmals hintereinander, *Ihre Soyoung Choi.*

Was hatte diese Nachricht wohl zu bedeuten? War es reine Fürsorge? War es ihr medizinisches Ethos? Schrieb sie gar jedem ihrer Notfallpatienten eine solche Nachricht? Oder aber hatte sie, genau wie ich, den ganzen Abend über gehofft, mein Zustand würde sich tatsächlich noch einmal verschlechtern? Ja, hatte sie insgeheim sogar darauf gehofft, sich noch einmal anziehen zu müssen, mit ihrem Arztköfferchen aus dem Haus und zu mir ans Krankenbett zu eilen? War so etwas denn denkbar? Ich wollte es mir gar nicht ausmalen, so sehr versetzte mich der Gedanke in Ekstase.

Ich riss mich zusammen, denn ich musste unbedingt etwas Anständiges antworten. Ich schrieb: *Vielen Dank für Ihre Nachfrage. Es ist ein Wunder, es ist, als hätten Sie den Zahn wie durch einen Zauber entfernt. War dort überhaupt jemals ein Zahn? Sie sind eine ausgezeichnete Ärztin. Ihr Patient.*

Sehr gut, antworte Frau Dr. Choi zunächst kurz und knapp und schickte dann noch eine zweite Nachricht hinterher: *Ich freue mich sehr, Sie nächste Woche in der Praxis wiederzusehen.*

Und ich sank voller Vorfreude in einen tiefen Schlaf.

Um den Nachsorgetermin pünktlich wahrnehmen zu können, tat ich etwas, das ich mir andernfalls niemals erlaubt hätte – ich verpasste die letzte Vorlesung des Tages. Da ich aber meine Reputation an der Fakultät nicht durch das Allergeringste gefährdet sehen wollte, hatte ich mein Fehlen bereits im Vorfeld bei Professor Döhring angekündigt. Ich hatte ihm von meinem schweren Eingriff erzählt und mich in aller Form entschuldigt, gewiss würde so etwas nie wieder vorkommen, versicherte ich, aber natürlich verstand er meine Notlage nur allzu gut.

»Bei Ihnen ist es doch kein Problem, wenn Sie mal eine Sitzung verpassen«, sagte Herr Professor Döhring und zwinkerte mir zu.

Das Fädenziehen selbst verlief ohne besondere Vorkommnisse, muss man sagen. Ich genoss jede Sekunde, auch wenn dieser zweite Termin sehr viel weniger persönlich verlief, die Praxis war aber auch bis zum Zerbersten gefüllt, und ich konnte der armen Frau Dr., auch wenn sie es sich nicht anmerken lassen wollte, die Anspannung deutlich ansehen. Ich nahm es ihr deshalb nicht übel, zumal ich ohnehin bereits einen weitergehenden Plan gefasst hatte.

Ich ließ zwei Tage verstreichen, stellte sicher, dass in meinem Kiefer alles vollkommen verheilt war, dass also auch an meinem Aussehen kein Makel mehr bestand, und dann nahm ich all meinen Mut zusammen und wagte einen großen Schritt auf sie zu.

Liebe Frau Dr. Choi, schrieb ich ihr eines Abends, *lassen Sie mich noch einmal sagen, wie dankbar ich Ihnen für Ihre außergewöhnlichen Dienste bin. Sie sind die talentierteste Ärztin, die mir je begegnet ist. Wissen Sie, ich wollte früher ja auch einmal Arzt werden, aber dann ... Na ja. Und vielleicht noch eine Kleinigkeit, und sollte sie ganz und gar fehl am Platze sein, so bitte ich gleich um Verzeihung, aber ich habe bemerkt, und bitte korrigieren Sie mich, wenn ich hier einem unverzeihlichen Irrtum unterliege, aber ich habe bemerkt, dass Sie keinen Ehering tragen. Aber andererseits, was könnte schon darauf folgen? Vielleicht wissen Sie es ja? Hochachtungsvoll, Ihr ergebener Patient*

Würde ich jemals eine Antwort auf diese unerhörte Dreistigkeit bekommen?, dachte ich sorgenvoll. Ich trat ans Fenster meiner kleinen Wohnung, drückte meine Stirn gegen die Scheibe, wo sie einen kleinen Fettfilm hinterließ, und starrte mit pochendem Herzen hinaus, aber es dauerte nur zwei oder drei Minuten, da schickte sie mir eine Nachricht zurück: *Teurer Patient, also ich würde Ihnen vorschlagen, Sie kommen mich am Wochenende einmal in meiner schönen Wohnung hier in Oberkassel, hoch über den Dächern der Stadt, besuchen – wissen Sie, mein Leben als Ärztin ist bisweilen ein sehr einsames, und auf meiner Terrasse lässt es sich ganz herrlich sitzen und rauchen und über alles reden. Was halten Sie davon?*

Ich traute meinen Augen kaum und schrieb mit zittrigen Fingern zurück.

Sie rauchen?, fragte ich sie.

Aber selbstverständlich.

*

Natürlich war es bei Weitem nicht so, als wären wir mit der Band über Nacht zu Stars geworden – das zu behaupten wäre schlicht eine Lüge. Unser Album war erschienen, es hatte sogar ein paar kleine Rezensionen gegeben, die sich ein wenig ratlos zeigten angesichts der kryptischen Texte, sonst war, zumindest medial, noch nicht viel passiert. Doch die Erinnerungen an unser erstes Konzert sowie vor allem die Tatsache, dass Sebastian mir nun regelmäßig von neuen kleinen Anfragen erzählte, gab mir enorme Zuversicht. Wir würden in den kommenden Wochen und Monaten immer wieder hier und dort und in größerer Folge weitere Konzerte spielen – und für mich war das alles bloß simple Mathematik: Offensichtlich hatte unser Auftritt Eindruck gemacht, und so würde es doch logischerweise immer weitergehen – jedes Konzert würde nur noch mehr Anfragen nach sich ziehen und dann noch mehr und immer so weiter. Und so war es nur noch eine Frage der Zeit, bis wir, nach und nach, in ganz Deutschland bekannt sein würden.

Nichts sprach meiner Einschätzung nach mittelfristig gegen diese Entwicklung, und so stand ich nur wenige Tage später, einigermaßen aufgeregt, aber doch zuversichtlich und in meinen schönsten Kleidern vor einem modernen, mehrgeschossigen Wohnhaus in Düsseldorf Oberkassel unmittelbar am Ufer, nur noch die Rheinwiesen trennten es von dem mächtigen Fluss, und kaum parkte in dieser Gegend einmal nicht ein Porsche oder großer Geländewagen am Straßenrand oder in den hübschen Einfahrten.

Ich fühlte mich gleich ungemein wohl, fuhr mit dem Aufzug bis ganz nach oben unters Dach, und Frau Dr. Choi öffnete mir die Fahrstuhltür, die direkt in ihre Wohnung führte.

»Herzlich willkommen in meiner bescheidenen Unterkunft«, sagte sie und lächelte.

»Ich freue mich ganz außerordentlich«, erwiderte ich und machte dabei eine leichte Verbeugung.

»Kommen Sie doch herein, ich habe gerade eben noch ein wenig Klavier gespielt«, sagte Frau Dr. Choi, und ich war unsicher, ob das ein Scherz gewesen war.

Ihre Wohnung war noch schöner eingerichtet als ihre Praxis. Alles war hell und strahlte, es gab nur sehr wenige ausgewählte Möbel, mal hier eines und mal dort eines, ich erblickte einen Flügel, an dem sie vielleicht tatsächlich gerade gespielt hatte, sonst sah ich überall moderne Skulpturen, an den Wänden hing eine Menge Kunst, und dazwischen stand ein viele Meter hohes und breites Bücherregal, das bis obenhin vollgestopft war mit Büchern und Bildbänden, losen Blättern, Notizen und Zeichnungen.

Was sagte mir diese Wohnung über sie?

»Ist das Marmor?«, fragte ich.

»Der Boden? Ja, also, ich denke schon«, sagte sie.

»Er ist sehr schön. Wirklich. Er erinnert mich an den Marmorboden aus dem Haus meines besten Freundes – sein Vater ist auch Zahnarzt, wissen Sie?«

»Aha«, sagte Frau Dr. Choi. »Und, gefällt Ihnen denn die Musik?«, fragte sie rasch hinterher.

Ich konnte nicht erkennen, worum es sich handelte. Ich hörte sphärische, weit entfernte, schwelgende Gitarren, einen wabernden Synthesizer und einen unverständlichen schleppenden Gesang in deutscher Sprache.

»Das klingt sehr schön«, sagte ich.

Sie stockte kurz.

»Sie kennen es nicht???«

Ich kniff meine Lippen zusammen und zuckte mit den Schultern.

Frau Dr. Choi lachte laut auf, und ich lachte mit ihr.

»Ach so«, sagte sie dann. »Na, muss ja auch nicht.«

Wir traten nun auf die große Dachterrasse hinaus. Obwohl es stockfinster war, sah man das Wasser in metallischen Grautönen schimmern, und gleich dahinter leuchteten die Lichter der Stadt hell und klar.

»Darf ich Ihnen eine Zigarette anbieten?«, fragte sie mich.

»Sehr gern. Wissen Sie, ich rauche ja nur ab und zu mal.«

»Ist ja auch besser so«, sagte sie, »besser für Ihre Zähne.« Dann reichte sie mir eine Zigarette und gab mir Feuer, wobei unsere Fingerspitzen sich für einen kurzen Moment berührten.

»Zur Feier des Tages sollten wir wohl Champagner trinken, meinen Sie nicht?«

»Wenn es Ihnen keine Umstände macht, sehr gern.«

Sie verschwand mit der Zigarette in der Hand in der Wohnung, ich hörte es im Hintergrund klimpern, und nur Augenblicke später kam sie mit einer Flasche Champagner und zwei Gläsern zurück auf die Terrasse.

»Wirklich schön haben Sie es hier, ganz erstaunlich«, sagte ich.

»Danke, es ist ganz nett, da haben Sie recht …«, sie legte eine kurze Pause ein. »Wenn es nicht so furchtbar einsam wäre.«

»Einsam?«, fragte ich überrascht. »Wie kann jemand wie Sie einsam sein? Es stehen doch gewiss sämtliche Zahnärzte dieser Stadt bei Ihnen Schlange?«

»Sie sagen es: Zahnärzte. Wissen Sie, ich bin ihrer müde geworden. Zahnärzte …«, wiederholte sie. »Ich kann sie nicht mehr sehen, allgemein, Ärzte, sie sind so schrecklich … Schrecklich …«

»Ja?«, fragte ich ungläubig.

»So schrecklich gewöhnlich und einfältig!«

Ich war entsetzt.

»Aber wie reden Sie denn von einem ganzen Berufsstand, ich wollte selbst einmal Arzt werden. Ich muss doch sehr bitten.«

Soyoung schmunzelte, schenkte uns Champagner nach und nahm einen großen Schluck.

»Vergessen Sie's, reden wir lieber von Ihnen!«, sagte sie, prostete mir noch einmal zu und setzte sich auf eines der bequem aussehenden Außenmöbel aus Rattan, auf denen große, schwere Kissen lagen.

»Gern«, sagte ich und setzte mich ebenfalls.

Die Möbel waren wirklich bequem, und dann berichtete ich, eben weil Frau Dr. Choi mich ja explizit dazu ermutigt hatte, noch einmal in aller Kürze von den Ereignissen der letzten Jahre – von meinen Leistungen an den Universitäten, von meinen großen Plänen als Wissenschaftler und nicht zuletzt von dem so unmittelbar bevorstehenden Erfolg als Musiker und Künstler.

Ich musste mit aller Macht dafür sorgen, dass Frau Dr. Choi große Stücke auf mich hielt, denn gerade gegenüber Ärzten hatte ich stets das Gefühl, mich beweisen zu müssen, und so beschränkte ich mich ausschließlich auf die positiven Interpretationen meiner Geschichte.

»Das klingt ja alles sehr interessant«, konstatierte sie, als ich ausgeredet hatte. »Und darf ich Sie vielleicht gleich etwas fragen?«

»Alles.«

»Schlafen Sie eigentlich gut?«

»Es geht so. Na ja, manchmal schon.«

»Und träumen Sie auch?«

Ich schaute sie etwas unsicher an. Worauf wollte sie hinaus?

»Also, wenn Sie mich so fragen ... Ich habe da diesen Traum. Genau genommen sind es zwei Träume, die mich immer und immer wieder heimsuchen. Mal mehr der eine, dann wieder eher der andere«, erklärte ich.

»Wollen Sie mir davon erzählen?«

»Wenn Sie versprechen, mich nicht auszulachen, Frau Dr. Choi?«

»Ich verspreche es hoch und heilig. Außerdem bin ich ja, wie Sie wissen, zu Verschwiegenheit verpflichtet«, lächelte sie.

»Also gut, passen Sie auf, in dem einen Traum durchlebe ich immer wieder einen Flugzeugabsturz. Ich selbst sitze aber gar nicht im Flugzeug. Ich befinde mich auf dem Boden, es ist helllichter Tag, ich spaziere irgendwo entlang, guter Dinge, über ein Feld, durch die Stadt, und plötzlich blicke ich zum Himmel und sehe dort ein mächtiges Passagierflugzeug, das ins Trudeln gerät, das mit der Schwerkraft ringt, das schon brennt und auseinanderzubrechen droht, von dem Explosionen ausgehen, das sich noch ein allerletztes Mal fast zu fangen scheint, das dann aber umso vehementer gen Boden rast und dort in einem gigantischen Feuerball zerschellt. Ich sehe tatenlos dabei zu und ertappe mich im Traum jedes Mal aufs Neue bei dem Gedanken, dieses Schauspiel regelrecht zu genießen, diese Gewalttätigkeit. Und jedes Mal denke ich ›dieses Mal ist es echt. Jetzt passiert es tatsächlich!‹, nur um Momente darauf aus dem Schlaf hochzuschrecken und festzustellen, dass es auch dieses Mal nicht wirklich war, dass ich mich einmal mehr in einem Traum befand, dass ich auch weiter auf den realen Absturz warten muss. Verstehen Sie?«

Frau Dr. Choi dachte nach.

»Das ist ein toller Traum.«

»Finden Sie?«

»Und der zweite?«, fragte sie sehr interessiert und rückte dabei, wenn ich mich nicht täusche, einen halben Zentimeter näher an mich heran.

»Nun ja, aber Sie müssen versprechen, keine Angst zu bekommen?«

»Natürlich nicht«, sagte Frau Dr. Choi, »ich habe nie Angst.«

»Es ist so, in meinem zweiten Traum töte ich einen Menschen. Nicht bewusst, nicht geplant, ich habe auch im Traum keinerlei Tötungsintentionen, es geschieht einfach so, es stößt mir zu, sozusagen als großer Unfall, als fahrlässige Tötung – ein Missgeschick, wenn man es so nennen mag.«

Frau Dr. Choi sah mich aufmerksam an.

»Und noch im Traum kommt mir dann die erschreckende Erkenntnis, dass ich nicht nur das Leben eines anderen Menschen genommen habe, nein, viel schrecklicher ist ehrlicherweise die Tatsache, dass mir bewusst wird, damit auch *mein* Leben für immer ruiniert zu haben. Die Tötung kann nicht ohne Konsequenzen bleiben, sie muss gesühnt werden, die Gesellschaft muss vor mir in Schutz genommen werden – kurzum: Mein gesellschaftliches Leben ist dahin, es gibt keine Hoffnung mehr. Ich muss mich für meine Tat, so ungeplant sie doch war, gegenüber der Justiz verantworten, und ich erwache in Panik. Macht Ihnen das Angst?«

Frau Dr. Choi streichelte meine Hand, so, wie eine Mutter ihr Kind zu trösten sucht.

»Ist ja schon gut. Ist ja schon gut. Ich habe wirklich keine Angst«, sagte sie und schmunzelte.

Ich musste mich nun erst einmal sammeln, die Seelenschau, der Frau Dr. Choi mich unterzog, hatte mich ganz schön viel Kraft gekostet, wie ich feststellte. Dann kam mir ein Gedanke.

»Denken Sie, ich hätte vielleicht bescheiden bleiben sollen?«

»Wie meinen Sie das?«

»Wissen Sie, manchmal, heimlich, verfluche ich den Tag, da ich den Weg an die Universität gesucht habe. Ich mache mir Vorwürfe. Warum, sagen Sie es mir, Frau Dr. Choi, warum konnte ich nicht etwas Anständiges lernen, eine Ausbildung machen und beispielsweise Mechaniker werden, ein ehrbarer Mechaniker wie mein Vater, ein Industriearbeiter, ein Handwerker. Mein Vater war bis zum heutigen Tage nicht einen Moment lang unglücklich in seinem Leben, können Sie sich das vorstellen?«

»Ach, Sie Kindskopf«, lachte Frau Dr. Choi.

»Warum lachen Sie?«

»Schauen Sie sich doch mal Ihre Hände an.«

»Wieso? Was ist denn damit?«

Ich hielt meine Hände vor mir hoch und betrachtete sie eingehend.

»Mit diesen Händen sind Sie doch überhaupt nicht zum Arbeiten geboren«, kicherte sie. »Also hören Sie bitte auf, sich was vorzumachen ...«

Ich dachte ein paar Augenblicke lang nach.

»Ach, Frau Dr. Choi, ich glaube, Sie haben recht. Ich könnte niemals schwere Maschinen bewegen, mich nach Dingen bücken, Gegenstände oder Material verarbeiten. Ich weiß es ja selbst ... Denken Sie, das ist der Grund, warum es mich ausgerechnet in die Geisteswissenschaften verschlagen hat? Kennen Sie die Geisteswissenschaften, Frau Dr. Choi?«

»Ja, ich kenne die Geisteswissenschaften. Aber ich glaube, in Ihnen steckt noch viel mehr!«, sagte Frau Dr. Choi frech. »Ich glaube, Sie sind tatsächlich ein Künstler. Über Sie wird schon bald einiges in der Zeitung stehen!«

»Glauben Sie das auch?«

»Aber ja!«, sagte Frau Dr. Choi überzeugend. »Absolut.«

Ich trank meinen Champagner mit einem Schluck leer.

»Dürfte ich Sie auch etwas fragen, Frau Dr. Choi?«

»Nur zu.«

»Wie kommt es eigentlich, dass Sie in so jungen Jahren schon über eine so herrschaftliche Zahnarztpraxis und einen solchen Palast verfügen?«

»Hm, sagen wir einfach, ich hatte in einem früheren Leben sehr viel Glück ...«

Frau Dr. Choi ging ein zweites Mal in die Küche, wo sie eine weitere Flasche Champagner öffnete. Und wie sie so lautlos mit ihren nackten Füßen über den Marmor tapste, der von einer Fußbodenheizung erwärmt wurde, musste ich plötzlich an Professor Dietrich denken. Was würde er an meiner Stelle tun? Was würde er zu Frau Dr. Choi sagen?

»Wissen Sie eigentlich, dass Sie sehr schön sind, Frau Dr. Choi?«, fragte ich, als sie wieder neben mir Platz genommen hatte.

Frau Dr. Choi schwieg einen kleinen Moment, blickte über den Rhein, ganz, als würde sie ihre Antwort noch ein wenig hinauszögern wollen, ja, als würde sie zwar genau wissen, was zu sagen war, aber als wollte sie es notwendigerweise, so wie sie es von ihren gewiss strengen Eltern einmal gelernt hatte, noch einen Augenblick länger zurückhalten – dann zündete sie sich eine Zigarette an.

»Wenn Sie erlauben, würde ich Ihnen gerne das Du anbieten«, sagte sie schließlich.

Dann nahm sie meine Hand, führte sie an ihre linke Wange und gab ihr einen sanften Kuss.

KAPITEL VI

ALS SICH LANGSAM, ABER SICHER ALLES ZU FÜGEN SCHEINT

Ich empfand zweifelsohne vom ersten Moment an eine ganz außerordentliche Zuneigung für Soyoung, wie ich sie nun nennen durfte. Aber hatte ich mich wirklich Hals über Kopf und für alle Zeit in sie verliebt? Ich habe da so meine Zweifel, wenn ich ehrlich bin. Selbstverständlich lagen wir bei ihr auf der Dachterrasse herum, und ich betrachtete dabei ihre makellosen Hände und ihr feines Gesicht. Natürlich, in diesen Momenten liebte und begehrte ich sie im allerhöchsten dem Menschen nur möglichen Maße. Wenn mich aber meine anderen bedeutenden Pflichten, die mich nun ganz verschlingende Arbeit an der akademischen Karriere oder meine immer zahlreicheren, langsam, aber sicher immer größer werden Konzerte von ihr wegtrieben, dann, so muss ich zugeben, dachte ich bisweilen auch mal ganze Tage lang überhaupt nicht an sie. Was jedoch ihrer Zuneigung mir gegenüber keinerlei Abbruch tat.

Ich musste mich in dieser so wichtigen Phase meines Lebens endlich auch einmal ganz auf mich konzentrieren. Schließlich hatte ich noch überhaupt nichts erreicht. Selbst für Vincent, der fernab seiner Reisen und internationalen Projekte noch immer in München weilte, fand ich kaum einmal Zeit, an persönliche Treffen war sowieso nicht zu denken, sodass es bei unregelmäßigen Telefonaten bleiben musste. Vincent aber sah mir meine terminlichen Engpässe natürlich nach. Er erfreute sich an meinen Geschichten aus Düsseldorf, frohlockte, wenn ich ihm von meinen Erfolgen in der Wissenschaft, der Kunst und der Leidenschaft berichtete, und ermunterte mich, diesen Weg, wenn möglich, konsequent weiterzugehen.

Zugegeben, an der Universität Düsseldorf bekam man die besten Noten genauso hinterhergeworfen wie in Bochum, vielleicht sogar noch ein wenig weiter, schließlich ging es hier sehr viel persönlicher zu. Die Dozenten und Studenten kumpelten miteinander rum, sodass man seitens der Professorenschaft, so schien es mir, selbst bei großem inhaltlichen Unsinn, noch sehr viel weniger versucht war, auch mal energisch zu widersprechen.

Einmal, um nur ein Beispiel zu nennen, es muss am Ende des zweiten Semesters gewesen sein, hatte mich eine seltene Erkältung eine ganze Woche lang an mein Bett gefesselt, sodass ich mich auf eine mündliche Prüfung nicht hatte adäquat vorbereiten können – ich gab vor den Prüfern ein jämmerliches Bild ab, war unkonzentriert, gab ungenaue Antworten und bereute noch im selben Moment, nicht einfach aus Krankheitsgründen um Verschiebung gebeten zu haben. Ich schämte mich für meine Leistung und ahnte bereits Allerschlimmstes, als die Professorin mich – nach kurzer Beratungszeit – darüber in Kenntnis setzte, dass sie mir insgesamt leider nur die Note 2 würde geben können.

»Ich hatte das Gefühl, Sie waren heute nicht ganz bei der Sache. Kann das sein?«, fragte sie mich im Anschluss mit bedauerndem Gesicht. »Fühlen Sie sich nicht gut? Sind Sie krank?«

»Ich weiß es auch nicht, es tut mir leid.«

»Sie waren heute ein bisschen fahrig. Aber ich weiß ja, dass Sie es besser können ... Nicht wahr?«

Ich nickte mit dem Kopf.

»Wissen Sie was, ich möchte Ihnen jetzt nicht durch meine Strenge das Zeugnis versauen«, schmunzelte sie mir zu. »Wollen wir die Prüfung nächste Woche nicht einfach wiederholen? Dann schaffen Sie doch ganz sicher die Eins, oder?«

»Das geht?«, fragte ich.

Also nahm ich ihr großzügiges Angebot selbstverständlich an, wiederholte die Prüfung wie besprochen und erhielt ohne weiteren Zwischenfall endlich die Bestnote – alles hatte wieder seine Ordnung.

Man versteht gleich, warum es in den Geisteswissenschaften noch sehr viel mehr als in allen anderen Disziplinen auf gutes Netzwerken ankam, auf die kleinen und großen Gesten, das Sichaufdrängen und Sichbeliebtmachen, und sehr viel weniger auf das, was man gemeinhin wohl Leistung nennt. Und ich hatte dieses Prinzip, so will ich meinen, vom ersten Moment an besser verstanden als die meisten meiner Kommilitonen. Ja, Herzen zu gewinnen mit meinem strahlenden Gemüt, mit meiner so unverdächtigen Art, auf Menschen zuzugehen und mit ihnen zu interagieren, das hatte mir schon immer Glück beschert, und hier an der Universität schien sich das alles zu wiederholen.

Dass mein Gefühl, am Institut bereits einen besonderen Eindruck hinterlassen zu haben, nicht so ganz falsch gewesen sein konnte, stellte sich schon am Ende des zweiten Semesters heraus. Ich war gerade im Begriff, den Seminarraum nach einer im Nichts verlaufenen Diskussion, an der ich mich rege beteiligt hatte, zu verlassen, als mir Herr Professor Döhring über den Flur nachgeeilt kam.

»Warten Sie, junger Freund, nur einen Moment!«, rief er ein wenig außer Atem.

Ich drehte mich um, sah den Professor in seinem ungebügelten Sakko auf mich zueilen und wartete gelassen.

»Herr Professor, was kann ich für Sie tun?«

»Gut, dass ich Sie noch erwische. Haben Sie vielleicht einen Moment Zeit?«, fragte er mich.

»Für Sie immer, aber natürlich«, gab ich zurück.

»Dann kommen Sie doch am besten kurz mit in mein Büro, ich möchte Ihnen ein Angebot machen.«

Ein Angebot, aha, da haben wir's, dachte ich.

»Sehr gern, Herr Professor.« Ich öffnete eine schwere verglaste Flügeltür und winkte ihn hindurch. »Bitte nach Ihnen.«

In seinem Büro angekommen, in dem ein heilloses Durcheinander herrschte, setzte ich mich gegenüber von seinem mächtigen Schreibtisch auf einen harten Stuhl, und Herr Professor Döhring begann, Dokumentenstapel und Fotokopien von einer Seite auf die andere zu wuchten, vom Tisch auf einen Sekretär und andersherum. Es schien eine dringende Sache zu sein, und deshalb schaute ich ihm interessiert dabei zu.

»Also, hören Sie, ich wollte Sie fragen, ob Sie sich vielleicht vorstellen könnten, im nächsten Semester ...«, begann der Professor seinen Satz und unterbrach sich dann selbst, weil er es gerade mit einem besonders schweren Stapel zu tun hatte.

»... jaaa?«, fragte ich ungeduldig nach. »Ob ich was, Herr Professor?«

»... ob Sie, also, ob Sie im nächsten Semester, ob Sie da, äh ...«

Erneut musste er sich unterbrechen, als ihm ein ganzer Schwung Zettel aus den Händen glitt und auf den Boden segelte.

»Verdammt!«, rief Professor Döhring. »Immer diese verdammten Fotokopien!«

Wie vom Blitz getroffen bückte ich mich nach dem Papier, überall flatterten die losen Bögen herum, und ich ging runter auf die Knie und sammelte sie nun auf allen vieren kriechend und unter den schweren Schreibtisch kletternd ein.

»... ob ich im Wintersemester was, Herr Professor? So sagen Sie doch?«, rief ich zu ihm hoch.

»Ach so, ja, also, ob Sie vielleicht ein kleines Seminar für die Erstsemester geben wollen.«

Ich drehte meinen Kopf um fast 180 Grad. Professor Döhring stand nun direkt über mir.

»Ich?«, fragte ich überrascht.

»Selbstverständlich, Sie!«

»Das trauen Sie mir zu? Wie ein richtiger Dozent?«

»Und ob. Ich habe Ihre Leistungen und Ihr Engagement wohl bemerkt. Glauben Sie nicht, dass wir hier nur Kuschelnoten verteilen Auch in den Geisteswissenschaften zahlt sich am Ende ausschließlich Leistung aus.« Seine Stimme hatte einen strengen Unterton angenommen.

»Niemals würde ich so etwas denken.«

»Außerdem scheinen Sie mir ziemlich gut vernetzt zu sein, wie ich bemerken durfte«, verwies er mit einem Lächeln auf das Ereignis mit dem schweizer Schriftsteller.

»Na ja«, spielte ich es herunter, »ein wenig vielleicht.«

»Also, abgemacht?«

»Es ist mir eine Ehre, Herr Professor. Was genau muss ich denn da unterrichten?«, fragte ich.

»Sie lesen ein paar Grundlagentexte mit den jungen Studenten. Und dann diskutieren Sie ein bisschen, was das alles bedeuten könnte. Im Grunde sind das ja alles noch Kinder, manchmal noch keine achtzehn Jahre alt ... Die wollen hier erst mal an die Hand genommen werden. Das müssten dann Sie tun. Sie erklären Ihnen die Welt des Geistes. Ja? Sagen Sie mal, können Sie gut mit Kindern?«

»Aber ja, Herr Professor. Und wie!«

»Wunderbar. Ich hatte bei Ihnen von Anfang ein sehr gutes Gefühl. Den Vertrag lasse ich Ihnen von meiner Sekretärin zukommen. Sie bekommen auch ein bisschen Geld dafür.«

»Aber Geld ist mir gar nicht so wichtig, Herr Professor«, sagte ich pfeilschnell.

»Ausgezeichnet. Und wenn Sie damit fertig sind«, fügte Herr Professor Döhring nun fast beiläufig hinzu, »und wenn Sie irgendwann auch mit Ihrem Studium fertig sind, dann unterhalten wir zwei uns noch einmal darüber, wie es für Sie hier am Institut weitergehen könnte. Ja?«

Soso, dachte ich, nun war es also genau so gekommen, wie ich es mir ausgedacht hatte.

»Sie meinen eine Promotion?«

»In der Tat.«

»Sehr gern, Herr Professor«, antwortete ich und verabschiedete mich.

Ich trat vor das Institutsgebäude und rief Soyoung an, um ihr voller Stolz von den jüngsten Ereignissen zu berichten. »Fantastisch! Ich komme sofort vorbei, und wir essen gemeinsam. In Ordnung?«, fragte sie ganz aufgeregt.

»Jetzt? Aber musst du denn nicht behandeln?«

»Ach was, ich mache sofort Mittagspause und schicke alle Patienten weg. Wir sagen: ›Der Ärztin geht es nicht gut.‹«

»Das geht?«, fragte ich erstaunt.

»Alles geht, du kleiner Kindskopf«, sagte Soyoung und legte auf, und schon eine halbe Stunde später war sie mit ihrem Sportwagen zur Universität gesaust, wir aßen in der Mensa gemeinsam ein einfaches Mahl, und im Anschluss liebten wir uns in der geräumigen rollstuhlgerechten Toilette, die – wenn ich mich recht erinnere – gerade ein paar Wochen vorher mit großer Feierlichkeit eingeweiht worden war.

Und als Soyoung im Anschluss an unser Stelldichein wieder in ihren Sportwagen kletterte und zurück in die Praxis fuhr, da setzte ich mich einen Moment lang vor das Institut auf eine Bank, schlug die Beine übereinander und rief mit großer Genugtuung meine Eltern an, um auch ihnen von meinem Aufstieg zu berichten.

Man kann sich leicht vorstellen, in welche Verzückung meine frohe Botschaft auch sie versetzte.

*

Gegenüber Sebastian und den so eifrigen Mitgliedern meiner neuen Band hatte ich glücklicherweise durchgesetzt, dass ich mich nicht um das Allergeringste zu kümmern hatte – nicht um die Organisation der Veranstaltungen, nicht um die zeitliche Planung, nicht um Logistik, und vor allen Dingen nicht um die so anstrengende, tatkräftige Arbeit vor Ort, um das Schleppen und Stemmen der schweren, unhandlichen Instrumente und Verstärker. Da ich, wie ich Sebastian ausführlich erklärt hatte, momentan über sehr wenig Zeit verfügte, bestand meine Aufgabe lediglich darin, rechtzeitig zum Konzert zu erscheinen und mich auf der Bühne mit Haut und Haaren zu verschwenden.

Mit diesem Arrangement war ich in den Wochen und Monaten nach unserem ersten Auftritt recht gut gefahren, selbst wenn ich mich ehrlichweise auch weiterhin vor jedem einzelnen Konzert wieder in ein Häufchen Elend verwandelte und den Tag verfluchte, an dem ich auf die Idee gekommen war, es ausgerechnet mit der Musik zu versuchen. Es war immer dasselbe, schon morgens bekam ich sehr schlechte Laune, war missmutig, reizbar und von besonderer Ungenießbarkeit, und je näher der Auftritt rückte, desto schlimmer wurde es. Jedes einzelne Mal, wenn wir in einem kleinen Club spielten, zunächst nur im Ruhrgebiet, dann in NRW, später verteilt über das ganze Land, saß ich bis zum allerletzten Moment hinter der Bühne, versteckte das Gesicht in meinen Händen und betete, dass ich doch bitte aus diesem Albtraum erwachen möge, dass ich in Wahrheit zu Hause am Schreibtisch saß, Hauptsache, ich müsste nicht gleich auf die Bühne, hinein in die Versagensangst. Und dann, so erlebte ich es genauso verlässlich, änderte sich meine Stimmungslage just in dem Moment, da ich leibhaftig die Bühne betrat und das Konzert begann. Man konnte die Uhr danach stellen.

Als bald nicht nur die Konzerte immer zahlreicher, immer organisierter und lukrativer gerieten, sondern wir vor allen

Dingen dabei zusehen konnten, wie jedes Mal noch mehr Menschen vor der Bühne standen, junge, schöne Gesichter voller Hoffnung und Leidenschaft, die offensichtlich nur wegen uns, also genau genommen wegen *mir*, gekommen waren, hatte ich immer weniger Grund zu der Annahme, dass mein Ausflug in die Musik vielleicht doch nur von kurzer Dauer sein könnte.

Jeder einzelne Auftritt generierte weitere Aufmerksamkeit, ließ weitere Anfragen entstehen und das Interesse an meiner Person ansteigen – eins ergab sich aus dem anderen, als folgte alles einem Naturgesetz, einer Logik der Sichtbarkeit und letztlich der Ökonomie.

War es nicht das, was Soyoung schon bei unserem ersten Treffen ganz richtig erkannt hatte? Dass ich ein echter Künstler war? War es nicht genau diese Außergewöhnlichkeit, diese so schwer zu fassende, schillernde, aber jedem auffallende Begabung, die sie an mir vom ersten Moment an so fasziniert hatte? Und konnte man sich denn vorstellen, dass jemand wie Soyoung sich einmal irrte?

Schon bald spielten wir auf kleineren Festivals, bekamen Angebote, an diesem oder jenem mitzuwirken, kleinere Radiosender wollten mit mir sprechen, im Internet schrieb man über uns, und schließlich kamen auch die ersten Konzertanfragen aus Berlin. Mit großer Ungewissheit reiste ich in die Bundeshauptstadt, eben weil mir der kritische Blick der Menschen dort noch viel mehr Angst einflößte als jede andere Bühne. Als aber auch dieses Konzert in einem mit Menschen vollgestopften Kellerclub in einer fast tobsüchtigen Explosion endete, in einem unauflösbaren Strudel selbstvergessener junger Menschen, von denen ich diesmal wirklich keinen einzigen mehr persönlich kannte, hatte ich endgültig nicht mehr den leisesten Zweifel daran, dass schon bald sehr große Dinge auf mich zukommen würden.

Ein paar Male begleitete Soyoung mich auf die Konzerte, und natürlich staunte ein jeder, der uns über den Weg lief, über ihre Erscheinung, wunderte sich über diese so brillante, feinsinnige und erhabene Frau, die eigentlich rein gar nichts an den so unglamourösen Orten zu suchen hatte, an denen wir unsere Konzerte gaben. Aber ihr machte es nicht das Geringste aus. Ganz im Gegenteil, sie schien es geradezu zu genießen, vermutlich weil all die schäbigen kleinen Clubs und die kaputten, nicht selten gescheiterten Menschen darin das genaue Gegenteil ihrer Welt darstellten. Einer Welt, in der Ärzte auf Ärzte trafen und in der diese Ärzte miteinander nur über Ärztliches sprachen, in der sich das ganze Leben nur innerhalb weiß gestrichener, Desinfektionsmittel absorbierender Wände sowie in makellos eingerichteten Düsseldorfer Apartments abspielte. Soyoung hatte mir ihre Einsamkeit ja an unserem ersten Abend gestanden – und wer sie dabei beobachtete, wie sie sich nun ganz aufrichtig dafür interessierte, was ich in meinem Übermut so veranstaltete, der konnte nur zu dem so simplen Schluss kommen, dass sie einen Narren an mir gefressen hatte.

Es lief also insgesamt ganz ausgezeichnet, und ich sah täglich weniger Grund, mir überhaupt noch um irgendetwas Sorgen zu machen. Die Seminare für Professor Döhring hatte ich im dritten Semester zur seiner ausdrücklichen Zufriedenheit bewältigt und es hatte mir sogar ausgesprochene Freude bereitet, vor den jungen Studenten große Reden zu schwingen. Und während einfach alles seinen Lauf nahm und die Zeit wie im Traum an mir vorüberzugleiten schien, spürte ich so deutlich wie vielleicht noch nie in meinem Leben, dass es auch grundsätzlich nichts gab, das nicht aus eigener Kraft zu erreichen wäre. Man musste einfach nur sein ganzes Dasein dafür in die Waagschale werfen.

Soyoung verstand meine Lage intuitiv, sie begriff, dass für

mich in dieser Zeit ungemein viel auf dem Spiel stand, ich mich um alles gleichzeitig kümmern musste, dass ich in der Regel eher weniger als mehr Zeit für sie hatte, dass ich im Zweifel versucht war, eher ab-, denn zuzusagen, wenn sie um ein Treffen bat, und dass ich weiterhin manchmal ganze Tage hintereinander vergaß, mich bei ihr zu melden. Aber auch das war, wie ich mit großer Dankbarkeit bemerkte, überhaupt kein Problem für sie.

*

Vincent hatte ich von Soyoung natürlich von Anfang an immer mal wieder erzählt, in Person lernte er sie aber erst viele Monate später kennen – wir hatten uns zu dritt in Düsseldorf getroffen, Vincent war so gut gelaunt wie eh und je, er kam gerade von der Architekturbiennale in Venedig zurück, hatte seine Eltern besucht und dann einen Abstecher zu uns angekündigt.

Gemeinsam saßen wir viele Stunden lang auf Soyoungs Terrasse und unterhielten uns ausgezeichnet über das Leben und die allgemeine Lage. Vor allem Soyoung und Vincent hatten sich viel zu erzählen, schließlich interessierten sie sich beide schon ihr Leben lang für die Künste, für die Musik und die Literatur, und es war mir die allergrößte Freude und Genugtuung, ihnen dabei zuhören zu dürfen. Für Soyoung war es, wie ich annahm, nur ein weiterer Beweis für meinen ehrbaren und soliden Charakter, dass ich einen Menschen wie Vincent, einen so tadellosen, interessanten und aufmerksamen Geist zu meinen besten Freunden zählte.

»Guter Freund«, fragte ich ihn gleich am nächsten Tag per Telefon, »war das nicht ein ganz wunderbarer Abend gestern bei Soyoung?«

»Allerdings«, entgegnete Vincent.

»Und ist Soyoung nicht eine ganz einzigartige Frau?«

»Das ist sie.«

»Und ist das nicht eine wunderbare Wohnung, in der Soyoung wohnt, sag schon, Vincent?«, setzte ich nach.

»Machen wir es kurz: Man kann dich nur beglückwünschen. Jetzt musst du sie nur noch heiraten, und du bist sämtliche Sorgen los, dann hast du es endlich geschafft …«, erklärte er.

»Heiraten?«, fragte ich erstaunt zurück. »Es endlich geschafft …?«

»Na, so wie dein Professor, wie hieß er noch gleich, es dir ans Herz gelegt hatte«, sagte Vincent nun etwas irritiert.

Ich haderte mit meiner Antwort.

»Reich heiraten, hatte er doch gesagt. Reich heiraten solltest du – und ich würde fast sagen, der Professor meinte damit vermutlich so jemanden wie deine wundervolle Soyoung Choi«, sagte Vincent, und ich hörte, wie er einen kleinen Lacher ausstieß.

Ich dachte nach.

»Aber Vincent, was, wenn Professor Dietrich sich geirrt hat? Was, wenn er entweder gar nicht wusste, wovon er redete? Oder besser noch, was, wenn ich seine Worte damals am Buffet ganz falsch verstanden habe? Vielleicht war das ja gar kein Ratschlag. Vielleicht war es eine Provokation? Vielleicht wollte er mich ja nur aus der Reserve locken, mich in Rage bringen, damit ich mir noch mehr Mühe gab, es aus eigener Kraft zu etwas zu bringen, dass ich umso energischer an mir arbeitete, dass ich mich noch rücksichtsloser durchsetzen würde und so weiter. Vincent, weißt du, was ich meine?«

»Bist du dir sicher?«, fragte Vincent vorsichtig.

»Natürlich! Und falls nicht, dann ist das Gegenteil umso wahrer. Wenn er mir nicht das Geringste zugetraut hat und nur eine vermögende Frau meine Rettung sein kann, dann muss ich das jetzt, wo ich so kurz davorstehe, große Erfolge zu feiern, als Beleidigung auffassen. Was denkt dieser verbohrte Professor, der ja wie alle phantasielosen Dummköpfe an der Universität noch *nie* einen Fuß in die echte Welt gesetzt hat, was denkt dieser Versager überhaupt, wer er ist, dass er mir mein Leben voraussagen kann, Vincent?«

»Gut, in Ordnung.«

»Ich werde es Professor Dietrich schon zeigen. Ich werde es allen zeigen. Lange genug habe ich an diesen Unsinn geglaubt.«

»Alle Achtung, mein lieber Freund, alle Achtung«, sagte Vincent verdutzt, denn für eine Auseinandersetzung mit mir hatte er in diesem Moment überhaupt keine Zeit.

Wütend setzte ich mich zurück an den Schreibtisch und machte mich an die Arbeit. Und noch in derselben Nacht setzte ich einen bösen Brief an Professor Dietrich auf, den ich mit den Worten *Sehr geehrter Herr Professor, was haben Sie sich damals am Buffet eigentlich dabei gedacht, als Sie einem armen jungen Mann wie mir* ... einleitete und der im Fortgang eher noch an Schärfe und Bestimmtheit gewann, als dass er sich um Ausgleich und Versöhnung bemühte. Ich schickte den Brief am nächsten Tag mit der Morgenpost ohne Umschweife an das soziologische Institut meiner ehemaligen Universität und verschwendete keinen weiteren Gedanken mehr an Professor Dietrich.

Ab sofort wollte ich mich, wenn möglich, nie wieder von irgendjemandem verunsichern lassen.

*

»Ach, mein kleiner Kindskopf«, sagte Soyoung und drückte meine Hand besonders fest, als ich ein paar Tage später spätabends noch zu ihr geeilt war, obwohl ich eigentlich überhaupt keine Zeit gehabt und mir vor allem fest vorgenommen hatte, nie wieder etwas zu machen, wonach mir der Sinn nicht stand. »Geht es dir gut? Du machst so einen geplagten Eindruck auf mich.«

»Geplagt?«, fragte ich zurück.

»Ja, sehr«, antwortete Soyoung und lächelte.

Ich atmete schwer aus.

»Ach, egal«, sagte ich mürrisch, »es ist nichts. Es ist einfach nur alles sehr viel gerade.«

»Das ist alles?«, fragte Soyoung.

»Das ist nicht *alles*, das ist sehr viel, finde ich. Immer will jemand was von einem, immer muss man irgendwas machen, wozu man keine Lust oder, noch schlimmer, *keine Zeit* hat …«, sagte ich andeutungsvoll.

»Ach, komm«, sagte Soyoung. »Es läuft doch gerade alles ganz wunderbar für dich. Sei doch nicht so. Siehst du denn nicht, wie dich deine Freunde bewundern? Und so viele andere auch, zumindest kommt es mir neuerdings so vor.«

Ich antwortete nicht, sondern murrte lediglich etwas Unverständliches.

»Alles nicht so wild, oder?«

Natürlich hatte sie recht, aber mir lag in diesem Moment noch etwas auf dem Herzen, das meine gereizte Stimmung den ganzen Tag schon befeuert hatte. In der Universität war mir etwas Unangenehmes zugestoßen, ich fühlte mich in meiner Ehre verletzt.

»Und weißt du, was außerdem noch passiert ist?« Soyoung schaute interessiert auf. »Ich will es dir sagen, heute in der Universität musste ich mitanhören, wie zwei meiner Konkurrenten über mich tuschelten. Ich bin ganz sicher, dass sie über *mich* gesprochen haben, dass sie *mich* gemeint haben, denn mit den beiden Schnöseln hatte ich mich unmittelbar davor im Seminar in eine hitzige Diskussion verstrickt.«

»Worum ging es denn in dieser Diskussion?«

»Ach, um irgendeinen Begriff.«

»Und was haben die beiden über dich gesagt? Konntest du das verstehen?«

»Und ob! Sie haben ihre Köpfe zusammengesteckt und gekichert, und dann sagte der eine, und damit kann er nur *mich* gemeint haben, also er sagte, ›ich weiß bei ihm nicht, ob er sich zu viel Mühe gibt oder zu wenig …‹, und dann haben sie gelacht, laut gelacht haben sie über mich und über ihren ›Scherz‹.«

»Das ist ja unerhört!«, rief Soyoung aus und streichelte mir über den Kopf. »Dabei weiß doch jeder, dass du dir eindeutig viel zu *viel* Mühe gibst. Ich werde den beiden einen Besuch abstatten, sie zur Rede stellen und ihnen die Ohren lang ziehen. So redet niemand über dich! Hörst du?«

Ich ließ meinen Kopf sinken. Ich fühlte mich erschöpft und ausgelaugt von den Ereignissen der vergangenen Wochen und Monate.

»Warte einen Moment, ich habe eine Idee, und jetzt ist genau der richtige Zeitpunkt dafür«, sagte Soyoung schließlich, stand auf, verschwand im Schlafzimmer und kam kurze Zeit später mit einem geheimnisvollen Lächeln im Gesicht zurück. Ohne ein Wort setzte sie sich neben mich und legte zwei längliche hellgraue Tabletten auf das kleine Tischchen vor uns.

Ich schaute sie fragend an.

»Wir nehmen jetzt Drogen«, sagte sie freudig und betonte das Wort »Drogen« auf eine besondere, fast erheiternde Weise, indem sie es in die Länge zog und besonders klar artikulierte. Und dann wiederholte sie es noch einmal: »Drooooooogen!«, und lachte.

»Aber ich nehme gar keine Drogen, Soyoung«, sagte ich irritiert. »Ich habe sogar noch nie Drogen genommen!«

»Ja, das habe ich mir schon gedacht, um ehrlich zu sein«, sagte sie. »Warum eigentlich nicht?«

Ich grübelte, fand aber keine richtige Antwort. »Sind Drogen denn nicht gefährlich?«, fragte ich schließlich.

»Was soll denn daran gefährlich sein?«, antwortete Soyoung.

Ich konnte nicht glauben, dass sie das auch nur ansatzweise in Zweifel zog.

»Also, das ist mir, ehrlich gesagt, neu«, sagte sie. »Wer sagt denn so was?«

Was für eine bescheuerte Frage, dachte ich.

»Na, alle. Einfach alle! Und darum rühre ich diese Drogen auch nicht an. Für mich ist das nichts, davon habe ich immer schon die Finger gelassen. Und das sollten Sie auch, Frau Dr. Choi, es wird Sie noch in Teufels Küche bringen«, erklärte ich mit ernster Miene.

»So einen Unsinn habe ich ja noch nie gehört«, lachte Soyoung. »Aber wie gesagt, ich habe mir das schon gedacht, und genau deswegen machen wir das jetzt auch. Unter ärztlicher Aufsicht sozusagen. Es ist nämlich genau das Richtige für so einen verklemmten jungen Mann, wie du einer bist ...«

»Wieso denn verklemmt?«, wollte ich wissen.

»Na, hör mal, alles an dir ist eine einzige große Verklemmung. Wie du da schon sitzt und wie unsicher du durch die Gegend stolperst und wie du dich beim Sprechen immer überschlägst und einfach alles«, sagte Soyoung und streichelte mir nun mit der flachen Hand über die Wange.

»Ach ja?! Wie spreche ich denn?« Mir war der Ärger nun deutlich anzuhören.

»Wie ein einziges großes Durcheinander. Schon als du zum ersten Mal in die Praxis gekommen bist, habe ich gleich gewusst«, führte sie aus, »dass da eine ganz einsame, verklemmte Seele zu mir auf den Behandlungsstuhl geweht worden ist, ein kleiner Mensch, der dringend ein wenig Unterstützung gebrauchen könnte.«

»Das hast du gedacht?«

»Gewusst habe ich es. Und ich habe ja auch recht behalten.

Und jetzt nehmen wir diese herrlichen Tabletten. Wollen wir doch mal sehen, was das mit dir macht, ob das vielleicht alles ein wenig in Reih und Glied bringt.«

»Aber was machen die denn mit mir?«

»Ich würde sagen, sie lösen deine Probleme, zumindest ein paar davon. Und auf jeden Fall für heute.«

Ich schwieg, dachte nach und machte mir Sorgen.

»Schau mal, mein kleiner Kindskopf, ich bin doch Ärztin. Im Notfall rette ich dich.«

»Aber eine Zahnärztin ...«, wandte ich ein. »Vielleicht nehme ich erst einmal eine halbe Tablette, Frau Dr. Choi?«

»Na, meinetwegen. So steht es ja auch auf der ›Packung‹«, machte sie sich über mich lustig. »›Erst einmal eine halbe Tablette‹.«

»Oder vielleicht besser erst einmal eine Vierteltablette, das wäre mir lieber«, schob ich schnell hinterher.

»Nein, nein, mein Lieber, eine halbe muss es schon sein, und dann später, so in einer Stunde, auch noch die zweite Hälfte«, erklärte Soyoung. »So, wie es sein soll.«

»Na gut«, gab ich nach. »Sie sind die Ärztin.«

»Zahnärztin.«

Soyoung stand noch einmal auf, holte eine eisgekühlte Flasche eines österreichischen Grauburgunders aus dem Kühlschrank, öffnete sie und schüttete uns randvoll ein.

»Vielleicht«, sagte Soyoung jetzt, nahm einen großen Schluck und griff sich die beiden Tabletten vom Beistelltisch, »vielleicht ist es doch besser, wir nehmen gleich jeder eine Ganze. Ist doch Quatsch. Und später besser noch eine zweite ... Du hast doch morgen früh nichts Wichtiges vor, oder?« Sie steckte mir die Tablette in den Mund und reichte mir ein Glas zum Runterspülen. »Und jetzt wollen wir mal sehen, was das mit uns macht, vor allem, was das mit deinen Verspannungen machen könnte. Ich bin da sehr optimistisch.«

Dann steckten wir uns jeweils eine Zigarette an.

»Rauchen ist ja eigentlich auch sehr ungesund für die Zähne, nicht wahr?«, fragte ich.

»Eigentlich ja«, sagte Soyoung.

Ich ließ mich auf das Sofa zurückfallen, und Soyoung machte ein wenig Musik an. In aller Ruhe zog sie eine Platte aus ihrer Sammlung, prüfte sie ganz genau, legte sie dann auf den Plattenspieler und kehrte zum Sofa zurück. Auch diesmal hatte ich nicht die leiseste Ahnung, was wir da hörten, aber es klang wie immer ganz nett.

Ich zog an meiner Zigarette. Es war wirklich zauberhaft an diesem Ort, stellte ich wieder einmal fest. Ich konnte mich eigentlich glücklich schätzen, dass ich Soyoung hatte – eigentlich hatte ich gar keinen Grund zu klagen.

Wir rauchten unsere Zigaretten, tranken den Wein, Soyoung schenkte noch einmal nach.

Ich dachte an meine Eltern. Sie konnten schon irgendwie stolz sein auf ihren Sohn, fand ich. Eigentlich hatte ich sie nie enttäuscht, hatte nie etwas grob Fahrlässiges angestellt, war immer gesetzestreu geblieben, hatte mich aus größerem Schaden herausgehalten, mich stets bemüht, konzentriert gearbeitet und mich nie hängen lassen – und nun saß ich mit einer erfolgreichen Ärztin in ihrer Penthousewohnung, und alles war in bester Ordnung.

Ich fühlte mich ein wenig in die Musik hinein, verlor mich ganz in einem Gedanken, lauschte dann wieder der Stimme Soyoungs, die von uns beiden sprach, dann wieder schaute ich einfach nur aus den Fenstern hinaus auf die Stadt, sah zu Soyoung, wie sie so dalag mit dem Rücken auf meinem Schoß und an ihrer Zigarette zog, und malte mir aus, wie es wohl wäre, ganz bald schon ein erfolgreicher Musiker zu sein. So wie Soyoung es sich wünschen würde. Ein von allen bewunderter Künstler, dem alles, was er anfasste, unter den Fingern zu Gold wurde, dem das Kunststück gelungen war, es nur mit der Kraft seines so undefinierbaren Talents bis nach ganz oben gebracht zu haben. Ob ich denn nicht sehen würde, dass alle Menschen in meinem Umfeld mich längst bewunderten, hatte Soyoung mich gefragt. Hatte sie recht damit? Ich kam ins Grübeln. Wie viele Frauen würde ich auf meinem Weg wohl noch treffen? Und was dachte Soyoung darüber? Wie würde es eines Tages mit uns zweien zu Ende gehen? Würde es das überhaupt? Spielte es eine Rolle?

Ich verlor mich immer weiter in der Vorstellung eines durch und durch gelingenden Lebens, und als ich irgendwann für einen Augenblick wieder zu mir fand, da hatte die Wirkung der Tablette vermutlich schon lange eingesetzt, und ich bemerkte, dass auch noch die letzte Sorge von mir abgefallen war – ich verspürte ein warmes Kribbeln auf der Haut, das sich zuerst an den Handgelenken, dann im Nacken und einen kurzen Moment später in all meinen Gliedern bemerkbar machte.

»Soyoung«, sagte ich, »es ist ja alles überhaupt kein Problem«, und lächelte sie an. »Es ist doch alles ganz einfach, alles ganz wunderbar!«

»Nicht wahr?«, sagte Soyoung. »Es gibt überhaupt keinen Grund, sich den Kopf zu zerbrechen.« Sie stand auf, drehte die Platte um, zog sich ihr Hemd über den Kopf und legte sich nun mit freiem Oberkörper wieder zurück auf meinen Schoß.

Wie schön Soyoung aussah.

Es war angenehm warm in ihrer Wohnung. Es hatte genau die richtige Temperatur.

»Das hier ist das echte Leben, oder? So ist es in Wirklichkeit, so ist es normal, oder? Wir sehen es nur sonst nicht auf diese Weise, richtig?«

»Richtig.«

»Ich möchte mich für immer daran erinnern, was ich jetzt weiß«, erklärte ich ihr stolz.

»Eine schöne Idee«, sagte Soyoung leise.

»Für immer«, sagte ich und zog, eben weil alles so angenehm warm war, weil das Licht so schön leuchtete und die Musik immer bezaubernder klang, nun ebenfalls das Hemd aus und ließ Soyoung dabei auf meinem Schoß liegen. Ich streichelte ihr über den Hals und sah, wie sich auf ihrem Unterarm viele kleine Härchen aufstellten.

»So wollen wir es in Erinnerung behalten«, sagte Soyoung schließlich und zündete uns beiden im Liegen noch eine Zigarette an.

Meine Gedanken schweiften ab, glitten an Soyoungs schmalem Hals hinab und dann in alle Richtungen. Was würde wohl aus mir werden? In welcher Disziplin würde ich wohl den größten Erfolg feiern? Oder würde man es am Ende gar nicht genau sagen können?

Ich zog an der Zigarette. Und es kam mir vor, als wäre sie nur für mich, für mich ganz allein hergestellt worden.

KAPITEL VII

OB ES WAHR SEIN KANN, DASS SICH AM ENDE JEDE ENTSCHEIDUNG ALS RICHTIG ERWEIST

Ein paar Monate später, ich war nun im vierten und letzten Semester des Masterstudiums und hatte sämtliche Aufgaben, die das Studium und Herr Professor Döhring mir gestellt hatten, zur allgemeinen Zufriedenheit erledigt, machte ich mich an meine groß angelegte Abschlussarbeit über Walter Benjamins *Passagen-Werk*, da ich ja wusste, dass Walter Benjamin in der Lage war, meinen geliebten Professor zu Tränen zu rühren. Und meiner Überzeugung nach sollte diese Arbeit nur der Auftakt werden zu einer noch folgenden, viel überzeugenderen Doktorarbeit samt Anstellung.

Das aber war leichter gesagt als getan, denn während sich all die gewöhnlichen Studenten nun in aller Ruhe auf ihre wissenschaftliche Arbeit konzentrieren konnten und sonst ja nichts mit sich anzufangen wussten, hatte ich mit der Musik allerspätestens jetzt einen Punkt erreicht, an dem Sebastian vehement mit den Hufen scharrte und darauf drängte, so schnell wie möglich mit der Produktion eines zweiten Albums zu beginnen.

Aus den schon jetzt beachtlichen Erfolgen mit dem ersten Album hatte ich meine Schlüsse gezogen, und so war klar, dass eine solche Platte vor nichts mehr zurückschrecken durfte, schließlich hatte sich seit meinem allerersten Lied vor allem der Wagemut meiner Texte als ganz besonderes Alleinstellungsmerkmal herauskristallisiert. Niemand dichtete so wie ich, mit derart wild wuchernder Phantasie und radikaler Überzeugung – und je länger ich darüber nachdachte, desto klarer wurde mir, dass ich eine Art Zauberformel zu besitzen schien, dass mir diesen Trick so schnell niemand würde nachmachen können. Ja, es schien mir dieser Tage ohnehin, als hätte nicht zuletzt Soyoungs Tablettentherapie einige Monate zuvor noch einmal einen Knoten in mir zerschlagen – meine einstigen Sorgen schienen mir weiter entfernt als jemals zuvor, und ich stürzte mich mit allem, was ich zu bieten hatte, in die bevorstehenden Aufgaben.

Es waren anstrengende, mich mit Haut und Haar verzehrende Monate, die nun begannen, aber die viele Arbeit, auf der einen Seite die wissenschaftliche, die hohe Präzision und Aufmerksamkeit erforderte, sowie auf der anderen Seite die künstlerische, die mir großen Erfindungsreichtum abverlangte, würde gewiss nicht umsonst sein, es würde sich so oder so schon bald für mich auszahlen.

Es stellte sich mir allerdings auch eine neue Herausforderung, mit der ich bis dato überhaupt nicht gerechnet hatte, die mich aber zusätzlich Nerven kosten sollte. Waren bei unserem ersten Album noch allein Sebastian und ich mit der Arbeit an der Musik betraut, so musste ich mich plötzlich auch um die Einflüsse und »Ideen« meiner übrigen fünf Bandmitglieder bemühen, musste kommunizieren, ausgleichen und abstimmen, um Verständnis werben und mich immer häufiger sogar erklären. Diese Situation war derart neu für mich, dass mir zu Beginn der Produktionsphase, ich möchte es nicht ausschließen, vielleicht sogar der ein oder andere Fehler im Umgang unterlief.

Besonders an einem Tag war es diesbezüglich zu einem bedauerlichen, aber kaum vermeidbaren Zwischenfall gekommen. Zweifellos hatten die neuen Songs deutlich an Qualität gewonnen – nicht nur, weil Sebastian sich in der Zwischenzeit ein noch hochwertigeres Studio geleistet hatte, sondern auch, weil nun handwerklich bestens ausgebildete Musiker an der Produktion mitwirkten.

Mit dieser neuen Qualität aber schlich sich auch ein neuer inhaltlicher wie ästhetischer Einfluss ein, den ich anfangs noch überrascht zur Kenntnis nahm, der mich aber bald schon zu irritieren begann. Ja, es war tatsächlich so, dass das Mitwirken von gleich mehreren Parteien auch Auswirkungen auf den künstlerischen Zuschnitt des Albums hatte – und das passte mir ganz und gar nicht.

Sie alle drängten nun immer häufiger und immer schamloser darauf, möglichst eingängige Lieder und verständliche Texte zu schreiben, schließlich witterten sie alle, wie mir schien, das ganz große Geld und den ganz großen Ruhm. Zunächst hatte ich lediglich sanft widersprochen, schließlich wollte ich niemandem von ihnen zu nahetreten und mich unter keinen Umständen als Exzentriker aufspielen, nach ein paar weiteren Wochen aber sah ich mich erstmals zu einem Machtwort gezwungen, als ich gerade im Begriff war, ein Lied aufzunehmen, in dem es – aber wer wollte das eigentlich so ganz genau sagen – mehr oder weniger um den Verlauf einer schweren Nervenkrankheit ging und das mit den Worten ›Es kribbelt in den Beinen‹ begann.

»Ich bin mir ehrlich gesagt nicht sicher«, wandte einer der Gitarristen ein, »ob es sinnvoll ist, ein Lied über so was zu machen ...«

Ich starrte ihn eindringlich an.

»Wie bitte? Aber es ist doch nur eine Metapher!«, sagte ich ruhig – es war die Ruhe vor dem Sturm, denn es hatte sich in den letzten Tagen bereits ein kaum mehr zu beherrschender Unmut in mir breitgemacht.

»Also, ich finde das auch nicht gut«, wandte ein anderer ein. »Soll das lustig sein? Wer soll denn das kaufen? Wer will so was hören? Niemand versteht diese ›Metapher‹.« Er zeichnete mit den Fingern Anführungszeichen in die Luft. »Und ehrlich gesagt mache ich mir auch ein bisschen Sorgen um uns, denn wir müssen das ja auch alle mitverantworten ...«

»Richtig«, hieß es nun unisono.

Ich ließ den Kopf sinken und atmete tief durch.

»Verdammt noch mal«, schrie ich nun und schlug mit der Faust so fest auf den Eichenholztisch, dass Sebastians großes, schweres Mischpult beinahe einen Satz machte.

Alle sahen mich entsetzt an.

»Ich habe langsam genug von diesen Diskussionen, das ist immer noch *meine* Band, das sind *meine* Ideen, das ist *meine* Vision, und ich werde jetzt *kein* bisschen gefälliger, *kein* bisschen eingängiger oder ansprechender – ganz im Gegenteil, ich bin fest entschlossen, noch sehr viel unverständlicher und unfreundlicher zu werden. Darin liegt doch gerade das künstlerische Geheimnis, seht ihr das denn nicht?«, fragte ich in die Runde und blickte in verschreckte Gesichter.

Niemand sagte ein Wort.

»Ihr müsst in ganz anderen Zusammenhängen denken, verdammt! Ihr müsst euch lösen von den Bedeutungen. Mir geht es um etwas vollkommen anderes!«

Stille.

»Ihr mit euren Sorgen und Ängsten, das geht mir allmählich auf die Nerven. Denkt doch beispielsweise nur mal an die Finanzkrise neulich ... Was hatten da nicht alle Angst, was haben sich da nicht alle Sorgen gemacht. Und? Hat irgendeiner von euch irgendetwas von dieser Krise zu spüren bekommen? Also ich nicht ...«

»Was hat denn die Finanzkrise jetzt damit zu tun?«, fragte jemand. »Das verstehe ich nicht.«

»DAS VERSUCHE ICH EUCH DOCH GERADE ZU ER-

KLÄREN, es geht hier nicht um Verständlichkeit!«, rief ich verzweifelt. »Verständlich können andere sein! Es geht hier um eine Vision! Und bei dieser Vision möchte ich, verdammt noch mal, nicht gestört werden! Ist das klar?«

Wieder bekam ich keine Antwort.

»Ob das klar ist, habe ich gefragt?«, und tippte dabei mit dem steifen Zeigefinger auf den Tisch.

Ein unverständliches Murmeln regte sich, das ich als Zustimmung interpretierte.

»Gut, wir machen später weiter«, sagte ich noch immer wütend, verließ den Studioraum mit stampfenden Schritten und setzte mich oben in Sebastians Wohnzimmer, wo ich zur Beruhigung meiner Nerven ein paar Atemübungen machte. Ich hoffte inständig, dass damit alle Diskussionen beendet waren, denn für weitere fehlte mir einfach die Kraft. Ja, beschloss ich, während ich so dasaß und tief in den Bauch atmete, sollte es noch einmal zu einer ähnlichen Situation kommen, würde ich mit sofortiger Wirkung alles hinschmeißen oder alle, bis auf Sebastian, rauswerfen.

Nur wenige Minuten später aber kam glücklicherweise die gesamte Band geschlossen und mit einem reumütigen Ausdruck in den Gesichtern zu mir, und da sie mich aufrichtig um Entschuldigung baten, ließ ich, ohne zu zögern, die Deckung fallen und nahm ihre Entschuldigung an, und damit war für mich diese Sache auch abgehakt.

Es gab überhaupt keinen Grund, nachtragend zu sein.

*

Als gehorchte alles einem von langer Hand geschmiedeten Plan, wurden rund vier Monate später nahezu zeitgleich sowohl meine einhundertfünfzig Seiten starke Walter-Benjamin-Arbeit sowie auch die elf Lieder umfassende Platte fertig, die ich auf den geheimnisvollen Titel *Endstation Zaire* getauft hatte. Die enormen Anstrengungen, das Brüten in der Universitätsbibliothek ab früher Morgenstunde und all die durchgemachten Nächte im Studio hatten zwar ihren Raubbau an mir getrieben, aber letztendlich hatten sich diese Anstrengungen ausgezahlt.

Ich erinnere mich gut. Die zuletzt notwendigerweise arg vernachlässigte Soyoung war schon morgens in großer Vorfreude zu mir in meine kleine Wohnung gekommen, hatte mich sanft geweckt und mir zur Feier des Tages ein Frühstück zubereitet. Wir tranken dabei in aller Zufriedenheit eine erste Flasche Champagner, fuhren dann in ihrem Sportwagen gemeinsam zur Druckerei, ließen meine Arbeit auf die teuerste Art und Weise binden und reichten sie im Anschluss in doppelter Ausführung beim Prüfungsamt der Universität Düsseldorf ein. Es war ein herrlicher Tag, ich fühlte mich leicht und allem entrückt, und bis tief in die Nacht hinein streiften wir durch die Stadt, berauschten uns und kamen schließlich erst lange nach Sonnenaufgang wieder zur Ruhe.

Gleich am nächsten Tag aber musste ich schon wieder zu Sebastian, der mir zum ersten Mal ganz genau vorrechnete, was ihn die Produktion unseres zweiten Albums kosten würde, denn er bestand darauf, es unter allen Umständen wieder mit seiner eigenen Plattenfirma herauszubringen – er plante auf diese Weise schon seine unternehmerische Zukunft, nehme ich an. Die Zahlen erschreckten mich, hier ein paar Tausend Euro für dies und dort ein paar Tausend Euro für jenes, aber noch bevor ich ihn fragen konnte, warum er mir das alles so detailliert darlegte, gab er Entwarnung.

»Keine Sorge, ich wollte dir nur mal zeigen, womit wir es hier zu tun haben«, sagte Sebastian, »damit du mit eigenen Augen siehst und begreifst, was wir hier eigentlich machen – nur für den Fall, dass du vorhaben solltest, ein zweites Mal für immer das Land zu verlassen ...«

Seine Sorgen indes waren unbegründet, mir konnte das alles nur recht sein.

Wir setzten uns zusammen ins Studio und hörten noch einmal all unsere Lieder durch. Kein Zweifel, alles klang genau so, wie ich es mir vorgestellt, wie ich es vehement eingefordert hatte. *Endstation Zaire* war zu einem Substrat meiner aufrichtigsten künstlerischen Überzeugungen geworden, zu einem Feuerball der Vorstellungskraft, zu dem man sich unmöglich neutral würde verhalten können – zum ersten Mal hörte ich meine Platte in diesem Moment am Stück, und meine Euphorie stieg von Sekunde zu Sekunde, von Lied zu Lied ins Unermessliche. In einem wahnwitzig rasanten Stück über Ernst Jünger, von dem ich im Studium einmal ein bisschen was gelesen hatte, hieß es im Refrain immer wieder »Wir werden alle nicht Ernst Jünger. Es fühlt sich an wie Walter Jens«, und das Lied klang so brachial, so grotesk elektronisch und überspannt, beinahe unhörbar, dass Sebastian und ich, als wir jetzt noch mal mit frischen Ohren davorsaßen, beinahe platzten vor Begeisterung.

»Also, so etwas habe ich wirklich noch nie gehört«, sagte Sebastian fast ungläubig.

Ich hatte wahrlich nichts unversucht gelassen auf *Endstation Zaire*, hatte alles gewagt, hatte Sebastian und die anderen zu Höchstleistungen getrieben, hatte ihnen alles abverlangt und sie dabei an den Rand der Verzweiflung getrieben – aber was hatte sich diese Anstrengung gelohnt! Ich verwandelte auf der Platte mein gesamtes Dasein, mein bis zu diesem Zeitpunkt gelebtes Leben zu einer einzigen künstlerischen Position – ich hatte unbewusst einfach alles, was ich jemals gelesen, gesehen oder erlebt hatte, zu diesem Produkt gemacht, so als wäre *Endstation Zaire* allein der Anlass zu meinem Leben gewesen.

Alles tauchte darauf wieder auf, ohne dass ich es auch nur im Entferntesten so geplant hatte – es gab da ein Lied über

Helmut Kohl, das mit den unerklärbaren Worten »Unter den Steinen explodiert das Intendantenhaus. Frauen legen ihre Hand nervös auf den gespannten Bauch« begann, und das auf schwer zu fassende Weise mein Verhältnis zu ihm aufarbeitete. Ein anderes Lied trug den Titel *Das Geld*, und wie ein Wahnsinniger kreischte ich da in der Mitte des Stücks die Zeilen »Vielleicht bezahlt die Welt mit mir. Vertrag noch mal zurück zu dir. Vielleicht besteht die Welt aus Gold. Zuerst gesehen, zuerst gewollt.«

Ich sang des Weiteren über Richard Wagner, weil Soyoung ihn mir immer so gern vorspielte, über Tiere, Schulden und Renditen, über Renten, Studenten und Patienten – jedoch jedes einzelne Mal ausschließlich in einer Weise, wie man es wirklich noch nie zuvor gehört hatte!

Dass sich letztendlich sämtliche Entscheidungen, die ich musikalisch und ästhetisch getroffen hatte, als richtig erwiesen, zeigte sich unmittelbar nach der Veröffentlichung knapp zwei Monate später, denn nun nahmen endlich auch die Kritiker in etwas größerem Umfang Notiz von uns. Es gab gleich mehrere kleinere Rezensionen in der überregionalen Presse und in Musikzeitschriften – die wenigen nicht so Begeisterten schrieben in ihrem Unverständnis von »sinnlosem Dadaismus«, »prätentiösem Schund« und von »kindischem Wortgeklingel und Blendwerk«, die meisten aber erkannten auf Anhieb die Einzigartigkeit von *Endstation Zaire* überschlugen sich mit ihrem Lob und konstatierten unisono: »Dieses Album verändert alles!«

Auch ein paar Radioredakteure riefen bei mir an und stellten die immer gleiche Frage: »Wie sind Ihnen diese Dinge bloß eingefallen?« Und jedes Mal stand ich bereitwillig Rede und Antwort.

Zeitgleich veröffentlichten wir auch unser erstes Musikvideo, das ebenfalls meiner Idee entsprang und das ich in ein paar letzten schweren Kämpfen gegen meine Bandmitglieder hatte durchsetzen müssen – in dem dazugehörigen Lied mit dem Titel *Schweden* ging es, ganz grob gesagt, um Fragen von Justiz und Rechtsstaat, und in dem Video sah man dreieinhalb Minuten lang nichts anderes als die Gesichter hübscher junger Frauen, die sich, schnell geschnitten, abwechselnd gegenseitig weiße und schwarze Schachfiguren sowie große, matschige Tortenstücke in den Mund stopften. Das Video wurde ein kleiner Erfolg, und wir traten wohl nicht zuletzt deshalb einige Tage später in einer unter jungen Menschen recht beliebten Fernsehsendung auf und hinterließen dort einen so überraschenden Eindruck, dass in puncto Aufmerksamkeitsökonomie innerhalb weniger Wochen gar nicht so wenig erreicht war.

Der erste Höhepunkt war sicherlich unser restlos ausverkauftes Release-Konzert in einer rund fünfhundert Menschen fassenden Konzerthalle in meiner Heimatstadt, das alles bereits Erlebte in den Schatten stellte. Das wirklich *entscheidende* Ereignis jedoch fand wenige Tage später bei einem sehr großen Festival für elektronische Musik in Dortmund statt. Es war gegen Mittag, als unsere Show beginnen sollte, eine eigentlich ausgesprochen undankbare Zeit für ein Konzert, aber da wir logischerweise schon etliche Monate zuvor auf dieses Festival gebucht wurden, als die Veranstalter noch nicht hatten ahnen können, wie sich die Sache für uns entwickeln würde, durften wir uns nicht beschweren.

Es war ein wunderbar milder Frühsommertag, und ich spürte bereits hinter der Bühne, dass das Areal davor, das wie eine Art Kessel zu allen Seiten hin anstieg, aus allen Nähten zu platzen drohte, sodass es schließlich hatte abgeriegelt werden müssen. Es waren schlichtweg zu viele Leute gekommen, um uns an diesem Tag und an diesem Ort so unmittelbar nach Veröffentlichung von *Endstation Zaire* und dem Auftritt im Fernsehen mit eigenen Augen erleben zu können.

Es herrschte eine Erregung, wie ich sie noch nie zuvor verspürt hatte, es war, als hätte jemand all diese jungen Menschen, die dort unten vor der Bühne auf uns warteten und deren Augen vor Vorfreude strahlten, über einen langen Zeitraum in diese Anspannung hineingezwungen wie in einen Schraubstock, als hätte eine fremde Hand sie über eine lange Zeit mit dem Schlüssel einer Spieluhr aufgezogen. Niemand hätte die sich aufgestaute Energie an diesem Mittag vorausahnen können, es war eine günstige Fügung des Schicksals, wie es sie nur selten gibt, und in dem Moment, da wir am helllichten Tag die Bühne betraten und den ersten Ton spielten, schnalzten die Zahnräder los, und einfach alles, jede Emotion, platzte aus ihnen und uns heraus.

Während wir spielten, lösten sich die Grenzen zwischen der Bühne und dem Publikum, dem nach und nach alle Sinne zu versagen schienen, auf, und schon nach der Hälfte der Show stürmten die Menschen in totaler Entgrenzung die Bühne, die jungen Mädchen rissen sich ihre Oberteile vom Leib und nahmen mich in ihren hübschen Büstenhaltern in die Arme, als gelte es, die ganze Furcht und Last ihrer Existenz ein für alle Mal vergessen zu machen. Und so, ganz ohne räumliche Trennung zwischen uns und ihnen, spielten wir das Konzert in einem einzigen Freudentaumel zu Ende.

Diesem Ereignis, diesem Konzert und den Empfindungen dieses Tages würde ich, das wusste ich damals noch nicht, aber ich weiß es heute, diesem Gefühl also würde ich ab sofort und für alle Zeit hinterherjagen.

Nachdem ich die Bühne verlassen hatte, lief ich stundenlang wie in Trance über das weitläufige Festivalgelände, ließ mich von ungezählten schönen jungen Männern und Frauen aufhalten und festhalten, an die Brust drücken und küssen. So also fühlte es sich an, berühmt zu sein, auch wenn ich zu diesem Zeitpunkt noch weit genug davon entfernt war – aber hier und heute, für einen Wimpernschlag der Geschichte, war ich es schon. Ich wollte sie alle, jeden Einzelnen von ihnen, nie wieder loslassen, wollte das Funkeln in ihren Blicken in mir einfrieren, ich wollte ihnen alles geben, was ich zu bieten hatte, alles, wonach sie verlangten – nicht einen einzigen Wunsch hätte ich ihnen in diesem Moment ausgeschlagen, alles war ich bereit für sie zu tun, zu sagen und herzuschenken, mich ganz zu verschwenden an sie, bloß lieben und verehren und bewundern sollten sie mich dafür bis ans Ende ihrer Tage. Das war mein Preis.

*

In der Woche darauf erhielt ich einen Anruf von Professor Döhring höchstpersönlich. Woher hatte er eigentlich meine Telefonnummer?

»Kommen Sie doch bitte so schnell es geht in mein Büro, ja? Ich möchte mit Ihnen über Ihre Arbeit und alles Weitere sprechen«, sagte er recht trocken und emotionslos, und ich machte mich sogleich auf den Weg.

Wie viele ungezählte Male hatte ich, seit ich das Studium begonnen hatte, in großer Nervosität vor der Bürotür eines Professors gestanden und mich gefragt, wie mein Leben wohl weitergehen würde? Noch nie aber war mir der Gang durch eine Tür so leichtgefallen, noch nie hatte ich mich so siegessicher dabei gefühlt wie in diesem Moment, so kurz nach den Erlebnissen der letzten Wochen, noch immer berauscht von dem Konzert und der Freude der Menschen. Ich tanzte gerade auf allen Hochzeiten gleichzeitig, und die sich nun immer klarer abzeichnende Aussicht darauf, nicht nur in der Musik Erfolge zu feiern, nicht alles auf eine Karte setzen zu müssen, sondern nebenher, als fiele mir nichts leichter als das, auch noch auf, sagen wir, seriöserem Parkett meinen Platz zu behaupten ließ mich vor Zuversicht nahezu platzen.

»Herr Professor Döhring, ich grüße Sie«, sagte ich, als ich in sein Büro trat.

»Guten Tag«, antwortete der Professor. »Schön, dass Sie da sind. Bitte setzen Sie sich doch. Ich habe Wichtiges mit Ihnen zu besprechen.«

Ich setzte mich artig vor seinen Schreibtisch hin, schloss meine Knie zusammen und legte meine beiden Hände jeweils vorn auf die Oberschenkel.

»Um es kurz zu machen, Ihrer Arbeit habe ich selbstverständlich die Note Eins gegeben. Ich habe nichts daran auszusetzen.«

»Haben Sie sie ganz gelesen?«

»Aber natürlich«, sagte Professor Döhring und räusperte sich. »Und offenbar haben Sie mit Ihren kleinen Einführungen bei den Studentinnen und Studenten des ersten Semesters ebenfalls einen guten Eindruck hinterlassen ... Kann das sein?«

»Ich habe mein Bestes versucht, Herr Professor«, antwortete ich.

»Die Evaluierungen seitens der Studierendenschaft, die ja seit ein paar Monaten an allen Instituten obligatorisch sind, zeigen jedenfalls, dass Sie das sehr ordentlich gemacht haben«, erklärte er.

Meine Vorfreude stieg.

»Also, passen Sie auf, ich habe sehr gute Nachrichten für Sie.« Er machte eine bedeutungsvolle Pause. »Ganz ausgesprochen großartige Nachrichten.«

Ich zitterte vor Glück.

»Ich habe mich sehr für Sie eingesetzt, wissen Sie? Ich habe alle Hebel in Bewegung gesetzt. Es war nicht einfach, aber es *ist* mir geglückt.«

»Aber Herr Professor ...«, stammelte ich.

»Um es kurz zu machen, mein Lieber, ich möchte Ihnen eine Stelle anbieten. Eine Stelle als Wissenschaftlicher Mitarbeiter. Was sagen Sie nun?«, fragte Professor Döhring mit einigem Stolz.

»Eine Stelle als Wissenschaftlicher Mitarbeiter bei Ihnen?«

»Nun ja, genau genommen ist es eine halbe Stelle ...«

»Wie meinen Sie das?«

»Na ja, es gibt nur eine halbe freie Stelle. Und es gibt auch nur die halbe Bezahlung.«

»Oh, na ja ...«

»Und es ist auch leider nur eine Vertretungsstelle.«

»Ach!«

»... für Frau Seibel, die nun für zwei Semester in Brüssel sein wird für ein, äh, Forschungsprojekt ...«

»In Brüssel?«

»Genau, die Stelle, Entschuldigung, die halbe Stelle ist also auf genau ein Jahr befristet.«

Ich schaute ihn ungläubig an.

»Ist das nicht wunderbar? Ich freue mich sehr auf die Zeit mit Ihnen!«, sagte Herr Professor Döhring. »So eine Chance bekommt hier nicht jeder ...«

Ich war auf merkwürdige Weise enttäuscht, konnte es aber für den Moment überspielen.

»Und was kommt nach diesem Jahr, Herr Professor?«

»Also, das kann ich Ihnen noch nicht sagen, und versprechen kann ich natürlich nichts. Wenn ich recht überlege, ist eine Weiteranstellung sogar ziemlich unwahrscheinlich, bzw. eigentlich sogar ausgeschlossen, sagen wir es so.«

»Ausgeschlossen?«

»Wissen Sie, es gibt ja sehr viele Studenten, und die meisten von ihnen, besonders hier an dieser Fakultät, wollen am liebsten nach dem Studium gleich an der Universität bleiben, denn in der freien Wirtschaft, na ja ... Es ist also sehr knapp alles, sehr eng. Wir bekommen ja auch andauernd die Mittel gekürzt. Wissen Sie, die Geisteswissenschaften, also ...«

Ich suchte nach einer passenden Erwiderung, nahm in

einer Übersprunghandlung mein Telefon aus der Tasche, schaute kurz darauf und steckte es wieder weg.

»Und was wären hier so meine Aufgaben?«

»Na ja, was man an einem Lehrstuhl eben so macht: Anträge ausfüllen, Formulare erstellen, Anträge einreichen usw.«

Tief in meinem Innern spürte ich eine Unruhe emporsteigen, spürte, wie etwas in mir zu schäumen begann.

»Anträge? Formulare?«, fragte ich immer ungehaltener. »Und was mache ich, wenn Frau Seibel aus Brüssel zurück ist?«

»Dann schreiben Sie erst mal in aller Ruhe Ihre Promotion zu Ende, und dann können Sie ja vielleicht ...«

»Was kann ich dann, Herr Professor?«

»Na, dann, also, dann bewerben Sie sich irgendwo mit Ihren Abschlüssen ...«, erklärte Professor Döhring.

»Wo in Gottes Namen soll ich mich denn mit so einem Abschluss Ihrer Meinung nach bewerben? Ich habe doch überhaupt nichts gelernt. Weder in diesem Studium noch in dem anderen. Gerade in diesem Studium und bei *Ihnen* habe ich am allerwenigsten gelernt, mit dem sich auch nur das Geringste anfangen ließe.«

Herr Professor Döhring ließ einen Moment verstreichen.

»Also, vielleicht geht ja in einem Jahr noch einmal jemand nach Brüssel«, sagte er schließlich. »Aber das kann ich natürlich nicht garantieren. Es werden in jedem Fall entbehrungsreiche Jahre, so viel kann ich Ihnen sagen.«

Ich sah nun immer klarer, und meine Wut wuchs ungebremst.

»Aber die entbehrungsreichen Jahre liegen doch bereits hinter mir – und jetzt sollen sie plötzlich erst noch *vor* mir liegen?« Ich tobte. »Jetzt hören Sie mir mal zu, Herr Professor. Ich habe letztes Wochenende ein Konzert gespielt, vor Tausenden von Menschen. EIN KON-ZERT!«

Professor Döhring blickte mich verständnislos an, während ich aus meiner Jackentasche eine eingeschweißte CD hervorkramte, das Cellophan in Eile wegknibbelte und sie ihm auf den Schreibtisch klatschte.

»Hier, sehen Sie. *Endstation Zaire!* Und an diesem Wochenende sind Tausende Menschen gekommen, um mich zu sehen. *Mich! Sehen!* Und jetzt haben Sie die Dreistigkeit, mir eine befristete, halbe Stelle in Vertretung von Frau Seibel anzubieten? Wer ist eigentlich diese Frau Seibel? Ich habe noch nie etwas von ihr gehört. Hat die schon einmal vor so vielen Menschen ein Konzert gespielt? Hat Frau Seibel überhaupt schon mal irgendetwas geleistet in ihrem Leben, das sich nicht in einer Institution und oder bezahlt von öffentlichen Geldern abgespielt hätte?«

Ich hielt den Atem an. Professor Döhring seufzte.

»Sie möchten die Stelle also eher nicht antreten, verstehe ich Sie richtig?«

»Allerdings«, sagte ich.

»Wissen Sie, mir ist das letztlich egal, die Anwärter stehen Schlange ...«

»Das ist schön für Sie, Herr Professor. Ich sage Ihnen, ich brauche diesen ganzen Unsinn hier nicht, ich werde es Ihnen und Ihrem Institut, ich werde es Frau Seibel in Brüssel und allen ›Anwärtern‹ beweisen – ich werde mein Glück jenseits der Universität machen. Darauf können Sie Gift nehmen. Nie wieder werde ich einen Fuß in eine Universität setzen. Nie wieder«, sagte ich, stand auf und wünschte dem Professor mit vergiftetem Ton einen Guten Tag.

Dann knallte die Tür hinter mir zu, dass es im gesamten Institut nur so schepperte.

Ich verließ das Gebäude und setzte mich auf eine Bank. Es war dieselbe Bank, von der aus ich ein Jahr zuvor meine Eltern angerufen hatte, um sie von den jüngsten positiven Entwicklungen meiner akademischen Karriere in Kenntnis zu setzen –

und nun saß ich wieder hier, doch diesmal hatten sich die Vorzeichen ein wenig gewandelt.

Vor Wut biss ich mir so fest auf die Unterlippe, dass es blutete, und spuckte dann eine tiefrote, zähe Pfütze vor mir auf den Boden. »Was für eine vergeudete Zeit«, sagte ich laut vor mich hin, »was für eine Farce.« Ich wählte die Nummer meiner Eltern, nach dreimaligem Klingeln nahm meine Mutter den Hörer ab, sie freute sich sehr, von mir zu hören.

»Hallo Mutter, geht es dir gut? Geht es Vater gut?«, fragte ich zähneknirschend.

»Aber ja, uns geht es blendend. Und wie geht es meinem Sorgenkind?«, scherzte meine Mutter.

»Gut, Mutter. Ich sitze gerade vor der Universität.«

»Immer bist du so fleißig, nicht wahr? So fleißig, dass du dich in den letzten Monaten nicht mehr so häufig bei deinen Eltern hast blicken lassen...«, mahnte sie.

»Hör zu, Mutter«, setzte ich an. »Ich habe gerade meine Abschlussnote bekommen.«

»Und, und, und?«

»Die Arbeit wurde mit einer Eins benotet. Und auch meinen Abschluss habe ich mit einer glatten Eins gemacht«, sagte ich ruhig.

»Aber das ist ja kaum zu glauben. Mit einer glatten Eins! Schon wieder? Was wird aus dir wohl noch alles werden!«

Meine Mutter konnte sich kaum halten vor Freude.

»Aber pass auf, Mutter, das ist noch nicht alles ...« Ich holte noch einmal tief Luft und erklärte ihr mit sich überschlagender Stimme, wie ich vor ein paar Minuten im Institut auf den Putz gehauen hatte.

Sie schwieg lange.

»Und was willst du stattdessen machen, mein Sohn?«, fragte sie schließlich.

»Ja, genau darüber wollte ich mit dir sprechen. Es ist nämlich so, es haben sich unglaubliche Dinge ereignet, große, gewaltige Dinge. Große Erfolge kündigen sich an«, erklärte ich.

»Was denn für Erfolge?«

»Ich bin jetzt Musiker. Künstler! Wir gehen demnächst schon auf große Tournee, und dann wird sich alles auszahlen – nicht so wie an der Universität, wo es eintausend Euro im Monat gibt für eine halbe befristete Stelle von Frau Seibel«, sagte ich weiter.

»Frau Seibel?«

»Ihr braucht euch keine Sorgen zu machen, ich habe alles unter Kontrolle, wirklich alles ...«, dann hörte ich nur ein leichtes Seufzen, vielleicht war es auch schon ein kleines Schluchzen, und plötzlich knackte es in der Leitung, meine Mutter hatte offenbar aufgelegt, vielleicht hatte sie auch einfach die Kraft verlassen.

Ich stand auf, spuckte noch einmal auf den Boden, die Blutung hatte inzwischen aufgehört, und nahm die Straßenbahn Richtung Oberkassel. Ich lief zu Soyoungs Wohnung, klingelte ein paar Minuten lang Sturm, bis mir klar wurde, dass sie nicht zu Hause sein konnte, weil sie natürlich um diese Uhrzeit ihrem Beruf nachging, so, wie alle anderen Menschen auf der Welt auch. Ich setze mich also vor ihrem Haus mit Blick auf den Rhein auf den Rinnstein und zählte die Schiffe und Stunden, bis Soyoung von der Arbeit heimkommen würde.

Nach einer gefühlten Ewigkeit, in der meine Gemütslage mal in die eine, dann wieder in die andere Richtung kippte, in der sie pendelte zwischen rasender Wut auf Professor Döhring, auf Frau Seibel, die Universität und die ganze Welt und zwischen grenzenloser Zuversicht meine unmittelbare Zukunft betreffend, sauste Soyoungs kleiner Sportwagen um die Ecke.

Ich bemerkte, noch während sie das Auto, so schnell es nur ging, zum Stehen brachte, einen überraschten und irgendwie auch besorgten Ausdruck auf ihrem Gesicht, denn so hatte sie mich noch nie vor ihrem Haus sitzen sehen, dann stieg sie aus und kam mit weit geöffneten Armen auf mich zugeeilt.

»Alles in Ordnung?«

Schon im Aufzug hoch in ihre Wohnung merkte sie natürlich, dass mit mir etwas nicht stimmte. Also erzählte ich ihr in aller Ausführlichkeit die Ereignisse des Tages nach. Sie schien ungemein stolz auf mich. Meine Haltung, mein energisches Eintreten beeindruckten sie ganz offensichtlich, denn meinen gesamten Monolog über hatte sie immer nur »Genau«, »Gut so« und »Genau richtig so« gesagt, meine Hand gehalten und mit ihrem schönen Köpfchen genickt.

»Ich gebe dir vollkommen recht«, sagte sie schlussendlich. »Dieses Angebot ist wirklich eine Frechheit. Es war die einzig kluge Entscheidung.«

»Findest du, Soyoung?«

»Aber ja. Wofür brauchst du eine befristete halbe Stelle von dieser Frau Sei..., wie hieß sie noch gleich?«

»Seibel«, ergänzte ich.

»Genau. Was soll dir das bringen? Ich habe es dir doch von Anfang an gesagt, weißt du nicht mehr? Bei unserem ersten Treffen, dass du nicht für diese Dinge geschaffen wurdest ...«

»Aber sprachen wir da nicht von der Arbeit am Fließband oder in einer Werkstatt?« fragte ich etwas überrascht.

»Fließband, Werkstatt, Universität ...«, sagte Soyoung genervt. »Das ist doch letztlich alles ein und dasselbe, du Kindskopf.«

Ich schwieg einen Moment, denn ihre Worte gingen mir einerseits runter wie Öl, andererseits aber waren an diesem Tag arge Zweifel in mir gewachsen.

»Aber wovon soll ich denn jetzt meine Miete bezahlen?«, murrte ich. »Ich bekomme schon bald die letzte Rate meines Studienkredites. Ich darf gar nicht daran denken, was ich dann mache! Was, wenn mir das Geld ausgeht, wenn mir nichts mehr bleibt, gar nichts mehr?«, fragte ich Soyoung. »Ich bin nicht wie du. Ich bin kein Arzt! Verlässt du mich, wenn ich scheitere? Ach, sicher verlässt du mich! Ich weiß es genau!«

Sie zögerte, ich sah, dass sie mit sich rang, dass sie etwas zurückhielt und sich nicht traute, einen Gedanken, der in ihrem Kopf vielleicht schon etwas länger vorhanden war, nun tatsächlich auch auszusprechen.

»Wie wäre es denn, also, nur wenn du willst natürlich, deine Wohnung zu kündigen und hier zu mir zu ziehen?«

»Zu dir?«, fragte ich.

Ein seltsames Gefühl bestürmte mich, denn ihr Vorschlag traf mich seltsamerweise unvorbereitet. Um etwas Zeit zu gewinnen, schaute ich mich hektisch in Soyoungs Wohnung um, ließ meinen Kopf von links nach rechts schnellen, versuchte, einen Gedanken zu fassen, aber nichts half. Soyoung sah mich derweil fragend, fast ein wenig ängstlich an.

»Aha! Heißt das«, sagte ich schließlich, »du glaubst auch nicht, dass ich es allein schaffen werde?«

»Aber ... das habe ich doch nicht gesagt, ganz im Gegenteil sogar. Ich dachte nur, weil du gerade sagtest, also wegen der Miete und so ... Hier ist doch genug Platz, und ganz nett ist es auch«, sagte Soyoung mit einer Beklommenheit in der Stimme.

»Bis jetzt konnte ich meine Miete immer bezahlen. Immer!«

»Natürlich, aber das weiß ich doch, so war es doch wirklich nicht gemeint.«

Ich schnaufte laut auf.

»Ich lasse mir von niemandem mehr sagen, wie ich zu leben habe«, setzte ich an. »Ich lasse mir von Professor Dietrich nicht sagen, wen ich zu heiraten habe, ich lasse mir von Professor Döhring nicht sagen, wie entbehrungsreich alles wird, und ich lasse mir von dir nicht sagen, wann ich wo einziehen soll und wie ich über die Runden komme. Verstanden?!«

»Wer ist denn Professor Dietrich?«

»Ach«, sagte ich genervt, »das spielt jetzt auch keine Rolle mehr.«

»Ich wollte nur, dass du weißt, dass ich, na ja, genug Geld für uns beide habe«, sagte Soyoung.

Ich schaute wütend und ausdruckslos Richtung Fensterfront.

»Ich meine«, versuchte Soyoung sich ein letztes Mal an einer Erklärung, »du könntest dich in aller Ruhe um all das kümmern, wonach du dich sehnst, ganz ohne Zwang, ohne Druck, und ich kümmere mich um alles andere. Weißt du? Ich sorge für uns beide, für uns zwei ...«

Ich blickte weiter trotzig ins Nichts.

»Es war vielleicht alles ein bisschen viel heute, nicht wahr?«, fragte Soyoung »Alles ein bisschen viel ...«

Ich weinte nun bitterlich, viele Minuten lang, und je länger ich weinte, desto mehr fühlte ich mich in meiner Reaktion bestätigt. Warum genau weinte ich eigentlich? Schwer zu sagen. Nur um im Recht zu sein? Das konnte nicht sein, nein, ich weinte doch aufrichtig, meine Tränen waren echt! Soyoung nahm mich in ihre schützenden Arme.

Und ich wollte einfach nur noch nach Hause.

*

Schon am nächsten Tag aber waren meine Tränen nur noch die Hälfte wert. Bestimmt hatte ich übertrieben. Im Grunde war ja auch gar nichts passiert, nichts, das einen ernsthaften Schaden angerichtet hätte, und das ausgeschlagene Angebot von Professor Döhring verbuchte ich mittlerweile als einen meiner größten Erfolge, als einen Akt der Selbstermächtigung über das angeblich so unveränderliche Schicksal.

Noch am selben Tag ließ mir Sebastian eine Liste mit an uns gerichteten Konzertanfragen zukommen – um die dreißig

Termine waren darauf für das restliche Jahr aufgelistet, und wir mussten lediglich auswählen, welche wir spielen wollten und welche nicht.

Mal würden wir für nur 200 Euro und eine warme vegane Mahlzeit spielen, bei einem Konzert in einem linksradikalen Jugendzentrum in der Lausitz, mal waren es bereits 2000 Euro für einen Festivalauftritt inklusive Übernachtung in einem stattlichen Hotel. Jeder normale Mensch hätte nicht lange überlegen müssen, was zu- und was abzusagen wäre, aber da ich nun ein von allen sonstigen Pflichten befreiter Mann war, entschied ich, dass ausnahmslos alle Konzerte zu spielen seien und kein einziges abzusagen war. Wir standen doch gerade erst am Anfang, wir konnten es uns nicht leisten, bereits jetzt wählerisch zu sein und über kleinere Anfragen die Nase zu rümpfen, so als wären wir schon etwas Besseres.

Ich rechnete rasch alle Einnahmen zusammen, und unter dem Strich kam dabei ein ganz hübsches Sümmchen von rund 30 000 Euro heraus. Ich staunte nicht schlecht, so viel Geld war mit der Musik innerhalb eines einzigen Jahres zu verdienen? Bedauerlicherweise aber ging mir bald auf, dass das Geld nicht mir allein gehörte, schließlich waren davon zuerst jeweils die Reisekosten abzuziehen, zudem bekam unser Tontechniker rund 300 Euro pro Konzert, und was am Ende übrig blieb, mussten wir ja auch noch durch sechs teilen, da jedem Bandmitglied, so hatten wir es zu Beginn offenbar festgelegt, das Gleiche zustehen sollte. Von den rund 30 000 Euro blieben mir nach allen Abzügen also nicht einmal 3000 Euro übrig – das waren 100 Euro pro Konzert.

Ich schluckte, und zum ersten Mal überhaupt kam ich ins Grübeln. Warum eigentlich sollte jeder in der Band denn denselben Anteil wie ich bekommen, *ich*, der sich diese Band ausgedacht hatte, der die Lieder geschrieben und eingesungen hatte, ja, der ohne Zweifel die wichtigste Rolle spielte? Der Einzige, den man unter keinen Umständen würde ersetzen können. Immer größerer Unmut regte sich in mir, je länger ich darüber nachdachte. Ich überlegte hin und her, wie ich es den anderen mitteilen würde, wie ich die Diskussion offen und ehrlich anstoßen und verständnisvoll führen würde, wie ich in aller Klarheit meine Überlegungen darlegen würde. Aber war jetzt gerade wirklich der richtige Zeitpunkt dafür, da alles so gut für uns lief? Wie sollte ich denn die Band davon überzeugen, bis zum Ende des Jahres jeden einzelnen, noch so schlecht bezahlten Auftritt in allen Teilen der Republik zu spielen, jedes Wochenende zu opfern, schlecht zu schlafen und schlecht zu essen für meinen Ruhm, wenn ich ihnen gleichzeitig mitteilte, dass sie dafür im Vergleich zu mir deutlich weniger Geld bekämen?

Nein, wenn ich weiter nach oben wollte, musste ich mich noch eine Weile zusammenreißen und mich den aktuellen Spielregeln beugen. Der richtige Zeitpunkt würde gewiss kommen, jetzt hieß es durchhalten, und dann im neuen Jahr, wenn die Konzerte noch einmal größer und immer prächtiger bezahlt werden würden, würden sie sich, wenn sie auch nur einen Hauch von Anstand besaßen, diese Frage schon selbst stellen – spätestens, sobald die Diskrepanz zwischen Bedeutung und Leistung eines jeden einzelnen Bandmitglieds und seiner Bezahlung immer offener zutage trat.

Ich setzte eine Nachricht an Sebastian auf: *Die Sache ist klar, wir spielen JEDES Konzerte, ohne Ausnahme. Bitte berufe die Band doch für morgen ein, ich habe eine Ansage zu machen.*

Wir trafen uns am nächsten Tag im Studio, das uns mittlerweile auch als Proberaum diente, und ich richtete in großen Worten meine Vision vom kommenden Aufstieg an meine Bandmitglieder.

»Meine lieben Freunde, ich weiß, ihr habt bereits sehr viel geleistet in den letzten zwei Jahren, beinahe Übermenschliches, aber ihr könnt euch gar nicht vorstellen, wie unendlich dankbar ich euch für euren Einsatz bin«, setzte ich an. »Ich möchte mich auch bei jedem Einzelnen von euch in aller Aufrichtigkeit entschuldigen, ich weiß, es ist nicht immer ganz einfach mit mir, und sollte ich das ein oder andere Mal über das Ziel hinausgeschossen sein, so bitte ich euch dafür aufrichtig um Verzeihung ...«

Ich blickte in die Runde. Alle hielten den Atem an.

»Ihr müsst wissen, ich mache das hier nicht nur für mich, es geht um uns alle. Das ist keine One-Man-Show, ich habe einen Plan, eine Vision, ein ganz großes Ziel, und in dieser Vision soll es sich demnächst für jeden Einzelnen von uns auszahlen.«

Ich schien einen jeden von ihnen zu erreichen, sie in ihrer Seele zu berühren, ich spürte es. Nur Sebastian wirkte ein wenig abgelenkt. Er klickte geschäftig auf seinem Computer herum.

»Ich möchte nichts beschönigen«, sprach ich weiter, »wir haben noch nichts erreicht, auch wenn es sich für den ein oder anderen vielleicht schon danach anfühlt. Aber jetzt geht die Arbeit erst los, *jetzt* brauche ich jeden Einzelnen von euch – ihr seid ja nicht nur meine Bandmitglieder und nützliche Gehilfen, ihr seid meine Freunde, meine Vertrauten, auf euren Rat höre ich, und gerade wenn es mal nicht danach ausschaut, *gerade* dann, das versichere ich euch, arbeiten eure Einwände, eure Ideen und Vorstellungen nur umso heftiger in mir und tragen dazu bei, etwas Großes zu schaffen. Ihr alle seid Teil davon. Wir müssen uns jetzt bereit machen, wir müssen jetzt alles geben, rund um die Uhr, wenn möglich – wir müssen jede Gelegenheit ergreifen, jede Chance nutzen, alles in unserer Macht Stehende versuchen, und dafür, ihr Lieben, brauche ich eure Unterstützung.«

Ich machte noch mal eine Pause.

»Ich bitte euch nur um das eine ... Ich bitte euch darum, mir zu vertrauen.«

Meine Worte überzeugten. Die Band war Feuer und Flamme, und in den kommenden Wochen und Monaten würden wir an jedem Wochenende mindestens zwei Konzerte spielen und dafür mit all unserem schweren Gepäck quer durch die Republik fahren müssen. Von Leipzig nach Köln, von München nach Hamburg und würden dabei durch Dutzende Kleinstädte und Dörfer kommen, immer weiter und weiter.

*

Ich machte nun insbesondere auch deswegen so einen Druck mit allem, weil ich mich zu diesem Zeitpunkt schon ein paar Male bei der Überlegung erwischt hatte, wie lange dieses Spiel auf der Bühne überhaupt noch zu spielen sei? Ich war mittlerweile zu einem Mann um die 30 geworden, und natürlich, noch sah ich höchstens wie 24 aus, noch nahm man mir die Rolle des jungenhaften Draufgängers ab, noch konnte ich mir all das erlauben, ohne mich lächerlich zu machen, aber wie lange noch? Vielleicht noch drei Jahre, vielleicht fünf oder sechs? Ganz sicher jedoch nicht sehr viel länger – und die Vorstellung, mit 40 noch immer auf einer Bühne herumzuspringen und mich zum Affen zu machen, denn nichts anderes machte ich schließlich, beunruhigte mich, wie ich schon lange bemerkt hatte, sehr. Ob Sebastian sich solche Gedanken eigentlich auch machte?

Die Zeit drängte also, und gleich in den ersten Wochen, da wir uns auf diesen beschwerlichen Weg machten, zeigte sich, dass mein gesteigertes Engagement auch Auswirkungen auf mein Privatleben haben würde. Immer seltener war ich in der Lage, mich bei Soyoung zu melden, immer sporadischer und leider auch kurz gefasster gerieten meine Nachrichten und Telefonate, und an persönliche Treffen war, wenn ich für ein paar Tage überhaupt einmal in der Stadt war, im Grunde genommen nicht zu denken. Mit meinen Eltern war es nicht besser: Nicht nur machten sie sich, wie man sich denken kann, größere Sorgen als jemals zuvor, denn in ihren Augen war es schlicht und ergreifend absurd, anzunehmen, dass ich einmal ein landesweit bekannter Musiker werden könnte, aber ich fand kaum mal die Zeit, mich ihnen gegenüber in aller Ruhe zu erklären.

»Muss es denn *ausgerechnet* die Musik sein? Junge! Und deine tollen Abschlüsse? Willst du denn damit gar nichts mehr anfangen?«, fragte meine Mutter mich jedes Mal, wenn ich mit ihr telefonieren musste. Aber die Wahrheit über die Arbeitswelt und die Wertlosigkeit meiner Abschlüsse konnte ich ihr noch immer unmöglich zumuten.

Ein paar Wochen später aber, wir hatten bereits zehn oder fünfzehn Konzerte mit wechselhaftem Erfolg absolviert, denn mal spielten wir rauschhaft vor ausverkauftem Haus und dann wieder in großer Ernüchterung vor einer Handvoll betrunkener Dorfchaoten, die noch nie von uns gehört hatten, erhielt ich einen unerwarteten, aber umso erfreulicheren Anruf aus Berlin. Ein großer, internationaler Musikverlag war auf uns aufmerksam geworden, und man bat mich mit schmeichelhaftesten Worten darum, so bald wie möglich auf einen Besuch in die Hauptstadt zu kommen.

Ich sagte zu, noch für den nächsten Tag, lieh mir am Morgen Sebastians vollgetankten Jaguar, ließ mir noch etwas Spesengeld aushändigen, denn es fehlte gerade an allen Ecken und Enden, und fuhr, es war noch keine 10 Uhr, zu meinem ersten offiziellen Geschäftstermin, so wie ich es mir immer erträumt hatte. Sebastian und ich hatten uns entschieden, den anderen Bandmitgliedern vorerst nichts von der Kontaktaufnahme zu erzählen, schließlich wussten wir nicht, was dabei herauskommen würde, und so parkte ich nach der langen Fahrt in großer Erwartung vor dem eindrucksvollen, scharfkantigen Firmengebäude, das direkt an der Spree gelegen war. Jetzt also war es so weit.

Ich meldete mich im Foyer an und fuhr mit dem Aufzug bis in den obersten Stock, wo mich zwei Herren, der eine um die 30, der andere um die 40 und eine Dame irgendwo dazwischen ungemein freundlich in Empfang nahmen.

»Hallo, wie schön, dass Sie es so schnell geschafft haben«, sagte der eine, dessen Namen ich vor Aufregung sofort wieder vergessen hatte.

»Wie schön, dass hier noch gesiezt wird. Das ist ja sehr selten geworden«, sagte ich halb im Scherz und reichte die Hand.

Alle lachten.

»Was kann ich denn für Sie tun?«, fragte ich.

»Setzen wir uns doch erst einmal«, sagte die Dame, die sich für meinen Geschmack mit ihren Sportschuhen und dem viel zu kurzärmeligen T-Shirt nicht gerade altersgemäß gekleidet hatte.

Wir betraten einen kühlen Konferenzraum. Getränke wurden gereicht. Ich öffnete eine Orangina, nahm in einem federnden Bürosessel Platz, schlug die Beine übereinander und spürte plötzlich größte Entspannung, denn mich beschlich das Gefühl, gar nichts Falsches mehr sagen zu können. Das hier war das Gegenteil eines Bewerbungsgesprächs, auch wenn ich noch nie eines erlebt hatte, das hier funktionierte gerade nach dem gegenteiligen Prinzip – sie wollten ja etwas von *mir*, was ich schon allein daran bemerkte, dass sie über jede meiner nur leicht als Witz markierten Aussagen in einer Weise lachten, als hänge ihr Leben davon ab.

»Sagen Sie mal, ist das Ihr Jaguar?«, fragte die Dame, die an dem großen Fenster stand, die Jalousien auseinanderdrückte und nach unten auf den Parkplatz schaute.

»Sie meinen den blauen? O ja«, antwortete ich. »Wie Sie

sehen, geht es mir heute nicht ums Geld, das sage ich Ihnen gleich ...«

Und wieder lachten sie alle, Gott weiß, wieso.

»Na ja, also ein bisschen darf es heute aber schon auch ums Geld gehen«, sagte der Alte, der zu seinen schon schütter werdenden Haaren einen dunklen Anzug mit weißen Turnschuhen trug.

»Na, wenn es denn sein muss«, sagte ich nun und schlug das andere Bein über.

»Also, wir wollen mit Ihnen über Ihre Band sprechen. Die ist uns aufgefallen«, sagte der Jüngere, der mit seinen fein säuberlichen Tätowierungen und den großen Ohrringen den Eindruck erweckte, als würde er sich für Rockmusik interessieren. »Das hat etwas ganz Besonderes, wissen Sie?«

»Ach ja?«, fragte ich sehr interessiert zurück. »Erzählen Sie mir gern mehr!«

»In euch steckt so viel Potenzial. Das ist so mutig! So frisch! Richtig geil.«

»So was haben wir hier schon lange nicht mehr gehört!«, sagte der Ältere.

»Jedenfalls«, jetzt die Dame, »um gar nicht lang darum herumzureden. Wir würden gern mit Ihnen zusammenarbeiten. Wissen Sie, was ein Musikverlag macht?«

»Nicht ganz genau, muss ich zugeben«, antwortete ich. »Wissen Sie, für Musik interessiere ich mich eigentlich *überhaupt* nicht ...«

Meine drei Gesprächspartner schauten sich einen Moment lang an, dann prusteten sie wieder los. Und ich lachte gerne mit ihnen.

»Sie sind mir ja einer!«, sagte die Dame.

Der Tätowierte schlug sich auf die Schenkel.

»Also, dann erklären Sie es mir doch bitte, was macht ein Musikverlag?«

»Nun, zuallererst würden wir uns gern die Aufführungsrechte sowie die mechanischen Vervielfältigungsrechte an Ihren Texten und Kompositionen sichern. Die Verwertungsrechte – wissen Sie, was Verwertungsrechte sind?«

»Da muss ich passen ...«, sagte ich.

»Wir kümmern uns um Ihre Rechte als Autor. Sie sind doch auch der Autor dieser wunderbaren Lieder, die wir gehört haben?«

»Allerdings. Der alleinige Autor sogar.«

»Sehr gut. Also, wir kümmern uns in erster Linie um Ihre Autorenrechte, sagen wir es so. Denn das sind Sie ja, ein Autor, der Texte schreibt«, sagte der Ältere.

»Ein toller Autor«, warf die Dame ein.

»Genau. Wir sorgen dafür, dass immer Geld zu Ihnen fließt. Wir holen uns für Sie das Geld von der GEMA«, frohlockte der Jüngere.

»Die GEMA?«

»Ja. Die Gesellschaft für musikalische Aufführungs- und Vervielfältigungsrechte. Die weltweit größte Gesellschaft für Autorenrechte und Werke der Musik. Für Urheberrecht. Die GEMA schüttet pro Jahr knapp eine Milliarde Euro an ihre Mitglieder aus. Hätten Sie gern etwas von dieser Milliarde?«, fragte die Dame.

»Eine Milliarde, sagen Sie?«, antwortete ich und goss mir in der überspielten Aufregung deutlich zu viel prickelnde Orangina in mein Glas, so dass es überzulaufen drohte, und ich mich tief über den Tisch beugen und hektisch abtrinken musste.

»In erster Linie interessieren uns also die Rechte an einem neuen Album, das Sie ja gewiss in Planung haben, gerne aber nehmen wir auch rückwirkend alle bisherigen Titel in Kommission«, erklärte der Alte.

»Ein Verlag, wissen Sie, kann aber noch sehr viel mehr für Sie tun«, sagte nun die Dame wieder. »Wir lizenzieren Ihre Lieder an Filme, an die Werbung, an große mediale Produktionen. Wir sorgen dafür, dass die Einnahmen steigen, langfristig, für Sie und für uns.«

»Steigende Einnahmen …«, antwortete ich.

»Und wir als großer Verlag, der so viele nationale und internationale Stars unter Vertrag hat, die oberste Kategorie, Sie sehen ja hier die Schallplatten an den Wänden, also wir suchen ständig nach neuen, außergewöhnlichen Songtextern – auch da winkt unter Umständen bald das ganz große Geld«, erklärte der Jüngere.

»Ach, was Sie nicht sagen!«, rief ich aus. »Wissen Sie, das trifft sich gut, denn wenn möglich, möchte ich bitte nicht mehr allzu lange selbst auf der Bühne stehen … Das ist auf die Dauer ja alles entsetzlich anstrengend …«

Wieder lachten sie.

Ich hörte mir nun gewiss noch eine ganze Stunde lang die Ideen und Vorschläge des großen, international renommierten Musikverlags an, schaute dabei immer wieder links und rechts an die Wände, die von oben bis unten vollgehängt waren mit silbernen, goldenen und platinfarbenen Schallplatten – welche Gewinne hier schon erwirtschaftet wurden, dachte ich, es mussten Unsummen sein, und meine Laune stieg mit jeder Sekunde.

Ich sagte also jeden einzelnen Vorschlag bereitwillig und eifrig zu, verabschiedete mich mit einer tiefen Verbeugung, machte noch einen Scherz, verließ das Gebäude mit federndem Schritt, stieg in den Jaguar und wollte gerade den Zündschlüssel umdrehen und mit der frohen Kunde zurück zu Sebastian fahren, als ich eine Kurznachricht erhielt: *Vielen Dank für das wunderbare Gespräch, das uns alle sehr beeindruckt hat. Jetzt haben wir in der Eile allerdings ganz vergessen, über Geld zu sprechen. Also, wir würden Ihnen bei Vertragsunterzeichnung einen Vorschuss von 15 000 Euro sowie einen zweiten Vorschuss in Höhe von 20 000 Euro bei Veröffentlichung des nächsten Albums zahlen. Nur damit wir uns richtig verstehen. Und über einen Plattenvertrag hier bei uns im Haus sollten wir – selbstverständlich – auch so schnell es geht reden. Details dann später, und eine gute Heimfahrt.*

15 000 Euro, 20 000 Euro – so also lief es, wenn man den Fängen der Geisteswissenschaften erst einmal entkommen war. Ich war wild entschlossen, sämtliche Verträge umgehend zu unterschreiben, und frohlockte wie ein kleiner Bub. Es konnte doch keinen Zweifel mehr daran geben, dass die Entscheidung *gegen* Professor Döhring und *für* all dies hier genau die richtige gewesen war – ja, mehr noch, dass mein Leben überhaupt den allerbesten Weg eingeschlagen hatte, dass ich wie geboren war für diese Karriere, und so startete ich den Jaguar, fuhr euphorisiert vom Hof, begeistert von mir selbst und meinem Auftritt, fuhr durch die Stadt und bog dann auf die Autobahn A10 und schließlich auf die A2 Richtung Westen.

Kurz nachdem ich die Grenze zu Sachsen-Anhalt hinter mir gelassen hatte und die Aufregung sich ein wenig gelegt hatte, kam ich ins Grübeln – wofür genau wollte mir der Verlag noch gleich so viel Geld überweisen? Für die Texte und Kompositionen? Für meine Autorenrechte? Würde ich eigentlich auch dieses Geld mit meinen Bandkollegen teilen müssen? Das waren doch *meine* Texte, ich allein hatte sie mir von Anfang an ausgedacht. Mehr noch, ich hatte genau diese Art von Texten, ihre Besonderheit, die jetzt so fürstlich entlohnt werden sollte, ja auch noch gegen den Widerstand der anderen durchsetzen müssen.

Ein seltsames Gefühl drückte mir aufs Gemüt. Ein Gefühl unsicherer, ungeklärter Besitzverhältnisse, das mich den ganzen Rückweg über von Berlin nach Düsseldorf begleiten sollte. Wie würde ich diese so wichtige Frage geregelt bekommen? Kämen etwa jetzt erst die schwierigen Zeiten auf mich zu?

Verteilungskämpfe? Gar Neid oder Ähnliches? Würden die anderen meine Sicht der Dinge verstehen?

Es lag selbstverständlich an mir, künftig alles korrekt und aufrichtig zu entscheiden und zu kommunizieren, ich hatte da eine ziemlich große Verantwortung, und dieser Verantwortung wollte ich auch gerecht werden. Und wie um es mir selbst zu beweisen, sprach ich es, während ich über die Autobahn sauste, laut vor mich hin, sprach die Worte mit voller Überzeugung in den hellen ledernen Innenraum des Jaguars hinein: »Offen, ehrlich und ohne Geheimnisse.« Ohne Zweifel, man sollte mich an diesen Worten messen können.

Ich war gerade an Wolfsburg vorbeigefahren, da erhielt ich gleich mehrere Nachrichten von Soyoung. Schon tags zuvor hatte sie versucht, mich telefonisch zu erreichen, ich aber hatte ihren Anruf in der ganzen Aufregung nicht entgegennehmen können und im Anschluss bedauerlicherweise vergessen, mich bei ihr zu melden. Ich blickte nun zum allerersten Mal mit schlechtem Gewissen auf ihre Nachrichten. War Soyoung etwa sauer auf mich?

Allerdings fuhr ich gerade mit fast zweihundert Stundenkilometern auf der linken Spur und entschied deshalb, dass es viel zu gefährlich war, sie auf der Stelle zu lesen, ich würde es später tun. Bei einer kommenden Rast vielleicht, spätestens, wenn ich Sebastian den Jaguar zurückgebracht hätte, allerspätestens aber, wenn ich zurück in Düsseldorf war, oder vielleicht besser: einfach gleich frühmorgens am nächsten Tag, gleich nach dem Aufstehen. Genau, so würde ich es machen. Das war doch gar keine Frage.

*

In den folgenden zwei, drei oder vier Wochen, so darf man behaupten, jagte erst einmal ein bemerkenswertes Ereignis das nächste, sodass ich kaum mehr einen Moment zum Durchatmen fand.

Sebastian und ich hatten der Band noch gar nicht in aller Ausführlichkeit von meinem Gespräch in Berlin und den im Raum stehenden Summen erzählen können, da meldeten sich innerhalb von nur einer Woche beinahe alle renommierten Konzertagenturen des Landes. Nur die größten und leuchtendsten Namen waren darunter, wie Sebastian mir versicherte, und sie alle baten in sich ähnelnden Formulierungen darum, sich so bald wie möglich mit mir »zum Essen« treffen zu dürfen.

»Worum geht es denn?«, tastete ich mich erst mal naiv voran.

»Es geht um Sie! Wir haben von Ihrer Musik gehört und möchten Ihnen helfen!«

»Ausgezeichnet. Wobei wollen Sie mir denn helfen?«

»Wir möchten Ihnen helfen, bald die ganz großen Konzerte und Festivals zu spielen! Dafür brauchen Sie eine Agentur!«

»Wunderbar. Wollen wir vielleicht ›beim Essen‹ darüber reden?«

Und dann hörte ich mir ihre Angebote ganz genau an.

Das alles, ich gebe es gern zu, schmeichelte mir sehr, und während ich in diesen Wochen mit meinen Bandkollegen weiter brav und fleißig zu den Konzerten fuhr, erstattete ich ihnen auf den langen Fahrten über die deutschen Autobahnen detailreich Bericht darüber, wie all diese Treffen jeweils gelaufen waren, was uns dabei in Aussicht gestellt und versprochen wurde und wie es nun allgemein weitergehen würde. Ich geriet dabei regelrecht ins Schwärmen, versicherte ihnen aber, dass nichts über ihre Köpfe hinweg entschieden würde, dass nicht der geringste Grund zur Sorge bestünde, dass das Beste für uns alle ganz offensichtlich kurz bevorstünde und so weiter.

Die Interessenten schossen weiterhin wie Pilze aus dem Boden, die Konzertagenturen, Verlage, Plattenfirmen, sie alle wollten mit mir zusammenarbeiten – und mit allen traf ich mich selbstverständlich bereitwillig, und immer wieder bestätigten sie mir, was ich im Grunde schon ahnte, was aber auch nur allzu offensichtlich war: dass nämlich bald Zahltag sein würde.

Bei all diesen Optionen hatte ich bald fast schon ein bisschen Sorge, dass mir die Dinge über den Kopf wachsen könnten, dass ich am Ende gar den Überblick verlieren und in Ermangelung von Erfahrung die falsche Entscheidung treffen könnte, da erhielt ich den Anruf eines Mannes, Andreas Gottwald, der mir seine Dienste als Manager in Aussicht stellte. Natürlich, ein Manager, genau das war es, was mir noch fehlte – es war, als hätte der Himmel ihn mir geschickt.

Als ich auch ihn zum Mittagessen traf, einen unaufgeregten, mit sanfter Stimme sprechenden Herren von vielleicht Ende 40, erklärte ich ihm zunächst in aller Ausführlichkeit, was sich in den vergangenen Wochen in meinem Leben ereignet hatte und wer schon alles aus welchen Branchen und Ecken auf mich zugekommen war. Natürlich kannte er sie alle, lachte bei dem einen Namen mal laut, schüttelte bei einem anderen nur leicht den Kopf, ließ sich bei wieder einem anderen sogar zu einem verächtlichen »O Gott, o Gott, *niemals*« hinreißen. All das gefiel mir wirklich sehr, die Professionalität, das Bescheidwissen und vor allem das abschätzige Besserwissen, und wir lachten an diesem Tag so viel über alles und jeden, dass ich eigentlich noch weit vor Ende des Gesprächs entschieden hatte, ihm künftig mein Lebensglück anzuvertrauen.

»Also, ich sehe das alles ganz klar«, sagte Andreas Gottwald schließlich, nachdem mein Bericht an ein Ende gekommen war. »Wir haben die beste Ausgangslage. Unter keinen

Umständen unterschreiben wir das Angebot aus Berlin, und auch die anderen nicht. Das wäre absurd. Jetzt geht es darum, überall noch ein paar Knöpfe zu drücken, ein paar weitere Räder zu drehen, noch mal ein paar Extratüren zu öffnen, sie alle gegeneinander auszuspielen, das Interesse auf die Spitze zu treiben, nur mit den besten Partnern die besten Verträge abzuschließen, und dann ...«, er machte eine Pause.

»Und dann? Und dann?«, fragte ich.

»... dann können wir hier alle, und ich sage das nicht leichtfertig, eine ganze Menge Geld verdienen«, erklärte Andreas und rieb dabei Zeigefinger und Daumen demonstrativ aneinander.

Ich klatschte in die Hände.

»Bravo. Genau das wollte ich hören!«

Dann legte er mir in aller Genauigkeit dar, was nun zu tun sein würde: Es ging um Musikvideos, anstehende und noch zu vereinbarende Showcases, Timings aller Art, Fernsehauftritte, Werbeverträge, Support-Tourneen, Marketingideen, Kooperationen und vieles, vieles mehr. Welche Verträge am dringendsten, welche am wenigsten dringend zu schließen seien, was er von mir in den kommenden Wochen und Monaten erwartete, was er für eine erfolgreiche Arbeit benötigte und dass ich bzw. wir nun vor allen Dingen so schnell wie möglich mit der Arbeit am dritten Album würden beginnen müssen. Andreas schüttelte einen detaillierten Zeitplan aus dem Ärmel, offenbar machte er das nicht zum ersten Mal, was mich ihm mit Haut und Haaren vertrauen ließ – jetzt erst bemerkte ich, gerade noch rechtzeitig, wie naiv es gewesen war, gleich den erstbesten Vertrag unterschreiben zu wollen, und ich lachte leise über mich selbst. Alles an seinem Plan klang nachvollziehbar und einleuchtend, immer wieder ging es um erhebliche Vorschüsse und Summen, und bei jeder Zahl, die er nannte, machte mein Herz einen weiteren Satz. Kein Zweifel, dieser Mann wusste, wie man aus allem das Maximum rausholte, wie man all die Mühe, die ich mir bislang gemacht hatte, in Geld verwandeln konnte.

»Wollen wir es also so machen?«, fragte Andreas Gottwald.

»Unbedingt«, antwortete ich, »genau so wollen wir es machen.«

»Dann übernehme ich ab jetzt sämtliche Verhandlungen und hole raus, was rauszuholen ist. Einverstanden?«

»Einverstanden«, sagte ich und wollte ihm bereits meine Hand entgegenstrecken, um unser Geschäft auf der Stelle zu besiegeln, da kam mir ein plötzlicher Gedanke. »Moment noch«, wandte ich ein, »was verdienen Sie eigentlich an der ganzen Sache?«

»Ich?«, fragte er.

»Ja, Sie.«

»Da müssen Sie sich gar keine Sorgen machen«, sagte Andreas. »Wir setzen einen marktgängigen Managementvertrag auf. Das heißt, ich bekomme bei allen Einkünften der Band eine Marge von zwanzig Prozent ...«

»Zwanzig Prozent?«, fragte ich etwas unsicher zurück.

»Ach, wissen Sie was, wir sagen einfach fünfzehn Prozent, klingt das besser?«

»Sehr viel besser«, gab ich zurück.

Andreas Gottwald lächelte, und mich packte eine Welle grenzenlosen Vertrauens.

»Sagen Sie ...«, kam es mir in den Sinn, »wollen wir an dieser Stelle nicht einfach zum Du wechseln?«

»Unbedingt«, sagte mein neuer Manager, »Andreas!«

»Angenehm«, antwortete ich beglückt, »*sehr* angenehm! Ach, und eine allerletzte Frage brennt mir unter den Nägeln.« Mir fiel noch etwas Wichtiges ein, da ich nun wirklich keine Geheimnisse mehr vor ihm zu haben brauchte. »Was denkst du, Andreas, mit deiner ganzen Erfahrung ... Findest du, es ist fair, also fair *mir* gegenüber, dass ich sämtliche Einkünfte gerecht mit der Band teilen muss? Auch und gerade mit denjenigen, die, sagen wir mal, nicht so unersetzbar sind wie *ich*?«

Andreas lächelte verstohlen.

»Nun, also, ich fürchte, das musst du in erster Linie mit dir selbst ausmachen ...«

Die Antwort befriedigte mich nicht im Geringsten. Ich hatte mir etwas anderes erwartet, hatte eigentlich darauf gehofft, er würde mich in meinen Überlegungen bedingungslos unterstützen.

»Es hängt letztendlich davon ab«, sprach er weiter, »wie sehr dir die anderen am Herzen liegen und wie sehr du bereit bist, ihren Unmut darüber auszuhalten und an dir abprallen zu lassen ... Man kann daran sehr leicht zerbrechen, weißt du? Es braucht sehr viel Willenskraft.«

»Hm ...«, sagte ich und verabschiedete mich.

Noch auf dem Heimweg schrieb ich Soyoung eine Nachricht: *Geliebte Soyoung, jetzt habe ich auch noch einen Manager. Ist das nicht verrückt? Dein Kindskopf hat einen Manager?!? Nun muss ich aber schnell nach Hause und ins Bett, denn morgen geht es zum nächsten Konzert nach, ich glaube, Leipzig. Bald schon aber, ganz bald, geliebte Soyoung, habe ich wieder mehr Zeit für dich. Dann bin ich Dein.*

*

Die Band hatte ich im Handumdrehen von der Notwendigkeit eines professionellen Managements überzeugt, Andreas pries ich ihnen als den vertrauenswürdigsten Menschen im ganzen Musikgeschäft an, was ja auch zutraf. Und mit der Aussicht auf eine goldene und für uns alle lukrative Zukunft heizte ich Sebastian und die anderen nun, wann immer nötig, zu noch enormeren Leistungen an, zu noch mehr Einsatz und Bereitschaft.

Wir hatten also beinahe sämtliche Konzerte unserer »Ochsentour« absolviert, da ging es zum Ende des Jahres noch zu zwei besonders wichtigen Terminen, bei denen es, wie Andreas sagte, sehr schnell um sehr viel gehen würde. Es handelte sich um einen Showcase in Berlin, um ein Konzert unter Ausschluss der Öffentlichkeit, organisiert ausschließlich für die Konzertagenturen, die sich im Anschluss daran nach Möglichkeit überbieten sollten, und ein paar Tage später dann ein zweiter im schneebedeckten München, der wichtigste, wie Andreas beteuerte. Unser Manager hatte vehement darauf gedrängt, das Angebot aus Berlin auszuschlagen und stattdessen gemeinsame Sache mit einer genauso bedeutenden Plattenfirma in München zu machen, schon allein aus dem Grund, da er zu Marius Hellmann, dem obersten Chef, einen, wie er betonte, sehr engen und vertrauensvollen Kontakt pflegte.

All das hatte er in Windeseile organisiert, hatte zudem Medienpartner und Presse kommen oder gar einfliegen lassen, und die allgemeine Spannung wurde nur noch größer. Auf Andreas war einfach Verlass.

Schon der Showcase in Berlin wurde zu einem Ereignis – zwar fühlte es sich seltsam an, ein Konzert nur vor Professionellen zu spielen, die während des Auftritts natürlich kaum Reaktionen zeigten, aber da ich besser als jeder andere verstanden hatte, um was es im Showgeschäft ging, dass es ein Geschäft war, ein Geschäft um Aufmerksamkeit, hatte ich meine Kollegen, kurz bevor wir die Bühne betraten, noch einmal besonders ins Gebet genommen:

»Stellt euch bitte vor, ihr spielt vor *gigantischen* Geldscheinen, und diese Geldscheine wollt ihr von euch überzeugen! Heute geht es mal nicht um die Kunst. Nicht um Visionen. Heute geht es um so viel mehr! Es geht um *Geld*!«, hatte ich ihnen in ihr finanzielles Gewissen gesprochen, und so spielten wir an diesem Abend vor den vielleicht fünfzig oder sechzig Anwesenden ein so furioses und atemberaubendes Konzert, bei dem ich mich mehrfach an den Rand der Ohnmacht trieb, als hinge unser Leben davon ab – und nur wenige Tage später einigten wir uns, ganz wie es unser Manager vorausgesagt hatte, mit einer der namhaftesten Konzertagenturen des Landes auf einen Vertrag, auf dass sie sogleich damit beginnen würden, uns für das kommende Jahr auf die wichtigen Festivals zu buchen, zu denen wir bislang in Ermangelung einer solchen Repräsentanz noch keinen Zutritt bekommen hatten.

In München lief es fast noch besser – wieder war es eine besondere und angespannte Situation, wieder war kein einziger zahlender Zuschauer oder gar Fan anwesend, nur die etwa dreißig Mitarbeiter einer einzigen Plattenfirma, vor denen wir spielten, denn sie alle, die unterschiedlichen Abteilungen, vom Marketing bis zur Chefetage, sollten sich ein Bild von uns machen. Ich hatte das Gefühl, Sebastian und den anderen diesmal gar nicht wieder groß zureden zu müssen, ich spürte, dass sie mittlerweile selbst verstanden hatten, um was es ging. Und so beließ ich es in den Momenten vor Konzertbeginn bei einer einzigen kleinen Geste, die daraus bestand, dass ich einen 100-Euro-Schein vor ihnen auf den Tisch klatschte und mit einem Messer, das ich extra zu diesem Zweck mitgebracht hatte, durchbohrte.

Die Aktion verfehlte ihren Zweck nicht. Abermals spielten wir, als habe der Teufel von uns Besitz ergriffen, und als ich im Anschluss an dieses Konzert von den Dutzenden von Malen, da man mir von allen Seiten auf die Schulter geklopft hatte, kaum mehr gerade gehen konnte, wusste ich endgültig, dass ich es geschaffte hatte und dass ich schon in wenigen Tagen den wichtigsten Vertrag meines Lebens unterzeichnen würde. Vielleicht, überlegte ich noch, würde ich eine Fotokopie dieses Vertrages auch Professor Dietrich und Professor Döhring zukommen lassen. Auf diese Weise konnten sie vielleicht auch noch mal etwas lernen.

*

Am Tag darauf erreichte ich erschöpft, aber doch sehr mit mir im Reinen meine Wohnung in Düsseldorf, die ich zuletzt immer seltener zu Gesicht bekommen hatte.

Ich öffnete den Briefkasten und fand darin bedauerlicherweise gleich eine ganze Reihe unbezahlter Rechnungen, Mahnungen des Stromversorgers, der Telekommunikationsunternehmen, der Krankenversicherung und leider auch nicht zuletzt dringende Zahlungsaufforderungen seitens meines Vermieters. Viel Geld hatte ich in den vergangenen Monaten natürlich nicht verdient, wenn man ehrlich war. Ziemlich wenig sogar, um genau zu sein, obgleich sich das irgendwie ganz anders angefühlt hatte. Tatsächlich aber war bis auf die schmalen Gagen, die wir ja auch bis auf Weiteres zu teilen hatten, genau genommen nichts auf mein Konto geflossen. Und so war ich einmal mehr drei Monatsmieten in Rückstand geraten.

Ich seufzte und machte auch noch den letzten Brief auf, eine Aufforderung der Kreditanstalt für Wiederaufbau KfW, die erstmals vorsichtig nachfragte, wie es denn nun, nach Beendigung des Studiums, um meine Einkünfte bestellt war und wann ich, um mal ganz vorne anzufangen, mit der Rückzahlung des Auslandskredits beginnen würde.

Da dieses Schreibens in nicht allzu dringlichem Ton formuliert war, machte ich mir um diese Sache, es war ja immerhin nur ein Bildungskredit, keine besonderen Sorgen. Und sowieso würden sich all diese Kleinigkeiten schon bald in Wohlgefallen auflösen, spätestens wenn wir zu horrenden Gagen auf den großen Bühnen dieses Landes spielen würden und die dicken Verträge unterschrieben hätten.

Und so legte ich die Rechnungen mit einem nur leicht mulmigen Gefühl zur Seite und schrieb Sebastian rasch eine Nachricht mit der Bitte, mir ein letztes Mal einen kleinen Betrag von vielleicht 3000 Euro zur Behebung der aktuellen Notlage vorzuschießen. Am Ende würden wir ohnehin alles miteinander verrechnen, erklärte ich ihm professionell.

Kein Problem, antwortete Sebastian prompt.

Plötzlich fiel mir Soyoung wieder ein. Was waren das nicht für aufregende und ereignisreiche drei oder vier Jahre gewesen, seit ich mich damals mit so argem Zahnschmerz in ihren Behandlungsstuhl und in ihre Arme hatte fallen lassen. Was war ich nur für ein Nichts gewesen, mit leeren Händen hatte ich vor ihr gestanden, weniger als nichts hatte ich ihr, dieser stattlichen Ärztin, vorweisen können. Und doch hatte sie mir so bereitwillig ihr Herz geöffnet. Was für ein Wunder, wenn man es genau betrachtete – und nun, ein paar Jahre später, hatte ich, gewiss auch mit Soyoungs Hilfe und Unterstützung, die zahlreichen Hürden meines Lebens gemeistert. Ich hatte ihr viel zu verdanken, so viel stand fest.

Also schrieb ich ihr noch schnell eine kurze Nachricht zur Nacht, einfach, um das Band zwischen uns in diesen wilden Zeiten unter keinen Umständen abreißen zu lassen: *Soyoung, meine geliebte Soyoung*, begann ich. *Bitte verzeih, dass ich mich zuletzt so selten bei Dir gemeldet habe. Ich bedaure es sehr. Schon bald kehre ich ganz und gar zu Dir zurück. Und dann bin ich Dein. Nur muss ich gerade so vieles in die Wege leiten, das mir so bedeutend für mein kleines Leben erscheint. Vielleicht hattest Du am Ende doch recht mit allem. Kann man es glauben? Tausend Küsse,*

Dein Kindskopf

Okay, schrieb Soyoung mir eine halbe Stunde später zurück. Und ich war glücklich, dass immer noch alles in bester Ordnung war.

KAPITEL VIII

IN DEM DAS GLÜCK VIELLEICHT DOCH NOCH INS WANKEN GERÄT

Nach den Jahren der Unsicherheit, nach den großen und mittelgroßen Kämpfen, die ich zu führen hatte, um meinen Platz in der Gesellschaft zu finden, nach all der schweren Zeit, in der ich immer wieder um festen Boden unter meinen Füßen gerungen hatte, gerade weil ich es, wie ich jetzt immer deutlicher sah, so viel schwerer gehabt hatte als andere, fühlte ich mich nun auf dem Höhepunkt meiner Selbstgewissheit angekommen. Nur ein Pessimist hätte bei allem, was in den vergangenen Monaten passiert war, noch an einen Zufall geglaubt, nur ein Hochstapler, nur ein Betrüger hätte zu diesem Zeitpunkt die Möglichkeit seines Scheiterns weiterhin eingepreist. So jemand aber war ich gerade nicht. Nein, Hochstapler und Aufschneider, die ihre Geltung und ihre Position nur durch Täuschung und List erreichten und darum wussten, die zu jedem Zeitpunkt und zur allgemeinen Unterhaltung damit kokettierten, dass ihr Schwindel gewiss schon bald auffliegen würde et cetera, verachtete ich zutiefst.

Die grundsätzliche Genugtuung, die ich in dieser Zeit endlich empfand, entstand jedoch nur zum Teil aus sich selbst heraus, war nur teilweise die unschuldige Freude am einsetzenden Erfolg. Sie entfaltete ihre ganze Kraft erst so richtig, wenn ich sie ins Verhältnis zu anderen setzte, zu alten Weggefährten, zu früheren Freunden, Bekannten und Konkurrenten. Hatten wohl meine alten Schulkameraden, die mich im Jahr 1998 noch so gedemütigt hatten, schon von meinem großen

Aufstieg erfahren? Wohl eher nicht, und sobald ich an sie zurückdachte, durchzuckte mich ein Gefühl der Überlegenheit, das zwar nur ganz ungenau in Worte zu fassen ist, das man sich aber vielleicht einigermaßen leicht vorzustellen vermag.

Wohin, so fragte ich mich, hatten die entscheidenden Jahre nach dem Abitur meine Klassenkameraden wohl geführt? Gewiss hatten sie alle sich bereitwillig einreden lassen, dass auch ihre Aussichten schlecht seien, dass auch ihre Träume unbedeutend zu bleiben hatten, und jetzt standen sie da, mit nichts in der Hand, vom Leben gebrochen, wie ich Anfang 30 aber – *überhaupt* nicht wie ich – jetzt schon am Ende.

Ich dagegen hatte mir meinen Lebensmut in keiner Sekunde nehmen lassen, nicht von ihnen, nicht von meinen Widersachern im Studium, einfach von niemandem. Ich hatte nicht aufgehört, an meine Bestimmung, an die besondere Gabe, an eine noch viel bessere Zukunft zu glauben, und das zahlte sich endlich aus.

Auch an meine Professoren dachte ich natürlich, auch ihre langen Gesichter stellte ich mir nun immer häufiger vor – sie würden dasitzen, in ihren kleinen, mit Steuergeldern subventionierten Büros, mit ihren von Angst geleiteten und vor dem Leben zitternden Studenten, denen sie nichts zu bieten hatten als glatte Einsen. Keine Frage, ich würde ihnen meinen Erfolg schon noch unter die Nase reiben. Damit es aber tatsächlich dazu kommen würde, durfte ich nun kein Risiko mehr eingehen, durfte keine Entscheidung mehr aus der Hand geben, nicht einmal die scheinbar unbedeutendste. Denn dass die Zeit rannte, hatte ich ja bereits erwähnt.

Wenn ich es richtig anstellen wollte, wenn ich trotz der Versprechungen der Unterhaltungsindustrie jetzt nicht blind ins Ungewisse rennen wollte, dann musste ich dieses ganze Unterfangen vom Ende her denken, musste den rechtzeitigen Absprung immer schon einplanen und für die Zeit danach alles in die richtigen Bahnen lenken.

Ausruhen würde ich mich später immer noch können, nun galt es, so viel aus den kommenden Jahren herauszupressen, so viel an Beute mitzunehmen wie möglich, und damit war es auch endlich an der Zeit, das mir zuletzt immer schwerer auf der Seele liegende Thema der gerechten Gagenverteilung ein für alle Mal zu meinen Gunsten zu regeln.

*

Wir trafen uns in Sebastians Studio. Es lag eine enorme Spannung in der Luft, alle brannten auf Neuigkeiten, darauf, mehr zu erfahren, überhaupt einmal etwas zu erfahren, denn die entscheidenden Termine hatte ich zuletzt ja ausschließlich allein wahrgenommen. Nun aber war ich bereit, die offenen Fragen zu beantworten.

»Es ist alles so aufregend«, sagte mein stets vor Begeisterung brennender Gitarrist, als wir es uns in den bequemen Sesseln gemütlich gemacht hatten. »Du musst uns alles erzählen! Jedes Detail.«

Alle blickten mich mit großen Augen an.

»Meine lieben Freunde«, sagte ich und räusperte mich, »wir stehen unmittelbar vor dem ganz großen Durchbruch, anders kann ich es nicht mehr sagen!«

Die Augen wurden noch einmal größer.

»Um mal mit dem Unwichtigsten zu beginnen, wir haben von unserer Agentur bereits die ersten Konzerttermine erhalten. Es ist ganz erstaunlich, ab dem Frühjahr spielen wir nun auf folgenden Festivals und Veranstaltungen«, erklärte ich in hohem Ton und las die Termine, die ich mir zu Hause fein säuberlich auf einem Blatt notiert hatte, in aller Bescheidenheit herunter, und hinter jeden Termin setzte ich auch die Höhe der Gage, die wir dafür bekommen würden. Es waren kaum noch Gagen unter 1000 Euro darunter, manchmal bekamen wir für ein einziges Konzert sogar 2000 Euro, und nach jedem meiner Sätze vernahm ich das beeindruckte, lautstarke Staunen meiner Bandmitglieder.

»Wahnsinn!«, flüsterte Sebastian vor sich hin.

»Irre!«, rief ein anderer. »Das muss ein Traum sein.«

»Nein, Leute, nein. Es ist kein Traum«, beruhigte ich sie. »Das ist erst der Anfang!«

Ihnen, meinen lieben Freunden und Kollegen, diese Nachrichten überbringen zu dürfen erfüllte mich mit aufrichtiger Freude, denn es war, als präsentierte ich ihnen nun schwarz auf weiß den Lohn ihrer Mühen – mittlerweile hatten auch sie ja schon beinahe vier Jahre lang Arbeit und Zeit in dieses Unterfangen gesteckt, viele Stunden auf der Autobahn und in dem engen Transporter verbracht, den Sebastian zwischenzeitlich aus eigenen Mitteln angeschafft hatte, sie hatten alles gegeben und, wenn man so wollte, sich für meinen Traum nach Leibeskräften bemüht. Jetzt endlich konnte ich ihnen etwas zurückgeben, jetzt endlich schien es sich auch für sie auszuzahlen, und der Blick in ihre vor Freude strahlenden Gesichter erfüllte mich mit einem Glück, das mit Geld gar nicht aufzuwiegen gewesen wäre.

»Und außerdem«, fuhr ich fort, »gibt es nun keinen Zweifel mehr am Allerwichtigsten ... Wir werden einen großen Plattenvertrag unterschreiben. Es ist nur noch eine Formalität. Während wir hier sitzen und warten, hat Andreas sich vermutlich bereits um alles Wesentliche gekümmert.«

»Mit der Plattenfirma aus Berlin?«, fragte wieder der Gitarrist.

»QUATSCH!«, rief ich laut in die Runde und machte eine abweisende, verächtliche Handbewegung. »Als ob wir das erstbeste Angebot annehmen würden. Dafür bräuchten wir doch keinen Manager!«

Allgemeines Staunen.

»Und es kann nichts mehr schiefgehen?«

Ich verdrehte die Augen.

»Nein. Alles, was *wir* jetzt noch machen müssen, ist …«, sagte ich und machte eine Pause.

»Was denn?«, fragten meine Bandkollegen aufgeregt durcheinander.

»Alles, was wir noch machen müssen«, setzte ich erneut an, »ist, so schnell wie möglich mit der Produktion der neuen Platte zu beginnen. Das ist das Wichtigste, denn sie soll schon in einem Jahr mit Pauken und Trompeten erscheinen … Es muss jetzt einfach alles ganz schnell gehen!«

Sebastian stand auf und klatschte in die Hände.

»Super. Das trifft sich gut«, sagte er, »denn wir haben bereits mit der Produktion begonnen.«

Ich schaute ihn wie vom Blitz getroffen an.

»Ohne mich?«

»Hör es dir doch erst mal an«, sagte Sebastian und startete eines der neuen Lieder, dann noch eines und noch eines.

Mir wurde schwindelig, ich fühlte mich überrumpelt, wusste weder, wo vorne, noch, wo hinten war und versuchte dennoch, mir nichts anmerken zu lassen. Dann stand ich auf, zupfte mein Jackett zurecht und bündelte meine Kräfte.

»Seid ihr denn von allen guten Geistern verlassen?«, entfuhr es mir.

Ich sah in verängstigte Gesichter.

»Was habt ihr euch dabei gedacht?!«

»Aber, aber …«, stammelte Sebastian.

»Aber was?«, entgegnete ich. »Ihr könnt doch nicht einfach so ohne mich mit der Produktion beginnen! Jetzt, wo so viel, wo für mich einfach *alles* auf dem Spiel steht!«

»Aber genauso wolltest du es doch immer«, sagte Sebastian entsetzt. »So wenig Arbeit wie möglich …«

»*So* wollte ich es?«, fragte ich wütend zurück. »Wer soll diese Musik kaufen? Wer soll so etwas Irres hören? Welche großen Radiosender sollen das spielen? Welcher Fernsehsender? Das ist doch vollkommen krank! Das versteht doch kein Mensch! Glaubt ihr, mit so einem sperrigen Unsinn können wir auch nur einen Cent verdienen?!«

»Wir dachten, dass ... du hast doch beim letzten Mal gesagt ...«, meinte nun der sonst so stille und zurückhaltende Bassist.

»Was ist denn das für eine Einstellung! Wir machen das doch jetzt nicht mehr nur zum Spaß! Und nur weil wir etwas *immer* so gemacht haben, heißt es nicht, dass es auch *künftig* das Richtige ist.« Ich schlug mit der Faust auf die nur schwach gepolsterte Lehne des Sofas und tat mir dabei etwas weh. »Wollt ihr euch denn überhaupt kein bisschen weiterentwickeln? Habt ihr überhaupt jemals schon eine eigene Idee von etwas gehabt? Oder macht ihr tagein, tagaus immer nur, was euch irgendjemand vormacht?!«

Sebastian schaltete entkräftet zuerst den Computer, dann den Monitor aus.

»Also, hört mir jetzt mal gut zu«, sagte ich. »Wir stehen kurz davor, einen Plattenvertrag zu unterschreiben, einen großen und wichtigen Plattenvertrag. Wie viele Menschen träumen von so etwas? Das ist eine Chance, klar, aber es ist, verdammt noch mal, auch eine enorme Verpflichtung. Meine Güte, das ist doch nicht so schwer zu verstehen.« Ich redete mich in Rage. »Da stehen jetzt große Konzerne vor unserer Tür, Unternehmen mit viel Geld, aber auch hohen Ausgaben. Diese Unternehmen tragen eine Verantwortung, für sich, für ihre Mitarbeiter. Daran hängen Existenzen. Diese Unternehmen wollen dieses Geld, das sie in *uns* investieren, auch wieder zurückhaben, von den Kunden, von den Käufern, mit Gewinn! Und deshalb tragen auch *wir* eine Verantwortung, auch *wir* müssen uns anpassen. Wir können nicht weiter Dienst nach Vorschrift machen. Wir müssen neue Wege gehen und am Ende ein Produkt abliefern, mit dem unsere Geschäftspartner *arbeiten* können.«

Es war mucksmäuschenstill, nur aus Sebastians Heizungskeller hörte ich das Dröhnen der mächtigen Ölheizung.

»Ich frage euch ein letztes Mal: Wer soll diese unhörbare Musik kaufen, die ihr euch da ausgedacht habt, nur weil wir es ›immer‹ so gemacht haben? Wir müssen jetzt endlich mal im Sinne der Plattenfirmen denken!«, sagte ich und ließ mich wieder zurück auf den Sessel fallen.

»Na gut«, sagte Sebastian leise und machte eine Pause, »und was stellst du dir vor?«

»Ist denn das so kompliziert? Wir müssen uns an den Bedürfnissen der Menschen orientieren. An den Kunden. Es geht jetzt nicht mehr darum, irgendeine abstrakte, verrückte Vision durchzusetzen, so toll sie vielleicht mal gewesen sein mag. Mir fallen so viele Künstler ein, aus denen vielleicht was hätte werden können, die aber an ihrer Kompromisslosigkeit gescheitert sind, an ihrer Sturheit. Was denkst du, hilft es dir, wenn du sechzig bist und noch immer unbeirrt dein Kunst-Gefrickel machst, aber arm bist wie ein Bettler. Wollt ihr so leben? Wollt ihr das? *Ich* jedenfalls nicht«, erklärte ich.

Alle schauten sich ratlos an. Sebastian zuckte mit den Schultern.

»Ach so«, sagte er. »Na ja, dann fangen wir einfach noch mal von vorn an ...«

»Allerdings«, sagte ich und versuchte, mich nun wieder zu beruhigen. »Oder wollt ihr etwa kein Geld verdienen?«

»Doch, doch«, murmelten nun alle mehr oder weniger undeutlich durcheinander.

»Wie bitte?!? Ich kann euch nicht verstehen!«, setzte ich noch einmal nach. »Wollt ihr etwa *kein* Geld verdienen? Habt ihr etwa einen besseren Plan für später?«

»Nein«, sagte nun wieder der Gitarrist stellvertretend für alle. »Natürlich wollen wir Geld verdienen. Und wenn du sagst, so müssen wir es machen, gut, dann soll es jetzt eben so sein ... Wir hatten nur gedacht, also, weil du beim letzten Mal, ach, egal.«

Mein Telefon klingelte plötzlich laut, fast schrill. Ich warf hektisch einen Blick darauf. Es war Soyoung. Ich drückte sie weg. »Und es gibt noch etwas, das ich mit euch besprechen möchte«, setzte ich an.

»Ja?«, sagte Sebastian. »Was denn noch?«

»Ich möchte mit euch über die Gagen sprechen. Ich finde, da besteht langsam Gesprächsbedarf ...«

Wieder klingelte mein Telefon. Wieder Soyoung. Abermals drückte ich sie weg. Das hier war wichtiger, vielleicht war es sogar das wichtigste Gespräch, das wir als Band zu führen hatten, viel zu lange hatte ich diese Sache schon vor mir hergeschoben.

»Was ist mit den Gagen?«, fragte nun einer der beiden Keyboarder, ein großer, fast zwei Meter langer Schlacks, mit unschuldigem Blick. »Gibt es da ein Problem?«

»Allerdings«, sagte ich, »die Gagen sind inzwischen erheblich gestiegen. Ich habe es euch ja gerade vorgerechnet. Je erfolgreicher wir werden, desto höher steigen die Gagen. Das ist ja logisch. Und so ein Erfolg, der fällt nicht vom Himmel ... Versteht ihr? Für so einen Erfolg hat jemand schon früh Verantwortung übernommen ...«

Alle blickten mich mit Spannung an.

»Na ja, also wisst ihr, an so einem Erfolg, an *unserem* Erfolg, sagen wir es so, sind natürlich viele beteiligt. Der eine mehr, der andere weniger. Und jeder von euch spielt dabei eine wichtige Rolle, natürlich, klar. Daran gibt es doch überhaupt keinen Zweifel«, tastete ich mich langsam an das so sensible Thema heran.

Zum dritten Mal klingelte mein Telefon. Zum dritten Mal drückte ich Soyoung weg.

»Aber wir haben auch steigende Ausgaben. Der Manager bekommt seine fünfzehn Prozent ...«, sagte ich.

»Fünfzehn Prozent?«, fragte irgendjemand.

»Ganz genau. Und die Agentur, die uns diese schönen neuen Konzerte vermittelt, die macht das *auch* nicht umsonst, die bekommt ebenfalls fünfzehn Prozent«, führte ich aus. »Und am Ende bleibt gar nicht so viel von den ach so hohen Gagen übrig, also viel weniger, als es den Anschein hat. Auch für mich, der, wie ihr wisst, schon sehr früh sehr viel Verantwortung getragen hat ... Nun ja, und da wollte ich mit euch endlich, nachdem wir es jahrelang anders geregelt hatten, also falsch geregelt hatten, da wollte ich mit euch darüber sprechen, dass ich finde, dass es nun an der Zeit ist, dass ...« An dieser Stelle versagte mir urplötzlich die Stimme. Ich konnte schlicht nicht mehr weitersprechen. Mir fehlte mit einem Male die Kraft, mir fehlte der Mut, vielleicht auch die Willensstärke – ganz wie es Andreas vorausgesagt hatte, ich weiß nicht genau, woran es lag, aber ich bekam keine Silbe mehr raus.

Ich blickte in die Augen meiner Bandmitglieder, die mir jetzt so brav und vertrauenerweckend wie Hundeaugen entgegensahen, und brachte es nicht übers Herz, ihnen die bittere Wahrheit mitzuteilen. Für heute hatte ich sie genug beansprucht.

»Ach, wisst ihr was«, sagte ich matt, »es ist gar nichts. Ich habe vergessen, was ich sagen wollte ... Verzeiht.«

»Dann ist ja gut«, sagte Sebastian.

*

Etwas mitgenommen, aber doch auf eine gewisse Art erleichtert fuhr ich am frühen Abend mit dem Zug zurück nach Düsseldorf. Keine Frage, es war richtig gewesen, die Sache mit dem Geld noch nicht anzusprechen. Am besten würde es wohl sein, wenn Andreas ihnen das demnächst mal in einer günstigen Situation in meinem Namen mitteilte – dann wären gewiss weniger Emotionen im Spiel, und auch für mich war es angenehmer.

Viel wichtiger erschien es mir, unmissverständlich klargemacht zu haben, wie es musikalisch weiterzugehen hatte. Die Platte musste unter allen Umständen ein Erfolg werden, mein ganzes Lebensglück hing davon ab. Ich sah hinaus und ließ die in den Nachkriegsjahren so übereilig hochgezogene Tristesse des Ruhrgebiets an mir vorbeirauschen, während sich in meiner Vorstellung die Details vom weiteren Fortgang der Dinge gegenseitig übertrafen. Ich rief meine E-Mails auf und las mir die schönsten und schmeichelhaftesten Nachrichten der Plattenfirmen und Agenturen noch einmal vor. So viel Lob und Anerkennung sprach aus ihnen, so viel Versprechen, so viel Ermunterung und Lob, dass sie ihre Wirkung auch diesmal nicht verfehlten: »Ganz ausgezeichnet«, »größtes Interesse«, »einmalig in Deutschland«, »bemerkenswert«, »sensationelles Talent«, »textliche und musikalische Stärke«, »beängstigend schlau« und unzählige Formulierungen dieser Art waren darin zu finden. Und während ich sie so las, träumte ich mich aus der Gegenwart weg, in ein künftiges Leben im Überschwang, in Glück und Zufriedenheit, endlich verstanden und angekommen, befreit von jeglicher Last, entlassen aus der Angst der vorangegangenen Jahre. Ich konnte gar nicht mehr erwarten, bis es endlich so weit war, bis auch endlich einmal meine Eltern das Ergebnis meiner Plackerei würden bestaunen dürfen. Was hatten sie nur für einen besonderen Jungen in die Welt gesetzt? Ob sie mit einer solchen Entwicklung zu Beginn meines Lebens gerechnet hatten?

Ich war so aufgeregt, dass ich, in Düsseldorf angekommen, mit federndem Schritt den Fußweg nach Hause suchte, anstatt, wie üblich, die Straßenbahn zu nehmen. Ich wollte den Kopf freibekommen, meine Gedanken ordnen für die anstehenden Aufnahmen, und so kam ich rund eine Stunde später voller Elan das Treppenhaus zu meiner Wohnung hinaufgeeilt. Auch bei Soyoung wollte ich mich unbedingt melden, das war ich ihr einfach schuldig, dachte ich noch in dem Moment, da ich die Tür aufsperrte, meine Wohnung betrat und dort ein unter der Tür durchgeschobenes Kuvert entdeckte.

Interessiert nahm ich es in die Hand. Es war etwas kleiner als ein gewöhnlicher DIN-Brief, aus festem Büttenpapier, und lag für seine Größe recht schwer in der Hand. Ich befühlte es aufmerksam, drehte es um, nichts stand darauf geschrieben, kein Wort, weder vorn noch hinten – was mochte es sein? Etwas Schmeichelhaftes? Etwas Überraschendes? Vielleicht von einer Nachbarin, einem Fan, gar ein Liebesbrief von Unbekannt, denn zuletzt war es natürlich immer häufiger vorgekommen, dass mich junge Damen, aber auch junge Herren unvermittelt anschrieben und den Kontakt suchten? Ich liebte diese Kontaktaufnahmen, ich liebte, dass wildfremde Menschen meine Nähe suchten und mir die unterschiedlichsten Dinge anboten – jetzt also ganz klassisch per Brief. Ich setzte mich genüsslich an meinen Schreibtisch, knipste die kleine Leuchte darauf an, nahm den schönen elfenbeinfarbenen Brieföffner zur Hand, den Soyoung mir einmal zum Geburtstag geschenkt hatte, und begann vorsichtig, das edle Kuvert zu öffnen, ohne ihm zu viel Schaden beizubringen.

Mit spitzen Fingern entnahm ich einen fein säuberlich doppelt gefalteten Briefbogen, den ich in rasant steigender Erregung aufklappte und vor mir auf dem Schreibtisch glatt strich.

Dann begann ich zu lesen:

Mein lieber Kindskopf,

Ach, er war natürlich von Soyoung!

entschuldige bitte, es ist mir sehr unangenehm, dass ich Dich so bedrängen muss, denn ein unter der Tür hindurchgesteckter Brief, das ist, man kann es wohl nicht freundlicher sagen, nichts weniger als eine Bedrängung, eine Belästigung, eine gierig gegebene Zusage auf eine nie ausgesprochene Einladung – ja, ich möchte fast sagen eine in die Tat umgesetzte Gewaltanwendung.

Ich legte Soyoungs Brief nach diesem herrlichen Einstieg kurz beiseite. Sie hatte das letzte Wort extra unterstrichen, sogar ein Lineal hatte sie dafür benutzt, denn mit der Hand konnte doch niemand eine so gerade Linie ziehen. Wie schön, bitte, hatte dieser Brief schon begonnen? Viel mehr als ich, dachte ich in diesem Moment nicht zum ersten Mal, war vielleicht eigentlich *sie* zur Künstlerin geboren.

Ich freute mich über ihre Zeilen, die davon Zeugnis gaben, dass es in meinem Leben noch Menschen gab, denen ich auch jenseits des Erfolgs etwas bedeutete. Und konnte es wahr sein? Roch ich an dem Papier etwas von Soyoungs Duft, den ich so lange schon nicht mehr hatte wahrnehmen dürfen? Interessiert las ich weiter:

Du weißt, das war nie meine Art und wird es nie sein, und ich weiß, wie beschäftigt Du dieser Tage bist. Ich will es also kurz machen, und ich tue es gezwungenermaßen auf diesem Weg, weil ich zuletzt doch das Gefühl hatte, dass Du meine Nachrichten nicht lesen konntest oder wolltest, aber was genau wäre da eigentlich der Unterschied? Und da Du auch meine Anrufe hast verstreichen lassen, und da mir die Tür nicht geöffnet wurde, wenn ich zuletzt in stiller Hoffnung bei Dir klingelte, weil mein Weg mich in die Nähe Deiner Wohnung führte, so bleibt mir also nur dieser so schandhafte Weg:
Ich habe jemanden kennengelernt.

Jemand anderen als Dich, wenn es das deutlicher macht.
Ganz recht, Du Kindskopf, es gibt nämlich noch andere Menschen als Dich auf der Welt, auch wenn ich es mir sehr lange und bis zuletzt anders gewünscht hätte, wie Du vielleicht ahnst. Aber so ist es nun.
Unsere Zeit ist vorüber. Himmel!
Und in mein Unglück darüber, das ich in den vergangenen Monaten so schwer mit mir herumgetragen habe, mischt sich, ich gebe es zu, trotz allem auch ein gewisses Maß Zuversicht, dass Dir dieses Ende vielleicht sogar eine Entlastung sein könnte. Warum das so ist?
Wir werden es nicht mehr herausfinden.
Soyoung

Vollkommen überrumpelt ließ ich den Brief sinken. Ich starrte an die Wand und fühlte plötzlich eine Mischung zweier ganz unterschiedlicher Gefühle von mir Besitz ergreifen. Einerseits empfand ich natürlich eine tiefe und aufrichtige Traurigkeit, und ich bemerkte, wie mir nun jeden Moment ein paar Tränen über die Wangen rollen würden – Tränen, die nicht mir selbst galten, denn was hatte ich schon anderes verdient? Nein, sie galten Soyoung und ganz allein ihr. Ihren Schmerz, der mir erst jetzt, da sie ihn in ihrem Brief so vehement zu verstecken suchte, zum ersten Mal zu Bewusstsein kam, konnte ich nun unmittelbar nachempfinden. Arme Soyoung, meine arme, arme Soyoung, sagte ich zu mir, ließ diese Tränen nun endlich einmal zu und hoffte, dass sie noch lange fließen würden.

Ich stellte mir bildlich vor, wie Soyoung früher an diesem Tag, vielleicht noch vor der Arbeit, vielleicht in der Mittagspause, vielleicht auch erst, kurz bevor ich nach Hause gekommen war, den Brief, den sie so sorgsam notiert, gefaltet und in das Kuvert gesteckt hatte, unter der Tür hindurchschob. Ich stellte mir vor, wie sie damit zu meinem Haus fuhr – vielleicht noch mit sich ringend, ob sie auch wirklich das Richtige tat –, wie sie davorstand und darauf wartete, dass ihr jemand zufällig Zutritt zum Hausflur gewährte, wie sie die Stufen nahm, die sie in all den Jahren in großer Vorfreude auf mich emporgestiegen war, und noch ein letztes Mal an meiner Tür klingelte und mich wieder nicht fand.

In diesem Fall, dachte ich, hätte ich ihr sogar noch begegnen können, wäre ich nach meiner Ankunft in Düsseldorf nicht zu Fuß nach Hause gelaufen, sondern hätte ich, wie üblich, die Straßenbahn genommen. Wie wäre wohl dieses Szenario für uns beide ausgegangen? Und je länger ich darüber nachdachte, je genauer ich mir diese Folge an Ereignissen vergegenwärtigte, desto ärger und ärger schmerzte es mich in meiner Brust.

Und gleichzeitig mischte sich bereits in diesem ersten Moment der Trauer, ich sage es so ehrlich, wie es mir möglich ist, noch ein ganz anderes Gefühl – ein Gefühl der Befreiung, ganz wie Soyoung es in ihrem Brief vorausgesagt hatte. Es war, als wäre eine Last von mir abgefallen, sosehr ich Soyoung auch bewunderte und vermisste. Ich spürte, dass dieses Ende, das sie mir so günstig und schuldfrei auf dem Silbertablett präsentiert hatte, nicht nur für sie, sondern in erster Linie für mich die einzig richtige Entscheidung darstellte. Viel zu lang hatte ich nur aus Rücksicht, ihretwegen, die Augen davor verschlossen.

Waren meine Tränen also nur Krokodilstränen? Nicht im Geringsten, denn so echt wie diese Tränen waren, die mir selbst noch einmal bezeugten, wie sehr mir das Glück Soyoungs am Herzen lag, so echt war auch meine Überzeugung, dass für sie jetzt endlich alles gut werden würde, und so verwandelten sich meine Tränen nicht zuletzt in Freudentränen über die vergangenen Jahre, die ich unter Soyoungs schützender Hand hatte verleben dürfen. Denn wie gesagt, auch ihr gebührte ein gewisser Dank an meiner Entwicklung.

Und nun? Keine Frage, ab sofort würde ich mich rücksichtslos in mein neues Leben stürzen. Ich würde nehmen, was ich zu fassen bekam, würde mir die Welt untertan machen, und ich beschloss, noch bevor ich an diesem Abend in einen beruhigenden Schlaf fiel, Soyoung in den kommenden Tagen einen ähnlich wunderbaren Brief zurückzuschreiben. Gewiss würde ich daran denken.

*

Ich begann den nächsten Tag mit enormem Tatendrang. Ich zog meine Laufschuhe an und ging gleich nach Sonnenaufgang eine Runde joggen, weil ich das Gefühl hatte, mich für die kommenden Monate in Form bringen zu müssen – jetzt, da ich für hohe Gagen andauernd auf irgendwelchen Bühnen stand, kam es mir nachgerade wie meine Pflicht vor, mich in meiner allerbesten Form zu präsentieren. Das war ich meinem Publikum schuldig. Als ich nach einer knappen Stunde auf einer Parkbank Rast machte, schrieb ich Andreas, wie beinahe jeden Tag, eine Nachricht: *Sag mal, wann unterschreiben wir eigentlich die Verträge?*

Sofort erhielt ich eine Antwort: *Keine Sorge, sobald ihr neues Material liefert, mache ich alles klar. Reine Formsache. Es geht nur noch um die Höhe der Vorschüsse.*

Nicht, dass noch etwas schiefgeht ...?, fragte ich noch einmal nach, sicher war sicher, und in einer zweiten Nachricht: *Es darf jetzt WIRKLICH nichts mehr schiefgehen. Es ist wegen meinen Eltern und so. Weißt Du? Das ist ganz wichtig ...*

Zwar erhielt ich auf diese letzte Nachricht keine Antwort mehr, aber das war ja auch gar nicht notwendig. Andreas war der Profi, er kümmerte sich, während ich an meinem Körper arbeitete, gewissenhaft um die Deals, also erhob ich mich gleich wieder von der Parkbank und joggte weiter – denn es gab noch so viel zu tun.

*

Bevor ich später am Abend wieder zu Sebastian ins Studio fuhr, wollte ich meinen Eltern Besuch abstatten. Sie hatten mich vermutlich seit vier oder fünf Monaten nicht mehr zu Gesicht bekommen, ich musste meist kurzfristig absagen oder ich erschien nicht zu einem verabredeten Treffen, einfach weil ich so unendlich viel zu tun hatte.

Mein Vater begrüßte mich gewohnt überschwänglich, er war vor allen Dingen froh, mich bei bester Gesundheit zu wissen, und sowieso war er, solange ich denken konnte, in allen Dingen ein bisschen nachsichtiger mit mir gewesen als meine mich doch genauso liebende Mutter, die sich jedoch immer die allergrößten Sorgen machte und darüber oftmals verzweifelte.

Wir setzten uns zu Tisch, und ich zeigte ihnen Fotos und Videos unserer Konzerte, las ihnen, wie zum Beweis, Nachrichten unseres Managers und der Plattenfirmen vor, und am Ende präsentierte ich ihnen die Zahlen. Folgenden Betrag würde ich hier bekommen, folgenden dort, dies ließe sich hier für mich schon bald verdienen, jenes dort. Und am Ende nannte ich mehrfach hintereinander Beträge um die 20 000 oder 30 000 Euro und machte eine erwartungsvolle Pause, und insbesondere bei meinem Vater lösten diese Worte durchaus einen gewissen Respekt aus, glaube ich.

»Und dieses Geld gehört ganz allein dir?«, fragte meine Mutter.

»Wem sonst?«, antwortete ich.

»Na ja, den anderen vielleicht? Du bist doch nicht allein auf der Welt? Was ist mit Sebastian?«

»Was soll denn das heißen, Mutter?«

»Müsst ihr nicht teilen?«

Ich zuckte mit den Schultern.

»Denkst du, ich weiß nicht, wovon ich rede?«, gab ich verärgert zurück.

Meine Mutter goss sich noch einmal Kaffee nach.

»Und wann bekommst du dieses ganze Geld, wenn ich fragen darf?«

»Bald ... in ein paar Tagen. In ein paar Wochen, was weiß denn ich ...«, wurde ich lauter. »Es ist aber auch scheißegal! Es gibt Absprachen, Vereinbarungen, all solche Dinge! Echt eine Frechheit, dass ich mir jetzt von euch so dämliche Fragen anhören muss!«

Mein Ausbruch war wohl etwas heftig geraten, und wir schwiegen uns alle ein paar Momente lang an. Hoffentlich hatten sie nun verstanden, dass es keinen Sinn mehr hatte, mich andauernd zu hinterfragen.

»Wie geht es denn Soyoung?«, fragte mein Vater nun, um das Thema zu wechseln.

»Soyoung?«, fragte ich überrascht zurück und bemerkte, dass sich die Laune meiner Mutter gleich deutlich verbesserte.

Denn natürlich war es so, dass meine Eltern nur in den wärmsten und allerhöchsten Tönen von Soyoung sprachen, nur im höchsten Maße von ihr dachten, ja, dass sie Soyoung regelrecht verehrten – und das, obwohl sie sie in all der Zeit nur eine Handvoll Male überhaupt zu Gesicht bekommen hatten. Ich brachte Soyoung nicht gar so häufig mit zu meinen Eltern, muss ich zugeben. Doch wenn sie sie trafen und wenn Soyoung ihnen so unverstellt die wohlerzogene junge Frau gab, die sie ja war, wenn sie ihnen das Gefühl gab, dass am Ende des Tages alles in Ordnung kommen würde mit ihrem Sohn, dann sprachen meine Eltern meist wochenlang von nichts anderem mehr als von ihrer Soyoung.

Einmal sogar hatten wir uns, ich erinnere mich, zu viert in Düsseldorf getroffen. Ein herrlicher Tag! Wir saßen gemeinsam in Soyoungs Wohnung und tranken Kaffee, Soyoung hatte ein paar Eclairs und eine Handvoll Petit Fours vom Konditor besorgt, später spazierten wir über die Königsallee, und im Anschluss fuhren wir sogar noch in Soyoungs Sportwagen an ihrer Praxis vorbei. Verständlicherweise hatte all dies immensen Eindruck auf meine Eltern gemacht, auch wenn sie das niemals ausgesprochen hätten, aber ich hatte es natürlich bemerkt und genossen. Und auch wenn meine Eltern nie in diesen Kategorien dachten, nie strategische Erwägungen wie die von Professor Dietrich in Betracht gezogen hätten, so ahnte ich doch, dass sie sich vermutlich nichts sehnlicher gewünscht hätten, als dass Soyoung mich bis ans Ende unserer Tage unter ihre Fittiche nahm.

»Also …«, fing ich an. »Soyoung und ich haben uns, wie soll ich sagen, wir haben uns zuletzt nicht mehr so häufig gesehen …«

Meine Mutter erschrak.

»Aber wieso? Weshalb? Was ist passiert?«

»Na ja, es ist, nun ja, ich möchte eigentlich gar nicht darüber reden. Vielleicht ist auch gar nichts«, sagte ich jetzt und bereute noch im selben Moment, die Wahrheit überhaupt angedeutet zu haben.

»Jetzt *sag* schon«, forderte meine Mutter nervös.

»Wir haben uns halt auseinandergelebt, meine Güte«, sagte ich nun. »Ich habe euch doch gerade erzählt, was ich alles zu tun habe. Termine hier, Termine dort. Sie ist eine Ärztin, ich bin Künstler. Und jetzt passte es eben nicht mehr so gut mit uns. Das ist doch auch klar.«

Mein Vater blickte betroffen zu meiner Mutter hinüber und kratzte sich an der Stirn.

»Sie hat mich verlassen, wenn ihr es genau wissen wollt. Aber es war ohnehin überfällig. Es ist für uns beide das Beste.«

Etwas mir bislang ganz Unbekanntes lag in ihrem Blick. Eine Besorgnis ganz eigener Art. Dann senkten meine Eltern die Köpfe. Vielleicht war Soyoung, so denke ich heute, zu dieser Zeit, als ganz langsam alles ein wenig ins Wanken geriet, so etwas wie ihre letzte Hoffnung gewesen.

»Aber«, sagte meine Mutter, »aber vielleicht seht ihr euch

noch mal? Vielleicht wird es ja wieder was mit euch, mein Junge? Bitte, bitte, melde dich doch bei ihr. Es ist nie zu spät …«, fachte sie ihre eigene Hoffnung an.

»Was hast du denn bloß wieder angestellt?!«, sagte mein Vater. »Was soll denn ohne sie aus dir werden?«

»Aber das habe ich euch doch gerade alles ganz genau erklärt!«

Meine Mutter stieß einen schweren, langen Seufzer aus.

»Und jetzt entschuldigt mich bitte«, sagte ich wütend und stand auf, »mir gefällt diese Stimmung hier überhaupt nicht. Ich habe so viel erreicht, so unendlich viel mehr als jeder andere hier in der Gegend, viel mehr als all diese Idioten, mit denen ich mal Abitur gemacht habe. Und was macht ihr? Ihr misstraut mir und entmutigt mich, wo ihr nur könnt. Ich gehe mich kurz frisch machen, wenn ihr erlaubt? Das ist ja hier nicht zum Aushalten.«

Ich stand auf, stampfte die Treppen nach oben, schloss mich im Badezimmer ein und versuchte, mich zu beruhigen. Ich durfte und wollte meinen Eltern nicht böse sein. Wie sollten sie, als ehrliche Arbeiter, auch begreifen, was sich in meinem Leben gerade ereignete? Ich wusch mir das Gesicht mit eiskaltem Wasser, wie ich es schon immer am allerliebsten tat, wenn mir die Probleme über den Kopf wuchsen. Dann stellte ich mich ganz nah vor den Badezimmerspiegel und betrachtete mein vom Wasser gekühltes Gesicht. War noch genügend Jugendlichkeit darin zu erkennen? Man durfte sich da bloß nichts vormachen, das war das Wichtigste. Ich stieß mir beinahe die Stirn an dem Spiegel. Von allen Seiten betrachtete ich mich, wendete mich nach links, drehte mich nach rechts, beschaute mir die Partien um meine hellbraunen Augen herum genau, befühlte die Widerstandsfähigkeit und Reinheit meiner Gesichtshaut, die ich in weiser Voraussicht seit ein paar Jahren schon intensiv pflegte – und ich entschied in diesem Moment einmal mehr, dass sehr wohl noch mehr als genug Leben in diesem Gesicht steckte, um noch das ganz große Rad drehen zu können. Warum erkannten meine Eltern das nicht? Schauten sie mich nicht richtig an?

Ich trocknete mich mit einem Frotteehandtuch ab und ging die Stufen ins Erdgeschoss wieder hinunter, in der Hoffnung, dass der unangenehme Teil unseres Gesprächs vorüber sein würde, dass wir uns bei der Hand nehmen und uns versöhnen würden.

Unten angekommen blickte ich indes in das versteinerte Gesicht meiner Mutter. Wütend bis verbittert knallte sie einen Stapel loser Zettel auf den Tisch, und ich erkannte sofort, worum es sich dabei handelte. Völlig vergessen hatte ich nämlich in der Aufregung zuvor, dass meine Mutter es sich in ihrer so ausgeprägten Fürsorge angewöhnt hatte, bei jeder sich bietenden Gelegenheit meine Jacken- und Hosentaschen auf Löcher zu untersuchen, oder zumindest nahm sie es zum Grund, in meine Taschen zu schauen. Zwar hatte ich längst aufgehört, mich darüber zu empören, dafür war sie einfach zu uneinsichtig, und sie war ja schließlich auch meine Mutter, aber ich gab doch jedes Mal größte Acht, mich dadurch nicht in eine missliche Lage zu bringen – doch nicht an diesem Tag.

Noch bevor ich in Düsseldorf aufgebrochen war, hatte ich all die unbezahlten Rechnungen, all die Mahnbescheide und Zahlungsaufforderungen in meine Jackentasche gestopft, es waren sogar zwei Schreiben von Inkassobüros dabei und der überfällige Bescheid des Finanzamtes, weil ich sie später Sebastian mit der dringlichen Bitte vorlegen wollte, mir noch ein allerletztes Mal ein wenig Geld vorzuschießen. Ich hatte das für einen vorzüglichen Plan gehalten, denn würde Sebastian diesmal mit eigenen Augen sehen, wie arg es um meine finanzielle Situation bestellt war, konnte ihn das unmöglich kaltlassen. Doch nun hatte ausgerechnet meine Mutter die Dokumente in die Hände bekommen, als ich mir im Bad das

Gesicht gewaschen und dabei mein Jackett über dem Stuhl hängen gelassen hatte, aus dem die Dokumente vermutlich regelrecht hervorgequollen waren. Dieser Einladung hätte sie unmöglich widerstehen können.

»Du hast Schulden ...«, sagte mein Vater vorwurfsvoll.

»Warum lügst du uns an?«, schluchzte meine Mutter fast.

Ich war für einen Moment wie gelähmt.

»Wie soll denn das alles enden?«, sagte mein Vater nur und ließ den Kopf auf die Tischplatte sinken. »Was ist denn aus deinen tollen Abschlüssen geworden?«

Erneut stand ich auf und entriss meiner Mutter die Zettel, die sie mit kalten Händen umklammert hielt.

»Jetzt reicht es mir endgültig«, sagte ich. »So eine Frechheit! Aber ihr werdet euch noch wundern!«

Ich schnappte mir mein Jackett, stopfte die Mahnungen und Zahlungsaufforderungen wild zurück in die Taschen und verließ das Haus.

O ja, ihnen würde schon bald Hören und Sehen vergehen.

*

Endlich war ich vollständig auf mich allein gestellt. Ganz so, wie ich es mir insgeheim immer schon ausgemalt hatte. Etwas Besseres konnte mir gar nicht passieren, wenn man ehrlich war, denn bis zuletzt hatten mich meine alten Bande, die zu meinen Eltern und auch die zu Soyoung, noch auf die ein oder andere Art an meinem Fortkommen gehindert. Doch jetzt gab es keine Ausreden mehr, jetzt konnte ich tun und lassen, was immer ich wollte, ohne auch nur irgendjemandem Rechenschaft ablegen zu müssen.

Warum wollten mich gerade die Menschen, die mir angeblich am nächsten standen, mit allen Mitteln am Boden halten?

Sebastian und ich jedenfalls stürzten uns nun in jeder freien Minute in die Produktion. Bis zu den ersten großen Festivals im Frühjahr des folgenden Jahres verbissen wir uns in die Arbeit, denn ich wollte Andreas und unseren bestimmt schon begierig wartenden Vertragspartnern nicht den geringsten Grund zu der Annahme liefern, dass wir nicht aus dem Stand genau dort weitermachen konnten, wo wir aufgehört hatten. Und während wir uns an die neuen Lieder machten, ertappte ich mich immer wieder bei dem Gedanken daran, was wohl die Damen und Herren aus München für Augen machen würden, wenn sie gleich beim ersten Hören des neuen Materials staunend zur Kenntnis nehmen durften, dass ich ihre Wünsche und Hoffnungen nachgerade vorausgeahnt und vom ersten Ton an auf möglichst große Vermarktbarkeit Wert gelegt hatte. Ich wollte unter keinen Umständen am Markt vorbeiproduzieren und war überglücklich, dass Sebastian und die anderen mittlerweile genau verstanden hatten, was das musikalisch bedeutete – nur hier und dort musste ich bisweilen noch eingreifen und lautstark zu einem ästhetischen Umdenken drängen, meistens aber gingen diese Prozesse nun reibungslos über die Bühne, sodass wir gut, wie ich fand, sogar sehr gut, vorankamen.

Immer wenn wir wieder einen entscheidenden Schritt getan hatten, gab ich Andreas freudige Mitteilung, und als nach einem guten halben Jahr vier neue Stücke vorlagen, machte Andreas gleich Nägel mit Köpfen, lies Marius Hellmann aus München einfliegen, und Sebastian und ich holten ihn mit dem Jaguar vom Flughafen ab und nahmen ihn mit ins Studio, wo Andreas schon auf uns wartete.

Zwar hatte ich mir von Marius Hellmann, nachdem wir an diesem Tag gemeinsam die neuen Songs durchgehört hatten, etwas mehr augenblickliche Euphorie gewünscht, etwas mehr unmittelbare Begeisterung, wie ich sie ja sonst auch gewohnt war, aber doch gab es keinen Zweifel daran, dass es ausgezeichnet für uns gelaufen war. Er war einfach ein Profi, der schon alles gesehen und schon alles gehört hatte und wir waren beileibe nicht seine erste Band, es wäre absurd gewesen, zu glauben, dass er bereits an Ort und Stelle in Jubelstürme ausbrechen würde.

Alles Weitere lag nun in der Hand von Andreas.

*

Parallel spielten wir die ersten wirklich großen Festivals, und immer häufiger nächtigten wir dabei in durchaus angenehmen Hotels, schwammen in Swimmingpools und entspannten nach den Auftritten in Saunalandschaften. Von außen betrachtet hätte also niemand noch einen Zweifel daran haben können, dass es sich bei mir mittlerweile um einen erfolgreichen Künstler handelte. Uns eilte zu dieser Zeit vor allem unser Ruf voraus, ein Versprechen, das unser Manager der Agentur gegeben hatte, die es ihrerseits an die Festivals weitergab und so weiter. Einer glaubte dem anderen, und so durften wir schon jetzt ein wenig bei den Großen mitspielen.

Ich war überrascht, wie viele dieser Festivals es überall in Deutschland gab und wie viele Abertausende junge Menschen quer durch die Republik in den warmen Monaten des Jahres bereit waren, für ungeheuer viel Geld tagelang im Matsch zu leben. Für mich wäre das zu keiner Zeit meines Lebens infrage gekommen.

Außerdem gab es nicht nur unendlich viele Festivals, zum ersten Mal überhaupt kam mir zu Bewusstsein, wie viele andere Musiker es neben uns gab, denn auf den Plakaten und Ankündigungen prangten meist so viele Künstlernamen, so viele mir ganz und gar unbekannte Sänger und Musiker, dass mir bisweilen ganz schwindelig wurde. Bands, von denen ich wirklich noch nie zuvor etwas gehört hatte, standen viel weiter oben und in viel größeren Lettern auf diesen Plakaten, und wenn ich ehrlich bin, waren mir die dauerhafte Präsenz und die ständige Gesellschaft, die Unterhaltungen und das Zeitverbringen mit diesen anderen »Künstlern«, die letztlich ja nichts anderes waren als Konkurrenten, auch wenn man sich freundschaftlich geben musste hinter den Bühnen, ein unglaublich lästiges, belastendes und uninspirierendes Ärgernis, das ich jedoch hinzunehmen hatte, wenn ich diesen Weg weiter beschreiten wollte.

Indes, in mir erzeugte es nichts als Verdruss.

*

Dann, einige Wochen nach dem Besuch von Marius Hellmann, an einem herrlichen, nicht zu heißen Sommertag, leitete mir Andreas aus heiterem Himmel kommentarlos eine E-Mail weiter.

Lieber Andreas,
vielen herzlichen Dank noch einmal für die Einladung und entschuldige die späte Antwort. Ein sehr schönes Haus hat die Band da, einen schönen Jaguar und ein beeindruckendes Studio. Sehr interessante junge Leute, das muss ich schon sagen.
Ich hab mir ihre neuen Stücke in den letzten Tagen noch einmal durchgehört, muss Dir aber sagen, dass ich sie schwach finde. Richtig schwach! Ich habe mit dem ganzen Team beraten, und wir tun uns alle sehr schwer damit. Tut mir leid. Und dennoch ... Schickt mir gern neues Material.
Marius

Diese Nachricht erwischte mich aus heiterem Himmel. Kein Wunder, dass wir die Verträge noch nicht unterschrieben hatten, kein Wunder, dass alles auf sich warten ließ – was wir uns ausgedacht hatten, gefiel ihnen nicht, sagten sie, und ich geriet über diese bittere Erkenntnis zunächst in Bestürzung.

Anstatt aber in blanke Panik oder, noch schlimmer, in Selbstmitleid zu verfallen, nahm ich die Nachricht nicht als Beleidigung auf, ich reagierte nicht wie ein trotziges kleines Kind, sondern analytisch und besonnen. Konkret: Ich beschwor Sebastian auf der Stelle, sich gemeinsam mit mir noch tiefer in die Arbeit zu stürzen, noch mehr Zeit und Kraft zu investieren, den Wünschen der Plattenfirma entgegenzukommen, noch genauer vorauszuahnen, was sie von uns erwarteten. Denn wenn man eines lernen konnte aus diesem Rückschlag, dann, dass einem in der Welt der Großen selten etwas geschenkt wird – und dieser Herausforderung wollte ich mich unter allen Umständen stellen.

Ein ganz neuer, frischer Geist durchwehte das Studio in dieser Zeit, und ich fragte mich bereits, was uns in den Wochen zuvor eigentlich geritten hatte, Aufnahmen von so geringer Qualität abgeliefert zu haben. Wir bemerkten nun selbst, was wir da für einen Schund fabriziert hatten, so als habe uns Marius Hellmann – gerade zur rechten Zeit – den Schleier von den Augen gerissen. Irgendetwas hatte uns wohl zwischenzeitlich die Sinne vernebelt, vielleicht die Aussicht auf Erfolg, vielleicht der Geruch des Geldes. Davon aber konnte jetzt nicht mehr die Rede sein, und wir spürten Tag um Tag, dass wir nach all der vertanen Zeit endlich auf dem richtigen Weg waren – man hörte es an den Kompositionen, an der frischen Energie und an der wiedergewonnenen Unerschrockenheit, die in die Arrangements und Texte Einzug hielten, und freuten uns jetzt wie die Kinder darauf, unseren Eindruck bei der Plattenfirma schnellstmöglich korrigieren zu dürfen. Vielleicht war ich sogar, als ich ein paar Monate zuvor Sebastian und die anderen im Studio so rigoros angegangen war, ja, als ich sie so böse zurechtgestaucht hatte, ein wenig übers Ziel hinausgeschossen? Vielleicht hatte ich mich gar geirrt, als ich versuchte, den Ansprüchen der Plattenfirma entgegenkommen zu wollen, vielleicht wusste auch *ich* nicht immer, was richtig war und was falsch?

Aber jetzt war es einerlei, wir machten wieder Musik mit einer Leidenschaft und Intensität, wie ich es vielleicht seit unserem ersten Lied nicht mehr gespürt hatte – und ohne dass jemand es hätte aussprechen müssen, merkte ich, dass sich in der Kunst nicht alles immer rational planen lässt, ja, dass man manchmal doch auch Vertrauen in andere haben muss.

Wir schickten in den folgenden Wochen und Monaten wieder und wieder neue Arrangements an Andreas, die er mit der Bitte um Vertragsübersendung weiterzuleiten hatte, und ich versenkte mich in diesen Tagen, in denen mir, wie ich merkte, das Dichten und Texten wieder leicht und angstfrei von der Hand ging, immer tiefer in die Vorstellung, wie sich der Moment, an dem wir *endlich* die Schriftstücke unterzeichnen würden, im Detail ausnehmen würde. Es war jetzt nur noch eine Frage von Tagen, das spürten wir alle.

Ich fieberte so sehr auf diesen erlösenden Zustand hin, dachte tagaus und tagein nur an die Vertragsunterschrift, träumte vom Papier des Vertrags, von seiner Haptik, dem Geruch, stellte mir vor, wie wir gemeinsam in München die Unterschrift begießen würden, wen ich anrufen und wem ich davon erzählen würde – der Vertrag mit der vielleicht größten Plattenfirma des Landes, er würde schwarz auf weiß bezeugen, dass mir etwas Besonderes innewohnte, eine Gabe, eine Unbeschreiblichkeit, an die ich schon immer geglaubt hatte, die mich von allen anderen Menschen unterschied, etwas, das andere niemals würden nachahmen können, sosehr sie sich auch danach streckten. Der Vertrag wäre der finale Beweis dafür, dass ich kein Naivling, kein Blender war, sondern am Ende mit allem recht behalten hatte.

Und dann ging alles ganz schnell.

Je häufiger wir Andreas neues Material schickten, desto seltener erhielten wir seltsamerweise eine Rückmeldung von ihm, geschweige denn von Marius Hellmann selbst. Es war nun bereits Ende September, und unsere Platte sollte, laut Plänen unseres Managers, spätestens im April erscheinen, also noch vor der kommenden Festivalsaison, das war gemäß den Spielregeln dieses Geschäfts sehr entscheidend, und obwohl ich selbst es zum jetzigen Zeitpunkt für maßlos überzogen und unnötig hielt, begann Sebastian schon bald, an den Worten und Taten von Andreas zu zweifeln.

»Ich habe ein sehr, sehr schlechtes Gefühl bei der Sache ... Da stimmt doch was nicht. Wie lange hätten die Verträge schon unterzeichnet sein sollen?«, fragte er mich einmal. »Weißt du eigentlich, wie viel Geld ich in den letzten Jahren in all das gesteckt habe?«

Ich schwieg, denn auf derlei Gespräche und versteckte Vorwürfe in meine Richtung hatte ich überhaupt keine Lust.

»Andreas hält uns hin, oder er kann es einfach nicht besser, siehst du das denn nicht?«, schnaufte er. »So eine Scheiße. Und wieso haben wir eigentlich nicht den erstbesten Vertrag unterschrieben? Kannst du mir das mal sagen?!?«

Ich empfand seinen neurotischen Pessimismus zunehmend als Belastung, und wenn ich recht nachdachte, dann war er schon immer ein Schwarzmaler gewesen. Wieso hatte ich das eigentlich vorher nie so klar gesehen? Sein offenes Misstrauen gegenüber uns wohlgesinnten Menschen irritierte mich sehr, mochte Sebastian auch noch so viel Geld investiert haben über die Jahre. Es tat ihm ja nicht weh, was also beschwerte er sich?

»Was ist jetzt mit dem Vertrag?«, rief mich Sebastian einmal wutentbrannt an, so ungeduldig, so ratlos und vorwurfsvoll, dass es mir den ganzen Tag verhagelte.

»Der Vertrag kommt, meine Güte! Wie oft soll ich es dir noch sagen?! Andreas hat alles im Griff, das hat er mir *unzählige* Male bestätigt. Er ist einer von *uns*«, giftete ich zurück.

»Ach ja? Andreas antwortet mir seit drei Wochen nicht mehr auf meine Nachrichten«, schrie Sebastian, »keine Ahnung, ob der sich überhaupt noch für uns *interessiert* ...«

»Jetzt spinnst du komplett, oder? Hast du überhaupt Andreas' richtige Telefonnummer? Andreas ist jeden Tag von früh bis spät für uns am Arbeiten!«, brüllte ich ins Telefon. »Es geht auch um *seine* fünfzehn Prozent, wenn es dir dadurch vielleicht klarer wird ...«

Sebastian hustete, und ich möchte nichts beschönigen, das ein oder andere Mal gerieten wir in dieser Zeit in einen handfesten Streit. Sebastians Ungeduld war meiner Meinung nach töricht, mittelfristig sogar geschäftsschädigend, gefährlich, dumm und naiv. Sah so etwa professionelles Verhalten aus? Wollte ich mit so jemandem überhaupt zusammenarbeiten?

Zugegeben, in einem Punkt hatte er irgendwie recht, denn in den Wochen zuvor waren bereits zwei von langer Hand anberaumte Treffen mit Marius Hellmann kurzfristig geplatzt, aber der Grund war ganz einfach, dass Marius Hellmann, und das hatte ihm jedes Mal unendlich leidgetan, krankheitsbedingt hatte absagen müssen.

Marius Hellmann liegt leider seit heute Morgen mit Grippe im Bett, hatte Marius Hellmann uns geschrieben. Und das konnte man ja wohl auch verstehen.

Sebastian hatte sich darüber jedes Mal beinahe selbst vergessen, war drauf und dran, in München anzurufen und Marius Hellmann die Meinung zu sagen. Ich meinerseits echauffierte mich vor allem aber über Sebastian und ließ mich ihm gegenüber kurze Zeit später zu dem etwas unschönen und rückblickend vielleicht ein wenig zu theatralischen Ausruf hinreißen »Deine krankhafte Panikmache ist Gift für meine Seele!«, woraufhin Sebastian das Gespräch abbrach und erst Tage später wieder mit mir redete.

Seine Nerven waren einfach noch nie die allerbesten gewesen, musste ich ernüchtert feststellen.

*

Ich sah in Andreas von Beginn an so etwas wie einen Vater. Ja, wenn ich ihm von meinen Plänen, Ideen und Visionen erzählen durfte, fühlte ich mich, als säße mir jemand gegenüber, der ausnahmslos alles, was ich machte, sagte oder tat, ausschließlich mit Interesse und Begeisterung goutierte und unterstützte – kurzum: Mein Vertrauen in ihn war grenzenlos. Und so passte es mir ganz und gar nicht, als Sebastian mich kurze Zeit später richtiggehend dazu *nötigte*, ihm, meinem geliebten Andreas, ohne jede Anmeldung und Vorwarnung einen Besuch abzustatten. Allein, um es zwischen mir und Sebastian nicht final eskalieren zu lassen, stimmte ich schweren Herzens zu, und doch fühlte ich mich wie ein von krankhafter Eifersucht getriebener Mann, wie ein Verräter.

Und während wir zwei an diesem grauen Tag, an dem es schon morgens nach Regen ausgeschaut hatte, gegen Mittag schließlich im Jaguar zu dem Bürogebäude in einen kargen Vorort von Köln fuhren, da faltete ich, während Sebastian wortlos den Wagen steuerte, meine zarten Hände zum Gebet und hoffte darauf, dass sich Andreas unseren unangekündigten Besuch, den man schlechterdings als absoluten Vertrauensbruch hätte bezeichnen müssen, nicht allzu sehr zu Herzen nehmen würde. Ich ahnte Schlimmes, vielleicht sogar den Abbruch unserer so freundschaftlichen Beziehung, und ich verfluchte Sebastian mit jeder Sekunde mehr, als wir schließlich das Gebäude betraten, den Aufzug in den achten Stock nahmen und an die Bürotür klopften.

»Ach, was! Ihr Lieben! Was macht ihr denn hier! Was für eine Überraschung!«, sagte Andreas, nachdem seine Assistentin uns die Tür geöffnet und uns, auch sie natürlich überrascht, zu Andreas geführt hatte. Ohne zu zögern, schoss er aus seinem Stuhl, kam auf uns zu und umarmte uns überschwänglich, und ich bedauerte spätestens jetzt, dass ich Sebastian gegenüber nicht härter aufgetreten war.

»Gut, dass ihr da seid«, sagte er, »gut, gut! Ich wollte ja sowieso mit euch reden.«

Andreas machte eine auffordernde Geste, uns doch bitte auf die Sofas vor seinem Schreibtisch zu setzen.

»Wollt ihr was trinken? Einen Kaffee? Ein Mineralwasser? Einen Saft? Nein? Doch?«

»Gern. Einen Kaffee, bitte. Sehr, sehr gern«, sagte ich so fröhlich ich konnte, um gar nicht erst den Verdacht aufkommen zu lassen, wir wären auch nur mit dem Hauch eines Vorwurfs zu ihm gekommen.

»Oder habt ihr Hunger«, sprach Andreas weiter. »Kommt, wir bestellen was, los, und dann sprechen wir ganz in Ruhe.«

Wir setzten uns auf die großen Sofas. Sebastian spielte genervt mit seinem Autoschlüssel herum, dann reichte Andreas uns den schon etwas strapazierten Bestellzettel eines Asia-Imbisses.

»Sucht euch aus, was ihr wollt …«, sagte er großzügig.

»Wollen wir nicht lieber was Anständiges essen gehen?«, wandte Sebastian ein. »Das ist doch besser, als hier so umständlich im Büro zu essen, oder?«

»Ach, was«, sagte Andreas, »ist doch super hier. Hier können wir in Ruhe reden. Ist doch viel besser als irgendwo in so einem unpersönlichen Restaurant, nicht wahr?«

»Na, gut«, sagte Sebastian, ging widerwillig die zusammengefaltete Karte durch und reichte sie an mich weiter.

»So, ihr Lieben«, sagte Andreas, als er die Bestellungen an seine Assistentin weitergegeben hatte und sich uns gegenüber an den Schreibtisch setzte. »Wie kann ich euch helfen? Erzählt, was treibt euch hierher?«

Ich rutschte verlegen hin und her.

»Ja, also«, versuchte ich mich, »wir waren gerade in der Nähe und dachten, wir nutzen die Gelegenheit, also, Sebastian wollte die Gelegenheit nutzen, um mal zu erfahren, wie genau es jetzt weitergeht.« Ich machte eine Pause. »Mit dem Vertrag und so ...«

Andreas räusperte sich.

»Klar, natürlich«, sagte er dann. »Verstehe ich total. Also, die neuen Songs, die sind echt klasse. Richtig gut. Erstklassiges Material!«

»Toll«, frohlockte ich, »dann ist ja alles in bester Ordnung!« Und zu Sebastian: »Siehst du? Ich habe es dir doch gesagt!« Und zu Andreas: »Es tut mir leid, Sebastian ist ein bisschen nervös ...«

Andreas schob ein paar lose Blätter auf dem Schreibtisch zusammen.

Ich schaute wieder zu Sebastian rüber, in der Hoffnung, auch in seinem Gesicht endlich Erleichterung zu erkennen, denn mit Unstimmigkeiten, gar mit unschönen Zwischentönen et cetera tat ich mich schon immer sehr schwer. Aber seltsamerweise wurde ich nicht schlau aus seinem Gesicht.

Andreas kramte in seinen Unterlagen, so als suchte er dort nach etwas, von dem er selbst nicht genau wusste, ob es tatsächlich existierte. Er guckte uns an. Erst Sebastian, dann mich.

»Einen Moment, Jungs, einen Moment«, sagte er hektisch, dann ließ er seinen Blick wieder über den Schreibtisch wandern, öffnete eine Schublade, wühlte darin herum, schaltete seine Schreibtischlampe an, dann wieder aus, stand auf, entschuldigte sich, verließ das Büro und schloss die Tür hinter sich.

Durch die Tür hörten wir Andreas lautstark mit seiner Assistentin argumentieren. Wir konnten nicht hören, um was es ging, nur das dumpfe Grollen seiner männlichen Stimme, die ich so bewunderte, drang zu uns herüber. Es gab einen lauten Knall, etwas im Nebenraum war umgefallen oder gegen die Wand geworfen worden, dann schepperte eine Tür und jemand stampfte das Treppenhaus hinunter.

Wieder schauten Sebastian und ich uns nur an, und einer Ahnung folgend stand ich auf, trat ans Fenster und blickte hinaus auf den Parkplatz. Ein paar Momente tat sich nichts, dann sah ich, wie Andreas das Gebäude verließ und auf sein Auto, einen dunkelgrauen Volkswagen SUV, zusteuerte. Er lehnte sich an das Fahrzeug, nahm sein Mobiltelefon zur Hand und telefonierte wild gestikulierend für etwa zwei oder drei Minuten vor sich hin. Gebannt folgte ich dem Schauspiel, schließlich legte er auf, stieg in den Wagen und sauste davon.

»Andreas ist gerade weggefahren«, sagte ich zu Sebastian.

»Weggefahren?«

»Ja.«

»Ich habe es dir ja gesagt ...«, sagte Sebastian.

»Unsinn!«, rief ich laut aus. »Was du dir schon wieder alles einbildest mit deiner dauernden Angst, mit deiner neurotischen Scheiße. Was hast du mir gesagt? Hmm? Was denn? Er hat sicher nur irgendwas vergessen. Hast du nicht gesehen, dass er was *gesucht* hat?!?«

Sebastian schwieg.

»Denkst du, er würde uns etwas verheimlichen? Glaubst du wirklich, er würde uns nicht die *Wahrheit* sagen? Andreas ist ein Profi, verdammt!« Aus irgendeinem Grund war ich komplett außer mir. »Wie kann man nur so dermaßen naiv sein!«

»Schon recht«, sagte Sebastian.

Er stand auf, ging durchs Büro und öffnete die Schublade, in der Andreas vor ein paar Momenten selbst noch gewühlt hatte.

»Bist du verrückt geworden?«, rief ich aus.

Sebastian schaute mich eindringlich an, ich verstummte, dann öffnete er eine zweite Schublade, zögerte, holte eine schwere Metallkassette heraus, die verschlossen war.

»Vielleicht ist ja da mein Geld drin?«, scherzte er.

Sebastian schüttelte die Kassette, aber man hörte nichts, er schloss die Schublade wieder und ging rüber zu einem Regal mit Aktenordnern. Er zog einen Ordner nach dem anderen daraus hervor, legte sie auf den Schreibtisch und blätterte darin herum.

»Hör sofort auf damit, was, wenn seine Assistentin jetzt reinkommt?«, bettelte ich ihn regelrecht an.

»Ach, was!«, antwortete Sebastian nur, und dann machte er sich auch noch am Computer zu schaffen. Ich erlitt beinahe einen Nervenzusammenbruch. Ich flehte Sebastian an aufzuhören, er konnte doch nicht in Andreas' persönlichen, schlimmer noch, in seinen geschäftlichen Dokumenten herumschnüffeln, aber er wollte nicht auf mich hören. Und wonach suchte er eigentlich?

»Was ist wohl sein Passwort?«

Mich packte die blanke Angst, jeden Moment würde die Assistentin hereinplatzen und uns in den Dingen ihres Chefs spionieren sehen. War das nicht sogar eine Straftat? Ein Verbrechen? Würde ich dafür vielleicht ins Gefängnis kommen? Und so warf ich mich auf die Knie und vor Sebastians Füße und flehte ihn an, den Laptop zu schließen und sich wieder hinzusetzen. Aber erst, als er an der Passworteingabe scheiterte, als er auch nach mehrmaligen Versuchen keinen Zugriff erhielt, gab Sebastian doch auf, stellte die Aktenordner zurück in den Schrank und setzte sich wieder zu mir, als wäre überhaupt nichts geschehen.

Ich atmete tief durch, trat zurück ans Fenster, sah, wie die dunklen Herbstwolken sich am Himmel formierten, und wartete darauf, dass Andreas zu uns zurückkehren würde.

»Ist er schon da?«, fragte Sebastian.

»Noch nicht«, antwortete ich leise.

Da klopfte es an der Tür. Andreas' freundliche Assistentin betrat den Raum mit zwei dampfenden Plastiktüten in den Händen.

»Das Essen ist da«, sagte sie mit bedrückter Stimme, stellte die Tüten auf dem Schreibtisch ab und holte daraus zwei heiße Aluminiumschalen und Plastikbesteck hervor, die sie uns reichte. An den Ecken meiner Schale war bereits eine zähe süßsaure Flüssigkeit ausgetreten, sodass ich mir beim Öffnen zunächst nur die Finger, im nächsten Moment aber auch schon die ganze Hose einsaute. Ich bedankte mich bei der Frau, und erst jetzt sah ich, dass ihre Augen ganz rot und wässrig waren, überall in ihrem Gesicht verschmierte Wimperntusche.

Sebastian und ich saßen mit den heißen Gerichten auf unseren Schößen da und schauten uns an. Auch er hatte ihre Augen bemerkt, und wie um die Stille im Raum zu verdrängen, stocherten wir mit den Plastikgabeln in unserem gebratenen Schweinefleisch herum.

»Wird er zurückkommen?«, fragte Sebastian die Assistentin, als sie gerade die Plastiktüten zusammengeknüllt hatte und im Begriff war, das Büro wieder zu verlassen.

Sie drehte sich noch einmal zu uns um, sah uns beiden für einen Moment in die Augen, dann zog sie die Tür zu, und wir hörten, wie auch sie das Büro verließ und mit unregelmäßigen Schritten die Treppen hinunterstieg.

Sebastian fiel sein Mobiltelefon aus der Hosentasche auf den Boden, und es machte ein dumpfes, knacksendes Geräusch, als beim Aufprall die hintere Abdeckung absprang. Er sammelte die Teile ein und steckte sie seltsam gelangweilt wieder zusammen.

Ich ließ den Kopf sinken und starrte auf meine Schuhe, die auf dem grau melierten, etwas speckigen Teppichboden standen.

»Ich möchte jetzt gehen«, sagte ich zu Sebastian, dann stellte ich die klebrige Aluminiumschale auf dem Schreibtisch ab, verließ das Büro, verließ das Gebäude und legte mich erschöpft und vom Leben gezeichnet rücklings auf die Motorhaube des Jaguars. Ich starrte in die tief hängenden grauen Wolken am Himmel hinauf und wartete und hoffte, dass es endlich zu regnen beginnen würde. Aber nichts geschah. Und jeder, der in diesem Moment meines Weges gekommen wäre, hätte erkannt, dass ich nun weinte wie ein kleines Kind, wieder einmal, aber diesmal galten die Tränen, die von meinen Wangen hinab auf den dunkelblauen Lack tropften, nicht einer anderen Person. Nein, diesmal galten die Tränen ganz allein mir und meinem persönlichen Unglück.

Der Traum war aus, und ich spürte, dass der schöne, angenehme und mir so leicht in den Schoß gefallene Teil meines Lebens für immer vorbei war.

Nach ein paar Minuten kam endlich auch Sebastian. Was er wohl da oben noch gemacht hatte? Er öffnete die hintere Wagentür, nahm mich, ohne etwas zu sagen, von der Motorhaube auf in seine starken Arme und legte mich auf die Rückbank des Autos. Dann fuhr er los.

Sebastian, dachte ich in diesem Moment, bleibt immerhin noch der Jaguar, sein schönes Haus, all der Marmor und die immense Erbschaft.

Ich hingegen hatte nichts, nur ein nun endgültig verpfuschtes Leben.

*

Mehrere Minuten lang lag ich regungslos auf der Rückbank, mein Gesicht flach auf das Leder gedrückt, und ohne ein Wort zu sprechen, lenkte Sebastian den Wagen in Richtung Autobahn. Wie wird nun alles weitergehen, dachte ich, obgleich es gar kein Nachdenken im eigentlichen Sinne war, eher ein durchgängiges Bedauern, Lamentieren und Ausmalen meiner ganz persönlichen Katastrophe. Was hatte ich der Welt nur getan, dass sie mich derart strafte? Dass sie mich andauernd nur hinters Licht führte und aufs falsche Gleis setzte, dass sie mich zum Narren hielt, dass sie mir immer wieder die größten Hoffnungen machte, nur um mich dann in den Boden zu stampfen? Wieso wurde es mir, im Gegensatz zu allen anderen Menschen auf dieser Welt, nur so unendlich schwer gemacht? Ich konnte einfach keinen logischen Grund dafür finden.

Zum allerersten Mal schoss es mir jetzt in aller Klarheit in den Sinn: All das war letztendlich Sebastians Schuld. Er hatte mich damals, vor vielen Jahren, verführt, hatte mich mit seinem niemals versiegenden Geld bei der Stange gehalten, mir immer wieder das Weitermachen ermöglicht, mich gewissermaßen dazu genötigt, obwohl ich schon unzählige Male hatte abspringen wollen, hätte abspringen *müssen*. Ich verfluchte ihn und sein Kapital, wie ich so dalag und nichts sah als das wunderschöne cremefarbene Leder, ich verfluchte ihn. Sein Geld hatte mich in den Abgrund gestoßen, und von den frühen Chancen, die sich mir geboten hatten in meinem Leben, gesegnet mit so vielen Talenten, hatten mich die Möglichkeiten seines Kapitals vom Weg abgebracht wie einst die Sirenen den tapferen Odysseus.

All die Jahre hatte es den Anschein gehabt, als würden unter Sebastians Marmorböden für immer sprudelnde Goldadern verlaufen, doch jetzt erst erkannte ich, dass dieses Geld lediglich dazu gedient hatte, einen irrationalen Traum künstlich am Leben zu halten. Was hätte ich mit all der Zeit und meinen Talenten, mit all dem, was mir das Schicksal in die Wiege gelegt hatte, anfangen können? Was hätte ich ins Werk setzen können, was hätte aus mir werden können? Architekt! Diplomat! Politiker! Arzt, Arzt und noch einmal Arzt! Beamter! Alles wäre möglich gewesen, hätte ich mir nicht Jahr um Jahr immer und immer wieder aufs Neue einreden lassen, dass ich es mit der Musik – ausgerechnet mit der Musik! – zu etwas bringen würde.

Jetzt aber war auch der letzte Zug für mich abgefahren. Die Erkenntnis hatte mich augenblicklich überfahren. Ich ging stramm auf die 33 zu, vielleicht war ich es sogar schon, wer weiß, aber zweifelsfrei hatte ich noch keinen einzigen Tag meines missratenen Lebens gearbeitet, während meine Konkurrenten, meine ehemaligen Mitschüler und Mitstudenten, ihrem Leben gewiss längst einen Sinn gegeben, sich in die wenigen interessanten Posten emporgekämpft hatten. Jetzt hörte ich sie aus allen Himmelsrichtungen über mich lachen, über mich und meinen erbärmlichen kleinen Spießertraum vom Leben als Künstler, der mich gerade nicht ins vermeintliche Glück, sondern unmittelbar in den Schuldenturm geführt hatte.

Ich verspürte den Drang, mich in dieser Sekunde und bis ans Ende meiner Tage in die Arme eines mich mit Haut und Haaren liebenden Menschen fallen zu lassen, aber wer konnte dieser Mensch sein? Mit letzter Kraft nahm ich mein Mobiltelefon aus der Hosentasche und durchsuchte meine Kontakte nach jemandem, einer Frau am besten, der ich all meinen Kummer, all mein Leid würde klagen können, vor der ich keine Geheimnisse zu haben brauchte, der ich nichts vorzuspielen brauchte, die mich in meiner Not bedingungslos auffangen und lieben würde. Aber so lange ich das Telefonbuch auch durchging, immer und immer wieder hoch und runter, ich fand einen solchen Menschen nicht. Es war wie verhext.

Plötzlich musste ich an Soyoung denken, deren Nummer ich kurz nach unserer Trennung wohlüberlegt aus meinem Telefonbuch gelöscht hatte. Ich war fest entschlossen gewesen, nie wieder zu ihr zurückzukehren, nicht, weil ich ihr gegenüber negative Gefühle empfunden hätte, selbstverständlich nicht, sondern einzig aus Gründen des Selbstschutzes. Ich wollte nie wieder auf sie angewiesen sein, wollte ihr nicht in einem schwachen Moment schreiben und sie um Hilfe bitten. Denn genau darauf, so hatte ich mir vorgestellt, würde sie vielleicht insgeheim spekuliert haben.

Ich hatte gehofft, ihre Telefonnummer bald auch aus meinem Gedächtnis entschwinden zu sehen, aber das war ein frommer Wunsch geblieben. Denn wie ich nun so auf der Rückbank lag, sagte ich mir ihre Nummer wie selbstverständlich ein paar Male hintereinander fehlerfrei auf. Sollte ich mich jetzt bei ihr melden? Fast anderthalb Jahre nach ihrem Brief? Ich wurde fast wahnsinnig vor Unentschlossenheit.

Keine Frage, sie würde alles stehen und liegen lassen, wenn ich den entscheidenden Schritt auf sie zuging. Sie würde ihre provisorisch aufgeschlagenen Zelte mit dem neuen Mann abbrechen, sofern es ihn überhaupt noch gab, und mich wieder zu sich nehmen – aber dafür, das war klar, würde ich sie zum Dank nie wieder verlassen dürfen. War meine akute Rettung diesen Preis wert?

Ich entschied mich schweren Herzens, Soyoung vorerst nicht zu schreiben. Die Verantwortung erschien mir zu groß für den Augenblick. Ich konnte sie ja schließlich auch morgen noch anrufen, mit freiem Kopf und geordneten Gedanken, bloß nicht aus dem Affekt heraus, sagte ich mir, denn auf einen Tag mehr oder weniger kam es nun auch nicht mehr an.

Mir fiel Vincent ein, gerade noch rechtzeitig. Natürlich, auch jetzt war Vincent meine einzige Rettung. Er musste nach Düsseldorf kommen, noch heute Abend, kostete es, was es wolle. Und auch, wenn er keine Zeit haben sollte, wenn er sich aus irgendeinem nachrangigen Grund mit Händen und Füßen dagegen wehren würde, ich würde ihn schon zu überzeugen wissen.

Da ich nicht wollte, dass Sebastian mich so flehentlich reden hörte, bat ich ihn, die Musik lauter zu drehen, was er umgehend tat, und dann kauerte ich mich tief in den Fußraum des Jaguars, fast schon unter den Beifahrersitz, krümmte mich und meinen Körper um das Telefon herum, und wählte Vincents Nummer.

»Vincent«, flüsterte ich so laut ich es vermochte. »Vincent, ich bin es. Hörst du? Etwas Schreckliches ist passiert. Ich brauche deine Hilfe. Du musst heute Abend nach Düsseldorf kommen. Du *musst*, Vincent, bitte, ich flehe dich an.«

»Um Gottes willen, was ist denn los?«, antwortete er besorgt. »Und wieso flüsterst du?«

»Vincent, ich kann es dir jetzt nicht sagen. Ich kann hier nicht offen reden«, zischte ich weiter. »Sag, kommst du heute Abend nach Düsseldorf, Vincent, bitte?«

»Heute Abend?«, fragte er bedächtig, »heute Abend ...«

Ich lauschte angespannt.

»Mein lieber Freund, heute Abend ist es mir *unmöglich*. Es tut mir leid. Ich bin in Frankfurt. Aber morgen Abend, morgen komme ich sofort! Abgemacht?«

»Aber warum? Warum, Vincent?«, rief ich verzweifelt, und Sebastian drehte sich nach hinten um und sah mich erstaunt im Fußraum kauern.

»Es ist wichtig, du *musst* kommen! Heute! Morgen ist es zu spät. Heute, Vincent!«, flüsterte ich nun wieder eindringlich. »Du musst mir vertrauen, Vincent, bitte, bitte, vertrau mir. Ich brauche dich so ...«

Vincent schwieg.

»Bitte«, setzte ich noch einmal nach.

»Schau, ich habe morgen früh um 7:30 Uhr einen Termin beim Senat. Es geht um viel Geld. Kunst am Bau. Ich muss noch ein Exposé vorbereiten. Ich weiß nicht, wie ich das ...«

»Ein Exposé also ...«, unterbrach ich Vincent so vorwurfsvoll, wie es nur ging. »Darum geht es also.«

Ich konnte hören, wie er mit sich rang.

»Na gut, na gut, alter Freund«, sagte er dann. »Ich komme. Du kannst dich auf mich verlassen. Ich fahre gleich los, dann bin ich, Moment ... Dann bin ich bin um 20 Uhr bei dir. Irgendwie schaffe ich das schon, wenn ich ...«

»Danke«, sagte ich und legte auf.

»Alles in Ordnung?«, fragte Sebastian nun sehr besorgt und drehte die Musik leiser.

»Nein«, antwortete ich, ohne ihn anzusehen, und blieb stumm im Fußraum liegen.

*

Um Punkt 20 Uhr stand Vincent mit seinem Auto vor meiner Haustür. Und ich bemerkte schon beim Runtersteigen der Treppen, spätestens, als ich mit schwerem Herzen die Wagentür aufmachte und Vincent begrüßte, dass mich der Mut verlassen hatte, mit ihm über die Ereignisse des Tages reden zu können. Ja, ich bedauerte nun regelrecht, dass Vincent gekommen war.

Bei ihm war schon immer alles nach Plan verlaufen. Er hatte unmittelbar nach dem Abitur in Rekordzeit studiert und nebenbei bereits Karriere an einem staatlichen Kunstmuseum gemacht – er war erfolgreich in der Welt der Institutionen, er dirigierte Menschen, trug Verantwortung, und schon bald würde er gewiss irgendwo einen Direktorenposten innehaben. Seine Arbeitskraft, sein Wissen waren gefragt, er hatte ständig Termine wie jenen morgen beim Senat, und ich wusste noch nicht einmal genau, was der Senat überhaupt war. Was hatte Vincent geschafft, und was war aus *mir* geworden? Ich schämte mich einerseits, gerade weil ich ihm so häufig und gern von meinen Heldentaten berichtet hatte, während er von den seinen schwieg, und anderseits, wer will es mir in dieser Lage verdenken, hasste ich Vincent für all das auch.

Wir fuhren ziellos durch die Stadt, vorbei am Landtag und über die Königsallee, und schwiegen. Sicherlich wartete er darauf, dass ich mit der Sprache herausrückte, schließlich war das ja der Grund seines ihm so ungelegenen Besuchs gewesen, während ich lediglich darüber nachdachte, wie ich den Abend über die Bühne bekommen würde, ohne auch nur ein einziges Mal auf den Anlass zu sprechen zu kommen.

Aus Verlegenheit nahm ich mein Telefon aus der Jackentasche und bemerkte einen verpassten Anruf. Ich brauchte ein paar Augenblicke, bis ich verstand, dann erkannte ich Soyoungs Nummer. Mein Herz machte einen Satz, genauer gesagt, es setzte vor Schreck ein paar Schläge aus. Soyoung hatte *mich* angerufen, jetzt gerade, vor ein paar Minuten, aus heiterem Himmel, einfach so und ohne Vorwarnung, als hätte sie meine Not geahnt, als wäre sie meiner Unentschlossenheit vorausgekommen. War das möglich?

Ich starrte mit rasendem Puls auf mein Telefon.

»Ist alles in Ordnung?«, fragte Vincent.

Ich war wie von Sinnen, diese Situation war nun etwas vollkommen anderes – *sie* hatte *mich* angerufen, sie hatte den Schritt gewagt, sie ganz allein trug nun für alles Weitere die Verantwortung. Sie hatte mir die Entscheidung schon wieder so leicht wie möglich gemacht. Mein Herz pochte so heftig, wie ich es noch nie zuvor gespürt hatte, und alles in mir verlangte danach, mich augenblicklich aus diesem Auto heraus- und noch in dieser Nacht ohne Vorbehalt zurück in Soyoungs Arme zu stürzen.

»Schnell, Vincent, bitte«, krächzte ich hysterisch, »halt den Wagen an. Schnell! So halte doch den Wagen an. Ich muss telefonieren. Komm schon!«

Vincent wirkte besorgt, erkannte aber meine fanatische Freude, zögerte keinen Moment und fuhr quer auf einen Radweg. Unzählige Gedanken schossen mir durch den Kopf. Was würde Soyoung mir nach all der Zeit wohl als Erstes sagen?

Würde sie mir mit ihrer sanften Stimme erzählen, dass sie sich nach mir gesehnt hatte, dass sie vielleicht gar gespürt hatte, dass etwas Schreckliches geschehen war? Würden wir weinen? Eins war klar, sie würde mich bitten, noch heute zu ihr zu kommen, ganz so, als wäre nichts geschehen, und ich würde rennen, natürlich, von hier aus und auf der Stelle, als wäre der Teufel hinter mir her. Ich würde alles hinschmeißen, alles Alte abstoßen und endlich ein echtes Leben beginnen, ein Leben als verlässlicher Mann, als loyaler Erwachsener, auf dass einfach alles, was sich in den letzten Jahren Grässliches ereignet hatte, für immer vergessen sein würde.

Ich sprang, noch bevor wir so richtig zum Stehen gekommen waren, aus dem Wagen und trabte in der Aufregung gleich ein paar Schritte weiter, um vollkommen allein zu sein. Ich war schon rund fünfzig Meter orientierungslos in irgendeine Richtung gelaufen und starrte blind auf mein Telefon, dann atmete ich durch und versuchte, mich in den Griff zu bekommen. All mein Kummer schien wie weggeblasen, und gleich am nächsten Tag würde ich auch meine Eltern anrufen und ihnen sagen, dass sie sich keine Sorgen mehr zu machen brauchten. Ich würde zu ihrer Soyoung zurückkehren, und alles würde nun endlich wieder gut werden.

Ich war gerade im Begriff, sie zurückzurufen, mein ganzer Körper bebte, meine Finger zitterten, da vibrierte das Telefon erneut. Eine Nachricht. Von Soyoung.

Ich rieb mir die Augen, um besser lesen zu können.

Hallo, ich hoffe, es geht Dir gut. Ich habe versucht, Dich zu erreichen, denn ich wollte, dass Du es (zumindest) von mir erfährst, man weiß ja nie: Ich bin schwanger. Wir erwarten schon bald einen Jungen und freuen uns sehr. Ja, so ist es wohl. Adieu, Soyoung

Ich schaltete ganz langsam und in aller Ruhe mein Mobiltelefon aus und steckte es in die Hosentasche. Es nieselte ein bisschen, dann schaute ich zum Auto hinüber.

Es war dunkel, und ich konnte Vincent, selbst wenn ich ganz genau hinsah, nicht mehr richtig hinter dem Steuer erkennen. War das überhaupt Vincents Auto? War er vielleicht schon gefahren? Hatte er mich vergessen? Hatte er mich im Stich gelassen, so wie jeder andere zuletzt? So wie Soyoung?

Alles schien mittlerweile denkbar.

Ich senkte den Kopf und schlenderte, ohne mich noch einmal umzudrehen, hinfort in die Nacht.

KAPITEL IX

EINKEHR IN BESCHEIDENHEIT

Vor ein paar Tagen war mir unter großen Schmerzen erneut eine Plombe aus einem Backenzahn gebrochen, und nun stand ich in der heruntergekommenen, nach altem Urin stinkenden Toilettenkammer einer Berliner Hinterhauswohnung vor einem winzigen Spiegel und versuchte, mir ein Bild von der Situation in meinem Mund zu verschaffen. Der Zahn hatte mir zuletzt immer häufiger Kummer gemacht, und ich hatte schon befürchtet, dass sich unter der Kunststofffüllung, die mir Soyoung einmal eingesetzt hatte, vermutlich eine böse Karies eingenistet haben könnte. Und als ich nun auf ein altes Stück Brot gebissen hatte, war mir mit einem Male alles mit einem großen Knacks herausgebröselt. In meinem Unterkiefer klaffte ein monströser dunkler Krater.

Der Zahn war ohne Zweifel ein Problem, das dringend gelöst werden musste, aber fast noch größere Sorgen bereitete mir der Blick in den Spiegel.

Es war wahrlich nicht hell in diesem schimmligen Bad, nur eine nackte Glühbirne baumelte Staub verkrustet von der Decke herab. Eigentlich konnte man in dem Spiegel kaum etwas erkennen, und doch gab es keinen Zweifel mehr daran, dass sich in meinem Gesicht, das einmal ein so schönes und ein so vitales Gesicht gewesen war, eines, in dem so viel Zuversicht gesteckt hatte, nur noch ein allerallerletztes bisschen Restjugendlichkeit verbarg. Was war nur geschehen?

Vor Wut und Verzweiflung schlug ich mit beiden Fäusten links und rechts gegen die Wand, sodass es nur so ächzte in den noch unsanierten Gemäuern. Doch all die Raserei hatte schon lange nichts mehr gegen meine Verbitterung bewirken können.

Erst vor wenigen Wochen hatte ich Düsseldorf endgültig verlassen, jetzt bewohnte ich zur Untermiete ein fensterloses Zimmer von knapp zehn Quadratmetern im tiefsten Berliner Osten – die Wohnung teilte ich mir mit einer mittelalten, kinderlosen Altenpflegerin und einem spielsüchtigen Mann Anfang, Mitte vierzig, der sein Geld, wenn ich es recht verstand, als Putzkraft verdiente und gleich wieder an Automaten verspielte. Von ihm ging etwas Gefährliches aus, etwas Verrücktes und Unberechenbares, fast wie von den Schülern der gegenüberliegenden Straßenseite damals auf dem Gymnasium, als noch alles in Ordnung gewesen war. Wenn er in seinem Zimmer saß oder über den Flur ging, sprach er mit sich selbst, und ich erschrak jedes Mal, wenn ich ihn auf dem Weg nach draußen für einen Moment zu Gesicht bekam und so tun musste, als hätte ich ihn nicht bemerkt. Ich denke, der Altenpflegerin ging es ähnlich.

Es gab in der Wohnung nur diese winzige Toilette ohne Waschbecken, ein enger Schlauch mit tief hängender Decke. Und darüber hinaus trennte in dem, was man wohl eine Küche nennen würde, nicht mehr als ein in der Ecke des Raumes angebrachter Vorhang eine Art Nasszelle zum Duschen ab, die vielleicht mal eine Abstellkammer gewesen war. Ein blechernes, rostiges, beim Betreten nachgebendes Bassin stand dort, an dessen Sockel man einen Hebel umlegen musste, damit unter lautem Brummen durch einen mit Klebeband an der Decke befestigten Schlauch für drei oder vier Minuten lauwarmes Wasser heraustropfte. Duschen war unter diesen Umständen ein erbarmungswürdiges Unterfangen.

Im Alter von neunzehn Jahren wäre dieser Ort, an den mich das Schicksal nun also geführt hatte, vielleicht ein Abenteuer gewesen, eine nette kleine Abscheulichkeit, eine Anekdote, die hübsche Töchter aus ihrem halben Jahr bei der Entwicklungshilfe in Gabun mitbrachten und über die sie bis an ihr Lebensende mit ihren hübschen Kindern scherzten, während sie ihnen die Haare bürsteten. Für mich aber, als einsamer, mittelloser Mann von bald 35 Jahren, war er lediglich der Ausweis eines gescheiterten und in jeder Beziehung an die Wand gefahrenen Lebens, an dem es nicht mehr das Allergeringste schönzureden gab.

Das Unglück war mir, seit ich vor fast zwei Jahren Vincent hatte im Regen stehen lassen, noch eine ganze Weile auf den Fersen geblieben.

Der nach unserem letzten Treffen mit Andreas endgültig gescheiterte Versuch einer Musikkarriere hatte noch rund anderthalb Jahre künstlich am Leben gehalten werden müssen, da wir vertraglich garantierte Konzerte spielen und Verbindlichkeiten gegenüber der Agentur abstottern mussten. Und ich erinnere mich nur daran, dass ich auf den Reisen durchs Land zunehmend apathisch auf der Rückbank unseres Transporters gesessen und auf ein Wunder gehofft hatte, auf eine Fügung des Schicksals, die sich nicht mehr einstellen würde. Auch Sebastian war all das natürlich bewusst gewesen, er war zu den Konzerten schon gar nicht mehr mitgekommen, sondern ließ sich durch einen Ersatzschlagzeuger vertreten und zog sich fortan ins Private zurück, lernte bald eine sympathische Frau kennen, heiratete und wurde Vater – und bei seinem jungen Glück wollte ich ihn auch gar nicht weiter belästigen.

Immer häufiger vergaß ich während der Konzerte den Text, verhaspelte mich und stolperte auf der Bühne. Wir verdienten kaum noch Geld, dafür aber stiegen meine Schulden und die Zahl der Gläubiger stetig an: Zuerst die Versorger, schließlich die sie vertretenden Inkassounternehmen und bald schon klingelten auch die Gerichtsvollzieher, ohne dass ich ihnen bei diesen Gelegenheiten etwas hätte mitgeben oder auch nur im Ansatz erklären können, was eigentlich schiefgelaufen war. Und wenn einmal wieder der Strom abgeschaltet, das Telefon abgestellt werden sollte, wenn die Wohnung erneut kurz vor der Aufkündigung stand, schlief ich meist in letzter Rettung für ein paar Tage auf einer nasskalten Matratze im Keller, während ich meine eigenen vier Wände für 40 Euro am Tag an Handlungsreisende weitervermietete. Ich aß in diesen Tagen dort unten in meinem Verlies, wo es immerhin auch im Sommer so schön kühl blieb wie einst in Sebastians Haus, morgens ein wenig Toastbrot, um in die Gänge zu kommen, und am Abend ein paar Stückchen Schokolade zum Einschlafen, während ich mir frisches Leitungswasser aus einem Hahn im Gemeinschaftskeller in eine Sprudelwasserflasche abfüllen konnte. Die Kosten dafür trug nun immerhin die Gemeinschaft, dachte ich mir, und wenigstens nahm ich in dieser Zeit ein paar Kilo ab, sodass ich wieder in meine alte Kleidung passte und sie auf diese Weise günstig auftragen konnte.

Ich war mit diesem Modell sogar noch ein Dreivierteljahr lang durchgekommen, dann aber bekam ich Post vom Deutschen Akademischen Austauschdienst DAAD sowie von der Kreditanstalt für Wiederaufbau KfW, die mir auf Heller und Pfennig vorrechneten, was mich die vielen Jahre an den Universitäten gekostet hatten und wie ich die Tausende und Abertausende Euro an Darlehen zurückzahlen müsste. Und in einem letzten Akt der Verzweiflung trat ich vor meine Eltern und flehte sie um Vergebung an, die sie mir in ihrer Barmherzigkeit, natürlich, nicht versagen konnten. Mit vereinten Kräften wickelten wir die Wohnung in Düsseldorf ab, und meine Eltern nahmen zu ihrem über Jahrzehnte laufenden Kredit für das Reihenhäuschen auch noch einen weiteren Kredit über etwa 20 000 Euro auf, um nun den von mir angehäuften Schuldenberg irgendwie abzutragen.

Ich hatte sogar versucht, wieder Kontakt zu meinen einstigen Professoren aufzunehmen, hatte ihnen ein paar Wochen lang wohl jeden zweiten Tag eine E-Mail geschrieben und in aller gebotenen Höflichkeit gefragt, ob nicht gerade zufällig eine Stelle frei, ob das Geschehene nicht vielleicht doch noch ungeschehen zu machen wäre, aber ich erhielt bedauerlicherweise nicht eine einzige Antwort – bei Professor Dietrich, dem ich damals diese wütende Nachricht hatte zukommen lassen, verstand ich es irgendwie. Aber dass Professor Döhring mich so abblitzen ließ, ließ mich bloß unendlich traurig zurück.

Auch ertappte ich mich in diesen Tagen mehrfach bei der Vorstellung, noch einmal in Noemies wärmende Arme zurückzukehren. Ihr, davon war ich überzeugt, war doch bestimmt einerlei, ob ich es zu etwas gebracht hatte oder nicht, sie dachte überhaupt nicht in solchen Kategorien. Ich überlegte schon, wie ich nach all der Zeit, es waren ja immerhin fast zehn Jahre vergangen, wieder auf sie zugehen könnte, wie ich mein überstürztes Verschwinden überzeugend würde erklären können, da musste ich feststellen, dass ich nicht nur über keine einzige Kontaktinformation verfügte, nein, auch an ihren Familiennamen konnte ich mich nicht mehr erinnern. Hatte ich ihn überhaupt jemals gekannt?

Es gab kein Zurück mehr, und so war ich schließlich mit 500 Euro in der Tasche und mit nicht mehr als einem großen Koffer nach Berlin aufgebrochen, ohne mich auch nur ein letztes Mal bei irgendjemandem zu verabschieden, war einfach vom Erdboden verschwunden und hatte nach einigen Tagen, die ich in Berlin bei einer entfernten Bekannten auf einer Luftmatratze im Flur hatte verbringen dürfen, über ein paar Ecken und mit sehr viel Glück diese fensterlose Unterkunft gefunden.

Was ich mir von Berlin versprach? Ich weiß es nicht mehr, ein Neuanfang konnte es unmöglich gewesen sein, dafür fehlte mir die Perspektive. Es war nicht mehr als eine verzweifelte Flucht, nicht mehr als schiere Willkür, viel eher Verbannung und Schande denn Hoffnung, die mich in den Osten der Republik getrieben hatte. Denn wenn ich aus meinem Düsseldorfer Keller ans Tageslicht kletterte, wenn ich mit gesenktem Blick durch die Straßen schlich, um Toastbrot und Schokolade zu kaufen oder um bloß für ein paar Stunden einsam am Rhein zu sitzen und einmal mehr den vorbeiziehenden Schiffen hinterherzuschauen, hatte ich nichts mehr als Scham empfunden. Ich verspürte vor allem die Angst, in vertraute Gesichter zu blicken, erkennende Augen zu finden, in denen sich mein Scheitern spiegelte – und es waren letztlich wohl diese Blicke, die mich hierhergetrieben hatten.

Und nun also stand ich mit mir unter den Fingern wegbröselnden Zähnen und einer verwelkten Jugend vor dem Nichts und hämmerte mit den Fäusten gegen die Wand. Einmal mehr fühlte es sich so an, als wäre in den vergangenen zwei oder drei Jahren ein ganzes Jahrzehnt, nein, als wären gleich zwei Dekaden an mir vorbeigerauscht, ohne Notiz von mir zu nehmen. Meine Zeit war, von allen Seiten besehen, vorüber.

Wie um mich noch einmal mit letzter Kraft meinem Schicksal entgegenzustemmen hatte ich in Berlin über Tage hinweg versucht, meine weichen Hände von ihrem Makel zu befreien. Ich hatte mir eingebildet, auf diese Weise noch etwas verändern zu können, hatte mir also Schmirgelpapier gekauft und jeden Morgen und Abend meine Handflächen und Fingerkuppen daran gerieben – wenn schon nicht mein Lebenslauf davon Auskunft gab, so sollten doch zumindest meine Hände von einem tatkräftigen Leben voller Arbeit erzählen, vielleicht würde mir das einen entscheidenden Vorteil verschaffen. Aber sosehr ich sie auch bearbeitete, meine Hände blieben so weich, wie sie es immer gewesen waren. Sie waren verflucht, sie klebten wie unveräußerliches Pech, wie ein Stigma an mir, das ich nie wieder loswerden würde, sosehr ich mich auch bemühte. Warum zur Hölle konnte man seinem Schicksal nicht einfach entfliehen?

Jeden Tag verließ ich mein Kämmerchen ein wenig hoffnungsloser und entmutigter, schritt ziellos durch die Straßen der Hauptstadt, jeden Tag in eine andere Richtung, und hoffte, dass sich vielleicht irgendetwas ereignen würde, eine Fügung des Schicksal, etwas, mit dem ich nur ein kleines bisschen Geld verdienen konnte, um einerseits Mut zu schöpfen, aber vor allem nicht schon bald auf der Straße zu sitzen, ganz unten, wie ich es mir, wenn ich am Abend im Bett lag und es mich vor Angst schüttelte, bereits ausmalte.

Ich war gewillt, alles zu versuchen. Einmal hatte ich mir sogar eine Tageszeitung gekauft und darin, wie ich es mir als Kind immer vorgestellt hatte, nach Stellenanzeigen gesucht, dann allerdings festgestellt, dass es so etwas überhaupt nicht mehr gab. Wurden denn nicht einmal mehr die allereinfachsten Tätigkeiten gegen einen bescheidenen Lohn feilgeboten?

In der ersten Woche trug ich auf meinen Streifzügen durch die Stadt meine zahlreichen Zeugnisse, meine Dokumente aus Bochum, Madrid und Düsseldorf ständig mit mir herum, denn würde ich sie spontan irgendwo vorzeigen müssen, hätte ich sie gleich aus dem Hut zaubern können. Weil ich aber die mir so kostbaren Zeugnisse in Ermangelung einer Alternative einfach in eine Plastiktüte gesteckt hatte und weil ich mit dieser Plastiktüte einmal in ein schweres Unwetter geraten war, sahen die Dokumente schon nach wenigen Tagen recht mitgenommen und ramponiert aus, und das machte mir das Herz nur noch schwerer. Also ließ ich sie fortan zu Hause, ich würde sie auch später nachreichen können, falls sich etwas ergab.

Ich hatte nun seit zwei Tagen nichts mehr gegessen, meine Reserven waren vollständig aufgebraucht, keinen Cent besaß ich mehr, als ich eines Morgens erwachte. Ich hatte Hunger, mich schier wahnsinnig machenden Hunger, und nach dem Aufstehen versuchte ich, im Kühlschrank meiner Mitbewohner irgendetwas Essbares zu finden, auf dass ich den Tag nicht mit knurrendem Magen verbringen müsste. Aber außer ein paar alten, schon etwas gallertartig gewordenen Haselnüssen auf dem Boden des Gemüsefachs konnte ich nichts Essbares finden, das nicht später sträflich vermisst worden wäre. Mit etwas Überwindung steckte ich mir die Nüsse in den Mund und schluckte sie ohne zu kauen runter. Dann brach ich mit zittrigen Beinen und beginnendem Schwindel auf.

Es war zu allem Übel auch noch ein Sonntag, schon am nächsten Tag würde die Miete anfallen, und ich schlenderte mit gesenktem Kopf durch die Straßen, schoss dann und wann einen kleinen Kiesel vor mir her, als ich mit einem Mal, ich hatte die Hoffnung schon fast wieder aufgegeben, vor einem gigantischen, hoch aufragenden Bunkerkomplex stand, vor dem eine haushohe Skulptur aus weißem Marmor aufgebaut war. Sie stellte etwas Abstraktes dar, eine ungreifbare, aber mich doch faszinierende Form. Ich tat aufgeregt ein paar Schritte um das Gebäude herum und entdeckte nun auch den Eingang, eine große, schwere, weit offen stehende Tür aus dunklem Holz, die auf geheimnisvolle Weise einladend den Weg in ein strahlend leuchtendes Inneres wies, aus dem heraus gleißendes Licht strömte. Ich wartete ein paar Momente, ob vielleicht Menschen ein- oder ausgehen würden, ob ich auf diese Weise irgendetwas über den Ort in Erfahrung bringen konnte. Ich wollte in dieses Weiß hinein, wollte sehen, was es damit auf sich hatte. Dann plötzlich, ich hatte schon ein paar Minuten dort gestanden, wurde es laut, und ich vernahm ein anschwellendes Geschrei aus dem Inneren des Gebäudes, ein lautes, leidenschaftliches Fluchen, das tiefe, wütende Grollen einer männlichen Stimme, die sich nachgerade in Rage brüllte.

»Jetzt reicht es mir endgültig!«, hörte ich. »Mach, dass du wegkommst. Du hast hier schon genug Schaden angerichtet!«

Ich konnte jedes Wort glasklar verstehen und erschrak, als ich einen gebückten Mann von vielleicht Mitte zwanzig aus dem Eingang herauseilen sah. Er weinte bitterlich, schlug sich die Hände vors Gesicht, drehte sich noch einmal um, rief etwas mir Unverständliches in das Gebäude zurück und rannte davon, so schnell seine Füße ihn trugen. Er stolperte noch einmal, fiel der Länge nach auf den Fußgängerweg hin, doch stand gleich wieder auf und rannte weiter.

Gebannt wohnte ich dem Schauspiel bei, und als der Versehrte sich schon mehrere Dutzend Meter von dem Gebäude entfernt hatte, kam ihm nun ein stattlicher Mann in feinem Zwirn durch die große Eingangstür nachgeeilt. Er blieb im Türrahmen stehen, hielt sich dort mit einer Hand fest, warf seine Faust in die Luft und rief dem jungen Mann wütend hinterher.

»Du bist ein Nichts! Ein Niemand!«

Ich indes bewegte mich keinen Millimeter, wollte unentdeckt bleiben, doch dann bemerkte mich der Mann, und sein Gesichtsausdruck verwandelte sich in ein professionelles Lächeln – er winkte mich zu sich.

»Kommen Sie, kommen Sie ruhig rein!«, rief er mir zu. »Keine Angst. Wir haben geöffnet!«

Außer mir war niemand zu sehen, er musste mich gemeint haben, also ging ich ängstlich und langsamen Schrittes auf ihn zu.

»Lassen Sie sich von dem Zwischenfall nicht weiter stören ...«, scherzte er.

Ich stand nun unmittelbar vor ihm.

»Na, los doch, kommen Sie rein!«, sagte er.

»Aber ... was ... was gibt es denn hier?«, fragte ich unsicher.

Der Herr schaute mich irritiert an.

»Was es hier gibt?«, fragte er, als hätte ich etwas Unerhörtes gefragt.

Ich nickte verschämt, und er stieß in seinem herrlich sitzenden Anzug ein lautes Lachen aus, und ich konnte mir nicht helfen, ich empfand sogleich eine fast übermenschliche Bewunderung für diesen Mann.

»Es gibt hier für jeden etwas, verstehen Sie? Für jeden, der bereit ist, sich für das Neue zu öffnen, gibt es hier etwas anderes ...«, sagte er. »Und was dieses Etwas für *Sie* bedeuten könnte, das müssen Sie schon selbst herausfinden ...«

Ich verstand überhaupt nicht, was seine Worte zu bedeuten hatten, aber weil ich mir keine Blöße geben wollte, betrat ich das Gebäude, ohne noch einmal genauer nachzufragen. Als sich meine Augen an das gleißende Licht gewöhnt hatten, konnte ich plötzlich erkennen, um was es sich hier handeln musste. An den schneeweißen Wänden hingen die buntesten, leuchtendsten und gleichzeitig allerschönsten Kunstwerke, die ich in meinem Leben gesehen hatte. So bunt waren sie, beinahe grell, dass ich meine Augen zusammenkneifen musste, um sie überhaupt auseinanderhalten zu können, sonst verschwamm das Farbgewimmel zu einer einzigen Einheit, zu einem einzigen Kunstwerk, und auch sonst glitzerte und glänzte es nur so aus allen Richtungen: hier eine goldene Skulptur, dort eine mit Diamanten besetzte Figur, überall polierte metallische Oberflächen und Überwältigung durch die edelsten und faszinierendsten Materialien – und dazwischen immer wieder neonfarbene Leuchtbuchstaben und Lichter aus tausend Regenbögen.

Ich war überwältigt, und jetzt erst entdeckte ich die Preisschilder, die jeweils unterhalb der Kunstwerke angebracht waren – einhunderttausend, zweihunderttausend, dreihunderttausend, eine Million Euro! Es war das genaue Gegenteil meines fensterlosen Zimmers, meiner armseligen Behausung, die nichts als Armut verkörperte und in der ich nun schon zwei Monate wie ein Tier dahinvegetierte – umzingelt von Tristesse und Einsamkeit. Hier aber war alles sauber, makellos schön, wertvoll und wie von einer unschuldigen, den Menschen umarmenden, sich ihm zuwendenden Ordnung. Ich hätte mich am liebsten gleich auf den Boden gelegt, hätte vom Boden gegessen, hätte ich nur etwas zu essen dabeigehabt. Unsicher durchmaß ich die Räumlichkeiten, als wandelte ich durch einen luziden Traum, ich war bis ins Mark eingeschüchtert, dann rief mir der Herr in meinem Rücken etwas zu.

»Gehen Sie ins Untergeschoss! Aber Vorsicht! Es ist sehr, sehr dunkel dort unten! Und ein bisschen gefährlich ...«

Ich drehte mich zu ihm um.

»Aber ...«, sagte ich, »aber hier oben ist es so schön. Hier möchte ich bleiben ...«

»Vertrauen Sie mir«, sagte er etwas bestimmter. »Oder ...«, er machte eine Pause, »haben Sie eine Wahl?«

Ich schüttelte den Kopf.

Eine junge Dame am Empfang, die gerade mit bedachter Stimme in einer mir unbekannten Sprache telefonierte, wies mir mit einer einfachen Geste den Weg, und schon während ich die Treppe Stufe um Stufe hinabging, hörte ich ein Dröhnen, das mit jedem Schritt lauter wurde, so wie das Licht immer dunkler und schummriger wurde. Gefühlte Ewigkeiten stieg ich die Treppen nach unten, es ging bestimmt fünfzehn Meter in die Tiefe, immer tiefer hinunter, sodass ich schon glaubte, niemals mehr anzukommen. Dann trat ich durch einen schweren Vorhang und stand plötzlich inmitten eines gigantischen Gewölbes, an dessen Ende auf einer Leinwand zu ohrenbetäubender Musik Bilder flimmerten. Nur das Licht der Projektion ließ eine Ahnung des Raumes zu, unter meinen Füßen, vor meinen Augen war alles schwarz, und die repetitive Musik, ein Wummern von Bässen und ein paar grellen Synthesizermelodien, nahm mich vollständig in Besitz. Ich sah verschwommen, konnte kaum fokussieren, auch weil der lange Abstieg mir meine letzten Kräfte geraubt hatte, dann endlich erkannte ich nach und nach Formen. Menschliche Körper umarmten sich wie wild gewordene Tiere, einer verlor sich im anderen, sie stellten unmenschliche Dinge mit sich an, durchdrangen einander, durchbohrten sich und stoben wieder auseinander, so als spiele eine fremde, erbarmungslose Macht mit ihnen wie mit winzigen Spielfiguren.

Die Musik dröhnte von Sekunde zu Sekunde lauter und eindringlicher, und die Bilder auf der Leinwand übten einen Sog auf mich aus, als forderten mich diese Körper, deren Gesichter ich nicht erkennen konnte, die alles Einzigartige verloren hatten, dazu auf, mich zu ihnen hin zu bewegen und mit ihnen zu verschmelzen. Ich tat vorsichtig einen Schritt auf die riesige Leinwand zu, dann ging ich immer schneller und schneller, bis ich schließlich blind auf sie zurannte.

Ein Körper schob sich aus der anthropomorphen Masse in den Vordergrund und schwebte mit gesenktem Haupt direkt auf die Kamera zu. Er hob seinen Kopf und gab damit den Blick auf sein Gesicht frei, das jedoch keine Merkmale eines normalen Antlitzes aufwies, sondern aus einem einzigen Augenpaar bestand. Er schaute direkt in die Kamera, bemerkte ich, bzw. er schaute *mich* an, er forderte *mich* auf, mich zu ihm und den anderen zu gesellen, und so beschleunigte ich meine Schritte noch einmal. Dann stolperte ich und fiel, mein linkes Knie hatte der Unterzuckerung nachgegeben, ich rappelte mich wieder auf und lief, immer weiter, bis ich mit meinem Gesicht direkt vor der Leinwand stand und nur noch Farbfetzen wahrnahm. Die Musik dröhnte mittlerweile so laut, dass sie alles um mich herum, jeden anderweitigen Sinneseindruck betäubte. Ich würde nur noch einen allerletzten Schritt tun müssen, nur noch einen winzigen Schritt, und ich würde die Leinwand betreten, wäre von all meinen Qualen befreit, würde mich für immer unter diese Körper mischen.

Ich hob mein linkes Bein, so gut es noch ging, tat einen Schritt nach vorn und fiel in Ohnmacht.

*

»Sind Sie noch hier?«, rief eine junge Frauenstimme in das Kellergewölbe. »Hallo? Junger Mann, sind Sie hier irgendwo?«

Ich brauchte Zeit, um mich zu orientieren, und brachte zunächst keinen Laut hervor.

»Wo sind Sie denn hin? Haaaaalllooooo?!«

Es war stockfinster, auch die Leinwand war mittlerweile schwarz. Dann vernahm ich ein einrastendes Klicken, und mit einem Mal hüllten Dutzende Deckenstrahler den Raum in taghelles Licht. Ich lag auf dem Rücken und blickte verwirrt und noch nicht ganz bei Sinnen an die Decke. Wie lang hatte ich hier gelegen?

»Ach, da sind Sie ja!«, rief die junge Frau vom Empfang. »Ich habe mir schon Sorgen gemacht, geht es Ihnen gut?«

Ich drehte ihr meinen Kopf zu, damit sie sicher sein konnte, dass ich noch lebte.

»Entschuldigen Sie«, stammelte ich, »ich glaube, ich bin ohnmächtig geworden. Ich bitte um Verzeihung.«

»Das ist doch nicht schlimm«, sagte sie, »so ist es hier schon vielen gegangen ...«

Sie bückte sich zu mir, nahm mein Handgelenk, ertastete meinen Puls und fasste mir an die Stirn.

»Sie sind ja ganz kalt.«

Ich schaute sie regungslos an.

»Ich, ich ... ich habe seit Tagen nichts gegessen ...«, gab ich zurück und war über meine Aufrichtigkeit verwundert, denn eigentlich waren mir Geständnisse dieser Art ungemein peinlich.

Die junge Dame griff in ihre Hosentasche und holte ein kleines, in Zellophan verpacktes Zuckerbonbon heraus.

»Darf ich?«

Sie löst das Papier ab, hob meinen Kopf ganz vorsichtig an und legte mir das Bonbon auf die Zunge.

»Fürs Erste, damit Sie wieder zu Kräften kommen«, sagte

sie und half mir auf die Beine. »Jetzt wollen wir mal wieder nach oben gehen, in Ordnung? Sie machen mir ja Sachen!«

Das Zuckerbonbon hatte, obwohl ich es noch längst nicht ganz aufgelutscht hatte und ganz gierig daran herumsaugte, seine Wirkung nicht verfehlt. Oben angekommen setzten wir uns an einen großen Tisch, inmitten der funkelnden Kunstwerke. Mir wurde ein großes Glas eiskalter Milch und frisches Gebäck gereicht, das noch warm war und dampfte und duftete, offenbar hatte irgendjemand es erst vor ein paar Minuten vom Konditor herbringen lassen.

»Kommen Sie erst einmal wieder zu Kräften! Herr Escher ist gleich bei Ihnen«, sagte die Dame mit einem Lächeln.

»Herr Escher?«, fragte ich mit vollem Mund zurück, da ich mich sogleich über den Teller hergemacht hatte, und musste mir meine Hand vorhalten, damit die Kekskrümel nicht wieder in hohem Bogen aus meinem Mund herausgeflogen kamen.

Die junge Dame lachte nur, wandte mir den Rücken zu und ging davon. Ich aß weiter, ich schlang alles hinunter und spülte mit der kalten Milch nach, als gelte es, Polster für die kommenden Tage und Wochen anzulegen, als mir mit einem Mal, so wie einst von meinem Lehrer Herr Junge, eine Hand auf die Schulter gelegt wurde.

»Da sind Sie ja«, sagte eine ruhige Stimme, sie musste Herrn Escher gehören. Er rückte sich einen Stuhl zurecht und setzte sich zu mir. »Lassen Sie sich nicht abhalten.«

Ich nickte, wischte mir die Krümel von der Lippe, nahm noch einen großen Schluck Milch und tupfte mir dann den Mund mit einer gestärkten Serviette ab, die man mir neben den Keksteller gelegt hatte.

»Herr Escher?«, fragte ich.

»Korbinian Escher ... Wissen Sie, wir hatten uns wirklich schon Sorgen gemacht?«

»Das ... das ... tut mir leid«, stotterte ich. »Ich wollte Ihnen keine Unannehmlichkeiten bereiten.«

»Es braucht Ihnen nicht leidzutun«, unterbrach er mich gutmütig. »Meine Mitarbeiterin sagte mir, dass Sie seit Tagen nichts gegessen haben, ist das denn wahr?«

Ich schämte mich und senkte den Blick.

»Ja«, gab ich zu.

»Aber wie kann das sein, sagen Sie mal?! Sie sind doch ein so gut aussehender junger Mann? Wie sind Sie denn in so eine missliche Situation geraten?«

»Ein junger Mann?«, fragte ich aufgeregt nach. »Finden Sie wirklich?«

»O ja!«, rief Herr Escher aus.

»Aber ich fühle mich schrecklich alt ...«, sagte ich viel zu offenherzig, doch mir war, als könnte ich diesem Herrn, den ich erst seit ein paar Augenblicken kannte, meine intimsten Geheimnisse anvertrauen.

»Wissen Sie, Sie dürfen sich nie mit Ihrem früheren Selbst vergleichen. Das ist das ganze Geheimnis – da können Sie nur verlieren, und so viele Menschen, viel zu viele, verlieren genau darüber den Verstand. Schauen Sie niemals zurück!« Herr Escher steckte sich nun auch einen Keks in den Mund, wobei ich einen herrlichen Siegelring an seinem linken Ringfinger entdeckte. »Wissen Sie, das Geheimnis liegt darin, sich nur mit *anderen* zu vergleichen, mit Menschen, denen es schlechter geht, die älter sind als man selbst, mit Menschen, die weniger gut aussehen, mit Menschen, denen das Schicksal, der Zufall, nennen Sie es, wie Sie wollen, schlechter mitgespielt hat als einem selbst. Denn davon gibt es zu jeder Zeit eine ganze Menge. Jedenfalls mehr als Sie denken.«

Ich staunte und achtete jetzt darauf, bloß keinen Blick auf meinen abgebrochenen Backenzahn freizugeben. »Das ist der ganze Trick?«

»Allerdings«, sagte Herr Escher. »Und schielen Sie gleichzeitig immer in Ehrfurcht und Bewunderung nach oben.«

»Aber das tue ich, Herr Escher, genau das tue ich doch schon immer!«

»Wunderbar«, sagte er, »dann wissen Sie doch eigentlich schon alles. Und jetzt erzählen Sie mir doch bitte mal Ihre Geschichte, ich bin schon ganz neugierig …«

»Hmm ….«, sagte ich. »Es ist aber eine sehr lange Geschichte. Und sie ist noch nicht einmal richtig interessant, fürchte ich. Um ehrlich zu sein, ist sie, glaube ich, sogar ganz und gar unbedeutend, um nicht zu sagen, gewöhnlich.«

»Ach was, ich habe Zeit. Es ist Sonntag. Und ich liebe lange Geschichten … Schießen Sie los!«

»Aaaaalso«, setzte ich mutig an, stockte dann noch einmal kurz und seufzte. Ich versuchte es noch einmal, es war meine einzige Chance, und dann erzählte ich Herrn Escher, der es aus mir noch ganz unverständlichem Grund so gut mit mir meinte, in aller gebotenen Kürze, aber ohne auch nur das Geringste zu beschönigen oder mich selbst aus der Kritik zu nehmen, was sich in all den Jahren ereignet hatte. Ich erzählte von meiner herrlichen Kindheit, meinen Talenten, von Helmut Kohl und wie es dann weitergegangen war für mich und mein Glück, was ich alles geleistet hatte, was mir geglückt war und warum mich heute, schließlich, hier an diesem Ort, endgültig die Kräfte verlassen hatten.

»Ist ja ein Ding.«

Jetzt stieß zu meiner Überraschung Herr Escher einen Seufzer aus.

»Aber was ist denn, habe ich Sie mit meiner Geschichte gelangweilt?«, fragte ich.

»Keineswegs, ach, es ist so, Sie erinnern mich auf fast beängstigende Weise an jemanden«, sagte Herr Escher und lächelte verlegen.

»Kommen Sie etwa auch aus so einfachen Verhältnissen wie ich? Ist es das?«, fragte ich nun ganz aufgeregt nach einer uns verbindenden Eigenschaft.

»Nein, nein ... So kann man es nicht sagen«, antwortete Korbinian Escher andeutungsvoll. »Sagen wir einfach, auch bei mir hat es ›etwas länger‹ gedauert, bis ich verstanden habe.«

»Ach so«, sagte ich, verstand aber in Wahrheit kein Wort.

»Ich möchte Ihnen gerne helfen«, sagte Herr Escher nun streng. »Helfen, wieder auf die Beine zu kommen. Ich möchte Ihnen eine Perspektive bieten, hier bei mir in der Galerie.«

Ich schaute mit immer größer werdenden Augen zu ihm rüber. Ich konnte kaum glauben, was Herr Escher da gerade gesagt hatte. Ich habe meine Zeugnisse doch gar nicht bei mir, schoss es mir durch den Kopf, er weiß doch gar nicht, ob wirklich stimmt, was ich ihm gerade erzählt habe!

»Sie brauchen Geld, habe ich das richtig verstanden?«

»O ja, das haben Sie vollkommen richtig verstanden!«, überschlug ich mich fast vor Erregung.

»Gut, wissen Sie, was eine Galerie ist?«, fragte Herr Escher nun leicht amüsiert.

Ich dachte kurz nach. »Nicht genau«, gab ich zu.

»Raten Sie!«

»Sie stellen Kunst aus?«, fragte ich zögerlich.

»Falsch. Raten Sie weiter!«, sagte er nun etwas strenger.

»Sie haben Ihr Hobby zum Beruf gemacht?«

»Ich bitte Sie ...«, sagte Escher.

Ich schaute mich nervös um – war das ein Einstellungstest? Machte ich mich gerade lächerlich?

»Sie ...«, stotterte ich, »Sie ...«, ich verlor den Faden, hatte den Anflug von einem Blackout, fing mich aber doch irgendwie, indem ich die Waffen streckte. »Es tut mir leid, ich fürchte, ich muss passen, Herr Escher«, sagte ich und senkte den Kopf wieder. »Ich habe von einfach *nichts* eine Ahnung ...«

»Kein Grund, sich zu schämen. Vielleicht ist das sogar Ihr Vorteil«, sagte er gutmütig. »Also, hören Sie zu, es ist eigentlich ganz einfach. Von außen betrachtet verkaufen wir – so mag das vielleicht aussehen – Waren. Luxusobjekte. Richtig teures Zeug. Und es stimmt, wir sind ein Warenhaus, das alles hier können Sie kaufen. Wenn man so will, sind wir ein teures Kaufhaus wie das KaDeWe, das kennen Sie doch?«

»Ich glaube schon ...«

»Gut, aber viel wichtiger ist, wir sind hier am Puls der Zeit. Wir verhandeln die Themen der Gegenwart. So, wie wir hier gerade beisammensitzen, entsteht die Zukunft! Die ganz großen Themen und Agenden der Politik, des Welt- und Zeitgeschehens! Sie können das alles mit eigenen Augen aus all diesen Kunstwerken hier herauslesen, sofern Sie dafür bereit sind. Sie können es selbst sehen und erleben und ein Teil davon sein. Es steckt alles schon drin, was auch immer wir uns hier ausdenken, und es liegt an uns, an Menschen wie Ihnen und mir, anderen zu erklären, was sie in diesen Kunstwerken erkennen sollen, verstehen Sie das?«

Ich schwieg in Verlegenheit.

»Sie und ich, sagen Sie?«

»Ganz recht, wir haben einen Auftrag, einen sehr wichtigen Auftrag, es geht um – ich sage das nicht leichtfertig, das können Sie mir glauben –, es geht um eine bessere Welt ... Und in der Gegenwartskunst, wo neuerdings alle Kultur zusammenläuft, wollen wir den Menschen zeigen, wie diese bessere Welt aussehen soll.«

»Ich glaube, also ... Es tut mir leid, Herr Escher, ich fürchte, ich verstehe nicht ganz«, gab ich schweren Herzens zu.

»Sie müssen nicht gleich alles verstehen. Sie müssen mir nur glauben. Dann haben Sie nichts zu befürchten. Dann kann Ihnen in Zukunft nichts mehr passieren«, erklärte Herr Escher sehr überzeugend und machte eine sinnvolle Pause. »Die Frage ist doch ganz einfach: Wollen Sie denn nicht auch gerne an der Zukunft teilhaben?«, fragte er dann und schaute mich eindringlich an.

»Eigentlich ist es das Einzige, worauf ich hoffe!«

Korbinian Escher klatschte in die Hände.

»Bravo! Na, also! Da haben wir es doch! Das ist alles, was ich von Ihnen hören wollte.«

Ich entspannte mich wieder, offenbar hatte ich doch alles richtig gemacht, hatte alles genau so gesagt und getan, wie er es von mir erwartete.

»Ich möchte, dass Sie für mich arbeiten. Ich brauche Menschen wie Sie! Und zufällig ist heute, wie Sie vorhin ja mitansehen mussten, eine Stelle frei geworden ...«, sagte Herr Escher.

»Sie meinen den jungen Mann, der vorhin davongelaufen ist?«, fragte ich.

»Erstens«, sagte Herr Escher, »er war nicht so jung, wie er aussah. Zweitens, er war ein Taugenichts, ein Feigling, ein Drückeberger, zu nichts zu gebrauchen, zu keiner Form der körperlichen Arbeit fähig, ganz typisch für Männer seiner Generation. Sind Sie leidensfähig? Ich glaube, ja. Drittens, er hielt sich für etwas Besseres, wollte sich nie die Hände schmutzig machen, solche Leute brauchen wir hier nicht. Ich brauche Leute, die bereit sind, alles, was sie haben, auch einzusetzen ...«

Ich wollte gerade etwas Bestätigendes sagen, da kam auf leisen Sohlen und fast unbemerkt die junge Mitarbeiterin an unseren Tisch geeilt. Etwas zögerlich beugte sie sich zu Herrn Escher runter und flüsterte ihm etwas ins Ohr. Herr Escher hörte aufmerksam zu, zunächst ohne eine Miene zu verziehen, dann schlug er mit voller Wucht auf den Tisch.

»Verdammte Scheiße! Bringen Sie das wieder in Ordnung!«, brüllte er seine Mitarbeiterin an, der, als hätte man einen Knopf gedrückt, die Tränen in die Augen schossen. Sie machte kehrt und nahm sich, wie ich vermutete, umgehend des Problems an.

Der Schreck war mir in die noch immer schwachen Glieder gefahren.

»Bleiben Sie ruhig, junger Mann«, sagte Korbinian Escher nun wieder mit sanfter Stimme und lächelte. »Daran werden Sie sich auch noch gewöhnen ...«

Ich räusperte mich.

»Sagen Sie, Herr Escher, um was für einen Job handelt es sich dabei eigentlich, wenn ich fragen darf?«

»Aber natürlich dürfen Sie fragen. Sehen Sie, das hier ist ein sehr großes Gebäude, ich habe fast einhundert Mitarbeiter. Es ist dauernd etwas los, Eröffnungen, Vernissagen, Dinner, Events, Partys, Lesungen, Präsentationen, Diskussionen, Podien. Leute gehen ein und aus: Besucher, Künstler, Kunden, Lieferanten, Kuratoren, Mitarbeiter, Handwerker, Bürgermeister, Kultursenatoren, Kulturstaatsminister, Schauspieler, Musiker, Schriftsteller, Publizisten, wichtige Leute, berühmte Persönlichkeiten, Leute mit Geld, Leute mit viel Geld, Millionäre, Milliardäre, aus Übersee, aus den Kolonien, aus der Neuen Welt, aus der ganz neuen Welt, aus China und, und, und – Leute, die mit ihrem Geld etwas anfangen wollen, Leute, die keine Zeit haben, Leute, die eine Vision haben, Leute, denen ich mit meiner Arbeit helfen möchte, dabei zu sein. Sie machen sich ja gar keine Vorstellung! Und ich brauche jemanden, jemanden wie Sie, dem ich vertrauen kann, der bei all dem den Überblick behält. Ein unbeschriebenes Blatt. Hier vor Ort. Der für alles ein Auge hat, der organisiert, sich um alles kümmert. Einen Manager, wenn Sie so wollen, einen Galeriemanager, der die Fäden zusammenhält und immer ansprechbar ist, einen, der zupacken kann und sich vor allen Dingen für nichts zu schade ist«, erklärte Herr Escher nun sehr ernst und musste erst einmal Luft holen.

»Ein Manager? Ich? Und das trauen Sie mir zu?«, fragte ich und begann vor Ehrfurcht rot anzulaufen, plötzlich aber übernahm doch die Sorge die Überhand. Eine Sorge, so tief und unerbittlich, dass ich mir sicher war, niemals den Ansprüchen an einen Manager genügen zu können, niemals den Ansprüchen eines Korbinian Escher genügen zu können, denn wo bitte sollte ich mit meiner Vita die Qualifikation dafür hernehmen?

»Nun ja, Manager ist vielleicht ein bisschen viel gesagt«, sagte Herr Escher nun grüblerisch. »Sagen wir besser, ich will ganz ehrlich zu Ihnen sein, ich brauche, nun ja, eine ... Art ... Hausmeister ...«

Ich spürte, wie sich meine Panik vor der viel zu großen Aufgabe, einer Aufgabe, der ich nie und nimmer gewachsen gewesen wäre, in eine ungeheure Erleichterung verwandelte.

»Einen Hausmeister!«, rief ich aus. »Aber ja, das ist es, Herr Escher! Einen Hausmeister brauchen Sie!«, rief ich nun immer lauter und überglücklich aus und musste mich zügeln, dem feinen Herrn Escher nicht um den Hals zu fallen.

»Heißt das, ich kann auf Sie zählen?«, fragte er mit einem breiten Grinsen im Gesicht.

»Machen Sie Scherze?«, lachte ich hysterisch, »und *wie* Sie auf mich zählen können!«

»Ich wusste es, wunderbar. Aber eine Sache ist mir doch wichtig, ich möchte gerne langfristig mit Ihnen planen. Ich brauche jemanden, der diese so wichtige Aufgabe gern macht, mit Hingabe, jemanden, der keine weiteren Ambitionen hat, jemanden, der nicht an fremden Stuhlbeinen sägt, jemanden, der ganz und gar in seiner Tätigkeit aufgeht – ich könnte mir vorstellen, vor allem nach Ihrer Geschichte, dass Sie genau so jemand sein könnten? Sagen Sie ehrlich: Haben Sie Ambitionen?«, fragte Herr Escher, beugte sich ganz weit zu mir herüber und blickte mir tief und eindringlich in die Augen, sodass wohl kein Mensch auf der Welt noch gewagt hätte, ihm etwas vorzumachen.

»Herr Escher, ich habe schon längst keine Ambitionen mehr.«

»Ausgezeichnet!«, rief Korbinian Escher. »Ich habe es gleich gewusst, als ich Sie vorhin auf der Straße gesehen habe. Sie beeindrucken mich, wirklich! Und Ihre Geschichte ... Alle Achtung, Ihre Geschichte hat sich Ihnen eingeschrieben.«

»Ach, wissen Sie, Herr Escher, ich bin doch nur ein ganz einfacher Mann«, entgegnete ich.

»Ein einfacher Mann, der künftig eine ganze Menge Verantwortung trägt«, sagte Herr Escher und boxte mir zweimal mit seiner Siegelringhand freundschaftlich auf die Schulter. »Sind Sie bereit, all Ihr Glück und Geschick für unsere Sache einzusetzen? All Ihren Mut, Ihre Kraft, all Ihre Zeit? Sind Sie bereit, all Ihr, wie Sie ja selbst sagen, nutzlos angehäuftes Wissen zu vergessen und sich mit Haut und Haaren und unter meinen Bedingungen künftig in meinen Dienst zu stellen?«

»Ich gelobe es, Herr Escher!«, schluchzte ich nun beinahe und spürte ein mir bislang ganz und gar unbekanntes Glück in meinem Herzen. »Ich mache alles, was Sie sagen, Herr Escher, ich gehöre voll und ganz Ihnen!«

Er holte tief Luft, offenbar hatten meine Leidenschaft und meine Leidensbereitschaft Eindruck auf ihn gemacht.

»Sie sind ein echter Arbeiter, nicht wahr? Einer, der anpackt, der sich nicht unterkriegen lässt, einer, der dahin geht, wo es wehtut? Kommen Sie, Sagen Sie mir, dass ich recht habe!«

Korbinian Escher hielt einen Moment inne und wartete auf meine Reaktion.

Ich schaute auf meine Hände, die vor mir auf dem Tisch lagen, und geriet ins Grübeln, ich konnte meinen Blick kaum von ihnen abwenden – und offenbar hatte ich sie ein paar Sekunden zu lange betrachtet, denn nun blickte auch Herr Escher direkt auf sie runter.

»Ach, zeigen Sie doch mal!«, rief er wie von einer Eingebung beseelt. »Wissen Sie, an den Händen eines Mannes nämlich erkennt man seinen wahren Charakter ...« Er war gerade im Versuch, meine zarten Handgelenke mit seinen großen

Händen zu packen, da zog ich sie erschrocken zurück und ließ sie unter dem Tisch verschwinden.

»Nein, Herr Escher«, sagte ich hastig, »bitte tun Sie mir das nicht an. Ich schäme mich für meine Hände, es sind geschundene Hände, das waren sie schon immer, ich kann nichts dagegen tun. Bitte, ich möchte nicht, dass Sie meine Hände so sehen ...«

Offenbar war er es nicht gewohnt, dass man sich ihm widersetzte, und ich hatte bereits Angst, der Traum von einem richtigen Beruf könnte schon ausgeträumt sein. Natürlich, meine Hände würden mich entlarven, er würde sofort erkennen, dass ich in Wahrheit zu nichts zu gebrauchen war, dass er ein zu hohes Risiko mit mir einging, und auf der Stelle würde er mich genauso unerbittlich vom Hof jagen wie meinen Vorgänger.

»Beeindruckend ...«, sagte er jedoch mit einem wiedergewonnenen Lächeln. »Ich vertraue Ihnen, und ich vertraue meinem Instinkt. Sie fangen schon morgen an, in Ordnung?«

Ich wollte mich nun so schnell wie nur irgend möglich von Herrn Escher verabschieden, weil ich das Gefühl hatte, schon allzu viel von seiner kostbaren Zeit in Anspruch genommen zu haben, und hatte nach einer angedeuteten Verbeugung bereits ein, zwei Schritte in Richtung Ausgang gemacht, da rief er mir mit ernstem Ton noch etwas hinterher, sodass ich wie angewurzelt stehen blieb.

»Haben Sie nicht etwas vergessen, junger Mann?«, fragte er mich.

Ich drehte mich aufgeschreckt um.

»Brauchen Sie nicht Geld für die Miete? Geld für etwas zu essen? Brauchen Sie nicht, wie soll ich sagen, unverzüglich *Cash*?«

Herr Escher hatte ganz offensichtlich gut aufgepasst bei meiner Geschichte.

»Folgen Sie mir«, sagte er vor sich hin und tat ein paar Schritte durch die weißen Räume der Galerie.

Ich ging ihm in großer Aufregung nach, bis wir in einer der hinteren Ecken des Ausstellungsraums vor einer Wand standen, an der mehrere mit dicker Ölfarbe gemalte, massiv gerahmte Bilder hingen. Herr Escher zwinkerte mir zu, dann zog er einen der Bilderrahmen zu sich, und ein in die Wand eingelassener Tresor kam zum Vorschein.

»Sie haben Ihren Tresor hinter einem Gemälde versteckt?«, fragte ich ungläubig.

»Aber wo denn sonst!«, lachte Herr Escher und öffnete den Tresor durch die Eingabe einer Zahlenkombination.

Einfach alles hier war faszinierend, der Tresor hinter dem Bilderrahmen, die Welt der Kunst, die Welt des Geldes, aber vor allen Dingen Korbinian Escher selbst, der so selbstsicher und so erhaben mit den Dingen umging, der so befreit von Selbstzweifeln mit den Menschen umsprang, als seien sie lediglich Köder für seinen Erfolg. Dieser Ort strahlte einen ungeheuren Reichtum aus, einen Wohlstand, wie ich ihn mir immer erträumt hatte. Ich konnte das Geld förmlich riechen, weil es aus jedem Winkel, aus jeder Ecke dieses atemberaubenden Ortes zu mir drang und mich willenlos machte.

»Hören Sie zu, ich gebe Ihnen jetzt eintausend Euro mit, reicht das fürs Nötigste?«, fragte Herr Escher, griff in einen großen Sack voller Bargeld, sah mir in die Augen und zählte mir dann fünf Zweihunderteuroscheine in die Hand.

»Die arbeiten Sie selbstverständlich ab ...«, sagte er abschließend und zwinkerte mir zu.

»Das ist doch gar keine Frage!« Ich verstaute das Geld sorgfältig in der Innentasche meines abgewetzten Jacketts. »Ich danke Ihnen, Herr Escher, Sie können sich gar nicht vorstellen, wie sehr Sie mir damit helfen«, versuchte ich, meine Überwältigung in Worte zu fassen. Irgendwie musste ich dieser guten Seele, die mir in der größten Notlage ohne Zwang zur Seite gesprungen war, verdeutlichen, was diese Chance für mich bedeutete – doch Herr Escher unterbrach mich jäh in meinen Erläuterungen.

»Danken Sie mir, indem Sie Ihre Aufgaben ernst nehmen.«

»Oh, das werde ich, Herr Escher, das werde ich«, rief ich aus und war im Begriff, mich nun endgültig zu empfehlen, da kam mir noch ein letzter Gedanke in den Sinn, einer, der mir schon die ganze Zeit schwer auf dem Herzen gelegen hatte. »Entschuldigen Sie, dürfte ich Sie noch um einen letzten Gefallen bitte, es ist mir unangenehm, doch es muss sein«, fragte ich in aller Demut.

»Nur zu.«

»Erzählen Sie bitte niemandem von meinem früheren Leben, behalten Sie die traurige kleine Geschichte von meinem mickrigen Traum für sich. Niemand soll wissen, dass ich selbst einmal hohe Erwartungen an mich hatte, dass ich selbst einmal glaubte, ein Künstler zu sein. Das ist das Einzige, worum ich Sie bitten möchte«, erklärte ich.

»Aber gern. Meine Lippen sind versiegelt.«

»Ich wünschte, die Welt würde mein früheres Leben einfach vergessen. Denken Sie, man gibt mir noch einmal eine zweite Chance?«

Korbinian Escher nickte und legte mir noch einmal seine Hand auf die Schulter. »Aber selbstverständlich. Jeder hat eine zweite Chance verdient. Ab sofort arbeiten Sie für meinen Traum.«

Ich atmete schwer und doch überglücklich aus, und wie auf Wolken schwebte ich durch die weißen Räume der Galerie, in der es aussah, wie es im Himmel aussehen musste, vorbei an der funkelnden, leuchtenden, viele Hunderttausend Euro teuren Kunstwerken hinaus auf die Straße, befreit vom Kummer und der Angst der vergangen Tage, Wochen, Monate, Jahre und Jahrzehnte. Was würde wohl Vincent sagen, wenn er erführe, dass ich nun auch in der Kunstwelt angekommen war, triumphierte ich innerlich und konnte gar nicht erwarten, ihm die frohe Kunde mitzuteilen.

*

Korbinian Escher hatte mir wahrlich nicht zu viel versprochen. Alles war noch viel aufregender und anspruchsvoller, als er es mir in unserem Gespräch vorausgesagt und ich es mir in meinen kühnsten Träumen ausgemalt hatte. Meine Tätigkeit als Hausmeister stellte sich vom ersten Moment an tatsächlich als die reinste Knochenarbeit heraus, eine Knochenarbeit, wie ich sie logischerweise noch nie erlebt hatte, wie ich sie mir vor allem aber auch nie im Leben zugetraut hätte. Doch ich erledigte sie vom allerersten Moment an mit einer schier manischen Hingabe, als gelte es, die Zeit noch einmal zurückzudrehen, als könnte ich auf diese Weise all die verlorenen Jahre, in denen ich auf immer neue Wunder gehoffte hatte, noch einmal aufholen. Ja, ich entwickelte eine Opferbereitschaft, als hinge das Leben von Korbinian Escher und seiner so wundervollen Familie allein von mir und meinem Wirken ab. Ich gönnte mir keine Pause, kein Innehalten, kein Durchatmen, sondern stellte fortan mein Leben ganz und gar in seinen Dienst.

Genau genommen war ich auch nicht bloß ein einfacher Hausmeister, sondern erledigte einfach alles, was in der Galerie zu erledigen war. Ich fegte, um nur ein paar Beispiele zu nennen, morgens und abends den Innenhof und den ausladenden Platz vor dem Gebäudekomplex, sammelte rundherum achtlos hingeworfenen Müll ein, ich goss und hegte die Pflanzen und Grünflächen des herrlichen Skulpturengartens, ich schleppte den ganzen Tag über schwere Gegenstände – Tische, Büromöbel, Computer, Lampen etc. – von einem Raum in den nächsten und in den Keller, ich nahm Lieferungen entgegen und stritt mit der Straßenreinigung, wuchtete von früh bis spät volle und leere Getränkekisten durch die Galerie, trug die gesamte Verantwortung für die Büroküche, und vor allem schloss ich morgens in aller Herrgottsfrühe als Erster das Gebäude über ein kompliziertes Alarmsystem auf und am Abend, meist war es dann schon weit nach 22 Uhr, als Letzter wieder zu und stellte das Alarmsystem scharf. Und wenn es des Nachts immer wieder mal zu Fehlalarmen kam, war ich der Erste, der von der Sicherheitsfirma zur Klärung des Ganzen aus dem Bett geholt wurde und antreten musste.

Als besonders herausfordernd erwies sich schon bald vor allem das Thema der Müllentsorgung, denn die vielen unterschiedlichen großen Mülltonnen des Anwesens waren ständig mit den ganz falschen Inhalten befüllt, sodass die Versorger sich regelmäßig weigerten, sie abzuholen, wenn ich nicht vorher eigenhändig stundenlang im Müll gewühlt, gestampft und für Ordnung gesorgt hatte. Und auch die Koordination mit den Reinigungsfirmen brachte mich immer wieder in Verlegenheit – nie machten die vermeintlichen Fachkräfte ihre Arbeit so, wie sie sollten, nie dachten sie mit oder hielten sich an meine Vorgaben, sodass ich im Grunde genommen täglich dazu gezwungen war, die Toiletten und Sanitären Einrichtungen eigenhändig zu putzen, wenn ich verhindern wollte, von Korbinian Escher lautstark und unerbittlich für einen ihm aufgefallenen Missstand zur Verantwortung gezogen zu werden.

»Ich will nicht wissen, warum es *nicht* geklappt hat, ich will die Lösung sehen!«, war ein Satz, der mich immer wieder aufs Neue beeindruckte, wenn er ihn mir entgegenschleuderte. Ich lernte so viel in dieser Zeit, so viel mehr als in all den Jahren zuvor.

Korbinian Escher erwies sich bei all dem als ungemein strenger und kompromissloser Zuchtmeister, der mir – zu meinem eigenen Wohl, wie ich wusste – nicht die allergeringste Nachlässigkeit durchgehen ließ. Zwar machten mir seine Wutausbrüche bisweilen zu schaffen, doch einerseits wusste ich, wie viel Verantwortung auf seinen Schultern lag, wie viel Verantwortung Geld und Einfluss bedeuteten. Und andererseits war mir bewusst, dass mir und meinem wackligen Gemüt überhaupt nur mit äußerster Strenge beizukommen war. Ja, gerade wenn ich wieder einmal erst spät nach Mitternacht vollkommen erschöpft in meine Kammer heimgekehrt war, in der ich der Einfachheit halber einfach wohnen blieb, und einmal mehr mitten in der Nacht oder an einem der so seltenen freien Tage einen wütenden Anruf von Herrn Escher erhielt, weil ich in meiner Leichtsinnigkeit irgendeine Kleinigkeit übersehen hatte, dann rief ich mich in meinem ersten Unmut darüber schnell wieder selbst zur Besinnung und erinnerte mich daran, wie ich ohne seine Güte und Großzügigkeit wohl auf der Straße gelandet wäre. So weit wollte ich es nie wieder kommen lassen, das hatte ich mir geschworen, und manchmal, wenn mich ein Tag einmal mehr vollständig ans Ende meiner Kräfte gebracht hatte, wenn ich wieder von allen Seiten herumgeschubst und herumgescheucht wurde, als könnte ein Mensch alles ertragen, wenn ich also beinahe schon haderte mit meinem neuen Schicksal, dann sagte ich mir ein paar Worte auf, die ich mir für besondere Notlagen zurechtgelegt hatte: »So soll es sein.«

Besonders in den ersten Monaten war ich ein paar Male vor Erschöpfung beinahe in Ohnmacht gefallen. Aber das Glück meiner Eltern, das ich mit Händen greifen konnte, wenn ich ihnen am Telefon von meiner Anstellung in der Galerie von Korbinian Escher erzählte, von meinem sehr kleinen, aber regelmäßigen Gehalt, ließ mich jede Erniedrigung gleich wieder vergessen. Jetzt sahen sie endlich mit eigenen Augen, dass sich all die Mühen, all meine Abschlüsse und Anstrengungen am Ende doch ausgezahlt hatten.

»Wir sind so stolz auf dich«, sagte meine Mutter mir bei jedem einzelnen unserer Telefonate, die für mich endlich von jeder Last der Rechtfertigung befreit waren, und sie sagte dies selbst *dann* noch mit voller Überzeugung, nachdem sie und mein Vater mich einmal freudestrahlend in Berlin und in der Galerie besucht hatten und bei dieser Gelegenheit leider mitansehen mussten, wie ich mit einem Lappen in der Hand auf dem Toilettenboden herumkroch, um vor einer wichtigen Vernissage, zu der nur die wichtigsten Persönlichkeiten der Stadt geladen waren, schnell noch alles in Ordnung zu bringen. Sie merkten dabei einfach, wie viel mir das Ganze bedeutete.

Ja, die Arbeit sollte meinetwegen nie wieder weniger, sondern immer nur mehr werden, weil mit wachsender Verausgabung, wie mir schien, ein bisschen Schuld, ein kleines bisschen Schande aus meinem früheren Leben, das ich langsam, aber sicher zu vergessen begann, abgetragen wurde.

Zum allerersten Mal in meinem Leben ging ich vollständig in einer Tätigkeit auf, ich war so stolz darauf, Teil von etwas zu sein, das weit über mein Ich hinausging, an einem Ort zu sein, an dem so viel Bedeutendes geschah. Und dass ich dabei von Korbinian Escher selbst oder von seinen Mitarbeiterinnen jedes Mal aufs Neue zur Verantwortung gezogen wurde, wenn etwas nicht funktionierte, dass ich von ihnen vehement zurechtgewiesen und angebrüllt wurde, war nicht etwa Ausdruck mangelnden Respekts, nein, es zeigte doch gerade, wie wichtig meine Arbeit war, wie viel von ihr abhing, ja, wie entscheidend sie für das Fortleben und den finanziellen Erfolg der Galerie war – und das wurde mir bald, wie ich merkte, das Allerwichtigste.

Da ich besonders sparsam lebte und ja auch weiterhin in meiner günstigen Kammer blieb, war ich schon bald in der Lage, Monat für Monat sogar ein bisschen Geld zur Seite zu legen. Und wenn ich mich am Abend vollkommen verausgabt und mit hochrotem Kopf in mein schmales Bettchen fallen ließ, dann wiegte mich der kurze Blick auf meinen ganz langsam steigenden Kontostand verlässlich in den Schlaf, gab mir, wenn ich am nächsten Morgen wieder in aller Herrgottsfrühe aus den Federn musste, einmal mehr ausreichend Kraft für den anstehenden Arbeitstag. Konnte man sich überhaupt etwas Beruhigenderes und Ermutigenderes vorstellen als Geld? Und hatte ich das nicht eigentlich schon immer gewusst?

Endlich also war mein unverschämtes Glück zu mir zurückgekehrt. Lange Zeit, viel zu lang, hatte es auf sich warten lassen. Ich hatte zwischenzeitlich an ihm gezweifelt und bereits jede Hoffnung auf seine Rückkehr verloren. Doch nun war mir, als habe es all die Jahre nur Anlauf genommen für einen großen Sprung, als wären all die Aufs und Abs letztlich nur Zwischenschritte gewesen auf meinem beschwerlichen Weg nach oben.

Doch ganz gleich, wie viel ich auch schuftete, wie sehr ich mich auch verausgabte für Korbinian Escher und seinen Traum vom Glück, wie unerbittlich ich anpackte, meine Hände, denen ich so viel schreckliches Leid verdankte, sie blieben trotz allem so weich und so fein und sanft wie am allersten Tag.

Welche unglaublichen Überraschungen, fragte ich mich nun manchmal heimlich, würde der liebe Gott wohl als Nächstes für mich bereithalten?

Ich konnte es eigentlich kaum mehr erwarten.

– Ende –